HEYNE<

DAS BUCH

»Im Nachhinein bin ich überzeugt, dass Quinton aus einem bestimmten Grund in mein Leben getreten ist. Es hat nicht unbedingt einen Sinn ergeben, als ich ihn vor fast einem Jahr kennen lernte, aber das tut es jetzt. Und all die Sachen, die ich durchgemacht habe, der Sommer der schlechten Entscheidungen, kann zu etwas Gutem genutzt werden, weil ich nachvollziehen kann, was er durchmacht. Ich habe die Finsternis gesehen, in der Quinton wohl jetzt gerade steckt, und ich weiß, wie es sich anfühlt, wenn man glaubt, darin zu ertrinken ...«

DIE AUTORIN

Die Bestsellerautorin Jessica Sorensen hat bereits zahlreiche Romane verfasst. Sie lebt mit ihrem Mann und ihren drei Kindern in den Bergen von Wyoming. Wenn sie nicht schreibt, liest sie oder verbringt Zeit mit ihrer Familie.
www.jessicasorensen.com

LIEFERBARE TITEL

Das Geheimnis von Ella und Micha
Für immer Ella und Micha
Die Sache mit Callie und Kayden
Die Liebe von Callie und Kayden
Verführt. Lila und Ethan
Füreinander bestimmt. Violet und Luke
Nova & Quinton. True Love

JESSICA SORENSEN

Nova & Quinton
Second Chance

Band 2

Roman

Aus dem Amerikanischen
von Sabine Schilasky

WILHELM HEYNE VERLAG
MÜNCHEN

Die Originalausgabe erschien unter dem Titel
SAVING QUINTON

Verlagsgruppe Random House FSC®N001967
Das für dieses Buch verwendete
FSC®-zertifizierte Papier *Holmen Book Cream*
liefert Holmen Paper, Hallstavik, Schweden.

Vollständige deutsche Erstausgabe 12/2014
Copyright © 2014 by Jessica Sorensen
Copyright © 2014 der deutschsprachigen Ausgabe
by Wilhelm Heyne Verlag, München, in der Verlagsgruppe
Random House GmbH
Redaktion: Anita Hirtreiter
Umschlaggestaltung: bürosüd GmbH, München
Satz: Christine Roithner Verlagsservice, Breitenaich
Druck und Bindung: GGP Media GmbH, Pößneck
Printed in Germany
Alle Rechte vorbehalten
ISBN: 978-3-453-41815-8

www.heyne.de

Für jeden, der gekämpft und überlebt hat

Quinton

Jeden Morgen wache ich mit dem beruhigenden Gefühl auf, in Dunkelheit zu versinken. Es ist ein herrlich betäubendes Gefühl, frei von Sorge und den Gespenstern meiner verkorksten Vergangenheit, weil ich gar nichts fühlen kann. Wenigstens nicht mehr, wenn ich meine erste Linie gezogen habe. Sobald ich den bittersüßen, wunderbar giftigen Geschmack des weißen Crystal in meiner Nase habe, ist es vorbei, denn er brennt alle meine Emotionen weg. Danach geht es mir über Tage gut. Die Schuld, die ich mit mir herumschleppe, stirbt, und ich langsam mit ihr. Ich bin froh darüber, ich will nämlich tot sein.

Und ich arbeite daran, das zu erreichen, mit einer betäubenden Linie nach der anderen.

Ich kann mich genauso wenig daran erinnern, wann ich das letzte Mal geschlafen habe, wie an den Namen der Frau neben mir im Bett, die ohne ihr Top eingeschlafen ist. Ich habe sie gestern kennengelernt, als sie mit Dylan und Delilah hier aufkreuzte, und irgendwie landeten wir in meinem Zimmer, wo wir bedeutungslosen Sex hatten, bevor sie weggetreten war – von was auch immer. Das ist zu einer ziemlich fiesen Routine geworden, nach der ich süchtig bin. Ein Teil von mir wünscht, ich wäre es nicht, aber ein anderer weiß, dass ich genau das verdiene, was ich habe: nichts.

Nachdem ich die ganze Nacht versucht habe, meine Augen zu schließen, Schlaf zu finden, es allerdings nicht schaffte, steige ich schließlich von der Matratze auf dem Boden. Ich bin schon seit Tagen auf Speed, von dem mir die Augen aus dem Kopf quellen und mein Körper wie mein Verstand angespannt und erledigt vom Energieüberschuss sind, und doch will ich wach bleiben. Wenn ich nicht sofort mehr bekomme, breche ich zusammen.

Ich greife mir eine Jeans vom rissigen Linoleumboden und ziehe sie an. Mein Zimmer ist ungefähr so groß wie ein Wandschrank, und drinnen sind eine verwanzte Matratze, ein Karton mit Kram, den ich nicht mehr ansehe, eine Lampe, ein Spiegel und eine Rasierklinge. Ich hebe den Spiegel, die Klinge und die leere Plastiktüte daneben auf. Anscheinend habe ich letzte Nacht den Rest verbraucht, auch wenn ich mich daran nicht erinnern kann. Überhaupt erinnere ich mich neuerdings ganz schlecht an Sachen. Die

Tage und die Nächte verschwimmen zu wirren Bildfetzen, die schnell verblassen.

»Scheiße«, murmle ich, wische mit dem Finger über die trockene Spiegeloberfläche und lecke ihn ab, um noch den letzten Krümel mitzubekommen. Das hilft nicht gegen die gierige Bestie in mir, die gleich wach wird und mir von innen die Haut zerfetzt, wenn ich sie nicht füttere. Ich werfe den Spiegel durchs Zimmer und beobachte, wie er an der Wand zerschmettert. »Verdammt!« Dann schnappe ich mir ein T-Shirt vom Boden und streife es über, während ich schon durch den schmalen Flur eile und über einige Weggetretene auf dem Boden stolpere. Von denen kenne ich keinen, aber sie scheinen dauernd hier abzuhängen.

Als ich die Tür am Ende des Flurs erreiche, das Zimmer von meinem Cousin Tristan, drehe ich an dem Knauf. Es ist abgeschlossen, deshalb hämmere ich mit der Faust gegen die Tür. »Tristan, mach die Scheißtür auf! Ich muss rein. Sofort!«

Keine Reaktion, also donnere ich noch fester gegen die Tür, ramme meine Schulter dagegen. Beim dritten Mal fange ich an zu zittern ... beim fünften Mal setzt das Sabbern ein ... beim siebten Mal bin ich so weit, dass ich jemanden umbringen will, wenn ich nicht umgehend meine Dosis kriege.

Schließlich gibt die Tür unter meinem heftigen Rammen ein bisschen nach, geht aber nicht richtig auf. Der Drang, das irrationale und labile Monster in mir zu füttern, wird zu viel, und ich trete immer wieder gegen die Tür, so fest ich kann. Ich gerate in Panik, als mir eine Flut von Bildern all jener durch den Kopf rauscht, die ich verloren habe: Lexi, Ryder, meine Mom, die ich nie kennengelernt habe. Sie alle krachen mir in die Brust, rauben mir die Luft. Dann, am Ende der Bilderkette, sehe ich Novas Augen, die auf den ersten Blick blau wirken, aber wenn man genauer hinsieht, ist da auch Grün in ihnen versteckt. Ich weiß nicht, warum ich sie sehe. Es ist ja nicht so, als hätte ich sie verloren. Sie lebt noch, ist irgendwo da draußen in der Welt und hoffentlich glücklich. Doch aus irgendeinem Grund kann ich nicht aufhören, an sie zu denken, obwohl ich sie kaum kenne. Ich habe nur im letzten Sommer ein paar Monate mit ihr verbracht, in denen sie für kurze Zeit in die Drogenwelt abstürzte. Trotzdem bekomme ich sie nicht aus dem Kopf, zumindest nicht, bis ich meine Dosis künstliches Glück habe. Dann denke ich einzig daran, wo ich mit meiner Energie bleibe. Könnte ich doch diese verdammte Tür aufbekommen ...

Bei meinem letzten Tritt splittert die Türkante, und endlich ist die Tür offen. Ich torkele ins Zimmer, schwitzend und schlotternd wie ein tollwütiger Köter. Tristan liegt völlig ausgeschaltet auf der Matratze, ein Mädchen neben sich, dessen Arm über seiner Brust liegt. Auf dem Boden neben der Matratze sind ein Löffel und eine Spritze, aber auf die stürze ich mich nicht. Das ist nicht mein Ding, nicht das, was ich will. Nein, was ich will, ist in der obersten Schublade seiner Kommode.

Ich renne hin, kicke Tristans Klamotten aus dem Weg, während mich die Erinnerungen an alle Verlorenen einkreisen, mir auf den Schädel einschlagen und mir das Gefühl geben, ich würde untergehen. Lexi, die am Straßenrand stirbt, durchnässt von ihrem Blut, und ich neben ihr mit ihrem Blut an meinen Händen; das Leben, das ich nie mit meiner Mutter hatte; der unerträgliche Blick in Tristans Augen, wenn er von seiner Schwester, Ryder, spricht. Und Nova in diesem verfluchten Teich, wo ich sie allein zurückließ, damit sie sich die Augen aus dem Kopf heulte, weil sie einem Stück Scheiße wie mir ihr erstes Mal schenken wollte. Dann sehe ich ihr Gesicht bei dem Open Air, als sie mich beim Dealen entdeckte, und als sie im Trailerpark in ihren Wagen stieg, um mich für immer zu verlassen. Da habe ich sie zuletzt gesehen.

So sollte es sein. Sie muss von mir und diesem Dreck wegbleiben, der ein Leben sein soll, weil ich viel zu feige bin, um richtig aufzugeben, zu sterben, endlich den letzten Schritt zu machen und mein Leben schlagartig zu beenden, statt es auf diese zähe, langsame Weise zu tun. Bis ich meinen Körper am Ende mit so vielen Drogen vollgepumpt habe, dass mein Herz zu schlagen aufhört und ich vollständig in die Dunkelheit abgleite, wo mich niemand mehr retten kann.

Ich reiße die Kommodenschublade auf, greife nach der Plastiktüte und öffne sie zittrig. Die Mühe, nach einem Spiegel zu suchen, spare ich mir. Ich brauche das Zeug jetzt. Also schütte ich eine Linie auf die Kommode und nehme Tristans Führerschein, um die kleinen Kristalle zu zerhacken. Mein Herzschlag ist ohrenbetäubend, und ich wünschte, es würde endlich aufhören, weil mein Herz verdammt noch mal gar kein Geräusch machen soll. Es soll still sein. Stumm. Inexistent.

Tot.

Ich schnappe mir einen Kuli, schraube ihn auseinander und beuge mich nach unten, um die Linie durch die Nase aufzusaugen, sodass das weiße Pulver meinen Rachen füllt. Nun wird mein Herz noch schneller, aber irgendwie auch ruhiger – wie alles um mich herum. Das Zeug strömt durch meine Adern, meinen Körper, mein Herz, meinen Verstand und meine Seele, wo es sofort jeden Gedanken an Lexi, Ryder, meine Mom und Nova auslöscht.

Es tötet alles.

Ich gehe wieder in mein Zimmer, kann endlich wieder atmen, und mein Denken entgleitet an diesen seltsam harmonischen Ort, an dem alles egal ist – die Vergangenheit, die Zukunft, die Gegenwart. Ich hocke mich auf die Matratze und schiebe die Frau dichter zur Wand, weil ich Platz brauche. Dann nehme ich meinen Skizzenblock und schlage die Zeichnung auf, an der ich seit Wochen arbeite. Es ist ein Bild von Nova, bei dessen Anblick ich mich eigentlich mies fühlen müsste, aber das tue ich nicht. Es sind ja bloß Striche und Schattierungen. Gedanken, die mir nicht mal bewusst sind, fließen aus meiner Hand auf das Blatt. Das ist Kunst und bedeutet nichts, so wie alles andere in mir. Und als ich fertig bin, packe ich es beiseite und vergesse es, so wie ich es mit allem mache. Dann lege ich mich hin, schlinge die Arme um meinen Oberkörper und lasse mein Denken abschweifen, wohin es will ...

»Hörst du mich?«, flüstert mir Lexi leise ins Ohr. »Quinton, mach die Augen auf.«

Ich schüttle den Kopf, lächle vor mich hin, lasse meine Augen aber geschlossen. »Kommt nicht infrage. Du musst mich wecken, wenn du willst, dass ich die Augen aufmache.«

»Du bist wach, du Knalltüte«, sagt sie, und dann fühle ich ihre Finger an meiner Seite. »Komm schon, sonst kommen wir zu spät zur Party.«

»Meinetwegen.« Ich lasse die Augen zu. »Ich will da sowieso nicht hin.«

»Klar, weil du ein Lahmarsch bist«, sagt sie. Im nächsten Moment fühle ich, wie sie ihre Haltung verändert. Sie

schwingt ein Bein über mich und setzt sich rittlings auf mich. »Komm schon, alter Mann. Lass uns ausgehen und Spaß haben.«

Ich lege die Hände an ihre Hüften und halte sie fest. Mir geht es so viel besser, nur weil sie hier bei mir in meinem Zimmer ist. Das Haus kommt mir weniger leer vor, und es ist leichter, mit der Einsilbigkeit meines Dads fertigzuwerden, wenn Lexi hier ist, denn sie liebt mich.

Sie atmet mir auf die Wange, will mich dazu bringen, dass ich die Augen öffne, und letztlich gebe ich nach. Ich muss lächeln, als ich sie sehe. Sie ist über mich gebeugt, sodass ihre Haare einen Vorhang um unsere Gesichter bilden. Ihre Lippen sind Zentimeter von meinen entfernt, ihre Augen leuchten, und sie riecht nach einer Mischung aus Parfüm und Zigarettenrauch. Anfangs hat mich dieser Geruch gestört, aber inzwischen mag ich ihn, weil er zu ihr gehört.

»Können wir nicht einfach hierbleiben?«, frage ich und streiche ihr eine Haarsträhne hinters Ohr.

Sie zieht einen Schmollmund. »In ein paar Wochen ist die Highschool vorbei, und ich will mich heute Abend amüsieren. Jetzt mach dich mal locker.« Sie steigt von mir, und mir wird ein bisschen kälter. »Außerdem habe ich Ryder gesagt, dass wir heute Abend weggehen.«

Ich stöhne. »Das heißt also, dass ich den ganzen Abend zugucken darf, wie ihr zwei euch betrinkt, während ich nüchtern bleibe, weil ich ja fahre.«

Ihre Mundwinkel biegen sich zu einem zufriedenen

Lächeln. »*Ja, weil du so vernünftig bist und tatsächlich nichts trinkst, wenn du fährst.*«

»*Und was ist, wenn ich das heute Abend nicht will? Was ist, wenn ich auch Spaß haben will?*«

Sie setzt sich auf und lächelt immer noch, da ihr klar ist, dass sie sich mal wieder durchgesetzt hat, auch wenn ich noch widerspreche. »*Du weißt genauso gut wie ich, dass du dich nicht betrinken würdest, nicht mal, wenn du wolltest.*«

»*Bloß weil ich mir dann Sorgen um dich mache*«, *antworte ich.* »*Du wirst immer so verrückt, wenn du betrunken bist.*«

»*Nicht verrückt, sondern witzig*«, *widerspricht sie.* »*Kannst du jetzt bitte aufstehen und dich umziehen, damit wir loskönnen? Ryder wartet im Wohnzimmer auf uns.*«

Ich zögere, bevor ich seufze: »*Na gut, aber ich mache das nur, um auf dich aufzupassen.*«

Grinsend gibt sie mir einen Kuss. »*Danke. Du sorgst so gut für mich!*«

»*Weil ich dich liebe*«, *sage ich, als sie vom Bett hüpft, während ich mich aufsetze und die Arme nach oben strecke.*

Immer noch grinsend, hebt sie meine Jeans auf und wirft sie mir zu. »*Wenn du mich wirklich liebst, dann beeil dich und zieh dich an.*«

Dann geht sie aus meinem Zimmer, ohne zu erwidern, dass sie mich auch liebt.

Aber ich weiß ja, dass sie mich genauso liebt wie ich sie. Deshalb stehe ich auf und ziehe mich an, wie sie es will. Anschließend gehe ich raus, nicht weil ich möchte, sondern weil ich sie über alles liebe.

Sie bedeutet mir alles. Das wird sie immer. Bis ans Ende meines Lebens.

10. Mai, sechs Tage vor den Sommerferien

Nova

Ich erinnere mich noch, dass sich früher alles so einfach anfühlte. Das Leben schien voller Lachen und Tanzen, Süßigkeiten und Kostümen, so voller Glück und Licht. Ich kannte nichts Dunkles. Bis ich zwölf war und begriff, dass nicht alles eitel Sonnenschein ist. Die Erinnerung ist noch so gegenwärtig wie der blaue Himmel.

»Wetten, ich bin als Erster unten«, sagt mein Dad und tritt lachend in die Pedale, um den Hügel hinunterzurauschen.

Ich grinse und trete schneller. Mein Rad ist brandneu, lila und silbern mit Streifen an den Pedalen, die das Sonnenlicht spiegeln. Die Reifen knirschen im Sand, als sie sich immer weiter drehen, und ich halte den Lenker ganz fest, als ich den Hügel hinunterflitze und versuche, das Rennen zu gewinnen. Wobei es eigentlich egal ist, wer gewinnt, denn es macht einfach Spaß, mit meinem Vater Rad zu fahren.

Er ist weit vor mir, als wir zwischen den Bäumen nach unten sausen, über uns der blaue Himmel, und die Luft riecht nach Erde und Laub. Mich würde nicht mal wundern, wenn er kurz vorm Schluss langsamer wird und mich gewinnen lässt. So etwas macht er immer. Er tut dann, als wäre irgendwas, sodass es wie zufällig aussieht.

Deshalb denke ich: AHA!, als er um die Kurve fährt und ich höre, wie er bremst. Ich trete schneller, lenke mein Rad um Steine herum und werde ein bisschen langsamer, als ich die Kurve erreiche. Ich grinse, bin ganz aufgeregt vom Rennen, aber sowie ich ganz um die Biegung bin, verschwindet alles Glückliche.

Das Rad von meinem Dad liegt umgekippt mitten auf dem Weg, und die Reifen drehen sich noch. Er liegt daneben auf dem Rücken. Für einen kurzen Moment denke ich, dass er nur spielt und es ein wenig zu weit damit treibt, mich gewinnen zu lassen. Aber dann bemerke ich, dass er sich stöhnend an die Brust greift.

Ich bremse, halte an, weil ich Angst bekomme, dass er wirklich gestürzt ist und sich verletzt hat. Hastig springe ich von meinem Fahrrad und lasse es einfach fallen, bevor ich zu ihm laufe und mich neben ihn knie. Das Erste, was mir auffällt, ist seine bleiche Haut, weiß wie frisch gepflückte Baumwolle. Dann sehe ich die Furcht in seinen Augen, sein blankes Entsetzen, dass etwas Schreckliches passieren wird.

»Nova ... hol Hilfe ... « *Seine Stimme zittert.*

Mir kommen die Tränen. »Dad, was ist denn?«

»Hol jemanden ... «, *stöhnt er wieder und hält seinen Arm.*

So wie er mich ansieht, laufe ich sofort zu meinem Rad, steige auf und fahre zurück den Hügel hinauf. Er ist sehr steil, und es dauert normalerweise ewig, ihn raufzukommen, aber irgendwie sind meine Beine stärker als sonst, bewegen sich schneller denn je. Oben sehe ich mich auf dem Parkplatz um. Eine Familie sitzt an einem der Picknicktische, und ich laufe hin. Mein Rad lasse ich am Weg.

»Mein Dad!«, *keuche ich, muss mich vorbeugen und die Hände auf die Knie stemmen.* »Er ist da hinten gestürzt und hat sich verletzt.«

Der Vater der Familie steht auf und sagt seiner Frau, sie soll einen Krankenwagen rufen. Dann sagt er zu mir, dass ich ihn zu meinem Dad bringen soll. Wir laufen zu Fuß den Hügel hinunter. Ich glaube fest, dass alles wieder gut wird. Ich habe ja Hilfe geholt, alles richtig gemacht, also wird auch alles gut. Doch als wir bei meinem Dad sind, bewegt er sich nicht, atmet nicht. Der Mann fühlt nach seinem Puls, aber er hat keinen.

Ich weiß nicht, was ich tun soll. Ich will weinen, der Mann sieht mich allerdings so mitleidig an, und ich will nicht weinen, sondern ihm zeigen, dass er sich irrt, weil doch alles wieder gut wird.

In den letzten vierundzwanzig Stunden habe ich viel über den Tod meines Dads nachgedacht, seit ich das von Quintons Vergangenheit erfahren habe. Ich schätze, es liegt daran, dass Lea mich genauso ansieht wie der Mann, nachdem er feststellte, dass mein Dad keinen Puls mehr hatte. Als würde ich ihr leidtun, weil ich Quinton finden will, denn ich weiß nicht, wo er wohnt, und ich möchte ihm helfen. Sie denkt nicht, dass ich das kann, doch sie irrt sich – das muss sie.

Jedenfalls sage ich das zu meiner Kamera, während ich aufnehme. »Ich sage mir immer wieder, dass die Möglichkeit besteht, Quinton könnte noch leben, und es deshalb noch Hoffnung gibt«, erzähle ich meinem Kamerahandy, bei dem oben in der Ecke des Displays das rote Aufnahmelicht blinkt. »Diese Hoffnung ist erst weg, wenn jemand keinen Herzschlag mehr hat, wenn er seinen letzten Atemzug gemacht hat und nicht mehr zurückkommt.« Ich liege auf dem Sofa im Wohnzimmer meines Apartments, die Füße auf der Rückenlehne und den Kopf über der Kante vorn, sodass mein Haar auf den Boden hängt. Mein Handy nimmt aus einem Winkel auf, aus dem es wirkt, als würde ich fallen. Genau weiß ich nicht, wie lange ich schon in dieser Stellung bin, aber ich fühle, wie sich das Blut in meinem Kopf staut.

Mit dem Filmen habe ich angefangen, weil ich mich schlicht für Filme interessiere, aber auch, weil ich nur auf diese Art die Gedanken herausbringe. Und ein kleiner Teil von mir macht es, damit ich mich meinem toten Freund Landon verbunden fühle, denn er nahm ein Video von sich auf, bevor er Selbstmord beging.

Weil ich ihn aus meinem Leben fallen ließ, genau wie Quinton.

Ich blinzle in die Kamera und ermahne mich, nicht dahin abzuschweifen, sondern optimistisch zu bleiben. »Die Hoffnung treibt mich an, weiter nach Quinton zu suchen, und macht mich entschlossen, ihn zu finden und ihm zu helfen. Obwohl ich weiß, dass das, was mich erwartet, hart wird und wahrscheinlich schmerzliche Erinnerungen an Dinge weckt, die ich getan habe. Doch mir ist klar, dass ich es muss. Im Nachhinein bin ich überzeugt, dass Quinton aus einem bestimmten Grund in mein Leben getreten ist. Es hat nicht unbedingt einen Sinn ergeben, als ich ihn vor fast einem Jahr kennenlernte, aber das tut es jetzt. Und all die Sachen, die ich durchgemacht habe, der Sommer der schlechten Entscheidungen, kann zu etwas Gutem genutzt werden, weil ich nachvollziehen kann, was er durchmacht. Ich habe die Finsternis gesehen, in der Quinton wohl jetzt gerade steckt, und ich weiß, wie es sich anfühlt, wenn man glaubt, darin zu ertrinken ...« Ich verstumme, als alles wieder zurückkehrt, bleischwer und unerwünscht, doch ich atme tief durch und befreie mich von der Anspannung.

»Obwohl ich sicher bin, dass sehr viel mehr dahintersteckt, als ich ahne. Und das nicht bloß, weil er viel weiter in die Drogenwelt abgesunken ist als ich – auf Crystal Meth ... Und wie ich im Internet gelesen habe, macht das viel süchtiger als irgendwas, das ich je genommen habe. Andererseits gibt es so vieles, was man als Sucht bezeichnen könnte ...« Wieder verlieren sich meine Worte, und ich schließe die Augen. »Sucht ist die reinste Hölle – das schwöre ich. Ob es Drogen sind oder zwanghaftes Zählen, was ich immer noch ab und zu mache. Es kann so beruhigend sein, so friedlich. Man hat dann das Gefühl, alles unter Kontrolle zu haben, dabei ist es bloß eine Maske, mehr nicht, und was hinter der Maske ist – was wir verstecken wollen –, wächst weiter, ernährt sich von der Sucht ...«

»Nova, komm mal schnell!«, ruft Lea, die seit einem Jahr meine beste Freundin und Mitbewohnerin ist, aus meinem Zimmer. »Ich glaube, ich habe was gefunden.«

Ich öffne die Augen und starre mein Bild auf dem Display an. Wie anders ich aussehe als letzten Sommer, als ich von mehreren Sachen abhängig war, einschließlich konsequenten Selbstbetrugs. »Ich mache später hier weiter«, sage ich zu meinem Kamerahandy, schalte es ab und richte mich auf.

Blut rauscht aus meinem Kopf, und mir wird schwindlig, sodass sich das fast leere Zimmer um mich herum dreht. Auf dem Weg zu meinem Zimmer muss ich mich an der Wand abstützen.

»Was hast du gefunden?«, frage ich Lea, als ich durch die Tür getorkelt komme.

Sie sitzt inmitten unserer Kartons mit dem Computer auf dem Schoß auf dem Boden, den Rücken an die Wand gelehnt und die Beine ausgestreckt. »Einen alten Zeitungsartikel, in dem steht, dass Quinton Carter in einen tödlichen Autounfall in Seattle verwickelt war.«

Für einen Augenblick stockt mir der Atem. »Was steht da?«, flüstere ich, fürchte mich aber vor der Wahrheit. Sie überfliegt den Artikel auf dem Bildschirm. »Hier steht, dass er einer der Fahrer war und dass zwei Leute in dem Wagen, den er gefahren ist, beim Eintreffen der Rettungskräfte tot waren.« Sie macht eine Pause und holt Luft. »Und hier steht, dass er ebenfalls keine Vitalfunktionen mehr hatte, die Sanitäter ihn aber wiederbeleben konnten.«

Ich schlucke angestrengt, kann nicht mehr leugnen, sondern muss mir die Wahrheit eingestehen. So viel Zeit habe ich mit Quinton verbracht und hatte keine Ahnung von den dunklen Geheimnissen, die ihn zerfraßen. »Bist du sicher, dass das da steht?«, frage ich, weil ich irgendwie doch alles leugnen will. Ich möchte mich an die Vorstellung klammern, dass Quinton aus purer Langeweile Drogen einwirft. Das wäre so viel einfacher. Na ja, nicht einfach, aber dann müsste ich ihm bloß gegen die Sucht helfen anstatt mit dem, was sich hinter ihr verbirgt. Einfach ist gar nichts, erst recht nicht das Leben. Meines ist es nicht; Landons war es nicht; Quintons ist es nicht; Leas ist es nicht. So viele Geschichten, die einem das Herz brechen, und ich wünschte, ich könnte sie alle dokumentieren.

Lea blickt mitfühlend zu mir auf. »Tut mir leid, Nova.«

Ich kämpfe gegen den Drang, die Risse an der Decke zu zählen, als ich auf die Matratze sinke und mich frage, was ich tun soll. Geplant war, dass ich aus der Wohnung ausziehe, über die Sommerferien nach Hause zurückfahre und drei Monate in Maple Grove verbringe, wo ich herkomme, bevor ich wieder nach Idaho ans College zurückkehre. Und ich bin grundsätzlich sehr dafür, mich an meine Pläne zu halten, denn Ungewissheit macht mich nervös. Ich habe mir angewöhnt, genaue Pläne zu machen, weil es mir hilft, meine Angst zu bändigen.

Und für diesen Sommer hatte ich Pläne: Zeit mit meiner Mom verbringen, mit Lea Musik machen, wenn sie einige Wochen zu Besuch kommt, und an meinem Dokumentarfilm arbeiten – vielleicht sogar eine bessere Kameraausrüstung kaufen. Aber während ich verdaue, was ich eben über Quinton erfahren habe, beginne ich, mich zu fragen, ob ich einen neuen Plan machen muss. Im Grunde hätte ich mir den schon vor neun Monaten zurechtlegen sollen, nur war ich damals nicht in der richtigen Verfassung.

»Hier steht auch, dass er zu schnell gefahren ist.« Lea rückt den Laptop zurück, damit das Licht nicht direkt auf den Bildschirm fällt. »Wenigstens schreiben sie das in dem Artikel.«

»Steht da, dass es seine Schuld war?« Meine Stimme klingt zittrig. Ich winkle einen Arm über meiner Stirn an, sodass ich für einen Moment das Lederband an meinem Handgelenk sehe, unter dem sich die Narbe und das Tattoo befinden. Das Tattoo ließ ich mir vor einigen Monaten stechen, als Lea vorschlug, dass wir uns jede eines machen lassen, das für etwas Wichtiges in unserem Leben steht. Ich fand die Idee klasse und beschloss, mir die Worte »niemals vergessen« stechen zu lassen, die mich daran erinnern sollen, wie ich in eine Abwärtsspirale stürzte. Jetzt stehen sie direkt unter der Narbe an meinem Handgelenk, jener Narbe, die ich mir selbst zugefügt hatte, denn ich will nie vergessen, wie finster alles werden kann und wie ich mich da rausgezogen habe.

Lea neigt sich näher zum Bildschirm, und ihr langes schwarzes Haar fällt ihr ins Gesicht. »Nein … hier steht, dass beide Fahrer schuld waren … dass

Quinton zu schnell war, aber dieser andere Wagen kam ihm entgegen und nahm die Kurve zu eng, sodass er auf die Gegenfahrbahn kam ... Es war ein Frontalzusammenstoß, und einige von ihnen waren nicht angeschnallt.«

»Schreiben sie etwas, ob eine der beiden anderen im Wagen Quintons Freundin oder eine Verwandte war?« Trauer bohrt sich in mein Herz.

Lea liest kurz. »Hier steht nur, dass sie Lexi Davis und Ryder Morganson hießen, aber nicht, was für eine Beziehung sie zu Quinton hatten.«

»Morganson.« Mein Verstand sträubt sich gegen die schmerzliche Realität, und ich stütze mich auf einen Ellbogen auf. »So heißt Tristan mit Nachnamen ... o mein Gott ... Ryder muss Tristans Schwester sein!« Einzelne Teile fügen sich zusammen, doch es ist, als wäre lediglich der Puzzlerahmen da, während die Mittelstücke noch fehlen, sodass es immer noch unvollständig ist und keinen Sinn ergibt. »Ich verstehe das nicht. Wieso sollte Tristan ihn danach bei sich wohnen lassen?«

»Vielleicht ist er ein nachsichtiger Typ«, sagt Lea achselzuckend, und als ich sie fragend ansehe, ergänzt sie: »Hey, manche Leute sind so. Die können vergeben und vergessen, und wenn man die ganze Zeit high ist ... na ja, dann dürfte es richtig leicht sein zu vergessen. Aber ich weiß natürlich nicht, ob das stimmt oder nicht. Ist bloß geraten.«

»Es stimmt«, gestehe ich, denn ich weiß es, seit ich einige Monate lang in Trailerparks und auf Open-Air-Wiesen unterwegs war und mich selbst in der Welt der Drogen und Desorientiertheit bewegte, allerdings ohne mich ganz und gar auf sie einzulassen. »Und wenn ich darüber nachdenke, war zwischen den beiden tatsächlich so eine Spannung ... Gott, ich fasse nicht, dass ich keine Ahnung hatte! Ich habe so viel Zeit mit ihm verbracht und nichts gewusst.«

Lea dreht eine schwarze Strähne ihres Haars mit dem Finger auf. »Na, ich würde sagen, gerade wir beide wissen, dass man hundert Jahre mit jemandem verbringen kann und nie erfährt, was der andere einen nicht wissen lassen will.«

»Ja, du hast recht.« Ich kannte Landon jahrelang, und obwohl ich wusste, dass er traurig war, habe ich nie verstanden, warum. Als er starb, war ich sogar noch verwirrter – bin es bis heute. Lea kannte ihren Dad zwölf Jahre lang, und dann nahm er sich das Leben. Sie erzählte mir, dass er immer zufrieden wirkte, nicht direkt ekstatisch vor Lebensfreude oder so, aber sie hätte nie gedacht, dass er das tun würde. Eine Menge Leute denken nicht, dass jemand, den sie lieben, sein Leben beendet.

Lea liest noch eine Weile auf dem Bildschirm, während ich mein Haar seitlich flechte und versuche, nicht daran zu denken, wo Quinton überall sein könnte, wie viel Schaden er seinem Körper und seinem Verstand schon zugefügt hat. Und dennoch bekomme ich es nicht aus dem Kopf. Ich merke, wie ich selbst an jenen Ort abdrifte, an dem ich keine Kontrolle habe, genau wie es mir bei meinem Dad und Landon gegangen ist. Alles passiert einfach, und ich bin hier und kann nichts tun, um es aufzuhalten.

»Bitte verrate mir, warum du so traurig bist«, flüstere ich, als ich zusehe, wie Landon in seinem Skizzenblock blättert, weil er unbedingt eine bestimmte Zeichnung finden will.

Er schüttelt den Kopf, neigt ihn zur Seite und betrachtet eine Zeichnung. »Ich bin nicht traurig, Nova, also hör auf zu fragen.«

Ich ziehe die Knie an und lehne mich an die Wand. »Aber du siehst traurig aus.«

Er sieht zu mir, und die Angst in seinem Blick macht mir das Atmen schwer. »Nova, im Ernst, es ist alles okay. Ich muss nur ein paar Sachen auf die Reihe kriegen ... für dieses Projekt, an dem ich arbeite.« Grob blättert er noch einige Seiten weiter.

Ich seufze, stehe auf und gehe hinüber, um mich neben ihm auf das Bett zu setzen. Ich kann den beißenden Geruch von Gras riechen, und seine Augen sind ein bisschen rot. »Übrigens kannst du immer mit mir reden, wenn du mal einen schlechten Tag hast oder so.« Ich möchte ihn berühren, traue mich aber nicht. Ich habe Angst, dass er wütend wird und mich wegschickt. Und ich habe

Angst, dass er zusammenbricht und weint, mir erzählt, was los ist, und es etwas richtig Übles ist.

Er blättert mit einer Hand und fährt sich mit der anderen durch sein pechschwarzes Haar. Als er schließlich wieder zu mir sieht, wirken seine honigbraunen Augen nicht mehr ängstlich, sondern verärgert. »Macht es dir etwas aus, mich ein bisschen allein zu lassen?«

»Soll ich gehen?«, frage ich gekränkt.

Er nickt, und ich bemerke, dass er zu der Wasserpfeife auf seinem Schreibtisch sieht. »Nur ein bisschen ... Ich rufe dich an, wenn du wiederkommen kannst.«

Ich will nicht gehen, will aber auch nicht mit ihm streiten, deshalb stehe ich auf und gehe nach Hause. Dabei fühle ich mich, als hätte ich alles falsch gemacht.

Ich habe das Gefühl, dass ich ihn nicht hätte verlassen dürfen.

»Weißt du was?«, unterbricht Lea meine Gedanken, klappt den Laptop zu und steht auf. Sie trägt ein eingerissenes schwarzes T-Shirt und abgeschnittene Jeans. Als sie sich den verschmierten Eyeliner unter den Augen wegreibt, sehe ich das Tattoo an ihrem Handgelenk: *Lebe ohne Reue*. Das hatte sie sich stechen lassen, und es ist mehr oder minder ihr Lebensmotto, jedenfalls hat sie mir das erzählt. »Ich finde, du solltest dein Abschlussprojekt beim Filmkurs einreichen.«

Ich sichere meinen Zopf mit dem Haargummi, das

ich am Handgelenk habe, und setze mich auf dem Bett auf. »Lea, ich muss herausfinden, wo er ist ... Ich muss mit ihm reden und sehen, ob er okay ist.« Dann stehe ich auf und zupfe meine Shorts unten zurecht. »Außerdem habe ich kein Abschlussprojekt, das ich einreichen kann.«

Sie stemmt die Hände in die Hüften und sieht mich streng an. »Das stimmt nicht. Du hast ein schönes Projekt, nur eben ohne den Quinton-Clip drin.«

Ich zögere, denn ich bin nicht sicher, dass ich das Video ohne die Aufnahme von Quinton abgeben will. Es ist die aus dem letzten Sommer, als er mir in kodierter Form etwas von seinem Leben erzählt hatte. Die Szene ist so ungeschliffen und emotional, wie es von meinem Abschlussprojekt erwartet wird, und das Band fühlt sich ohne sie unvollständig an. Nur erlaubt mein Professor nicht, dass ich sie ohne die von Quinton unterschriebene Einwilligungserklärung verwende. »Aber ... es ist ...«

»Nichts aber.« Sie kommt zu mir und scheucht mich aus dem Zimmer. »Reich das ein, was du hast, damit du nicht durchfällst, und dann besorg Kaffee, denn ich weiß, dass du letzte Nacht nicht geschlafen hast, und du siehst echt müde aus.«

»Aber was ist mit Quinton?« Über neun Monate habe ich ihn nicht mehr gesehen, weshalb meine Panik, weil ich noch einige Stunden länger warten muss, bevor ich ihn suche, absurd anmutet. Doch seit ich von Delilah von dem Unfall erfuhr und dass er Crystal Meth nimmt, will ich ihn dringend finden.

»Ich sehe nach, was ich noch über ihn rausbekomme und ob ich ihn aufspüren kann«, verspricht Lea und schiebt mich weiter aus dem Zimmer. »Und lass mir die Nummer von dieser Delilah hier. Vielleicht verrät sie mir ja, wo die jetzt alle wohnen.«

»Gut.« Ich trotte aus dem Zimmer und in den offenen Küchen- und Wohnbereich. Dort nehme ich meinen Laptop und meine Tasche vom Sofa. Neben Frust empfinde ich noch tausend andere Sachen: Trauer, Schuld, Schmerz, Hoffnungslosigkeit. Trotzdem fühle ich dank Lea auch ein bisschen Zuversicht, also drehe ich mich um und umarme sie. »Danke, dass du so eine tolle Freundin bist.«

»Kein Problem«, sagt sie und drückt mich.

Es ist ein merkwürdiger, zugleich sehr realer, stiller Moment, bevor wir uns voneinander lösen. Ich habe Tränen in den Augen, als ich aus der Wohnung in den strahlenden Sonnenschein trete. Sicher geht Lea wieder an den Computer und sucht nach mehr Informationen, die mich hoffentlich zu Quinton führen. Dennoch tut es mir weh, nicht zu wissen, wo er ist.

Es ist ein komisches Gefühl, und ich kenne dieses quälende Sehnen nach jemandem bisher einzig in Bezug auf Landon. Doch ich vergleiche Quinton nicht mit ihm. Ich weigere mich, das wieder zu tun.

Landon war Landon, ein wunderschöner Künstler, dem das Gewicht der Welt auf den Schultern lastete und der auf eine Weise litt, die ich nicht verstehen konnte. Ich würde es gern, werde es aber wohl nie. Und Quinton ist Quinton, ein schöner Künstler, den schwere Schuld belastet, der mich selbst in seiner dunkelsten Zeit zum Lächeln brachte, als es niemand sonst konnte, und der mir eine dunkle Welt zeigte, die mich antrieb, wieder Licht sehen zu wollen.

Ich wünsche mir, dass auch er wieder das Licht sieht. Dazu muss ich ihn bloß finden.

Nova

Nachdem ich mein Projekt bei dem Professor abgegeben habe, hole ich mir einen Kaffee am Stand auf dem Campus, dann hetze ich zurück nach Hause. Unser Apartment ist ungefähr eine halbe Meile entfernt, weshalb ich selten mit dem alten 1967er Chevy Nova von meinem Dad zur Uni fahre. Zudem ist es ein warmer Tag, und die Sonne scheint auf mich herab, als ich mit meiner Tasche über der Schulter und einem Laptop unterm Arm den Gehweg entlangeile. Irgendwie kommt es mir wie ein Scheitern vor, die Doku ohne Quintons Clip abgegeben zu haben. Aber ich bemühe mich, es zu verdrängen und mich stattdessen auf die Tatsache zu konzentrieren, dass ich wenigstens nicht durch den Kurs rausche. Außerdem bleibt mir ja noch das nächste Jahr, und vielleicht habe ich bis dahin zumindest mit Quinton gesprochen. Ich hoffe sehr, dass wir noch miteinander reden können. Und ich hoffe auf die

Chance, viele Aufnahmen mit ihm zu machen, die ich zu meiner »Nova-Doku«, wie er sie nennt, hinzufügen kann.

Allein daran zu denken tut weh, weil ich ihm so dringend helfen will und doch aus Erfahrung weiß, dass ich Dinge nicht so geschehen lassen kann, wie ich es will. Ich kann Quinton nicht dazu bringen, dass es ihm besser geht, genauso wenig wie ich Landon dazu bringen konnte, mir zu erzählen, was nicht stimmte, oder meinen Dad dazu, nur ein bisschen länger durchzuhalten.

Diese Gefühle muss ich aus mir herausbekommen, daher bleibe ich an der letzten Kreuzung vor unserer Wohnung stehen und stürze den Rest meines Kaffees herunter. Dann stelle ich meine Tasche, meinen Laptop und den leeren Kaffeebecher ab und hole mein Telefon aus der Hosentasche. Ich schalte es ein, drehe mich leicht, damit die Sonne in der richtigen Position ist und nicht das Display blendet, ehe ich auf »Record« drücke.

Das rote Licht blinkt los, und ich erscheine. Ich sehe völlig anders aus als auf den Clips aus dem letzten Sommer. Meine Haut wirkt gesünder, mein Gesicht voller und mein braunes Haar sauberer. Es ist noch zur einen Seite geflochten, sodass nur einzelne Strähnen mein Gesicht umrahmen. Meine blauen Augen aber sind blutunterlaufen und voller Traurigkeit. Tatsächlich scheinen sie nur blau, denn wenn man genauer hinsieht, haben sie lauter grüne Sprenkel. Übrigens war Quinton einer der wenigen Menschen, denen das auffiel, und im Nachhinein finde ich es richtig süß, auch wenn ich es zu der Zeit nicht so wahrnahm, weil ich noch viel zu niedergeschmettert war von Landons Tod. Doch es ist nicht nur mein Äußeres, das sich verändert hat. Auch mein Inneres strahlt nach außen. Das Licht in meinen Augen, von dem ich glaubte, es wäre endgültig gestorben, ist wieder da. Es war bloß vorübergehend gedämpft gewesen.

Ich winke der Kamera zu. »Hey, ich bin's, Nova, mal wieder. Ich weiß ja nicht, ob ihr mein letztes Video gesehen habt, und ich bezweifle es auch, weil es eigentlich nur ein Haufen Herumgeleier über mein Leben ist. Aber wer weiß, vielleicht steht ihr auf solchen Kram, und dann versteht ihr auch, wovon ich rede.« Ich schüttle den Kopf, muss allerdings ein bisschen grinsen. »Jedenfalls ist es fast genau ein Jahr her, seit ich mit meinem allerersten Video anfing, und ich bin heute an einem völlig anderen Punkt. Meine Vergangenheit habe ich größtenteils hinter mir gelassen, um meinen Dad und Landon getrauert … na ja, sie so weit losgelassen, wie ich kann.« Ich streiche mir etwas Haar aus dem Gesicht. »Also, jetzt fängt ein neuer Sommer an, der eine Menge Möglichkeiten bereithält, aber nicht zwingend gute. Im Grunde habe ich keine Ahnung, wie er wird.«

Ich schalte die Kamera aus, schnappe mir meine Tasche und den Laptop und überquere die Straße. Dabei frage ich mich, ob Quinton noch jemand sein wird, um den ich trauern muss. Bei der Vorstellung wird mir schlecht, auch wenn ich aus erster Hand weiß, dass jemand, der nicht mit aller Kraft von den Drogen wegwill, also richtig ernsthaft, es nicht schafft, von ihnen loszukommen. Und selbst wenn man entscheidet, mit dem Mist aufzuhören, ist es immer noch ein gigantischer Kampf gegen die inneren Dämonen. Es kostet einiges, bis man den Kopf und den Körper frei von Drogen hat und trotzdem Frieden empfindet ... Ich bin nicht mal sicher, ob *Frieden* das richtige Wort ist, denn die Drogenbenommenheit wird genauso in meinem Kopf bleiben wie Landon, und keines von beidem wird mich jemals vollständig in Ruhe lassen. Nachdem ich die Freiheit des Taubseins und Vergessens erlebt habe, ist es unmöglich, deren Existenz zu leugnen. Und dass ich sie wiederhaben könnte, wird weiter in mir leben – dass ich sie jederzeit wiederbekommen könnte, sollte etwas passieren, das den Wunsch aufs Neue auslöst.

Ich muss bloß wissen, wie ich ihn unterdrücke, wie ich ihn mit allem, was ich habe, bekämpfe. Und ich bin ja nicht mehr an jenem Punkt, also weiß ich, dass ich es kann. Ich wünschte nur, ich wäre genauso sicher, dass Quinton es auch kann. Als Erstes muss ich einen Weg finden, zu ihm durchzudringen und ihn dazu zu bringen, etwas jenseits von dem zu sehen, was immer ihn blind für die Zukunft macht. Für mich war es Landons Video. Es half mir zu erkennen, zu was ich geworden war, wohin ich ging und dass ich versuchte, vor meinen Gefühlen zu fliehen, statt mit ihnen fertigzuwerden. Auf eine verdrehte Weise half mir dieses Video, wieder ganz werden zu wollen.

Ich lasse meine Tasche und den Laptop aufs Sofa fallen und gehe ins Schlafzimmer. Lea und ihr Freund Jaxon sitzen auf dem Fußboden und starren auf den Computerbildschirm. Jaxon ist groß und irgendwie schlaksig mit dunkelbraunem Haar, das ein bisschen zu lang ist und ihm dauernd in die Augen hängt. Er hockt hinter Lea und massiert ihr den Rücken, während sie einen Artikel liest.

»Hast du noch mehr gefunden?«, frage ich, und beide erschrecken. Sie zucken zusammen und reißen die Augen weit auf, als hätte ich sie beim Sex überrascht.

Jaxons Arme rutschen von Leas Schultern. »Oh, hi, Nova«, sagt er und winkt mir zu. »Wir haben dich gar nicht kommen gehört.«

Ich gehe hinüber und setze mich auf die Bettkante. »Ich wusste gar nicht, dass du noch hier bist. Wolltest du nicht gestern nach Hause?«

»Ja, wollte ich«, sagt er mit einem Seitenblick zu Lea. »Aber ich dachte, ich bleibe noch einen Tag … oder länger, falls nötig.«

Die beiden hatten sich gestritten, weil Jaxon über

den Sommer nach Illinois zurückwollte und Lea nach Wyoming fährt, in eine Stadt unweit von Maple Grove. Es ist nicht das erste Mal, dass sie einen Sommer getrennt verbringen, aber ich vermute, sie sind in ihrer Beziehung inzwischen so weit, dass entweder einer mit dem anderen mitreist oder sie sich schlicht hier etwas zum Wohnen suchen. Doch aus irgendeinem Grund tun sie das nicht. Ich habe Lea gefragt, warum nicht, und sie hat nur gesagt, sie hätten sich nicht einigen können, wohin sie wollten; deshalb fragte sie sich, ob sie überhaupt noch auf derselben Wellenlänge sind. Mich macht es traurig, weil die beiden ein süßes Paar sind. Jaxon spielt Gitarre, Lea singt, und wenn sie zusammen auf der Bühne stehen, ist das magisch, weil da so viel Gefühl zwischen ihnen ist. Das macht das Schlagzeugspielen im Hintergrund für sie zu einem Genuss. Na ja, es macht mir eigentlich immer viel Spaß.

»Er fährt heute Abend nach Hause«, sagt Lea, die sich wieder dem Computer zuwendet. »Er ist bloß vorbeigekommen, um sich zu verabschieden.«

»Wie wäre es, wenn ich es übernehme, Quinton aufzuspüren, und ihr zwei ein bisschen Zeit für euch habt?«, schlage ich vor.

Leas Blick wandert zwischen Jaxon und mir hin und her. »Das musst du nicht. Ich bleibe gerne hier und helfe dir.«

Jaxon schüttelt den Kopf und wirkt unglücklich,

als er von ihr wegrückt und die Hände in den Schoß legt. Es ist ziemlich offensichtlich, dass sie sich streiten und einen Moment für sich brauchen, wobei ihnen meine Rettet-Quinton-Mission in die Quere kommt. »Ich kann hier übernehmen. Sag mir, was du gefunden hast, dann mache ich da weiter.«

Lea seufzt und stützt sich auf ihre Hände auf, während Jaxon gedankenverloren aus dem Fenster sieht. Es ziehen Wolken auf. »Eigentlich nichts. In dem Artikel stand bloß noch mehr über den Unfall, aber es ist nichts darüber zu finden, wo er jetzt ist. Ich habe diese bescheuerte Delilah erreicht, und sie hat direkt aufgelegt, als ich anfing, sie zu fragen, wo sie inzwischen wohnen. Ich glaube, sie hielt mich für eine Polizistin oder so.«

Ich überkreuze die Beine. »Wahrscheinlich ist sie auf irgendwas und paranoid.«

Lea sieht Jaxon und dann mich an. »Mir gefällt die gar nicht. Sie hat mich sofort als Schlampe beschimpft, und dabei kennt sie mich gar nicht.«

Ich wünschte, Delilah würde aufhören … nun ja, Delilah zu sein, und mir einfach verraten, wo sie ist. »Vielleicht wäre sie netter zu dir, wenn du ein Kerl wärst. Sie hatte es schon immer damit, andere Frauen zu beschimpfen.«

Lea verdreht die Augen, dann sieht sie wieder zum Computer und bringt ihre Finger über der Tastatur in Position. »Ja, scheint mir auch so.«

Ich ziehe mein Haargummi ab, löse den Zopf und kämme mir mit den Fingern durchs Haar, weil ich zappelig bin und mich davon abhalten muss, das zu tun, was ich am liebsten würde: zählen. »Vielleicht können wir ihre Telefonnummer eingeben und sehen, ob zu der eine Adresse eingetragen ist.«

Lea schüttelt den Kopf und tippt etwas ein. »Das habe ich schon gemacht, und es erscheint eine Adresse in Maple Grove. Aber wir wissen ja, dass sie da nicht mehr sind, und diese bescheuerte Kuh verrät nicht, wo sie sind.« Sie überlegt kurz. »Wir könnten allerdings ihre Mutter anrufen und die fragen, wo Delilah ist.« Lea schwingt die Beine herum, legt sich auf den Bauch und stützt sich auf die Ellbogen. Jetzt sind ihre Füße auf Jaxons Schoß, und er beginnt, sie gedankenverloren zu massieren.

Ich verneine. »Wahrscheinlich hat ihre Mutter keine Ahnung, wo sie steckt.«

»Und was ist mit dem Vater?«, fragt Lea und klickt die Maus.

»Der spielt praktisch schon seit ihrer Geburt keine Rolle mehr«, antworte ich. »Andere Verwandte hat sie nicht, soweit ich weiß.«

»Wie sieht es mit Quintons Vater aus?«, fragt sie. »Du könntest ihn in Seattle suchen, wo Quinton her ist ... oder hat er nicht bei seinem Vater gewohnt?«

»Weiß ich nicht ... Gott, ich weiß nicht mal den Vornamen seines Vaters!«, gestehe ich schuldbewusst.

»Aber man kann wohl nach Quinton Carter in Seattle suchen und sehen, ob eine alte Telefonnummer oder der Name seines Vaters auftaucht.«

»Ja, nur wie wahrscheinlich ist, dass sein Vater weiß, wo er steckt? Wie wäre es, wenn wir versuchen, Quintons Telefonnummer rauszubekommen?«

»Soweit ich weiß, hat er gar kein Handy. Und Quinton Carter ist ein ziemlich häufiger Name, oder?«

Lea will etwas erwidern, doch Jaxon hebt eine Hand wie ein Kind in der Grundschule, das aufgerufen werden möchte. Lea zieht eine Grimasse, lacht aber.

»Ja, Mr. Collins?«, sagt sie mit einer übertrieben tiefen Stimme und rollt sich zur Seite.

Jaxon senkt die Hand wieder und streicht sich grinsend das Haar aus dem Gesicht. »So gerne ich auch hier sitze und euch zuhöre, wie ihr brillante Ideen austauscht, habe ich eine Idee, wie es viel leichter sein könnte.«

Lea schwenkt ihm ihre Hand entgegen, und die Anspannung zwischen den beiden scheint sich ein wenig zu lösen. »Alsdann, du hast unsere ungeteilte Aufmerksamkeit, o mein genialer Freund!«

Er hält sich eine Hand vor den Mund, um sein Grinsen zu verbergen. »Was haltet ihr davon, wenn ich diese Delilah anrufe und ein bisschen mit ihr flirte? Dann verrät sie vielleicht, wo sie sind.«

»Weil du so viel charmanter bist als wir beide zusammen?«, fragt Lea und stupst ihn mit dem Fuß an. »Warum sollte sie dir ihre Adresse verraten, wenn sie die nicht mal Nova sagt? Und sie kennt Nova.«

»Ähm, weil ich ein Kerl bin.« Er zeigt auf seine Brust. »Und ich kann sehr charmant sein, wenn ich will.«

»Auch wieder richtig«, stimmt Lea ihm zu. »Na, schaden kann es wohl nichts.« Sie sieht mich fragend an. »Was meinst du, Nova?«

»Ich denke, es ist einen Versuch wert.« Ich hole mein Handy aus der Shorts-Tasche.

»Nein, ich rufe sie von meinem Handy an, denn deine Anrufe nimmt sie ja nicht mehr an«, sagt Jaxon und nimmt sein Handy hervor.

Ich stecke mein Telefon wieder ein. »Gute Idee«, sage ich, als er schon mit dem Finger übers Display wischt. »Ach, und Jaxon?«

Er sieht zu mir. »Ja?«

»Danke.« Er weiß es nicht, aber was er tut, bedeutet mir mehr, als hätte er mir sein letztes Hemd gegeben.

»Gerne. Also, wie ist die Nummer?«, fragt er. Ich rattere sie herunter, während er wählt.

»Und stell auf Lautsprecher«, sagt Lea, die sich neben ihn aufsetzt. »Ich will hören, wie es läuft.«

Jaxon atmet kräftig aus, drückt den Lautsprecherknopf und legt das Telefon vor sich auf den Boden.

Als es klingelt, fragt er hastig: »Warte mal, was soll ich sagen?«

»Keine Ahnung.« Ich sehe Lea an, die mit den Schultern zuckt. »Wie wär's ...«

»Hallo?«, meldet sich Delilah, und ich verstumme.

»Ah, hi, Schönheit.« Jaxon sieht erst zu mir, dann zu Lea, die kopfschüttelnd nach unten blickt.

»Äh, wer ist da?«, fragt Delilah.

»Ich bin Jaxon«, antwortet er vorsichtig. »Ein Freund von Nova.«

Ich halte die Luft an, sowie er meinen Namen sagt, und fürchte, dass sie auflegt, denn sie hat schon länger keine Anrufe mehr von mir angenommen.

»Steckt sie in Schwierigkeiten?«, fragt Delilah, klingt jedoch nicht besorgt.

»Nein ...« Jaxon hebt das Telefon hoch und hält es sich dichter an den Mund. »Folgendes, Delilah. Nova muss unbedingt diesen Quinton erreichen ... das ist sogar ziemlich wichtig, und du scheinst die Einzige zu sein, die direkten Kontakt zu ihm hat, jedenfalls die Einzige, die Nova kennt. Deshalb dachte ich, dass du ihn vielleicht mal ans Telefon holen kannst, damit sie ihn sprechen kann, oder uns sagen kannst, wie wir ihn erreichen. Da wäre ich dir wirklich sehr, sehr dankbar«, fügt er charmant hinzu.

Delilah sagt zunächst nichts, und ich höre Gepolter im Hintergrund. »Na gut, bleib dran ... Ich sehe mal, ob er mit ihr reden will.« Es klingt, als würde das Telefon am anderen Ende fallen gelassen, aber dann sind Stimmen zu hören.

Lea gibt Jaxon einen Klaps auf den Hinterkopf. »Ernsthaft?«, zischt sie. »Du hast sie ›Schönheit‹ genannt!«

Er deckt achselzuckend das Mikro ab. »Hat doch funktioniert, oder?«

Lea seufzt, bevor sie Jaxon das Handy entreißt und es mir zuwirft. Dann steht sie auf und reicht Jaxon die Hand. »Lassen wir sie allein.«

Jaxon nimmt ihre Hand, und Lea zieht ihn nach oben. Die beiden gehen aus dem Zimmer. »Ich bin nebenan, falls du mich brauchst«, sagt Lea zu mir, ehe sie die Tür hinter ihnen schließt.

Mein Puls hämmert in meinem Handgelenk, meinem Hals und meiner Brust. Ich werde tatsächlich mit ihm reden! Was zur Hölle soll ich sagen? Und was ist, wenn ich etwas Falsches sage? Ich werde panisch und sehne mich nach der Einsamkeit des Zählens, aber dem gebe ich nicht nach.

Nie wieder.

Ich bin stark.

Tief atmen.

Atme!

Entspann dich …

»Hallo?« Beim Klang seiner Stimme stocken meine Gedanken, mein Herz, mein Atem, und alles, was ich in jenen wenigen Monaten letzten Sommer empfand, kracht auf mich ein wie ein Adrenalinkick. Ich kann nicht sprechen, bin gebrochen und stumm. *Sag was, verflucht! Rede!* »Delilah, wer ist da dran?«, höre ich ihn fragen, und mit einem Ruck bin ich zurück in der Wirklichkeit.

»Hier ist Nova«, antworte ich zögernd. Es tritt eine Pause ein, und ich denke schon, dass er aufgelegt hat, bis mir klar wird, dass ich noch Stimmen im Hintergrund höre. »Nova Reed. Wir haben uns letztes Jahr kennengelernt.«

»Ich erinnere mich«, sagt er, klingt aber alles andere als froh, und meine Hoffnung stirbt, bis er munterer hinzufügt: »Nova wie das Auto.«

»Genau die.« Ich lege mich auf dem Bett zurück und suche nach den richtigen Worten, doch die gibt es wohl nicht. Was ich auch sage, es wird sich linkisch anhören und ihn vielleicht wütend machen, aber ich muss es, wenn ich das hier durchziehen will. »Ich wollte nur hören, wie es dir geht.«

»Mir geht es gut, danke«, antwortet er förmlich.

»Ähm, ich habe gehört, dass du nicht mehr in Maple Grove wohnst.«

»Ja ... Da wurde es für einige ein bisschen zu heiß, denke ich, und mir ist sowieso egal, wo ich wohne.«

»Und wo wohnst du jetzt?«, frage ich und streiche mit dem Finger über mein Tattoo. *Niemals vergessen. Erinnere dich, sieh nach vorn. Mach es anders.*

»Hat Delilah dir das nicht gesagt?«, fragt er.

»Nein, ich habe sie gar nicht gefragt«, lüge ich, denn in Wahrheit habe ich es sie tausendmal auf ihrer Mailbox gefragt, doch sie ruft mich nicht zurück.

Er wird still, und ich höre, wie eine Tür geschlossen wird, worauf die Stimmen im Hintergrund verschwinden. »Wir wohnen in Las Vegas, sie, Dylan, Tristan und ich. Hier ist es auch ganz schön heftig, aber ich glaube, das ist okay für alle.«

»Las Vegas«, wiederhole ich ein bisschen erschrocken, denn damit hatte ich nicht gerechnet. Ehrlich, ich weiß nicht, was ich erwartet hatte, ob überhaupt irgendwas. Ich glaube, ein Teil von mir hat gedacht, dass ich nie wieder mit ihm reden würde. »Wirklich?«

»Ja, wirklich«, sagt er angespannt.

Ich zwinge mich, munter zu klingen, obwohl mich sein Tonfall kränkt. »Tja, und was macht ihr in Las Vegas?«, frage ich und schüttle sofort den Kopf. »Ich meine, arbeitet einer von euch da?« Jetzt klatsche ich mir die Hand an die Stirn. Gott, ich klinge völlig idiotisch!

»Sozusagen«, antwortet er ausweichend, und ich denke, ich weiß, warum. Weil sie vielleicht dasselbe machen wie bei dem Open Air – sie dealen.

Mein Herz bricht langsam unter dem Druck in meiner Brust, und ich will nur noch auflegen und etwas zählen, aber ich halte durch. »Zeichnest du viel?«

»Manchmal ... Übrigens habe ich dich ein paar

Mal gezeichnet«, sagt er und wird gleich sehr still. »Entschuldige, das hätte ich nicht sagen sollen.«

»Wieso nicht? Du darfst mich so oft zeichnen, wie du willst.« Ich glaube, das meine ich ernst, was komisch ist, nachdem ich lange das Gefühl hatte, es wäre Verrat an Landon, sollte mich jemand anderes zeichnen. *Seit wann ist das okay für mich?*

Sein Schweigen macht mich irre, aber schließlich sagt er wieder etwas, und nun klingt seine Stimme unbeschwerter. »Und was hast du so gemacht?«, wechselt er das Thema.

»Nicht viel. Ich bin auf dem College, jobbe, und ich spiele auch wieder Drums.«

»Ach ja?« Ich höre das Klicken eines Feuerzeugs. »Übrigens bin ich nie dazu gekommen, dich spielen zu sehen.«

»Weiß ich.« Erinnerungen rauschen auf mich ein wie Wasser, das immer höher steigt. Ich sehe das Open Air, auf dem wir vor nicht ganz einem Jahr waren, noch vor mir, kann es hören und mir die Stimmung vergegenwärtigen. »Aber das kannst du ja noch. Ich könnte dich besuchen kommen, oder du kommst zu mir.«

»Ja, möglich«, sagt er, wobei seine Stimmung spürbar sinkt, und ich weiß, dass ich das Falsche gesagt habe. »Hör mal, Nova, ich muss los. Ich soll Tristan bei irgendwas helfen.«

»Warte noch kurz.« Rasch setze ich mich auf. Ich

will das Gespräch noch nicht beenden. Bisher habe ich gar nichts erreicht, nicht genug mit ihm geredet, ihn gerettet. Verdammt, was soll ich denn sagen? Was wäre das Richtige? »Ich würde gerne diese Aufnahme von dir für ein Projekt benutzen, an dem ich arbeite ... die, die ich in dem Zelt bei dem Open Air gemacht habe. Mir ist klar, dass das persönlich ist und so, deshalb will ich sie nicht ohne dein Okay benutzen.« Ich bemühe mich verzweifelt, ihn am Telefon zu halten, seine Stimme zu hören.

Er stockt ein oder zwei Sekunden. »Ehrlich gesagt ist mir das völlig egal, Nova. Seitdem ist so viel passiert, dass ich mich gar nicht mehr erinnere, was ich da gesagt habe.«

Mir tut die Brust weh, und ich massiere sie mit der Faust, doch es wird nicht besser. »Danke, aber dafür brauche ich deine Unterschrift auf einem Formular. Sonst lässt mein Professor mich den Clip nicht einreichen.«

»Okay, und wie unterschreibe ich dieses Formular?«

»Kann ich es dir schicken?«, frage ich und greife nach einem Stift und einem Zettel vom Nachttisch. Ich komme mir wie ein Arsch vor, weil ich ihm nicht sage, warum ich wirklich seine Adresse will.

»Klar.« Er sagt mir die Adresse, und ich notiere sie. Als ich den Zettel und den Stift aufs Bett lege, höre ich, wie im Hintergrund jemand sagt, dass sie losmüssen. »War nett, mit dir zu reden, Nova, aber ich muss jetzt Schluss machen.«

Ich habe Angst, das Gespräch zu beenden, keine Verbindung mehr zu haben und nicht zu wissen, ob mit ihm alles okay ist. Doch ich habe keine andere Wahl. »Ist gut.«

Ich warte, dass er auflegt, aber dann fragt er auf einmal: »Ist mit dir alles okay?«

Ich nicke, obwohl er mich nicht sieht. »Ja, mir geht es gut«, sage ich, reibe mir die Nasenwurzel und schließe die Augen. *Ich mache mir nur Sorgen um dich und habe keinen Schimmer, wie ich mich verhalten soll oder was ich tue.*

»Bist du sicher?«, fragt er nach, und ich erinnere mich an die vielen Male im letzten Sommer, die er mich dasselbe gefragt hatte.

»Ja, aber es war wirklich nett, mit dir zu reden.« Ich öffne die Augen und überlege, was ich Sinnvolles sagen könnte, doch mir fällt einfach nichts ein. »Wäre es okay, wenn ich dich mal wieder anrufe?«

Er antwortet nicht gleich. »Ich denke schon, aber ich habe kein Telefon.«

»Ist schon okay, ich kann ja Delilah anrufen. Aber sag ihr bitte, dass du mit mir reden willst, denn ich glaube nicht, dass sie sonst rangeht.«

»Gut, mache ich«, sagt er, auch wenn ich bezweifle, dass er es ernst meint. »Pass auf dich auf, Nova.«

»Werde ich.« Mir kommt es vor, als würde ein Teil

meines Herzens in dem Moment sterben, in dem er auflegt. Die Leitung ist tot, und das Geräusch ähnelt dem von Herzmonitoren, nachdem das Herz zu schlagen aufgehört hat. Ich möchte Quintons Herz wiederbeleben, ihm helfen.

Ich fühle mich so ohnmächtig, genau wie bei Landon.

Mir ist bewusst, dass ich etwas tun muss, aber ich weiß nicht, was. Welche Methode wäre die richtige? Gibt es überhaupt eine? Dies hier ist ja keine Geschichte, kein Märchen, bei dem ich mich aufmache, jemanden zu retten, und wir nach einer langen, ermüdenden Schlacht bis ans Ende unserer Tage glücklich sind. Grundsätzlich glaube ich nicht an dieses »Und sie lebten glücklich ...« Meiner Meinung nach ist das kitschig und total unrealistisch.

Hingegen glaube ich daran, nicht aufzugeben, wenn ich etwas unbedingt will. Und ich will unbedingt Menschen helfen. Das tue ich inzwischen seit Monaten am Telefon, bei der Suizid-Hotline, bei der ich arbeite. Ich rede mit Leuten, versuche ihnen klarzumachen, dass sie nicht allein sind. Dass es andere Leute auf der Welt gibt, die sich genauso gefühlt und überlebt haben.

Dass sich manchmal alles richtig beschissen anfühlt, dunkel, öde und hoffnungslos, als würde man in einem schwarzen Loch feststecken und sicher sein, dass man niemals wieder hinausfindet. Doch so ist es nie. Es gibt Hoffnung. Es gibt Licht. Es gibt einen

Weg zurück zu einem Leben, in dem man lächeln, lachen und sich schwerelos fühlen kann. Nein, es ist nicht leicht, und das Schwierigste ist, sich zu dieser Sicht durchzukämpfen, aber sie existiert. Ich weiß das aus eigener Erfahrung, denn ich war in dem dunklen Loch, in dem das Lächeln so schwerfällt und es so leicht scheint aufzugeben. Jetzt lächle ich jeden Tag, und das ist ein unbeschwertes Gefühl.

Vielleicht liegt es daran, dass ich als Nächstes tue, was ich tue. Vielleicht ist es, weil ich lächeln und das Licht sehen kann – sehe, dass es Hoffnung für Quinton gibt. Aus welchem Grund auch immer marschiere ich ins Wohnzimmer, wo Lea und Jaxon auf dem Sofa sitzen, und sage die vier Wörter, die den ganzen Verlauf meines Sommers ändern.

»Ich fahre nach Las Vegas«, verkünde ich, und meine Stimme zittert vor lauter Nervosität. Mir ist schlecht, als würde ich gleich umkippen, was die Situation umso realer macht. »Also, wer möchte mitkommen?« Es ist ein verzweifelter Schritt, und ich bin ja auch verzweifelt. Zudem ist es das Einzige, was mir einfällt.

Lea sieht Jaxon an, der völlig verdutzt ist. »Las Vegas?«, fragt er. Er hat einen Arm lose um Lea gelegt, wirkt jedoch angespannt. »Echt?«

Ich nehme meine Tasche und meinen Laptop vom Sofa. »Ja, ich habe seine Adresse, und er wohnt in Las Vegas, deshalb fahre ich hin … sobald ich den

Rest gepackt und meine Abschlussarbeiten abgegeben habe, mache ich mich auf den Weg.«

»Nova ...«, beginnt Lea, weiß aber offenbar nicht, was sie sagen soll. Jaxon nimmt seinen Arm von ihren Schultern. »Ich weiß ja, dass du gerne anderen hilfst, aber das ist nicht dasselbe wie dein Job bei der Suizid-Hotline. Es ist komplizierter ... und vermutlich sogar gefährlich.«

»Komplizierter als Quinton klarzumachen, dass es sich lohnt zu leben?«, frage ich und drücke den Laptop an meine Brust.

»Ja, weil du es in der wahnsinnigen Welt machen musst, in der Quinton jetzt lebt«, sagt sie und rückt auf dem Sofa nach vorn. »Und das ist nicht dasselbe, wie an einem Telefon in einem sicheren Raum zu sitzen.«

»Lea, ich mache das«, erwidere ich entschieden. »Ich muss es, und nicht bloß, um Quinton zu helfen, sondern für mich. Das könnte meine zweite Chance sein.«

Ich habe Lea genug erzählt, dass sie begreift, was ich meine. Außerdem weiß sie, was es heißt, jemanden zu verlieren, und versteht sicher auch meinen dringenden Wunsch, Leute vor sich selbst retten zu wollen.

Lea sieht wieder zu Jaxon, steht auf und kommt zu mir. »Ich weiß, dass du ihn retten willst und so, aber denkst du wirklich, du kannst das, ohne, du weißt schon« – sie senkt die Stimme –, »ohne selbst wieder in die Drogen abzurutschen?«

Ich hänge mir meine Tasche über die Schulter. »Lea, ich würde nicht hinfahren, wenn ich das Gefühl hätte, dass mir das passieren könnte. Und als es mir wieder besser ging, habe ich mir geschworen, dass ich nie, niemals wieder etwas tun will, das ich hinterher bereue.« Ich tippe mit dem Finger auf ihr Tattoo am Handgelenk. »Keine Reue, klar?« Von dem anderen erzähle ich ihr nichts – wie sehr ich ihm helfen will, weil ich weder Landon noch meinen Dad retten konnte –, denn ich bin nicht sicher, wie sie darauf reagiert.

Ihre gestresste Miene entkrampft sich ein bisschen. »Na gut, aber ich komme bloß mit, um auf dich aufzupassen.« Dann streckt sie den kleinen Finger in die Höhe. »Und du musst mir versprechen, dass du auf mich hörst und dich zurückziehst, wenn ich dir sage, dass es zu viel wird.«

»Lea, du musst nicht ...«

»Will ich aber«, fällt sie mir ins Wort. »Übrigens habe ich Verwandte in Las Vegas, bei denen wir wahrscheinlich wohnen können.«

Sowenig mir gefällt, dass sie sich für mich aufopfert, weiß ich, dass ich es annehmen sollte. Ich werde Hilfe brauchen, und ich möchte wirklich, dass sie mitkommt.

»Abgemacht«, sage ich und hake meinen kleinen Finger hinter ihren. »Ich verspreche es, aber bist du sicher, dass du mitkommen kannst? Was ist mit Wyoming?« Jetzt werde ich leiser, weil ich keinen Streit zwischen Jaxon und ihr provozieren will. »Oder Illinois?«

Sie seufzt, löst ihren Finger von meinem und dreht sich zu Jaxon um. »Wie wäre es, wenn wir einen Kompromiss schließen und über den Sommer nach Las Vegas fahren?«

Er sieht sie halb gekränkt, halb verärgert an. »Warum sollen wir nach Las Vegas, wo wir uns nicht mal darauf einigen können hierzubleiben?« Dann stöhnt er und steht auf. »Ich fasse das alles nicht!« Er stockt und ist sichtlich wütend. »Oder, nein, eigentlich doch! Das ist so typisch für dich, dass du alles tust, um dich nicht festlegen zu müssen!«

»Was soll das heißen?«, fragt Lea gereizt.

»Es heißt, dass du lieber alles andere machst, statt dich auf mich einzulassen.« Er stürmt quer durchs Wohnzimmer. »Du hast dir eine Ausrede nach der anderen einfallen lassen, um den Sommer nicht mit mir zu verbringen, also mache ich es dir leicht, okay? Ich bin durch damit!« Er hält beide Hände in die Höhe, als er auf die Tür zugeht, sie öffnet und dann hinter sich zuknallt. Einige der Kartons im Flur kippen um, und ich höre Glas klirren.

»Er meint das nicht so«, sagt Lea und geht zur Tür. Doch sie sieht besorgt aus.

»Vielleicht sollte ich alleine nach Las Vegas fahren.

Ich will nicht, dass es meinetwegen Probleme zwischen euch gibt.«

»Nein, ich komme mit. Pack du weiter, und ich rede mit ihm.« Sie dreht sich um und springt über die umgekippten Kartons hinter Jaxon her, sodass ich allein in der Wohnung zurückbleibe.

Nachdem alle anderen weg sind, wird mir erst richtig bewusst, was ich eben getan habe, und die Realität fühlt sich schwer und drückend an. Ich werde nervös: meinetwegen, wegen Quinton, wie er aussehen, wie er sich verhalten wird. Ich habe Angst vor der Welt, in die ich zurückkehren werde, und dass ich irgendwas falsch machen könnte. Werde ich alles versauen?

»Nein, ich kann das«, sage ich mir entschlossen und hoffe inständig, dass ich recht habe. Dass ich es diesmal richtig mache.

3

16. Mai, Tag 1 der Sommerferien

Quinton

Da ist ein Leck in meiner Zimmerdecke. Na ja, mehrere, um genau zu sein. Und ich bin nicht mal sicher, woher das Wasser kommt. Ich wohne in der Wüste, wo es so gut wie nie regnet. Trotzdem tropft es aus der Decke wie aus einem beknackten undichten Duschkopf. Vielleicht kommt es aus der Wohnung über uns. Es könnte ein Leck in den Rohren sein, oder einer der Nachbarn hat seine Badewanne überlaufen lassen, sodass der Boden überflutet ist und es durch die Decke in mein Zimmer tropft. Ich könnte nach oben gehen und nachsehen, aber wozu? Wir sind doch überhaupt nur in dieses Loch gezogen, weil uns hier keiner auf den Keks geht und wir umgekehrt auch keinen nerven. »Klappe halten« lautet die Devise unter den Leuten, die in dieser Wohnanlage leben, weil fast jeder hier irgendwas Illegales macht.

Aus der alten Stereoanlage, die ich am Straßenrand gefunden habe, spielt Musik, denn seit dem Open Air beruhigt mich der Klang von Musik irgendwie ein bisschen. Ich liege schon ewig flach auf dem Rücken auf meiner Matratze und betrachte die Tropfen, die von oben herunterkommen, neben und auf mir landen, und ich sehe mich beinahe vor mir, wie ich mit ihnen falle und nie wieder nach oben komme.

Meine Hände sind unter meinem Kopf verschränkt, und ich bin äußerlich regungslos, während die Gedanken in meinem Kopf rasen, alle konzentriert auf das Wasser, die Art, wie es tropft, sich bewegt, wie gerne ich es trinken will, weil ich durstig bin, aber nicht trinke und keine Lust habe aufzustehen und mir etwas anderes zu trinken zu holen. Das wird so etwas wie ein Projekt für mich – an nichts anderes zu denken. Denn wenn ich das tue, schweifen meine Gedanken ab, und das dürfen sie nicht, weil sich dann Gefühle auftun und ich mein Versprechen breche.

Doch egal wie sehr ich mich anstrenge, kann ich nicht nicht an sie denken. Die schöne Nova Reed, die mich nicht einmal kennen sollte und es doch tut ... oder tat. Ich dachte, sie hatte mich dämlichen Loser längst vergessen, und dann rief sie an, nach neun Monaten, um über dieses Video zu reden, das sie von mir aufnahm, als noch ein Funken Licht in mir übrig war. Nova war das Licht, und ich steckte die ganze Zeit im Schatten fest, ausgenommen die Momente, in denen sie mich berührte, mich küsste und sich von mir anfassen ließ. Ich konnte ihr Licht nicht meiden, falls das einen Sinn ergibt. Nein, tut es wahrscheinlich nicht. Ich bin in diesem total schrägen Zustand, in dem ich high bin, aber die Crystal-Tropfen in meiner Kehle weniger werden. Ich verblasse, fliege auf einen steinigen Grund zu, und die scharfkantigen Felsen werden wehtun, wenn ich keine Flügel bekomme und wieder fliege. Ich werde in tausend Scherben aus Glas und Metall zerbrechen. Wie ein Autowrack. Wie der wahnwitzige, irreparable Schaden, den ich angerichtet habe. Wie Lexi und Ryder, die meinetwegen umkamen. Mist. Ich muss aufhören zu denken.

»Alter, du bist ja völlig weggetreten.« Tristan unterbricht mich, indem er in mein Zimmer kommt und an den Türrahmen klopft. Er hat ein T-Shirt und eine weite Jeans an, und sein blondes Haar sieht aus irgendeinem Grund nass aus. Vom Duschen kann es nicht sein, denn unsere Dusche ist schon seit Tagen kaputt.

»Warum hast du nasse Haare?«, frage ich über die Musik hinweg, drehe den Kopf zur Seite, und ein Wassertropfen fällt mir ins Auge, bewässert es wieder.

Er greift zu seinem Haar, wobei ich seinen Unterarm sehe, der voller kleiner Einstichlöcher und Schorf ist. Einige Stellen sind blau und lila verfärbt. »Ach, ich habe mir die Haare im Waschbecken gewaschen. Die stanken nach Wodka, warum auch immer … Ich schätze, jemand hat mich gestern Abend mit dem Zeug begossen, als ich high auf dem Fußboden im Wohnzimmer lag.«

»Ja, wäre eine logische Erklärung.« Ich konzentriere mich wieder auf die tropfende Decke. »Dir passieren die schrägsten Sachen, wenn du weg bist. Ist vielleicht ein Zeichen, dass du mit dem Stoff aufhören musst.«

»Ich höre auf, wenn du aufhörst«, sagt er, weil er weiß, dass ich nicht aufhören werde. Prompt komme ich mir furchtbar vor, obwohl ich nicht mal sicher bin, dass er es ernst gemeint hat. Trotzdem sollte ich ihn wenigstens herausfordern, kann aber nichts von dem aufgeben, was mir ein kleines bisschen Ruhe in diesem schlammigen Sumpf bringt, der zu meinem Zuhause geworden ist.

»Also, wollen wir heute Abend noch weggehen, wenn wir eine Lieferung abgeholt haben?«, wechselt er das Thema und sieht sich in meinem Zimmer um, in dem so gut wie nichts ist, abgesehen von dem Skizzenblock auf dem Boden. Auf dem verharrt sein Blick einen Moment, ehe er mich wieder ansieht. »Dylan sagt, wir sollen irgendwelchen Kram für ihn bei Johnny erledigen … na ja, er hat gesagt, du sollst das machen. Auf mich ist er immer noch sauer, weil ich Trace beschissen habe, und es ist gut möglich, dass er da ist.«

Johnny ist der Typ, der Dylan mit größeren Drogenmengen versorgt, die Dylan dann vertickt, und manchmal besorgen wir uns unseren Stoff auch bei Johnny. Trace ist einer von den Typen, denen wir regelmäßig was verkaufen. Er hat haufenweise Geld, jedenfalls verglichen mit uns. Und er hat reichlich Beziehungen, was bedeutet, dass es echt schlecht ist, sich mit ihm anzulegen. Vor ungefähr einer Woche hat Tristan ihm »versehentlich« ein paar Unzen zu wenig gegeben, von denen er eine verkauft hat; was mit den anderen passiert ist, weiß ich nicht. Wahrscheinlich haben wir die genommen, und ich habe es gar nicht gerafft. Als Trace sein Geld für die fehlende Menge wiederhaben wollte, hat Tristan ihm gesagt, er hätte schon alles ausgegeben. Der Blödmann Tristan hat es tatsächlich geschafft, in einem Stück davonzukommen. Er hatte einen gigantischen Bluterguss im Gesicht, und ich glaube, wir alle rechnen bis heute damit, dass Trace und seine Jungs die Tür eintreten und uns zusammenschlagen, bis Tristan ihn bezahlt.

»Dylan ist zwar ein Arsch, aber ausnahmsweise gebe ich ihm recht«, sage ich. »Du hast Glück, dass Trace und seine Leute nicht hergekommen sind und Hackfleisch aus dir gemacht haben. Weißt du nicht mehr, was er mit Roy und seiner Freundin gemacht hat, als die ihn beklaut haben?«

»Roy war ein Idiot«, erwidert Tristen. »Und er wusste nicht, wie man untertaucht.«

»Stimmt nicht. Er hat versucht unterzutauchen, aber sie haben ihn gefunden. Und dann landete er halb tot im Krankenhaus, und seine Freundin haben sie vergewaltigt.«

Es ist Irrsinn, aber so ist es jetzt eben, und ich habe nach unserem Umzug hierher ziemlich schnell gelernt, dass Drogen noch ganz andere Gefahren bergen als nur den Konsum: das Dealen, die Leute, die ich kennenlerne, und die, die meinen, dass ich sie abzocke. Und dabei bin ich mir die meiste Zeit der Gefahr überhaupt nicht bewusst, weil ich keine Angst vor dem habe, was passieren könnte. Das Risiko ist genauso da wie alles andere.

Tristan scheint unbeeindruckt. »Erstens habe ich keine Freundin, also muss ich mich um keinen außer mir selbst sorgen, und zweitens denke ich mir was aus, wie ich ihm sein Geld zurückgebe … irgendwie.« An seinem Tonfall höre ich, dass er nicht vorhat, Trace zu bezahlen. Tristan kennt überhaupt keine Grenzen mehr, weder beim Stehlen und Drogennehmen noch in anderen Dingen. Er bringt sich anscheinend willentlich in Gefahr, ohne an die Folgen zu denken, als wollte er auf einen frühen Tod zusteuern. Andererseits tun wir das irgendwie alle, sind ständig kurz davor, umgebracht oder verhaftet zu werden, vor allem bei den riesigen Mengen Drogen, die Dylan teils bei sich hat, wenn er an einem großen Deal ist. Aber Tristan begreift offenbar nie, wann man lieber zurückrudert, und selbst wenn, tut er es bestenfalls halbherzig. Ich musste ihn schon einige Male davon abhalten, eine Schlägerei anzufangen, zu viel Stoff zu nehmen oder die falschen Sachen zu mischen, aber das ist okay. Ich schulde ihm so viel mehr, und deshalb werde ich ihm weiter helfen – dafür sorgen, dass er es nicht zu weit treibt –, bis zu dem Tag, an dem ich sterbe. Das kann meine Buße sein.

»Das ist es nicht wert, den Tod zu riskieren.« Ich muss Luft holen. Das Wort »Tod« auszusprechen, über den Tod zu sprechen oder auch nur an ihn zu denken gibt mir oft das Gefühl, ich würde hilflos abstürzen, selbst wenn ich gerade fliege. »Also hör auf, Shit zu klauen, und denk dir etwas aus, wie du Trace bezahlst, bevor er die Schnauze voll hat.«

»Ist den Tod nicht wert, hä?«, fragt Tristan und ignoriert meine Bemerkung über Trace, während er verwirrt die Stirn runzelt. Ich frage mich, auf was er gerade ist, ob die Drogen ihn schlicht durcheinanderbringen oder er wirklich bezweifelt, dass es den Tod nicht wert ist.

»Nicht für dich«, sage ich mit dem Rest von Sorge, den ich noch in mir habe. »Die Drogen sind es nicht wert, dass dein Leben endet.«

»Aber für dich sind sie es?«

»Für mich lohnt alles den Tod.« Wieder stocke ich. Ich muss aufhören, das zu sagen, doch manchmal, wenn ich vollgedröhnt bin, purzeln mir die Worte einfach aus dem Mund.

Unsicher sieht Tristan auf die Namen Lexi, Ryder und Niemand, die auf meinen Arm tätowiert sind. »Hör schon auf, über Tod zu faseln, steh auf und komm mit.«

»Wo willst du denn hin?«, frage ich, aber meine Stimme wird von der Musik übertönt, als die Drums zulegen und die Sängerin einen Text singt, von dem ich schwören möchte, dass er mir etwas sagen will. Mich lenken die Bilder ab, die in meinem Kopf auftauchen. Viele Male schon habe ich versucht, sie auf Papier einzufangen, aber ich bekomme sie nie so hin, wie ich sie will. Nova mit Drumsticks in der Hand, die einen Rhythmus schlägt, während sich Schweißperlen auf ihrer Haut bilden, allerdings die schönsten, die ich mir vorstellen kann.

Tristan geht in die Zimmerecke und stellt die Musik leiser, wobei er die Stereoanlage umkippt. »Neuerdings hörst du dir echte Deprimusik an.«

»Kann sein. Und wenn schon?« Ich wische mir einige Tropfen von der Stirn. »Passt eben zu meiner Stimmung.«

»Ich meine ja nur.« Er hebt ein schmutziges Shirt vom Boden auf und schleudert es mir ins Gesicht, bevor er der Matratze einen Tritt versetzt. »Jetzt krieg deinen Arsch hoch, damit wir diesen Scheiß hinter uns bringen. Ich habe heute Abend noch was vor.«

Ich blinzle, weil meine Augen trocken sind, und schlucke ein paar Mal angestrengt, um meine Kehle zu befeuchten. »Ich weiß nicht, ob ich jetzt gerade irgendwo hinwill.«

»Wieso?«, fragt er und weicht an die Wand zurück. »Hast du was Besseres vor?«

»Nein, aber ich fühle mich nicht so«, sage ich. »Eigentlich will ich nur hier liegen und den Wasserflecken an der Decke anglotzen.«

Er lehnt sich kopfschüttelnd an die Wand. »Okay, raus damit, wer zur Hölle war das am Telefon?«

Ich sehe zu ihm. »Wovon redest du?«

»Als Delilah dir letzte Woche ihr Telefon gegeben hat. Seitdem bist du komisch und nimmst auch mehr. Aber ich will dir hier keinen Vortrag halten, denn ich drehe jedes Mal durch, wenn du das mit mir machst.«

»Ich bin nicht komischer als sonst«, erwidere ich, setze mich hin und hebe das Shirt auf, das er mir zugeworfen hatte. »Es ist nichts, und das am Telefon war niemand.«

»Quatsch, irgendwer hat dich angerufen. Warum sollte Delilah dir sonst das Telefon geben?«

»Es war ... nur jemand von früher.«

Nachdenklich reibt er sich das Kinn. »War es die, die ich denke?«

Ich ziehe mir das T-Shirt über den Kopf und stecke die Arme hinein. »Was spielt das für eine Rolle?«

»Anscheinend eine große für dich, was schräg ist, denn dir scheint immer alles egal zu sein, außer die letzten Tage«, sagt er und stemmt sich von der Wand ab. Dann öffnet er den Mund und schließt ihn wieder, als wäre er unsicher, ob er es sagen soll. »Es war Nova, stimmt's?«

»Wie kommst du denn darauf?« Ich sammle ein bisschen Kleingeld ein, das neben der Matratze liegt. Es ist derzeit alles, was ich an Geld besitze, und größtenteils stammt es daher, dass wir herumlaufen und Autotüren testen. Sind sie nicht abgeschlossen, plündern wir die Wagen aus und nehmen alles, was irgendwie von Wert ist. Neben dem Dealen für Dylan ist es meine einzige Einkommensquelle. Dylan benutzt uns als seine Dealer, und wir kriegen dafür Drogen von ihm oder Geld, um mehr Drogen zu kaufen, sowie ein Dach über dem Kopf. Was will man mehr? Es ist alles, was ich brauche – und verdiene. »Ich habe ewig nicht mehr mit Nova gesprochen«, füge ich hinzu.

»Ach nein?« Tristan holt seine Zigaretten aus der Jeanstasche und kickt mir mit der Spitze seines abgelatschten Turnschuhs einige Münzen zu. »Nova kommt mir wie die Art Mädchen vor, das einen nach einem Jahr anruft, und du hattest diesen Gesichtsausdruck ... als wäre dir das Gespräch echt wichtig.«

»Mich wundert, dass du klar genug warst, um mein Gesicht zu sehen.« Ich stopfe eine Handvoll Münzen in meine Tasche, hebe den Spiegel neben dem Münzhaufen auf und lange unter meine Matratze nach meinem Vorrat. In der kleinen Plastiktüte sind die weißen Kristalle, die mich entweder die Nacht betäubt überleben lassen oder mich umbringen. »Du hast dir in letzter Zeit so viel Heroin gespritzt, dass du kaum noch bei Bewusstsein bist.«

Er verdreht die Augen, zieht eine Zigarette aus der Packung und steckt sie sich in den Mund. Dann zündet er sie mit einem Feuerzeug an, das er auf meinem Boden gefunden hat. »Sei nicht so scheinheilig.« Er bläst eine Rauchwolke aus, als er die Zigarette aus dem Mund nimmt. »Du ziehst dir genauso viel von deinem Zeug rein wie ich von meinem, wenn nicht sogar mehr.«

Er irrt sich, und ich will es ihm sagen, aber dann fangen wir wieder zu streiten an, und das könnte ewig dauern. Ich blicke hinunter auf den Spiegel in meiner einen und die Tüte in meiner anderen Hand, und ich empfinde nichts als das Verlangen nach dem Inhalt. Er schreit mich förmlich an: *Nimm mich, nimm mich, nimm mich. Vergiss. Vergiss. Vergiss. Alles wird gut, wenn ich erst den Schmerz auslösche, sterbe und frei von Schuld bin.* »Schon klar.« Meine Hände beginnen zu zittern, als es immer schlimmer wird. *Füttere die Sucht. Die Gier. Das Verlangen.*

»Was ist klar?«, fragt er verwirrt und bietet mir eine Zigarette an.

Ich nehme sie und lege sie neben mir auf die Matratze. »Keine Ahnung.« Im Moment ist nichts von Bedeutung, außer eine Linie zu ziehen, denn wenn ich mich bewegen, denken und reden soll, brauche ich Treibstoff. Andernfalls fehlen mir die Energie und die Willenskraft zu funktionieren. Eine Linie oder vielleicht zwei, dann rede, denke und atme ich wieder.

Mit unsteten Fingern öffne ich die Tüte, sinke auf die Matratze und balanciere den Spiegel auf meinem Schoss. Ich schütte eine Linie drauf und achte gar nicht auf mein Spiegelbild, weil ich das nicht ansehen kann. Dann nehme ich die Rasierklinge, die neben meinem Fuß liegt, und zerkleinere die Klumpen. Als Nächstes hebe ich einen der vielen leeren Kulis auf, senke den Kopf und schiebe mir die Kulihülle in die Nase. Durch sie ziehe ich das Zeug auf, als wäre es Sauerstoff, der mir beim Atmen, beim Überleben hilft. Das weiße Pulver fliegt meine Nase hinauf, und als es hinten in meiner Kehle ankommt, neige ich den Kopf in den Nacken und atme aus.

»Besser?«, fragt Tristan, tippt die Asche von seiner Zigarette auf den Fußboden und greift nach dem Spiegel, als wollte er auch etwas nehmen.

In dem Moment, in dem er ihn wegzieht, sehe ich kurz mein Gesicht in der zerkratzten Oberfläche:

blasse Haut, rot geränderte Augen und ein Nasenloch gerötet. Ich bezweifle, dass jemand sonst die Veränderung wahrnimmt.

Ich hebe die Zigarette auf und stecke sie mir in den Mund. Dann stehe ich auf, zünde die Zigarette an und gehe raus auf den Flur, während Tristan sich auf meinen Fußboden hockt und sich eine Linie klarmacht. Auf dem Weg ins Wohnzimmer muss ich über zwei Leute steigen, die weggetreten auf dem Flur liegen, einen Jungen und ein Mädchen, beide mit freiem Oberkörper.

Um einen Haufen aus Glasscherben herum gehe ich in die Küche, die im Grunde Teil des Wohnzimmers ist, nur durch einen Vorhang abgetrennt. Sie ist völlig zugemüllt. Pappteller und Plastikbecher stapeln sich zwischen schmutzigen Töpfen und Löffeln, und leere Cornflakes-Schachteln bedecken die Arbeitsfläche. In der Spüle ist lauter dreckiges Geschirr, und es stinkt wie in einer Mülltonne. Überall fliegen leere Zigarettenschachteln herum, und mittendrin liegt eine benutzte Spritze. Ich weiß nicht mal genau, wieso ich hierhergekommen bin. Ich habe weder Hunger noch Durst oder so, und wahrscheinlich gibt es hier auch nichts Essbares. Während ich überlege, wieso ich aufgestanden bin, knirsche ich mit den Zähnen. Ich will nur noch zurück in mein Zimmer und an die Decke starren, denn irgendwie ist das zu meinem Rückzugsort geworden.

»Dylan will, dass ich dir was ausrichte«, sagte auf einmal Delilah, die in einem kurzen Rock und einem roten Spitzen-BH in die Küche kommt. Sie läuft hier dauernd halb nackt rum, und ich weiß nicht, ob sie es macht, weil sie sich schlicht wohl in ihrem Körper fühlt oder weil sie von jemandem flachgelegt werden will.

»Ach ja?« Ich blinzle, reibe mir die Nase und ziehe an meiner Zigarette. »Was will er?«

»Du sollst zu Johnny und eine Achtel-Unze für ihn abholen, die er verkaufen will. Du musst ihn bezahlen, aber Dylan hat Geld dagelassen.« Sie hält mir ein Scheinbündel hin und lehnt sich an die Küchenschränke, wobei sie ihre Brust weit nach vorn streckt. »Du sollst das erledigen, weil Tristan« – sie malt Anführungszeichen in die Luft – »›sich letztes Mal was von ihm ›geliehen‹ hat und ihn nie bezahlt.«

Ich schnippe die Asche von meiner Zigarette, sodass sie auf den Boden rieselt. Dann nicke ich, obwohl ich keine Lust habe, zu dem beknackten Johnny zu gehen, einem von Dylans Lieferanten. Ich will in mein Zimmer und den Wasserflecken ansehen. Vielleicht zeichnen. Aber wenn ich nicht zu Johnny gehe, ist Dylan angepisst, und wenn Dylan angepisst ist, geht es allen schlecht, denn er ist gewöhnlich der mit dem größten Vorrat und den Beziehungen, um mehr zu besorgen. »Ich habe Tristan schon gesagt, dass ich mit ihm hingehe.«

»Gut.« Sie richtet sich auf, schiebt die Hände in ihren BH und rückt ihre Möpse zurecht. »Aber ich gehe mit dir, nicht Tristan.«

Ich drücke meine Zigarette auf der Arbeitsplatte aus. »Seit wann bist du der Boss?«

»Seit Dylan mich dazu gemacht hat.« Sie grinst, als sie auf mich zuschlendert und mit den Fingern meinen Arm hinaufstreicht, während sie die Rolle Geldscheine vorne in meine Jeanstasche steckt. »Denn das letzte Mal, dass ihr zwei etwas für Dylan holen solltet, hattet ihr das schon selbst verbraucht, bevor ihr wieder zurück wart. Wir wollen nicht, dass das wieder passiert, denn falls doch, landet ihr beide auf der Straße, und du siehst zu gut aus für die Welt da draußen.« Sie zwinkert mir zu. »Die fressen dich binnen einem Tag auf.«

»Und was bist du jetzt?«, frage ich, nicht direkt sauer, aber doch irgendwie genervt. »Mein Babysitter oder so?«

»Träum weiter.« Ihre Finger wandern von meinem Arm zu meiner Schulter, dann meine Brust hinunter. »Du weißt ja, mein Angebot steht.«

»Welches Angebot?« Ich kann mich ehrlich nicht erinnern, und je länger ich es versuche, desto mehr denke ich ans Zeichnen und die Wasserflecken. Und an Nova. Ihre Lippen. Ihre Augen. Gott, ihre Stimme hat etwas in mir ausgelöst! Leben vielleicht? Nein, ich will kein Leben in mir. Was ich will, ist vergessen, nicht mehr an Nova denken und mich auf Lexi konzentrieren, die unter der Erde liegt. Ich muss an Lexi denken, high genug werden, dass ich mich ihr nahe fühle, und sie nie vergessen. Für immer sie lieben und sonst niemanden.

Hör verdammt noch mal auf, an Nova zu denken!

Delilahs Hand gleitet tiefer, bis sie durch die Jeans meinen Schwanz hält, und ich bin so betäubt, dass ich nicht mal weiß, ob er steif ist oder nicht. Dann lehnt sie sich nach vorn, sodass ihre Lippen an meinem Ohr und ihre Brüste an mich gepresst sind. »Du darfst mich haben, wann immer du willst. Du brauchst bloß Ja zu sagen, und ich kann dir diesen traurigen Ausdruck aus dem Gesicht wischen.«

Ich schiebe ihre Hand nicht weg, und ich atme auch nicht. Es ist nicht so, als würde ich sie wollen. Delilah schläft praktisch mit jedem, wohl weil Dylan sie ignoriert und mit anderen rumvögelt, manchmal vor ihrer Nase. Aber aus irgendwelchen Gründen bringe ich die Willenskraft nicht auf, mich zu bewegen; und als sie sich auf die Zehenspitzen stellt, um mich zu küssen, will ich ihr das sagen. Sie wäre eine wirklich gute Ablenkung von dem schönen Mädchen, das mich aus heiterem Himmel angerufen hat. Dem Mädchen mit den Augen, die blau aussehen, obwohl sie auch grün sind, das immer so traurig aussah und sich am Telefon glücklich anhörte. Ich wünschte, ich könnte mich darüber freuen.

Delilahs Lippen streifen meine, und ihr rotbraunes Haar streicht über meine Wange, als sie den Kopf zur Seite neigt und meinen Schwanz fester packt. Ich will schon den Mund öffnen, damit ihr Kuss sich mit den Drogen in meinem Kopf vermengen und meine Gedanken auslöschen kann, da höre ich jemanden etwas sagen. Delilah springt von mir zurück, als stünde ich auf einmal in Flammen.

Sie dreht sich zum Vorhang um, der zurückgezogen ist, sodass wir freien Blick ins Wohnzimmer haben. »Oh, Gott sei Dank!« Sie legt eine Hand auf ihre Brust, als sie Tristan sieht. »Ich dachte schon, das ist Dylan.«

»Und wenn schon«, sagt er und kommt in die Küche. »Ihm war es egal, als du mit mir geschlafen hast, und bei Quinton würde es ihn genauso wenig interessieren. So wie alles, was du machst.«

»Fick dich, Tristan«, erwidert sie schnippisch und streckt ihm den Mittelfinger hin, als sie sich umdreht und ihren Rücken an mich lehnt. »Du bist doch bloß angefressen, weil ich nach dem einen Mal nicht wieder mit dir vögeln wollte.«

»Baby, halt dich bloß nicht für was Besonderes, denn das bist du nicht.« Tristan blinzelt mehrmals. Er ist so high, dass er wahrscheinlich gar nicht kapiert, was er sagt. Das tut wohl keiner von uns.

Delilah klatscht ihm die Hand vor die Brust, und er stolpert rückwärts. Für einen Moment sieht er wütend aus, aber dann setzt die Drogenwirkung ein, was man daran erkennt, dass er den Unterkiefer bewegt und verwirrt von Delilah zu mir sieht. »Wollen wir jetzt los oder was?«

»Ihr zwei geht nirgends zusammen hin.« Delilah reibt sich die Augen, wobei sie sich Wimperntusche über das ganze Gesicht schmiert.

Tristans Blick wandert wieder zu ihr. »Und wer will uns davon abhalten? Du?«

Sie japst ein paar Mal nach Luft und wirkt wütend, ist aber viel zu schwach, um uns zu bremsen. »Dylan hat gesagt, ihr dürft nicht mehr zusammen los. Ihr verbraucht den ganzen Stoff, bevor ihr wieder hier seid. Und du Vollidiot hast Trace beschissen, also ist das Letzte, was du jetzt willst, dem über den Weg zu laufen. Dylan hat ihn wieder halbwegs beruhigen können, aber er sagt, dass du dich eine Weile lieber nicht in seiner Nähe blicken lässt. Außerdem ist er immer mal bei Johnny, und das weißt du auch.«

»Ja, ist mir aber scheißegal. Und Dylan ist ja nicht hier, um mich aufzuhalten, oder?«, fragt Tristan hämisch. »Was bedeutet, dass wir entscheiden, was wir machen. Und ich gehe zu Johnny. Mit Quinton. Trace kann mich mal, falls er da aufkreuzt.« Er nickt mir zu und dreht sich zur Tür. »Komm jetzt. Bringen wir das hinter uns.«

Ich zögere. Für einen kurzen Moment schafft es mein Verstand durch den Drogennebel, und ich sehe ein echtes Problem. »Tristan, vielleicht sollte ich einfach alleine gehen. Trace ist mächtig angepisst, und er ist kein Typ, mit dem man sich anlegt. Weißt du noch, wie er und seine Jungs den einen Typen abgestochen haben, weil ... ich erinnere mich nicht mehr, wieso, aber sie haben ihn jedenfalls abgestochen.«

»Mir passiert nichts«, winkt er ab und geht um einen Eimer herum. »Wenn Trace da ist, verschwinden wir eben wieder.«

Ich will widersprechen, weil aus ihm die Drogen sprechen, aber dann wird der Nebel in meinem Kopf wieder dichter, und ich vergesse, warum ich mir Sorgen machen sollte. »Na gut, hauen wir ab von hier.«

»Ihr seid solche Arschlöcher«, faucht Delilah, stampft mit dem Fuß auf und verschränkt die Arme vor der Brust.

Achselzuckend öffnet Tristan die Tür und schnappt sich den Rucksack, der vorne steht. Ich steige über eine große Wasserpfeife im Wohnzimmer, die zwischen den beiden stinkenden alten Sofas steht – den einzigen Möbeln, die wir haben. Dann gehe ich hinaus ins Sonnenlicht, das mir in den Augen brennt. Dabei fühlen die sich sowieso schon an, als würden sie bluten. Tristan murmelt etwas, dass Delilah ihm sein Bett warm halten soll, solange er weg ist, und dann folgt ein Klirren, wahrscheinlich die Wasserpfeife. Er knallt die Tür zu und schüttelt den Kopf, während wir über den Laubengang gehen, vorbei an verschlossenen Türen und Fenstern, die mit Vorhängen oder Decken verhängt sind.

»Was für eine Kuh«, sagt er und hängt sich den Rucksack über die Schulter.

»Ja, aber ich verstehe nicht, wieso du sie noch anmachst. Das hast du früher nie.«

»Dinge ändern sich«, murmelt er und kratzt sich am Arm.

»Eigentlich nicht«, sage ich, als wir oben an der Treppe sind und aus dem Schutz des Dachüberhangs treten. Das Licht trifft mich direkt, und ich komme mir wie eine schmelzende Kerze vor. »Die letzten sechs Monate ist es eher immer das Gleiche.«

»Du sagst das, als wenn es was Schlimmes wäre.« Er läuft die Treppe hinunter.

Ich springe ihm nach. »Nein, ich sage nur, wie es ist.«

Unten an der Treppe bleibt er stehen. »Vielleicht sagst du einfach gar nichts mehr«, schlägt er vor, beißt die Zähne zusammen und blickt sich auf dem Kiesparkplatz um, bevor er zu dem Wüstenstreifen vor uns und den heruntergekommenen Häusern neben uns sieht.

»Ja, du hast recht.« Ich beschließe, den Mund zu halten, als wir zur Straße gehen, weil ich wahrlich nicht versuchen sollte, ihm Ratschläge zu geben. Sicher macht er diesen ganzen Mist meinetwegen, weil ich seine Schwester umgebracht habe. Ich habe sein

Leben ruiniert – das Leben von einer Menge Leuten, woran ich täglich erinnert werde, wenn mich keiner anruft oder richtig mit mir redet. So ist es im Grunde schon seit dem Unfall. Anfangs war ich noch blöd genug zu glauben, dass irgendwer sagen würde, es wäre nicht meine Schuld gewesen, sondern eben ein Unfall. Aber das ist nie geschehen. Ganz im Gegenteil. Und jetzt bin ich hier, wo ich hingehöre, und das letzte Mal, dass ich tatsächlich über etwas anderes als Drogen geredet habe, war mit Nova.

Gott, hör auf, an sie zu denken! Was zur Hölle ist denn dein Problem?

Als wir an unserem Block vorbei zum Parkplatz gehen, kommen wir an einer Nachbarin vorbei, Cami. Sie ist schon mittelalt, läuft aber gerne in Stretchröcken und engen Shirts ohne BH herum. Sie raucht eine Zigarette und starrt auf den Parkplatz, doch als wir an ihr vorbeigehen, dreht sie sich zu uns.

»Hey, Baby«, sagt sie und macht einen Schritt von ihrer Tür auf uns zu. »Hast du was Hübsches dabei?«, fragt sie und stolpert, als sie den Rauch ausbläst und auf mich zukommt.

»Nein, nichts«, antworte ich. Und selbst wenn ich hätte, würde ich es ihr nicht geben.

Ich weiche zur Seite aus, um an ihr vorbeizugehen, aber Tristan bleibt stehen, also warte ich hinter Cami auf ihn.

»Was möchtest du denn?«, fragt er, und ich schüttle

energisch den Kopf. Cami ist eine Nutte, und das meine ich wörtlich. Sie verkauft sich selbst für Geld oder Drogen, je nachdem, was sie gerade braucht.

»Tristan, lass uns los«, sage ich und sehe ihn warnend an. *Mach das nicht, Mann!*

Er wirkt richtig baff. »Was?«

Ich nicke zu Cami, die nichts mitzubekommen scheint, und sage stumm: *Lass es!*

»Was hast du?«, fragt Cami und tritt noch einen Schritt vor. »Ich nehme alles. Aber ich habe kein Geld.« Sie drückt ihre Brust nach vorn, als wollte sie ihn verführen.

Ohne Tristans Reaktion abzuwarten, packe ich seinen Ärmel und ziehe ihn weg. Cami brüllt etwas, dass wir fies sind und gefälligst wiederkommen sollen, aber ich schleppe Tristan weiter und weigere mich, ihn loszulassen, bis wir beim Parkplatz sind.

»Ich fasse nicht, dass du das ernsthaft vorhattest!«, sage ich und lasse Tristans Jacke los.

Er stößt mit der Schuhspitze in den Kies. »Hatte ich ja gar nicht ... Ich war bloß neugierig, für die Zukunft.«

»Dir ist schon klar, dass sie nie cash bezahlt, oder?«

Anscheinend überlegt er, ob ihn das interessiert. »Ja, na ja, ist ja nichts passiert.«

Mehr möchte ich nicht zu dem Thema sagen, deshalb biege ich auf den Gehweg neben der lauten

Straße ab. Wir gehen an Hotels, die eher Crack-Häuser sind, und an Läden vorbei bis zu einem anderen Wohnblock ungefähr eine halbe Meile entfernt. Die Temperaturen dürften die 40-Grad-Marke überschreiten, und von der Hitze werden meine Haut, meine Kehle und meine Nase trocken. Der Strip, wo sich die meisten Touristen herumtreiben, ist ein ganzes Stück weit weg, und von hier sieht man nur die hohen Gebäude aufragen, die das Sonnenlicht spiegeln. Geht man nachts in die Richtung, blendet es sogar noch mehr, weil dann sämtliche Neonlichter strahlen und blinken. Ich hasse es, mich dem Strip zu nähern. Dort ist viel zu viel los, und das verträgt sich nicht mit dem Chaos in meinem Kopf.

»Meinst du, Dylan schnallt, dass ich ihn abziehe?«, fragt Tristan, als wir am Straßenrand stehen bleiben, um einen Wagen vorbeizulassen, bevor wir rübergehen.

Ich fahre mir mit der Hand durchs Haar. Es ist ziemlich lang und fühlt sich struppig an, genau wie mein Gesicht, weil ich mich länger nicht mehr rasiert habe. Diese Dinge sind mir schlicht nicht wichtig. Was hätte ich auch schon davon, sauber auszusehen? Das ist pure Zeitverschwendung.

»Würde es denn etwas ändern, wenn er es merkt?«, frage ich, als wir über die Straße gehen. »Du scheinst jedenfalls keine Angst vor ihm zu haben.«

»Vor wem? Du meinst, vor Dylan?« Tristan lacht

schnaubend. »Echt, hast du gesehen, wie abgemagert der ist? Und er ist dauernd besoffen oder so zugedröhnt, dass er nicht mal seinen eigenen Namen buchstabieren könnte.«

»Ich glaube, wir sehen inzwischen alle so aus«, sage ich und stopfe die Hände in die Taschen.

»Ich sehe gut aus«, erwidert er gereizt. »Und ich verstehe auch nicht, wieso du dauernd allen erzählen musst, dass sie vor die Hunde gehen.«

»Weil ich denke, dass einige nicht hierhergehören«, sage ich. »Außerdem habe ich manchmal den Eindruck, dass es nicht jedem klar ist, wie das ausgeht.«

»Tja, ist es wohl keinem. Mir nicht, dir nicht und auch nicht dem Typen da drüben«, sagt er und zeigt auf einen Kerl, der ein Pappschild hält, auf dem steht, dass er für Essen arbeitet.

»Ich glaube, manche von uns sehen es«, entgegne ich. »Nur wollen es einige von ihnen nicht zugeben.«

»Echt, du versaust mir die Stimmung«, sagt er genervt. »Und der einzige Grund, weshalb wir über diesen Quark reden, ist doch der, dass du total weg bist und weder dein Hirn noch deine Klappe abstellen kannst.«

»Weiß ich, aber trotzdem finde ich, dass das gesagt werden muss.«

»Ich nicht, also lass es, denn ich kann das nicht mehr hören.«

»Ich muss es sagen.« Es gelingt mir einfach nicht,

meinen Mund zu halten. »Ich verstehe nicht, warum du hier bist. Ich meine, du warst nie superbrav, aber diese ganze Drogengeschichte ... Warum? Du bist deinen Eltern wichtig.«

»Nein, denen ist Ryder wichtig«, widerspricht er verärgert. »Und jetzt, wo sie tot ist, dreht sich alles nur noch um sie. Deshalb mache ich verdammt noch mal, was ich will. Und ich will Drogen nehmen, denn die machen das Leben so viel einfacher.«

Ich verstehe ihn allzu gut und bleibe stehen, als sich ein trockener Kloß in meine Kehle drängt. »Tut mir leid.«

Tristan schüttelt den Kopf und sieht weg von mir zu dem Blechbau neben uns. »Hör auf, dich zu entschuldigen. Das Ganze war ein Albtraum, es sind Leute gestorben. Das Leben geht weiter. Ich bin nicht wegen irgendwas hier, das du getan hast. Ich bin hier, weil ich mich dafür entschieden habe und weil sich dieses Leben besser anfühlt.«

»Ja, kann sein«, murmle ich, glaube ihm aber nicht. Noch mehr Schuld drückt mich herunter, und es ist schwierig, nicht einzuknicken.

Tristan sieht mich wieder an. In dem Sonnenlicht sind seine Augen ein bisschen zu weit aufgerissen, und von der sengenden Hitze hat er Schweißperlen auf der Stirn. »Können wir jetzt bitte dieses superkluge Junkie-Gelaber lassen, sonst muss ich umkehren und mir noch eine Linie ziehen.«

Ich nicke, obwohl ich nicht aufhören will zu reden, denn dann muss ich denken. Aber Tristan sagt nichts mehr, murmelt nur Schwachsinn vor sich hin, während er sich am Arm kratzt. Mein Blick schweift zur Skyline ab, deren Gebäudespitzen in den Himmel ragen. Bei Sonnenuntergang, wenn der Himmel orangefarbene und pinke Pastelltöne annimmt, ist es sogar richtig hübsch. Und das kann ich nicht mehr von vielen Sachen behaupten. Alles andere nämlich scheint dunkel, grau und trist. Nichts kommt mir schön vor, nicht einmal mehr Dinge, die ich früher gesehen habe. Und meine Zukunft, tja, die ist mehr oder minder tot, als würde ich auf einen Sarg zumarschieren, bereit, mich hineinzulegen und den Deckel zu schließen. Vielleicht tut mir dann jemand den Gefallen, mich zu verscharren, sodass ich aufhören kann zu atmen, aufhören, daran zu denken, wie schön es ist. Die einzigen Leute, denen ich fehlen werde, sind Drogendealer und die, denen ich ihren Stoff verticke. Je mehr ich darüber nachdenke, desto dringender möchte ich mich auf die Straße werfen, in der Hoffnung, dass mich ein Wagen hinreichend schlimm erwischt, um mein Herz zu stoppen. Es ist total sinnlos, dass es immer noch schlägt. Tiefer kann ich ja wohl kaum sinken, oder? Und zurück nach oben komme ich nicht. Das hier war's. Dennoch gehe ich aus unerfindlichen Gründen weiter, rede, atme ... lebe.

»Hast du zufällig dein Messer dabei?«, fragt Tristan, als wir um die Ecke eines eingeschossigen, mit bunten Graffiti bemalten Hauses biegen und quer über den Parkplatz daneben gehen.

»Hast du vergessen, was ich dir neulich sagte, als du mich gefragt hast, ob ich es mitnehme?«, frage ich, und Tristan schüttelt verdutzt den Kopf. »Ich habe kein Messer!«

Seufzend kickt Tristan eine leere Bierflasche über den Boden. »Okay, ich denke nur gerade, ich hätte vielleicht eins mitbringen soll...« Er verstummt, als ein schimmernder schwarzer Cadillac angefahren kommt und so scharf vor uns bremst, dass uns eine Staubwolke ins Gesicht fliegt.

Die Scheiben sind getönt, aber ich ahne schon, wer drinnen sitzt: Trace mit seinen Jungs.

Tristan weicht bereits zurück, als die Türen aufgehen, und hakt die Finger unter die Träger des Rucksacks. Zwei große Kerle steigen hinten aus dem Wagen. Ihre Gesichter kommen mir sehr bekannt vor, und ich erinnere mich, wer sie sind. Darl und Donny, Trace' Pitbulls sozusagen. Die, die für ihn die Drecksarbeit erledigen.

»Scheiße, wir müssen weg«, sagt Tristan und dreht sich panisch um, während ich mich gar nicht rühre. »Quinton, weg hier jetzt, verdammt!«

Donny hat einen Wagenheber in der Hand, mit dem er in seine Handfläche klopft, als er auf uns zukommt. Unweigerlich muss ich an Roy und die vielen anderen Geschichten von schiefgegangenen Deals denken, die ich gehört habe: gebrochene Beine, Arme, Nasen. So etwas kommt verflucht oft vor. Leute drehen wegen Crack und Geld durch, weil sie von zu viel Adrenalin und Emotionen aufgepeitscht sind. Die können nicht klar denken, betrügen und stehlen. Mann, das habe ich auch schon gemacht! Ich wusste, dass ich verletzt werden könnte, im Gefängnis landen, sogar sterben. Doch mir war letztlich egal, welche Folgen es hatte, weil mich nicht interessiert, was mit mir passiert. Tristan schon, denn er rennt bereits los. Mir ist allerdings völlig egal, was jetzt kommt. Schmerz? Nur zu, den habe ich verdient! Vielleicht ist dieser Wagen ja der, der mich mit solcher Wucht überfährt, dass es mein Herz zum Stillstand bringt. Außerdem kann ich möglicherweise, indem ich hierbleibe, die Typen von Tristan ablenken und ihm eine Chance geben davonzukommen. So viel schulde ich ihm allemal.

Also bleibe ich einfach stehen, als Donny auf mich zukommt und den Wagenheber anhebt, als wollte er damit nach mir schlagen. Gleichzeitig schreit Tristan mir irgendwas zu und rennt zum Gehweg. Ich könnte versuchen mich zu schützen, irgendwas aufheben und nach Donny werfen, oder ihm einfach eine reinhauen. Aber danach ist mir nicht. Mein Herz schlägt vollkommen ruhig; meine Arme hängen entspannt herunter. Ich bewege mich nicht, nicht einmal, als er den Wagenheber direkt auf mein Gesicht zu schwingt. Er macht es wieder und wieder, dann legt er eine Pause ein, jedoch nur, um mir die Crystal-Tüte in meiner Tasche zu klauen. Danach schlägt er weiter auf mich ein.

Quinton, ich liebe dich ... Ich könnte schwören, dass ich Lexis Stimme höre, aber es könnte auch daran liegen, dass ich auf einem Trip bin.

Ich weiß nicht einmal, warum ich in diesem Moment aufgebe. Es kann sein, dass es Lexis Stimme ist, die mich ruft, oder dass ich so viel Methamphetamine in meinem Blut habe, dass sich meine Gedanken verwirren und sich die guten Entscheidungen mit den schlechten vermengen, bis es nur noch chaotisch ist. Eventuell habe ich es auch einfach bloß satt, gegen die Realität zu kämpfen, und stelle mich endlich der Zukunft. Der, die ich nicht habe. Oder ich bin endgültig ganz unten angekommen und bereit, direkt in diesen Sarg zu steigen.

Nova

»Save Me« von *Unwritten Law* von meinem iPod läuft auf der Autoanlage, und der Kofferraum des Chevy Nova ist randvoll mit all dem Kram, den Lea und ich hineinkriegen konnten. Auf der Rückbank sind unsere Instrumente. Unsere restlichen Sachen haben wir eingelagert.

Die Sonne scheint, der Himmel ist blau, und vor uns liegt eine lange Strecke. Es ist der perfekte Tag zum Fahren, trotzdem ist mir nicht wohl. Ich weiß nicht einmal, was ich machen will, wenn ich in Las Vegas bin. Einfach bei Quinton vor der Tür aufkreuzen? Anklopfen und sagen: *Hi, ich bin hier, um dich zu retten?*

Gott, wie bescheuert klingt das denn?

Zum Glück hat Lea einen Onkel in Las Vegas. Er heißt Brendan und hat gesagt, dass wir einige Wochen in seinem Gästezimmer wohnen dürfen; sonst hätten wir uns ein Hotelzimmer nehmen müssen, und da wir beide über den Sommer unsere Jobs aufgegeben haben, wäre es finanziell eng geworden.

»Ist das auch wirklich okay für dich?« Ich drehe die Musik leiser und die Klimaanlage weiter auf. Es ist heiß, meine Kniekehlen kleben am Ledersitz, und meine Hände rutschen schon auf dem Lenkrad.

Lea ist fast die gesamte bisherige Fahrt in einen Stapel Papier vertieft; es sind Informationen, die sie über den Umgang mit Süchtigen gefunden hat. Ich habe schon versucht, ihr zu erklären, dass ein Ausdruck von irgendeiner Website ihr nicht unbedingt helfen wird, alles zu verstehen, bestenfalls einiges. »Das habe ich dir so an die tausendmal gesagt.«

»Weiß ich«, sage ich verlegen. »Aber ich habe das Gefühl, dass das alles meine Schuld ist.«

Sie schüttelt den Kopf und sieht wieder auf die Blätter. »Was zwischen mir und Jaxon war, hatte sich schon länger abgezeichnet.«

»Aber ich mag euch beide zusammen«, sage ich und ziehe meine Sonnenbrille aus dem Haar hinunter vor meine Augen. »Mir tut es leid, dass ihr euch getrennt habt.«

»Wir hätten es sowieso getan«, erwidert sie und blättert weiter. »Darüber reden wir schon seit Wochen. Wir haben völlig gegensätzliche Vorstellungen. Er will sich festlegen, redet von Zusammenziehen und Verlobung, und ich ... ich weiß gar nicht, was ich will. Und solange ich das nicht weiß, lege ich mich nicht fest.«

Unwillkürlich muss ich daran denken, dass ich mir mit Landon eine feste Beziehung und eine Zukunft gewünscht hatte, während er sich auch nie richtig darauf einlassen wollte. Und nun frage ich mich, wie lange er schon überlegt hatte, sich das Leben zu nehmen.

Ich blicke geradeaus auf die Straße, die von einer kakteenbewachsenen Wüste eingerahmt ist. »Trotzdem ist es traurig. Ihr zwei kamt mir wie Seelenverwandte vor.«

»Ich glaube nicht an Seelenverwandtschaft.« Sie räuspert sich mehrmals, als würde sie gegen Tränen kämpfen. »Aber mir tut es auch weh, und ich möchte nicht darüber sprechen, sonst fange ich noch an zu heulen. Und dann wirst du losheulen, und wir müssen rechts ranfahren und beide flennen, was ich erst recht nicht will. Also können wir das Thema bitte lassen?«

Ich fahre weiter und versuche, mich darauf zu konzentrieren, uns nach Las Vegas zu bringen, statt über Quinton und Lea und Jaxon nachzudenken oder darüber, wie traurig meine Mom sein wird, weil ich nicht direkt nach Hause komme. Doch ich muss einfach an all das denken. Lea und ich schweigen eine Weile, und als ich abfahre, um zu tanken, beschließe ich, endlich meine Mutter anzurufen und ihr Bescheid zu geben. Ich habe diesen Anruf vor mir hergeschoben, weil ich weiß, dass sie sich Sorgen machen wird, aber ich will ihr auch nichts verheimlichen. Außerdem glaubt sie, dass ich schon nach Hause unterwegs bin.

»Ich rufe meine Mom an«, sage ich zu Lea und gebe ihr das Portemonnaie aus meiner Tasche. »Kannst du bitte tanken und bezahlen?«

Sie legt ihre Papiere auf den Rücksitz. »Ja, klar.« Sie nimmt das Portemonnaie und springt aus dem Wagen, während ich die Nummer meiner Mom wähle und das Fenster herunterdrehe, denn ohne laufende Klimaanlage wird es sofort höllisch heiß im Wagen.

Nach dem zweiten Klingeln meldet sich meine Mutter und hört sich begeistert an, als wäre sie überglücklich, von mir zu hören. »Ich wollte dich auch schon anrufen und fragen, wann du nach Hause kommst!«

»Oh.« Nervös greife ich nach dem Lenkrad. Meine Hand ist verschwitzt. »Ja, ähm, ich komme nicht direkt nach Hause.«

»Was meinst du?« Sie klingt gekränkt.

»Ich meine«, beginne ich und räuspere mich. »Mom, flipp bitte nicht aus, aber ich muss für ein paar Wochen nach Las Vegas.«

»Nach Las Vegas? Was willst du denn da?«

»Ich ... ich muss einem Freund helfen.«

»Welchem Freund?«, fragt sie, doch ihrem Ton nach weiß sie bereits, wen ich meine. Sie hat gewusst, dass ich nach ihm suche, allerdings nicht, um ihm zu helfen, sondern um seine Unterschrift für mein Videoprojekt zu bekommen.

Ich atme langsam aus. »Erinnerst du dich noch an diesen Quinton, von dem ich dir erzählt habe?«

Sie schweigt eine Weile, und als sie wieder spricht, hört sie sich besorgt an. »Ist das nicht der, mit dem du letzten Sommer unterwegs warst?«

»Ja, der, und ... na ja, ich fahre ihn besuchen.« Ich halte die Luft an, während ich auf ihre Reaktion warte – dass sie mich anschreit, nicht hinzufahren.

Sie stockt einen Moment, und ich höre sie atmen. »Warum?«

»Weil er meine Hilfe braucht.« Mich wundert, dass sie relativ ruhig bleibt.

»Wobei?« Sie ahnt schon, worum es geht.

»Bei ... bei seinen Problemen«, erkläre ich ausweichend.

»Das halte ich für keine gute Idee, Nova«, sagt sie rasch, weil ihr endgültig klar wird, was ich meine – wobei Quinton Hilfe braucht. Ich habe ihr genug über den vergangenen Sommer erzählt, dass sie von ihm weiß, allerdings nichts von dem Autounfall. Davon erzähle ich ihr jetzt, jedenfalls alles Wichtige, was er durchgemacht hat, wie sehr ich ihm helfen will und wie wichtig mir das ist. Als ich fertig bin, schweigt sie, und ich werde unsicher.

»Also ist Lea bei dir?«, fragt sie endlich. Meine Mom mag Lea sehr. Ich hatte sie letztes Jahr über Weihnachten mit nach Hause gebracht, und da hat meine Mom viel mit ihr geredet. Seitdem schwärmt sie ohne Ende von Lea.

Ich sehe zum Fenster der Tankstelle; drinnen steht Lea an der Kasse und bezahlt. »Ja, ist sie.«

»Wie lange willst du in Las Vegas bleiben?«, fragt sie, und mich erstaunt, dass sie es so weit gebracht hat, ohne energischer zu widersprechen.

»Weiß ich noch nicht … kommt drauf an.«

»Worauf?«

»Wie schlecht es ihm geht«, sage ich und wische mir die verschwitzten Hände an meinen Shorts ab.

»Nova, ich halte das für keine gute Idee.« Sie sucht offenbar nach den richtigen Worten, und Panik schleicht sich in ihre Stimme, weil sie fürchtet, mich wieder zu verlieren. »Ich meine, du bist kaum selbst über deine Geschichte hinweg, und ich habe Angst, dass du zu leicht wieder abstürzen könntest.«

»Mom, ich bin sehr viel stärker als früher«, versichere ich ihr. »Und ich habe Lea, die mich im Auge behält. Du weißt, wie gut sie ist.«

Meine Mom seufzt schwermütig. »Trotzdem mache ich mir Sorgen um dich.«

»Ich mir auch, aber um Quinton. Mom, er hat

sonst keinen, der ihm hilft, jedenfalls nicht, soweit ich weiß. Und wenn du allzu besorgt bist, kannst du runterkommen und nach mir sehen. Es sind allerdings an die acht Stunden Fahrt, und ich verspreche dir, dass mit mir alles okay ist.«

»Du würdest mich nach dir sehen lassen?«, fragt sie verwundert.

»Ja, weil ich weiß, dass du nichts vorfinden wirst, das dir Grund zur Sorge gibt. Ich komme klar. Ich kann das, und ich möchte ihm helfen. Und ich muss, nicht bloß seinetwegen ... auch für mich. Es ist etwas, das ich tun muss, ob es mir gefällt oder nicht.« Den letzten Teil füge ich nur sehr ungern an, aber nur so begreift sie, dass sie mir diese Fahrt nicht ausreden kann.

Wieder schweigt sie, und das macht mich rasend. Obwohl ich so oder so fahren würde, egal was sie sagt, wünsche ich mir, dass sie mich unterstützt und vor allem sich entspannt. Aber ich verstehe ihre Bedenken auch, immerhin habe ich ihr schon einiges zugemutet.

Meine Mom sagt immer noch nichts, als Lea zurück in den Wagen steigt. Sie wirft eine große Tüte Chips zwischen unsere Sitze, nebst einer Flasche Wasser und einer Flasche Dr. Pepper. Dann schließt sie die Beifahrertür. Sie sieht mich fragend an, als ich den Motor starte und die Klimaanlage aufdrehe. Als sie etwas sagen will, hebe ich einen Finger.

»Mom, bist du noch dran?«, frage ich und drehe das Fenster hoch.

»Ja, ich bin hier.« Sie atmet hörbar aus. »Na gut, dann mach das, aber ich bin nicht froh darüber. Und ich möchte, dass du mich mindestens dreimal täglich anrufst, und, sollte es übel werden, muss Lea mich informieren, nicht du.«

Die letzte Bemerkung kränkt mich ein bisschen, doch ich kann ihr keinen Vorwurf machen. Immerhin habe ich ihr lange Zeit dauernd erzählt, es ginge mir gut, während ich innerlich starb. Sie weiß, wie leicht ich schweige, wenn es schlimm wird.

»Okay«, sage ich. Natürlich kann sie mich zu nichts zwingen, weil ich ja erwachsen bin. Ich rufe sie nur an, weil ich versuche, eine gute Tochter zu sein und sie von meinen Plänen wissen zu lassen. »Das kann ich machen.«

»Und jetzt gib mir bitte Lea«, fordert sie streng.

»Was? Wieso?«

»Weil ich mit ihr reden will.«

»Okay ... warte kurz.« Ich reiche Lea das Telefon.

Lea nimmt es verwirrt. »Was ist denn?«, fragt sie mich und sieht aufs Display.

»Sie will mit dir reden«, erkläre ich und stelle den Ganghebel auf »Drive«. »Keine Ahnung, worüber.«

Lea hält sich das Telefon ans Ohr und sagt Hallo, während ich wieder auf den Freeway fahre. Die beiden unterhalten sich eine Weile, und Lea hält ihre

Antworten recht kurz und schlicht. Schließlich sind sie fertig, und Lea legt das Handy auf den Sitz zwischen uns. Dann öffnet sie wortlos die Chipstüte, lehnt sich zurück und richtet das Lüftungsgebläse auf ihr Gesicht.

»Willst du mir verraten, was sie gesagt hat?«, frage ich.

Lea steckt sich einen Chip in den Mund. »Nicht viel. Sie will nur, dass ich auf dich aufpasse, was ich sowieso vorhabe.« Sie stellt ihre Füße aufs Armaturenbrett. »Übrigens liegt ihr wirklich sehr viel an dir.«

»Weiß ich«, sage ich und nehme eine Handvoll Chips. »Und ich hasse es, dass sie sich sorgt.«

»Darüber solltest du froh sein, denn es bedeutet, dass sie dich liebt«, erwidert Lea traurig. Wahrscheinlich denkt sie an ihre eigene Mutter und das angespannte Verhältnis zu ihr, seit Leas Vater sich das Leben nahm. Ihre Mutter ließ Lea und deren Schwester damals bei der Großmutter, weil sie nicht damit klarkam, alleinerziehende Mutter zu sein. Ich glaube, sie versucht, wieder eine Rolle in Leas Leben zu spielen, doch das kann Lea nicht so einfach zulassen.

»Ich bin auch froh«, sage ich, wechsle die Spur und wische mir die fettigen Finger an meinen Shorts ab. »Aber ich will trotzdem nicht, dass sie sich Sorgen macht.«

Will ich wirklich nicht. Ich habe meiner Mutter schon genug zugemutet, dennoch muss ich nach Las Vegas – zu Quinton. Wenn ich nicht hinfahre, werde ich es immer bereuen, und ich will kein Leben voller Reue führen, ganz wie Leas Tattoo sagt. Es gibt bereits vieles, was ich bereue; mehr brauche ich wahrlich nicht.

Lea und ich essen Chips und reden darüber, was wir die nächsten Wochen vorhaben, bis die Stadt vor uns auftaucht. Dann setzt Lea sich auf, nimmt ihre Füße wieder herunter und lehnt sich vor, um zu der sündhaft glitzernden Skyline in der Ferne zu sehen. »Irre, klein und irgendwie auch nicht.«

Ich nicke, als ich die eigenwilligen Türme und Gebäude sehe, die sich gen Himmel recken, sowie die großen Schilder an den Straßenrändern, die uns einreden, dass wir einen Riesenspaß haben werden.

»Früher war ich ein paar Mal hier«, sagt Lea. »Allerdings nicht direkt in der Stadt, auf dem Strip ... aber jetzt bin ich irgendwie neugierig.«

»Sieht ziemlich überladen aus.« Ich blicke auf das Navi. »Anscheinend fahren wir auf dem Weg zu deinem Onkel gar nicht in die Stadt.«

Lea lässt sich wieder an die Rückenlehne fallen und dreht die Klimaanlage höher. »Tja, irgendwann müssen wir rein und etwas Lustiges unternehmen.«

»Muss man in Las Vegas nicht einundzwanzig sein, um sich zu amüsieren?«, frage ich, als die Stimme des

Navis sagt, dass ich nach anderthalb Meilen abbiegen muss.

Lea schüttelt den Kopf. »Nein. Man muss zwar einundzwanzig sein, um zu zocken oder so, aber es gibt haufenweise anderes, was wir machen können, wie Live-Bands sehen oder in Karaoke-Clubs gehen. Das kann auch witzig sein.«

Ich nehme die Hand vom Schaltknüppel und halte sie ihr hin. Eigentlich will ich nicht ausgehen, solange wir hier sind, doch Lea wirkt traurig, und es könnte sie aufmuntern. »Okay, abgemacht. Wir gehen aus und haben ein bisschen Spaß.«

Lächelnd nimmt sie meine Hand. »Abgemacht.«

Wir lassen uns wieder los, und ich lege meine Hand zurück auf den Schaltknüppel. Zugleich trete ich die Bremse und folge den Anweisungen des GPS die nächste Ausfahrt hinunter. Wir fahren an ziemlich durchschnittlichen Häusern vorbei, und ich frage mich, wie Quinton wohl wohnt. Eine ungefähre Vorstellung habe ich ja schon, weil ich gesehen habe, wo er vor einem Jahr wohnte: in einem Trailer in einem sehr heruntergekommenen Park, wo es von Junkies nur so wimmelte.

Ich denke weiter über Quintons Wohnsituation nach, bis ich in eine Gegend komme, in der sämtliche Häuser und Vorgärten identisch aussehen. Rasensprenger bewässern die Gärten, und Leute sind draußen, um ihre Briefkästen zu leeren, an ihren Wagen zu basteln oder ihre Hunde auszuführen. Hier fühlt es sich fast heimelig an, was ich in einer Stadt, die den Beinamen »Sin City« trägt, nicht erwartet hätte.

»Welches ist es?«, frage ich, als das Navi sagt, ich hätte mein Ziel erreicht.

Lea zeigt auf das Haus am Ende der Sackgasse: ein solider, eingeschossiger Bau mit Garage und einem Rasen vorn. Die Auffahrt ist leer, und der hintere Garten ist durch einen Zaun abgetrennt, der jedoch niedrig ist, sodass man hinübersehen kann.

Ich parke vor der geschlossenen Garage in der Einfahrt. »Ist er nicht zu Hause?«

Lea löst ihren Gurt und öffnet die Tür. »Nein, ich habe dir doch gesagt, dass er für einige Tage weg ist, auf Geschäftsreise oder so. Den Schlüssel hat er unter einem Blumentopf hinten versteckt, damit wir reinkönnen.«

Wir steigen aus und treten vor den Wagen. Als Erstes fällt mir die Hitze auf, wie in einer Sauna, nur ohne Feuchtigkeit, sodass man sofort das Gefühl hat auszutrocknen.

»O Mann, ist das heiß.« Ich fächele mir mit der Hand Luft zu.

»Ja, die Wüstenhitze«, sagt Lea und geht voraus zur Hausecke. »Die muss man mögen.«

Ich folge ihr, als sie zum Zaun geht und in den Garten späht. Einige Nachbarn sind draußen in ihren Gärten oder Auffahrten, und einer, ein massiger

Kerl mit einem Mützenschirm auf dem Kopf, beobachtet uns misstrauisch.

»Was ist, wenn jemand die Polizei ruft?«, frage ich, als Lea schon ein Bein über den Zaun schwingt.

Sie zuckt nur mit der Schulter, stützt sich auf der Zaunkante auf und springt auf die andere Seite. »Dann rufen die meinen Onkel an, und er sagt ihnen, dass sie spinnen«, antwortet sie, als sie auf der anderen Seite im Gras landet und sich mit dem Handrücken den Schweiß von der Stirn wischt.

Ich sehe mich erst zu dem Nachbarn um, der uns immer noch beäugt, bevor ich ebenfalls über den Zaun klettere, und klopfe mir den Schmutz hinten von den Shorts. Im Garten sind ein großes Blumenbeet, ein Whirlpool und eine Laube, an der Windspiele hängen.

»Ist dein Onkel verheiratet?«, frage ich, als wir um die Hausecke gehen.

»Nein, er ist Single, vierunddreißig Jahre alt, und soweit ich mich erinnere, hat er lauter komische Hobbys, wie zum Beispiel Windspielesammeln.« Sie nickt zur Laube, wo die vielen Gehänge in der sanften, heißen Brise klingen.

»Was macht er beruflich?«

»Er ist bei einer Bank.«

»Einer Bank?« Ich gehe um einen großen Blumenbottich herum. »Das klingt ...«

»Langweilig«, hilft Lea mir grinsend aus. »Ja,

Brandon ist ziemlich langweilig, deshalb ist es gut, dass wir bei ihm wohnen. Er sorgt dafür, dass wir nicht in Schwierigkeiten geraten.«

Ich muss lächeln, als sie zur Glasschiebetür geht. »Du bist wirklich die allerbeste Freundin!«

»Wir müssen uns dringend mal Freundschaftsarmbänder oder so anschaffen und die jedes Mal zusammenschlagen, wenn du das sagst«, scherzt sie, legt die Hände seitlich an ihr Gesicht und sieht durch die Scheibe ins Haus.

»Hört sich nach einem guten Plan an«, stimme ich im Scherz zu und gehe zu dem Blumentopf neben der Tür. Ich hebe ihn hoch, doch darunter ist nichts. »Okay, kein Schlüssel.«

»Warte.« Lea kommt und hockt sich neben mich. Dann reibt sie unten am Boden des Topfes und zieht an etwas. Als sie die Hand wieder wegnimmt, hält sie einen Schlüssel zwischen Daumen und Zeigefinger.

»Ta-daa!«, ruft sie und richtet sich wieder auf.

»Bravo!« Ich applaudiere ihr.

Zufrieden lächelnd legt sie eine Hand an ihre Brust. »Was soll ich sagen? Ich bin ein Genie.«

Ich sehe zur Glastür, für die der Schlüssel eindeutig nicht gedacht ist. »Na schön, Genie, und jetzt verrate mir mal, welche Tür wir damit aufschließen!«

Sie sieht sich ebenfalls um und tippt sich mit dem Finger auf die Lippe. »Hm, das ist interessant.«

»Gibt es eine Garagentür?«, frage ich und gehe zur Hausecke.

»Weiß ich nicht.« Sie kommt hinter mir her. »Er ist erst vor sechs Monaten hier eingezogen, und ich war noch nie hier.«

Ich gehe zurück zum Zaun und finde die Tür zur Garage. Lea kommt, schiebt mich mit dem Ellbogen zur Seite und steckt den Schlüssel ins Schloss. Er passt, und die Tür geht auf.

»Jippie!« Sie reckt eine Hand in die Höhe.

Wir klatschen uns ab und gehen in die Garage. Es steht kein Wagen drin, sondern nur Regale, Kartons und ein paar Quads. Unweigerlich muss ich an unsere Garage zu Hause denken, in der sich die Kartons mit meinen alten Sachen stapeln. Vieles von dem Kram hat noch mit Landon zu tun. Ich hatte geplant, sie diesen Sommer durchzusehen, weil ich es jetzt kann. Ich wollte ein Album mit Fotos und einigen Zeichnungen von Landon anlegen. Das sollte ich unbedingt tun, sobald ich hier alles geregelt habe, denn es ist wichtig.

Nachdem wir ins Haus gegangen und die Vordertür geöffnet haben, entladen Lea und ich den Kofferraum und schleppen alles ins Gästezimmer, das hinten im Haus neben dem Fernsehzimmer ist. Es ist hübsch drinnen; die Teppichböden und die Fliesen sind sauber, und es gibt zwei Schlafzimmer und zwei Bäder. Die Möbel sind schlicht, aber nicht schäbig, und an den Wohnzimmerwänden hängen einige

Fotos. Eines zeigt Leas Dad und ihren Onkel, wie sie mir erklärt.

»Du siehst deinem Dad ähnlich«, stelle ich fest, während ich ein Glas Wasser trinke, weil ich von der Hitze ausgedörrt und verschwitzt bin. Auf dem Foto sind zwei Jungen zu sehen, einer klein, der andere groß, aber mit den gleichen Gesichtszügen, nur dass der eine deutlich jünger ist. Das ist Leas Onkel. Offenbar kommen sie gerade vom Angeln, denn Leas Dad hält stolz einen Fisch in die Kamera. Er wirkt richtig glücklich, so wie er strahlt, und ich würde gerne fragen, wann das Bild aufgenommen wurde ... wie lange vor seinem Entschluss, sein Leben zu beenden. Aber es würde nur schmerzliche Erinnerungen wecken. Das kenne ich, denn jedes Mal, wenn jemand mir gegenüber Landon erwähnt, fühle ich diesen Stich im Herzen.

»Danke«, sagt sie, wendet sich von dem Foto ab und sinkt auf die braune Ledercouch. Sie legt die Füße auf den Couchtisch, nimmt die Fernbedienung von der Armlehne und richtet sie auf den Flachbildfernseher an der Wand. »Wie wäre es mit ein bisschen *Ridiculousness*?«

Ich stelle mein Wasserglas auf einen Beistelltisch, verschränke die Arme vor der Brust und gehe zum Sofa, setze mich jedoch nicht hin. »Halte mich bitte nicht für bekloppt, aber ich möchte am liebsten Quinton sehen, bevor ich irgendwas mache.«

Der Fernseher geht an, und Lea sieht hinaus, wo die Sonne untergeht, der Himmel zu einer Palette von Pastelltönen wird und die Stadt in der Ferne geradezu glüht. »Es ist schon spät, Nova. Vielleicht warten wir lieber bis morgen. Du hast noch nicht mal deine Mom angerufen und ihr gesagt, dass wir angekommen sind, und sie macht sich Sorgen.«

»Ja, ich weiß.« Ich setze mich auf die Sofalehne. »Und ich wollte damit warten, bis ich mit Quinton gesprochen habe. Dann kann ich absehen, wie lange wir hierbleiben, und ihr Bescheid geben.«

Sie legt die Fernbedienung aufs Polster und dreht sich zu mir um. »Und wie genau willst du das einschätzen können?«

»Keine Ahnung.« Ich fahre mir mit den Fingern durch mein trockenes, schlaffes Haar. »Ehrlich, ich habe keinen Schimmer, was ich hier mache. Ich weiß nur, dass ich irgendwas tun muss.«

Lea presst nachdenklich die Lippen zusammen. »Laut den Informationen aus dem Internet können Meth-Abhängige extrem launisch sein.«

»Ich glaube, das gilt für alle Drogen, nicht bloß für Meth.«

»Ja, aber die Meth-Junkies sind schlimmer.«

»Das dachte ich mir schon.« Was nicht ganz stimmt. Wenn ich ehrlich sein soll, habe ich keine Ahnung, was ich hier tue. Und was zum Teufel soll ich ihm sagen, wenn ich ihn sehe? Warum habe ich mir das nicht gründlicher überlegt? *Mein Gott, Nova!*

»Entspann dich«, sagt Lea, die meine Panik bemerkt. »In den Artikeln stand auch, dass es Selbsthilfegruppen und Beratungen gibt, sicher auch in Las Vegas ... Ich mache mich mal schlau.«

»Danke.« Ich verstumme, starre nach draußen zur glitzernden Stadt in der Ferne und frage mich, wo er sein mag. Ob er herumwandert oder zu Hause ist. Oder an einem schlimmeren Ort? Was ist, wenn er mir irgendeine Fantasieadresse genannt hat und in Wahrheit obdachlos ist?

»Oh, um Gottes willen, Nova!« Lea steht auf und schnappt sich die Schlüssel vom Beistelltisch. »Fahren wir.«

Ich richte mich rasch auf. »Jetzt gleich?«

Lea verdreht die Augen und öffnet die Haustür. »Klar, sonst glotzt du den ganzen Abend glasig in die Gegend, und das brauche ich nicht.«

Wahrscheinlich hat sie recht, aber mein Magen krampft vor Nervosität. »Mir ist schlecht.« Ich schlinge die Arme um meinen Bauch.

»Das sind bloß die Nerven.« Sie kommt auf mich zu, nimmt meine Hand und zieht sanft. »Jetzt komm schon. Ich fahre, und du darfst dich um Sinn und Verstand grübeln.«

»Du kennst mich definitiv zu gut«, sage ich und blicke hinab zu meinem Trägershirt und den Shorts, an deren Saum ein kleiner Fleck ist. »Vielleicht sollte ich mich erst umziehen.«

»Du siehst super aus.« Sie zieht mich über die Schwelle nach draußen. »Tust du immer.« Nun lässt sie meine Hand los, greift nach drinnen, um das Schloss umzudrehen und das Verandalicht einzuschalten, ehe sie die Tür schließt. Dann steckt sie die Schlüssel in ihre Shortstasche und eilt den betonierten Weg entlang zum Wagen. »Außerdem bezweifle ich, dass er sich für deinen Aufzug interessiert.«

»Stimmt.« Ich gehe um den Wagen herum zur Beifahrerseite. »Du hast recht. Ich bin nur nervös.« Richtig nervös, sodass mir kotzübel wird. Aber ich zwinge mich, mich zu beherrschen und ins Auto zu steigen. Drinnen öffne ich das Handschuhfach, in dem der Zettel mit der Adresse steckt. Lea steigt ein, lässt den Motor an und schaltet die Scheinwerfer an, während ich die Adresse ins Navi eintippe.

Ich betrachte die Karte auf dem kleinen Bildschirm. »Hiernach sind es nur fünf Meilen.«

»In Las Vegas kann man für fünf Meilen ganz schön lange brauchen.« Sie schnallt sich an, und ich mache meinen Gurt auch fest. »Und ich sorge mich ein bisschen, wo wir landen.«

»Was meinst du?«

»Ich meine, dass es einige superfiese Ecken gibt.«

»Und du nimmst an, dass er in so einer wohnt?«

»Ich will ja nicht voreingenommen sein, und sicher gibt es reichlich Drogensüchtige, die in hübschen Häusern wohnen und bei denen man nie auf die Idee kommen würden, dass sie drogensüchtig sind, aber ...« Sie bricht ab und richtet den Rückspiegel.

»Aber er hat nicht mal ein Telefon oder einen Job«, sage ich und sinke gegen die Rückenlehne. »Daher schätze ich, dass er nicht besonders chic wohnt, sofern er überhaupt eine Wohnung hat ... Daran habe ich auch schon gedacht, doch ich will trotzdem hin. Ich muss es einfach wissen, Lea. Ich will wissen, was mit dem Jungen passiert ist, der mich wieder etwas empfinden ließ.«

Sie lächelt mir mitfühlend zu und legt den Rückwärtsgang ein. Lea ist nicht die beste Fahrerin, und als sie Gas gibt, ist es ein bisschen zu viel, sodass der Wagen rückwärts ruckt. Automatisch strecke ich die Hand nach vorn und halte mich am Armaturenbrett fest.

Ich klammere mich fest, als ginge es um mein Leben.

Quinton

Es fühlt sich an, als würde ich sterben. Immer wieder dämmere ich weg, und mein Körper ist von oben bis unten wund. Ich kann Stimmen hören, die mir sagen, dass ich wach werden soll, aber irgendwie kriege ich die Augen nicht auf. Ich spüre, wie Erinnerungen zurückkommen, die ich nicht will, und vor allem eine, die ich unbedingt vergessen wollte, in die ich jedoch immer wieder abgleite.

Ich sterbe. Das merke ich an dem fehlenden Schmerz, der Taubheit in meiner Brust, der Kälte. Gleichzeitig bin ich auch warm von dem Blut, das meine Brust und meine Kleidung von innen nach außen durchsickert. Das Todesgefühl nimmt mich vollständig ein, und ich begrüße es, denn wenn ich überlebe, bleibt nichts als Qual und Einsamkeit.

Ich liege neben Lexi und starre hinauf zum Himmel, ersticke an meinen Tränen, als ich ihre kalte, leblose Hand halte. Konzentriert blicke ich zu den Sternen, will sie berühren, bis sie anfangen, einer nach dem anderen zu verblassen, zusammen mit meinem Herzschlag. Der Himmel und alles um mich herum werden dunkel, bis ich nur noch Schwärze sehe. Es ist, als würde ich mich bewegen ... sinken ... oder vielleicht fliegen ... das kann ich nicht unterscheiden. Und es ist mir egal. Ich will mich einfach nur weiter so fühlen, weil es mir den Schmerz wegen Lexis Tod nimmt. Die schrecklichen Qualen ... weg ... meine Schuld ... existiert nicht mehr. Die Tatsache, dass ich unsere Zukunft vernichtet habe, ist unwichtig, weil wir gemeinsam diese Welt verlassen ...

»Quinton ... wach auf, Alter ...«

Geh weg ...

»Quinton ...« Jemand rüttelt an meiner Schulter. »Im Ernst, komm zu dir, Mann ... Du jagst mir eine Scheißangst ein!«

Lass mich in Ruhe.

»Wach auf!«, schreit jemand.

Lass mich einfach sterben ... bitte ...

Ich will bloß sterben.

Gott, bitte lass mich doch sterben!

Nova

Ich bin unsicher, was ich tun, was ich denken soll; wie ich das verarbeite, was ich sehe. Tief im Innern ahnte ich es wohl, habe mich aber nicht hinreichend darauf vorbereitet. Das hätte ich besser getan. Ich hätte mir sagen müssen, dass ich auf so etwas hier treffe, dann würde ich jetzt nicht sprachlos mit diesem Gefühl hier hocken, dass ich mich übergeben möchte, mich anschließend ganz klein zusammenrollen und mir die Augen aus dem Kopf heulen will.

Meine Zwangsstörung meldet sich, und ich möchte dringend die Fenster in den Gebäuden zählen, die Sterne am Himmel, die Linien auf meinem Handrücken, alles, nur nicht mich dem entsetzlichen Anblick vor mir stellen.

»Du hattest recht«, sage ich zu Lea und packe die Sitzränder mit schweißklammen Händen.

»Ich weiß.« Sie runzelt die Stirn und sieht nach

vorn. »Es tut mir so leid, Nova ... Ich weiß nicht mal, was ich sagen soll.«

»Es ist ja nicht deine Schuld.« Ich öffne und schließe die Augen, will, dass es verschwindet, was es natürlich nicht macht.

»Klar, trotzdem tut es mir leid«, entgegnet sie, beide Hände am Lenkrad.

Als das Navi uns zu dem zweigeschossigen Wohnhaus fährt, glaube ich zunächst, dass die Angaben falsch sind, denn das Gebäude sieht eher wie ein sehr großes stillgelegtes Motel aus als ein Haus, in dem Menschen leben. Aber nachdem ich es noch einmal überprüft habe, muss ich einsehen, dass wir hier richtig sind. Die Hälfte der Fenster sind kaputt, einige mit Brettern vernagelt, die anderen mit Decken verhängt: wahrscheinlich, um zu verbergen, was drinnen vor sich geht – Drogen, Prostitution und weiß Gott was noch. Das Haus steht ein Stück nach hinten versetzt und durch eine Zeile mit Secondhandshops, Discountern und Läden mit Wasserpfeifen und sonstigem Rauchzubehör von der Straße getrennt. Die Zeile ist schrecklich heruntergekommen, und einige der Läden sehen noch schlimmer aus als das Wohnhaus dahinter. Ja, man könnte sogar behaupten, es sieht noch am nettesten aus.

Lea parkt ein Stück weiter auf einem Kiesparkplatz und stellt sofort die Scheinwerfer aus, als hätte sie Angst, dass uns jemand sieht. Wir verriegeln die

Türen und lassen den Motor laufen. Es sind kaum Fahrzeuge in der Nähe, und die wenigen, die da sind, machen den Eindruck, als wären sie seit ewigen Zeiten nicht bewegt worden. Neben dem Eingang steht eine große Reklametafel, an der sich die Farbe abpellt, sodass nicht mehr zu erkennen ist, wofür sie mal geworben hat. Unten an der Treppe stehen einige Frauen zusammen, rauchen und unterhalten sich reichlich laut. Ich will ja nicht überheblich sein, aber mit ihren engen Röcken, den BHs anstelle von Tops und den hohen Schuhen oder kniehohen Stiefeln sehen sie wie Nutten aus.

Wir haben die Klimaanlage voll aufgedreht, und der Himmel ist fast schwarz, weil die Sonne so gut wie vollständig hinterm Horizont verschwunden ist. Weit hinter uns blinken und funkeln die Lichter der Stadt, neonfarbene und glitzernde Schilder, und beinahe kann ich die elektrisierende Wirkung fühlen.

»Welche Nummer ist es noch mal?«, fragt Lea, während sie die Handbremse anzieht.

Ich sehe zum Navi. »Zweiundzwanzig, aber ...« Ich blicke wieder zu dem Gebäude und suche blinzelnd nach Nummern auf den Türen. Über einigen brennen Lichter, sodass man die Wohnungsnummern erkennen kann, aber längst nicht über allen.

»Vielleicht sollten wir doch morgen früh wiederkommen«, schlägt Lea vor und kaut an ihren Fingernägeln, während sie die Gruppe Frauen an der Treppe beäugt. Lea hatte noch nie Berührung mit der Drogenszene, und auch wenn sie schon auf Partys gewesen ist, waren die harmlos, mit Bierfässern und Weinkühlern, auf denen Leute abhingen und tanzten, nicht high wurden und entweder weggetreten oder auf einem irren Trip endeten.

Ich möchte ihr zustimmen und sagen, dass wir nach Hause fahren sollten, kann aber nicht aufhören, an die vielen *Was wäre wenn*-Fragen zu denken. Zum Beispiel, was wäre, wenn ich wegfahre und Quinton ausgerechnet heute Abend etwas Schlimmes passiert? Außerdem macht es das Wissen, dass er wahrscheinlich gleich dort, in einer der Wohnungen ist, schwer, wieder zu verschwinden. Was ist, wenn ich meine Chance verpasse, so wie bei Landon? Was ist, wenn ich wegfahre und nie mehr den Mut aufbringe zurückzukommen? Was ist, wenn etwas Schreckliches geschieht?

Mist!

Hör auf damit, Nova.

Hör auf, an die Vergangenheit zu denken.

Konzentriere dich auf die Zukunft.

»Okay.« Ich lasse die Sitzkante los und greife über meine Schulter nach dem Gurt. »Ich komme morgen früh wieder, wenn die Sonne aufgegangen ist.«

»Wir kommen morgen wieder«, korrigiert Lea und löst die Handbremse. »Ich will nicht, dass du alleine hierherfährst, und ich habe deiner Mutter versprochen, auf dich aufzupassen.«

»Jetzt komme ich mir wie ein Kind vor«, gestehe ich und klicke den Gurt fest. »Mit dir als meinem Babysitter ... Ich finde, meine Mom sollte dich dafür bezahlen oder so.«

»Sie liebt dich eben«, sagt Lea und legt den Gang ein. »Und ich mache es gerne ... Ist ja nicht so, als hätte ich etwas Besseres vor.«

Ich zögere. »Lea, bist du sicher, dass du nicht über das reden willst, was zwischen dir und Jaxon war?«

Sie nagt an ihrer Unterlippe und kämpft mit den Tränen. »Noch nicht ... Ich kann es noch nicht, okay? Schon gar nicht hier.«

»Okay. Na, ich bin da, wenn du so weit bist.« Nervös zurre ich an meinem Lederarmband. Ich bin rastlos, bemühe mich aber, still zu sitzen, als sie den Chevy Nova rückwärts vom Parkplatz fährt und das Lenkrad einschlägt. Nachdem sie den Wagen gewendet hat, werde ich ruhiger, bis ich einen Jungen in Richtung Wohnblock vorbeigehen sehe, der einen großen Beutel Eis trägt.

»Moment mal ...«, murmle ich und lehne mich näher zum Fenster. »Den kenne ich.«

»Was soll das heißen, den kennst du?«, fragt Lea und tritt aufs Gas.

Ich reagiere nicht, weil ich viel zu sehr von der Erinnerung gefangen bin, die direkt an mir vorbeimarschiert – wie ein Geist. Selbst im Dunkeln erkenne ich Tristans blondes Haar und die Gesichtszüge auf Anhieb, obwohl seine Wangen ziemlich eingefallen sind und seine Hose entweder sehr schlabberig ist oder er deutlich abgenommen hat. Auf jeden Fall ist er das.

Er sieht aus, als wäre er in Eile, raucht eine Zigarette und bewegt die Lippen. Anscheinend führt er Selbstgespräche.

»Halt den Wagen an!«, sage ich und packe den Türgriff.

»Nova, was ist denn?«, ruft Lea, als ich die Tür öffne, ehe sie den Wagen anhalten kann. Sie stampft auf die Bremse, während ich schon die Tür weit aufstoße und ein Bein hinausschwinge. Aber dann werde ich gestoppt, weil der Gurt einrastet und mich festhält.

»Scheiße«, fluche ich und lehne mich nach hinten, um den Gurt zu lösen.

»Was soll das?«, fragt Lea mit großen Augen und behält den Fuß auf der Bremse. Das Auto steht in einem schiefen Winkel zum Gehweg.

»Ich kenne ihn!« Wieder stoße ich die Tür auf. Im selben Moment bemerkt Tristan uns – nun ja, das Auto jedenfalls. Er bleibt stehen und sieht es bewundernd an, als ich ziemlich unelegant herausstolpere, mich jedoch schnell wieder fange.

Tristan tippt die Asche von seiner Zigarette und

steckt sie wieder in den Mund. »Hey, was für ein Auto ist ...?« Weiter kommt er nicht, denn ich bin ein Stück nach vorn gegangen, sodass er im Schein des Motels und der Straßenlaternen mein Gesicht sehen kann. »Ach du Scheiße, Nova«, sagt er mit einem erschrockenen Lachen, wobei ihm fast die Zigarette aus dem Mund fällt. Er nimmt sie in die Hand und starrt mich ungläubig an. »Wo zum Geier kommst du denn her?«

Ich zeige auf meinen Wagen. »Ich bin hergefahren«, sage ich, will ihm allerdings noch nicht den Grund nennen. Tristan ist meistens ganz nett, doch er steckt genauso tief im Drogensumpf wie Quinton, und das Letzte, was ich will, ist, ihm erklären, warum ich herkommen wollte – musste.

»Ja, das sehe ich.« Wieder blickt er bewundernd zum Wagen. Die Lichter um uns fallen auf sein Gesicht, und jetzt bemerke ich, wie sehr er sich verändert hat. Er wirkt tougher, ungepflegter, härter, finsterer, und ich frage mich, was er angestellt hat, um an diesen Punkt zu gelangen. »Ist das dein Wagen?«, fragt er.

»Ja, ist er.« Ich lege die Arme um meinen Oberkörper, obwohl ich nicht friere. Es ist eher ein Schutzmechanismus, weil sich alte Gefühle glasscherbengleich durch mein Inneres schneiden, als ich mich an die Zeit erinnere, die ich mit Tristan verbracht habe. »Er gehörte meinem Dad ... früher mal.«

Tristan zieht die Brauen zusammen. »Den hast du aber in Maple Grove nicht gefahren, oder?«

»Nein, da bin ich immer mit Delilah in ihrem Truck gefahren.«

»Ja, den hat sie übrigens vor ein paar Monaten abgestoßen. Verkauft, du weißt schon, um ein bisschen Geld zu machen.«

Ich sage nichts, denn mir fällt nichts ein. Es ist komisch und peinlich zwischen uns, weil ich ihn kenne, ihn sogar schon geküsst habe, und zugleich weiß ich so gut wie nichts über ihn. Ich habe Zeit mit ihm verbracht, aber der Mensch, den ich kennenlernte, existiert offensichtlich nicht mehr. Jener Tristan ist Teil meiner Vergangenheit, und ich überlege, wie schlimm es bei Quinton wird, diese Veränderungen zu sehen.

Schaffe ich das? War ich naiv zu glauben, dass ich es kann? Bin ich überhaupt stark genug, das zu packen? Ich konnte Landon nicht retten, aber habe ich es denn wirklich versucht?

»Nova, alles okay?« Leas Stimme gibt mir ein wenig Sicherheit, weil mir klar wird, dass ich nicht allein bin.

Ich blicke mich zu ihr um. Der Motor läuft noch, und es qualmt aus dem Auspuff, doch sie ist ausgestiegen und sieht besorgt über das Wagendach hinweg zu mir.

»Alles gut«, versichere ich, auch wenn es nur teils

stimmt, denn zwar geht es mir gut, aber ich habe auch furchtbare Angst. Ich würde ja gerne von mir behaupten, dass ich mutiger bin, dass ich diese Geschichte voller Selbstvertrauen in Angriff nehme, weil ich sicher bin, die Richtige zu sein, um Quinton zu helfen. Nur stimmt das nicht. Ich möchte es bloß sein.

Ich sehe wieder zu Tristan, dessen Blick verwundert zwischen Lea und mir hin und her wandert. Er macht den Mund auf, doch ich komme ihm zuvor.

»Ist Quinton da?«, frage ich verblüffend ruhig, weshalb ich denke, dass ich das hier vielleicht, ganz vielleicht packe.

»Ja, ist er, aber ...« Tristan sieht zu dem Eisbeutel in seiner Hand und schlägt sich die andere mit der Zigarette so heftig an die Stirn, dass vorn die Glut abfällt und seine Finger streift. »Scheiße, ich soll ihm das hier bringen!« Er läuft auf den Wohnblock zu und tut, als hätte er sich eben nicht verbrannt.

Wie zugedröhnt ist er denn? Ich laufe ihm über den Parkplatz nach und reagiere nicht, als Lea mir nachruft, dass ich warten soll.

»Kann ich mit ihm reden?«, frage ich, sowie ich Tristan eingeholt habe. »Das muss ich unbedingt.«

Er blinzelt zu mir, als wir an einem zerbeulten Auto mit vier platten Reifen vorbeikommen. »Falls du ihn wach bekommst, klar.«

Ich höre das Knirschen von Kies hinter uns, und

Lea kommt atemlos angelaufen. »Mann, Nova, vielen Dank, dass du mich einfach stehen lässt!«

»Entschuldige«, sage ich, bin jedoch von dem abgelenkt, was Tristan gesagt hat. *Falls ich ihn wach bekomme?* Mir zieht sich das Herz in der Brust zusammen und pocht wie verrückt. »Ist er ... auf was ist er?«

»Zur Zeit eigentlich nichts.« Tristan winkt den Nutten zu, und eine von ihnen pfeift.

Eine andere mit richtig langen Beinen und grellblauem Haar kommt mit einem Grinsen auf ihn zu. »Hey, darf ich mal probieren?«, fragt sie Tristan und streicht mit ihren neonpinken Fingernägeln seinen Arm hinauf.

»Später vielleicht.« Tristan lächelt ihr zu, geht aber weiter. Anscheinend ist er in Gedanken, als er den Eisbeutel an sich drückt und irgendwas murmelt. Unten an der Treppe bleibt er so abrupt stehen, dass ich ebenfalls anhalte und Lea von hinten in mich reinrennt.

»Hör mal, Nova«, sagt er und sieht zu dem Laubengang über uns. »Ich glaube nicht, dass du reingehen willst. Das ist echt nicht dein Ding.«

»Kein Problem.« Ich halte mich am Geländer fest, als mir meine Stimme durch den Kopf hallt. *Es ist doch ein Problem! Was ist, wenn du etwas richtig Übles siehst? Schlimmer als du es verkraftest?* »Ich möchte nur mit Quinton reden.«

»Und das ist prima, aber der ist gerade nicht wach.« Er verlagert sein Gewicht, sodass ihm sein blondes Haar vor die Augen fällt. Die sind eigentlich blau, doch davon sieht man nicht viel, weil seine Pupillen viel zu geweitet sind.

»Kann ich ihn nicht wecken?«, frage ich. »Es ist wirklich sehr wichtig, dass ich mit ihm rede.«

Als er mich mustert, taucht für einen Sekundenbruchteil der Junge wieder auf, den ich gekannt habe: der anständige, der keinem etwas tun würde, und der mit mir sprach. Aber der Blick ist sofort wieder verschwunden, und er sieht eisig zu Lea. »Wer ist das?«

»Eine Freundin von mir.« Ich trete ein Stück zur Seite, um Lea vor seinem vernichtenden Blick abzuschirmen.

Er fixiert mich wieder. »Ist sie cool?«

Mir ist klar, was er meint: *Wie reagiert sie, wenn sie Drogen sieht?* »Ja, alles gut.«

Lea macht einen Schritt auf uns zu und zeigt genervt auf ihre Brust. »Sehe ich wie jemand aus, der euer kleines Drogennest auffliegen lässt? Ernsthaft, bist du derart paranoid?« Sie klingt ruhig, doch ich spüre ihre Anspannung.

Tristan mustert sie – die schwarz umrahmten Augen, das schwarze Trägertop und die rotschwarzen Shorts, die Tattoos an ihren Armen, die Piercings in ihren Ohren. »Weiß ich nicht ... würdest du?«

Sie verschränkt die Arme und reckt trotzig das Kinn. »Nein, würde ich nicht.«

Als Tristan sich am Kopf kratzt, bemerke ich die kleinen Punkte an seinen Armen, von denen einige lila und blau umrahmt sind. Ich weiß, was das für Stellen sind, genau wie Lea, und als Tristan wieder zum oberen Stock sieht, werfe ich ihr einen Blick zu.

Tut mir leid, sage ich stumm und drücke ihre Hand. Ihre klamme Haut verrät, wie beunruhigt sie ist, und prompt fühle ich mich noch schlechter. Ich sehe hinüber zu dem schief geparkten Chevy Nova und will Lea schon sagen, sie soll im Auto warten – oder nach Hause fahren –, als Tristan meine Gedanken unterbricht.

»Klar, du kannst reingehen und versuchen, ihn wach zu kriegen«, sagt er und nimmt den Arm herunter. »Aber ich warne dich, es ist ziemlich schlimm.«

»Was ist ziemlich schlimm?«, frage ich, als ich ihm schon die Treppe hinauf folge. Lea flüstere ich zu: »Geh ruhig zum Wagen zurück, und warte da.«

»Auf keinen Fall«, erwidert sie ebenso leise und dreht sich zu zwei lauten Typen um, die unten an der Treppe aufgetaucht sind. »Da drin fühle ich mich weniger sicher. Geh schon ... Ich möchte das endlich hinter mir haben.«

»Ich bin dir echt was schuldig«, flüstere ich.

»O ja, das bist du«, stimmt sie mir zu.

Oben an der Treppe bleibt Tristan stehen und geht

zur Seite, um uns vorzulassen. »Er ist vor ein paar Stunden heftig zusammengeschlagen worden und seitdem noch nicht wieder zu sich gekommen.«

»Quinton wurde zusammengeschlagen?« Eine lähmende Angst überkommt mich.

Tristan nickt. »Ja, kommt schon mal vor.«

Er sagt es so lässig, als wäre es unwichtig, was es nicht ist. Quinton ist nicht unwichtig. Und plötzlich will ich nur noch dringend zu ihm. Ich laufe die letzten Stufen hinauf und scheuche Tristan weiter. »Ich muss zu ihm!« Mir ist bewusst, dass es sich zu sehr nach einem Befehl anhört, aber das kümmert mich nicht. Der Typ latscht mit einem Eisbeutel herum, während Quinton schwerverletzt sein könnte, und Tristan ist nicht mal klar genug, um die Absurdität der Situation zu begreifen. Vor allem das macht mir Angst, denn er kann garantiert nicht einschätzen, wie schlimm es um Quinton steht. Selbst wenn er im Sterben läge, würde Tristan es nicht kapieren.

»Na gut«, sagt er völlig unaufgeregt und geht voraus nach links. »Kommt mit.«

Kopfschüttelnd gehe ich hinter ihm her über den Laubengang und an Wohnungstüren vorbei. Es stinkt nach Zigarettenqualm und Gras, was mich umgehend in eine Phase zurückversetzt, die ich zwar nicht vergessen will, an die ich allerdings auch ungern zurückdenke.

Vor den Türen stehen Unmengen leerer Bierflaschen und Eimer voller Kippen, alte Schuhe, Hemden, Teller mit vergammeltem Essen, und vor einer Wohnung türmen sich scheußlich stinkende Müllsäcke. Vor einer anderen stehen sogar ein Plastiktisch und ein Stuhl, auf dem ein Typ hängt, der vollkommen weggetreten ist und noch einen glimmenden Joint in der Hand hat.

»Ist mit dem alles okay?« Ich nicke zu dem Typen, und der Qualm brennt in meiner Nase und im Hals.

Ich erinnere mich.

Gott, und wie gut!

Es riecht und schmeckt noch genauso.

Fühlt sich genauso an.

Diese Taubheit ... diese momentane Flucht vor allem.

Hör auf, dich zu erinnern.

Vergiss das!

Denk dran, wer du heute bist.

Sosehr ich auch dagegen kämpfe, erinnere ich mich an alles. An die Gefühle, verloren zu sein, zu treiben, betäubt und zufrieden zugleich. Losgelöst, schwebend, fliegend, weit weg von meinen Problemen. Ich versank in Schlamm, in Drogen, im Leben. Und Quinton war dort, ging direkt neben mir unter, hielt meine Hand, während wir abstürzten; aber er sagte mir, ich wäre zu gut dafür – dass ich besser wäre als die Dinge, die ich tat. Er machte alles, was er konnte, um meinen Absturz aufzuhalten, obwohl er selbst untergehen wollte. An dem Tag, an dem er mich in dem Teich zurückließ, zeigte er mir, dass er, abgesehen von den Drogen, anständig war. Er nutzte meine Verwirrung, meine Trauer und meine Benommenheit nicht aus.

Tristan bleibt neben dem Tisch stehen und sieht zu dem Typen mit dem Joint. »Ach, das ist Bernie, ja, mit dem ist alles klar. So ist er manchmal.« Er nimmt Bernie den Joint ab, und ich denke schon, dass Tristan ihn rauchen will, aber er legt ihn in den Aschenbecher. Als er meinen verwunderten Blick bemerkt, zuckt er mit den Schultern. »Was denn? Das ist nicht mein Ding.« Dann geht er weiter und sagt: »Jedenfalls nicht mehr.«

Es kostet mich einige Anstrengung, nicht auf die Einstiche an seinen Armen zu starren und weiter nach vorn zu sehen. Lea murmelt etwas und bleibt dicht hinter mir, die Arme um ihren Oberkörper geschlungen. Tristan fängt an, eine Melodie zu summen, während er an einer Tür nach der anderen vorbeigeht. Ich erkenne den Song nicht, und das ärgert mich, denn es hätte mich wenigstens ein bisschen abgelenkt. Dann könnte ich den Text im Kopf mitsingen, mich von Musik beruhigen lassen, wie ich es so oft tue.

Als ich wieder nach Lea sehe, blickt sie sich entgeistert um. Diese Welt ist ihr völlig fremd. Mir im Grunde auch, zumindest in derart krasser Form. Das hier ist eine ganz andere Liga als der Trailerpark und wirkt um ein Vielfaches gefährlicher – fernab von der Außenwelt und dem Licht. Ich bin nicht sicher, was nötig sein wird, um Quinton hier wegzuholen, aber das muss ich herausfinden.

Ich atme langsam ein und aus, zwinge mich, weder meine Atemzüge noch meine Herzschläge oder Schritte zu zählen. Ebenso wenig die Sterne am Himmel oder die Lichter des Casinos auf der anderen Straßenseite.

Endlich bleibt Tristan vor einer Tür stehen und blickt sich zum Parkplatz um, als wollte er etwas überprüfen. Ich bin stolz auf mich, weil ich keine Zahlen herunterbete, um mich zu beruhigen, doch sowie Tristan die Tür öffnet, kracht mein Stolz in sich zusammen wie der Scherbenhaufen gleich drinnen bei der Tür.

»Willkommen in unserem Reich«, scherzt Tristan, als er die Tür weit aufstößt, sodass der Knauf an die Wand knallt, worauf der richtig hagere Typ auf der Couch stöhnt und sich umdreht. Mir ist, als würde ich die raffinierten Tattoos an seinen Armen wiedererkennen, die zumeist schwarz sind, einige aber auch dunkelrot und blau, nur kann ich sie nicht zuordnen.

Als ich über die Schwelle und aus dem Licht der Lampe draußen trete, fällt mir als Erstes der Geruch auf. Es stinkt nicht bloß nach Gras oder Zigarettenrauch, sondern nach Müll, vergammeltem Essen, Dreck, Schmiere, Schweiß und etwas richtig Modrigem, als würde mittendrin ein Luftbefeuchter laufen, auch wenn ich keinen sehe. Zusammen ergeben die Gerüche eine eklige, beißende Mischung. Ich frage mich, ob es im Trailer genauso gestunken hat und ich es einfach nicht mitbekam – so wie ich vieles nicht mitbekommen hatte.

Auf dem Fußboden stehen drei Lampen aus den Siebzigern mit Perlen unten an den Schirmen. Die eine ist umgekippt, brennt aber noch. Eine große Decke mit einem Tiger drauf hängt vor dem Fenster, und der Deckenventilator ist an. Ihm fehlt ein Blatt, weshalb er ein merkwürdiges Flappen von sich gibt. Der Boden, auf dem mehrere Crack-Pfeifen herumliegen, ist kahl, die Wände sind löchrig, und an der Decke sind Wasserflecken. Mich erinnert es sehr an den Trailer, in dem sie früher wohnten, nur ist es hier (höflich formuliert) viel verkommener. Mich stößt es ab, und zugleich fühle ich mich von dem angezogen, was unter der Oberfläche ist, in den Ritzen und den Pfeifen auf dem Boden. Meine Sinne sind in Alarmstellung, denn ich weiß, dass lediglich ein oder zwei Züge nötig sind, und ich würde mich zwanzigmal gelassener fühlen anstatt so ängstlich, dass ich platzen möchte. Wenigstens wenn es Gras wäre, doch wie Delilah mir am Telefon erzählte, sind sie jetzt auf Crystal Meth.

»Hier wohnen wir also«, sagt Tristan und nimmt den Eisbeutel von der einen in die andere Hand, als er zwischen den beiden alten Sofas hindurchgeht und auf den Typen zeigt, der auf einem davon liegt. »Und das ist Dylan ... den kennst du noch, oder?«

Ich nicke und versuche, nicht allzu geschockt auszusehen, aber das gelingt mir nicht. Dylan war immer schon ein bisschen verlebt, aber jetzt ist er praktisch ein Skelett. An seinem kahlen Kopf sind sämtliche Erhebungen und Vertiefungen des Schädelknochens zu sehen, und seine Arme sind so dünn wie meine. Tristan sieht im gedämpften Licht hier drinnen ebenfalls schlimmer aus: Seine Haut ist bleich und sein Haar richtig schmierig und schütter. An der Stirn hat er eine rote Brandstelle von der Zigarette, und er hat mehrere verschorfte Wunden an seinen Wangen und seinem Hals.

Mir gehen zwei Fragen durch den Kopf. Die erste ist, wie Quinton jetzt wohl aussehen mag, und die zweite, wie zur Hölle ich aussehen würde, hätte ich dieses Leben nicht hinter mir gelassen.

»Und das ist die Küche.« Er nickt zu einem rissigen Vorhang, der über eine Wäscheleine drapiert ist.

Ich schweige, denn es gibt nichts zu sagen, und folge ihm quer durchs Wohnzimmer. Der Gestank nimmt extrem zu, je näher ich dem Vorhang komme. Ich frage mich, was dahinter sein mag, bin allerdings froh, es nicht sehen zu müssen, weil es mich sicher noch ängstlicher machen würde.

Als Tristan in einen schmalen Flur geht, drehe ich mich zu Lea um. Sie ist entsetzt, blickt mit großen

Augen zu den Glaspfeifen, den Joint-Zangen, den Aschenbechern und der Spritze auf dem Boden. Ich sehe ihr an, dass sie erst jetzt richtig erfasst, was ich letzten Sommer durchlebt habe. Und obwohl ich nicht glaube, dass ich je so tief gesunken war, hing ich doch über exakt demselben Abgrund wie die anderen hier. Dies hätte mein Leben werden können.

»Versuch bitte, nicht auszuflippen«, sagt Tristan und bleibt vor einer geschlossenen Tür am Ende des Flurs stehen.

Ich verkrampfe mich. »Wieso sollte ich ausflippen? Gott, Tristan, wie schlimm ist es?«

»Also, ich denke ja, dass er schlimmer aussieht, als es ihm wirklich geht.« Er greift mit einer Hand den Türknauf und hält sich die andere mit dem Eisbeutel an die Brust, sodass ihm der Beutel gegen den Bauch schlägt. »Aber ich weiß nicht, ob du das genauso sehen wirst.«

Meine Muskeln spannen sich noch weiter an, als er die Tür öffnet, und dann stockt mir der Atem. Das Zimmer ist ungefähr so groß wie ein Wandschrank. Der Linoleumboden liegt voller Klamotten und Münzen, mittendrin ein Spiegel, eine Rasierklinge und eine kleine Plastiktüte. Und gleich neben der Tür ist eine abgenutzte Matratze, auf der Quinton liegt.

Quinton.

Sein einer Arm hängt leblos von der Matratze,

seine Augen sind geschlossen, und er rührt sich nicht, während von der Decke schmutziges Wasser auf ihn tropft. Und sein Gesicht ... die Blutergüsse ... die Schwellungen ... die Schnitte ... Würde ich nicht sehen, dass sich seine vernarbte Brust auf und ab bewegt, ich hielte ihn für tot.

»O mein Gott!« Ich halte mir eine Hand vor den Mund, und Tränen brennen in meinen Augen.

Er sieht tot aus. Genau wie Landon. Nur ist hier kein Seil. Hier sind bloß Blutergüsse, Schnitte und ein Zimmer voller Finsternis, das sein Leben verschlungen hat.

»Entspann dich.« Tristan legt den Eisbeutel auf den Boden gleich an der Tür. »Ich habe doch gesagt, dass es schlimmer aussieht, als es ist.«

»Nein, es sieht so schlimm aus, wie es ist«, widerspreche ich schroff. Mir rutscht das Herz in die Hose, als ich mich ins Zimmer und zur Matratze dränge. »Was ist mit ihm passiert?«

»Hab ich doch gesagt. Er ist zusammengeschlagen worden«, antwortet Tristan und bleibt vor Lea an der Tür stehen.

»Und warum hast du ihn nicht ins Krankenhaus gebracht?«, fragt Lea spitz und sieht Tristan so streng an, dass er ein wenig zurückweicht.

»Ähm, weil die in Krankenhäusern sofort Ärger machen, vor allem wenn sie allen möglichen Scheiß in deinem Blut finden«, sagt Tristan ohne einen Funken von Betroffenheit, und mir wird bewusst, dass ich diesen Tristan nicht sonderlich gut ausstehen kann. Der alte Tristan war viel netter, doch der hier ist ein Arschloch. »Und das Letzte, was wir wollen, ist auffallen.«

Lea funkelt ihn böse an. »Wow, was bist du für ein toller Freund!«

»Ich bin nicht sein Freund«, korrigiert Tristan sie. »Ich bin sein Cousin.«

»Und das ändert alles, weil …?«, fragt Lea gereizt.

»Ey, was hast du eigentlich für ein Problem?« Tristan geht einen Schritt auf sie zu.

Die beiden fangen an, sich zu zanken, was ich jedoch kaum höre, denn ich konzentriere mich auf Quinton. Ich will ihm helfen; deshalb bin ich ja hier. Aber hiermit hatte ich nicht gerechnet und habe keinen Schimmer, was ich tun soll. Er ist verletzt und bewusstlos. Ich weiß nicht, wie lange er schon so ist, was er getan hat, um so zu enden, welche Drogen er intus hat oder ob er sich wie Tristan benimmt, wenn er wieder zu sich kommt.

Ich muss etwas tun!

Vorsichtig knie ich mich auf die Matratze, die ein wenig einsinkt. Quinton hat sich seit dem letzten Sommer verändert. Sein Kinn ist stoppelig und schärfer konturiert, weil er abgenommen hat. Sein Haar ist ziemlich lang, und er sieht zottelig und ungepflegt aus. Er trägt kein Shirt, und die Muskeln, die mal seinen Bauch und seine Brust definierten, sind weg. Seine starken Arme sind ebenfalls dünner. Was sich nicht verändert hat, sind die Narbe über seiner Oberlippe, die auf seiner Brust und die Tattoos auf seinem Arm: *Lexi, Ryder, Niemand*. Früher fragte ich mich, was sie bedeuteten, aber heute bin ich ziemlich sicher. Lexi war seine Freundin, Ryder seine Cousine und vermutlich Tristans Schwester, und Niemand ist Quinton. Wie kann er von sich selbst als niemandem denken? Wie kommt er darauf, dass er unwichtig ist? Gott, es ist, als wäre ich wieder mit Landon zusammen und sähe hilflos zu, wie er innerlich eingeht.

»*Nichts, was ich sage oder tue, ist für diese Welt von Bedeutung, Nova*«, *sagt er, als er sich auf die Hände zurücklehnt und zu dem Baum vor uns blickt.* »*Wenn ich weg bin, geht das Leben eben ohne mich weiter.*«

»*Das stimmt nicht*«, *widerspreche ich entsetzt. Sicher, er ist hin und wieder deprimiert, aber so finster und schwermütig habe ich ihn noch nicht erlebt, und es tut mir weh, ihn so reden zu hören.* »*Ich kann nicht ohne dich leben.*«

»*Doch, kannst du*«, *sagt er, setzt sich auf und legt eine Hand an meine Wange. Wir sitzen unten an dem Hügel in seinem Garten. Die Sonne scheint auf uns herab, und es ist eigentlich unnötig, etwas anderes zu tun, als einfach zusammen zu sein, was mir ganz recht ist.*

»*Nein, kann ich nicht*«, *erwidere ich.* »*Falls du stirbst, sterbe ich mit dir.*«

Er lächelt traurig und schüttelt den Kopf. »Nein, wirst du nicht. Du wirst schon sehen.«

»Werde ich nicht.« *Ich rücke weg von seiner Hand, weil ich wütend werde.* »Denn du gehst nicht vor mir! Versprich mir, dass du das nicht tust. Versprich mir, dass wir zusammen alt werden und ich als Erste sterbe.«

Er fängt an zu lachen, als wäre ich witzig, aber es klingt steif, und seine Augen bleiben ernst. »Nova, du weißt, dass ich dir das nicht versprechen kann, weil ich nicht über Leben und Tod bestimme.«

»Ist mir egal«, *sage ich. Mir ist klar, dass es blödsinnig ist, doch ich muss es von ihm hören.* »Sag mir einfach, dass du mich zuerst gehen lässt. Bitte!«

Er seufzt erschöpft und rutscht über das Gras näher zu mir, um wieder die Hand an meine Wange zu legen. »Na gut, ich verspreche es. Du darfst als Erste gehen.«

Es ist offensichtlich, dass er es nicht ernst meint, und ich möchte heulen, tue es aber nicht. Stattdessen bleibe ich still, grüble und fürchte mich davor, mehr zu sagen, denn ich will ihn nicht wütend machen. Vor allem habe ich Angst vor der Wahrheit, denn ich fürchte, dass ich mit dem, was in seinem Kopf vorgeht, nicht fertigwerde, geschweige denn ihm helfen kann.

Ich reiße mich aus der Erinnerung los und konzentriere mich wieder auf Quinton. »Mein armer Quinton«, murmle ich, als gehörte er zu mir, dabei stimmt das gar nicht. Doch in diesem Moment wünsche ich mir, es wäre so, und ich könnte ihn einfach hochheben und von hier wegbringen. Ich möchte seine Wunden säubern und ihm zu essen geben, denn er sieht aus, als hätte er seit Tagen nichts gegessen. Mir wird bewusst, wie viel mir an ihm liegt und wie dringend ich will, dass es ihm besser geht. Und diesmal werde ich nicht stumm zusehen, wie er mir entgleitet.

Zögernd strecke ich eine Hand nach ihm aus, ziehe sie aber wieder zurück, weil ich Angst habe, dass ich ihm wehtun könnte. Ich beuge mich über ihn, meine Hände seitlich zu Fäusten geballt. »Quinton«, sage ich leise. »Quinton, kannst du mich hören?«

Er antwortet nicht, atmet ein und aus, wobei sich seine Brust hebt und senkt. Zaghaft berühre ich seine Wange und fühle, wie kalt seine Haut ist. »Quinton, bitte, wach auf ... Es tut mir so leid ... dass ich es nicht begriffen habe ... dass ich nicht sehen konnte ...« Ich ringe nach Worten, während sich unzählige Gefühle in mir regen: Reue, Sorge, Angst, Bedauern, Schmerz. Gott, ich fühle seinen Schmerz, der mir unter die Haut geht, mein Herz überschwemmt, und ich wünsche mir, ich könnte ihn da rausholen. »Bitte, mach die Augen auf«, flehe ich erstickt.

Er reagiert nicht. Ich fühle seinen Puls mit der freien Hand, und da ist er, klopft sanft gegen meine Finger. Noch besteht Hoffnung, rede ich mir ein, doch als ich mich umsehe, ihn so reglos sehe, dass er beinahe tot wirkt, bin ich nicht mehr sicher. Und das schmerzt fast so sehr, als hätte ich ihn genauso verloren wie Landon.

Quinton

Ich bin ziemlich sicher, dass ich träume. Vielleicht bin ich auch tot. Ich hoffe, Letzteres trifft zu, auch wenn ich denke, dass ich nicht tot bin, weil es sich anders anfühlt als das erste Mal, als ich starb. Falls ich träume, ist es ein schöner Traum, in dem ich bei Nova bin und wir glücklich sind. Mich erstaunt, dass ich mich mit ihr zusammen sehe, und normalerweise würde ich mir verbieten, in diese Richtung weiterzudenken, aber jetzt bin ich nicht wach genug, als dass es mich interessiert. Außerdem fühle ich mich richtig gut, so gut wie schon lange nicht mehr. Alles ist leicht, atemlos, berauschend. Die Erinnerungen an meine Vergangenheit verblassen. Ich spüre das Blut an meinen Händen und das Gewicht der Schuld auf meinen Schultern nicht mehr. All das weicht etwas Wunderbarem. Ich bin nicht in der Dunkelheit, eingesperrt in mir selbst. Das Licht treibt mich nach oben, und ich liege auf dem Rücken, blicke zum Himmel und habe das Gefühl, ich wäre zu allem fähig. Nova ist über mich gebeugt, hält eine Hand an meine Wange. Sie ist so verdammt warm, riecht fantastisch, und ihre Augen ... leuchtendes Blau mit grünen Sprenkeln, ihre Haut ist von Sommersprossen gepunktet, und ihre vollen Lippen sehen so klasse aus, dass ich sie schmecken will ... was ich auch werde, denn jetzt ist es ja egal. Es ist nicht real, was es leichter macht, mir zu nehmen, was ich will – mir einzugestehen, was ich mir wünsche.

Ich hebe den Kopf, denke nicht einmal darüber nach, was ich tue, und presse meine Lippen auf ihre. Mein Mund tut mir weh, doch es ist den Schmerz wert – alles wert, sie nur wieder zu schmecken. Ich könnte das ewig weitermachen, und will es auch, aber als meine Zunge in ihren Mund taucht, weicht sie zurück. Sie hat die Augen weit aufgerissen und sieht verwirrt aus. Ich will ihr sagen, dass sie wieder zurückkommen soll, weil ich sie unbedingt wieder küssen will, muss, aber dann fängt sie an, die Lippen zu bewegen, und der Nebel in meinem Gehirn lichtet sich langsam.

»Quinton, kannst du mich hören?«, fragt sie. Ihre Stimme ist leise und weit weg. Oder vielleicht bin ich auch weit weg.

»Ich ...« Reden tut weh, weil meine Kehle zu trocken ist, und die grelle Sonne brennt in meinen Augen.

»Wie geht es dir?«, fragt sie, und das Licht wird matter, als sich der blaue Himmel in meine schmuddelige Zimmerdecke verwandelt, die voller Risse und Wasserflecken ist. Dieses blöde Tropfen ist wieder da, verfolgt mich.

Plötzlich wird mir bewusst, dass ich in meinem Zimmer bin. Wach. Und Nova ist hier. Bei mir. Meine Gedanken rasen los, als ich mich zu erinnern versuche, was passiert ist. Ich hatte vorgehabt, mich von jenen Typen totprügeln zu lassen. Warum ist das nicht passiert? Weil es zu einfach war? Verdiene ich es nicht, so leicht davonzukommen? Verdiene ich Schlimmeres als den Tod? Aber wenn das so ist, warum ist Nova dann hier?

»Was machst du hier?« Es schmerzt zu sprechen, trotzdem zwinge ich die Worte über meine Lippen. »Oder träume ich?«

Sie verlagert ihre Hand an meiner Wange, zieht sie aber nicht weg, und sie wirkt weniger erschrocken. »Du träumst nicht. Du warst bewusstlos, aber ... wie geht es dir?« Sie scheint nervös zu sein, und es erinnert mich daran, wie unschuldig und nett sie ist. Sie sollte auf keinen Fall in diesem Crack-House sein, das ich mein Zuhause nenne.

»Warum bist du hier?«, frage ich. Meine Stimme zittert, als ich mich aufrichten will und meine Arme nicht mitmachen, sodass ich gleich wieder auf die Matratze zurückfalle.

»Ich bin hergekommen, um dich zu sehen«, antwortet sie und berührt gedankenverloren ihre Lippen. Bei dem Anblick werde ich unsicher, ob ich sie wirklich geküsst oder es mir nur ausgemalt habe.

Sie sieht mich an, und das ist unangenehm, weil sie

mich wirklich ansieht. Ich bin so sehr daran gewöhnt, dass Leute durch mich hindurchsehen wie durch einen Geist, die Drogen und den Menschen wahrnehmen, der ich heute bin, durch und durch wertlos, anstatt den zu sehen, der ich früher war. Ich habe vergessen, wie es sich anfühlt, richtig angesehen zu werden, und für einen winzigen Moment genieße ich es. Dann wendet Nova den Blick ab, und mir ist, als müsste ich sterben. Mein Hirn registriert den Schmerz in meinen Beinen, meinen Armen, meiner Brust – überall. Und ich brauche ganz dringend Stoff, denn meine Hände zittern und mein Herz rast wie verrückt.

»Pack etwas Eis in einen Plastikbeutel«, sagt sie und schnippt mit den Fingern nach jemandem.

Ich höre Gemurmel, und dann sehe ich Tristan. Er blickt auf mich herab, und an seinen Augen erkenne ich, dass er von irgendwas high ist, aber ich bin froh, dass er wenigstens hier ist und anscheinend nicht verprügelt wurde. »Alter, siehst du beschissen aus!«, sagt er mit einem typischen Junkie-Grinsen.

»Ich fühle mich auch beschissen«, erwidere ich leise und schaffe es, eine Hand zu meinem Gesicht zu heben und mir die Augen reiben. »So wie du aussiehst, hast du es weggeschafft.«

»Habe ich, und du hättest mitflitzen sollen, du Idiot ... Ich dachte auch erst, du kommst mit, bis ich auf einmal gemerkt habe, dass ich alleine war.«

Tristan kichert leise. »Warte, bis du dich im Spiegel siehst!«

Nova scheint mächtig angefressen, dass er das witzig findet, denn sie steht auf, zupft die Beine ihrer Shorts runter und sieht ihn wütend an. »Geh jetzt und pack Eiswürfel in einen Beutel!« Sie brüllt ihn nicht an, aber ihr Tonfall ist frostig und scharf, und sie schubst ihn fast aus dem Zimmer. Das ist nicht die Nova, an die ich mich erinnere, und es macht mir irgendwie Angst.

Tristan geht es offensichtlich nicht anders, denn er hebt sofort beide Hände und geht rückwärts zur Tür. »Alles klar. Echt jetzt, Nova, du musst ja nicht gleich durchdrehen.«

»Du hast gar keinen Schimmer, wie ich bin, wenn ich durchdrehe«, kontert sie und zeigt zur Tür. »Los jetzt, hol eine verdammte Tüte!«

Nachdem Tristan gegangen ist, dreht sie sich zur Tür und fragt: »Was mache ich jetzt?«

Ich kann nicht sehen, mit wem sie redet, und frage mich, wer zur Hölle das sein könnte. Delilah? Wohl kaum, denn ich glaube nicht, dass sie Delilah so etwas fragen würde.

»Weiß ich nicht«, antwortet jemand. Immer noch kann ich nicht sehen, wer das ist, aber die Stimme ist eindeutig weiblich, und ich hasse es, wie froh ich bin, dass Nova nicht mit einem Typen hergekommen ist.

Plötzlich taucht ein Mädchen mit schwarzem Haar und großen blauen Augen auf. »Er sieht aus ...« Die Kleine mustert mich, bevor sie Nova ansieht. »Er sieht aus, als sollte er dringend in ein Krankenhaus.«

»Kein Krankenhaus«, ächze ich. »Ich habe kein Geld dafür.« Ganz abgesehen davon, dass ich nicht verdiene, so leicht wieder ganz zu werden. Ich sollte leiden, weil ich dem Tod schon wieder entkommen war.

Nova sieht nicht überzeugt aus. »Quinton, ich finde wirklich, dass du in ein Krankenhaus musst.« Sie kniet sich wieder auf die Matratze und wirft ihr langes braunes Haar zu einer Seite, als sie sich über mich beugt. Ihre Finger umfangen sanft mein Handgelenk, und behutsam beugt sie meinen Arm, damit ich meine Hand sehe. Die ist doppelt so groß wie normal und lila und blau verfärbt. Selbst da, wo ihre Finger sind, ist alles geschwollen und fies verfärbt. Mir kommt es sogar vor, als müsste Novas Berührung wehtun, aber ich fühle nur Wärme – ihre Wärme. Gott, wie ich die vermisst habe! Das letzte Jahr habe ich in Kälte gehüllt verbracht, die Taubheit gespürt, die mir die Drogen und der nichtssagende Sex brachten, und jetzt ist sie hier, und ich verbrenne.

»Ist bloß eine Prellung«, sage ich, sehe aber nicht meine Hand, sondern sie an. Bleib. Geh. Richtig. Falsch. Lexi. Nova. Schuld.

Schuld.

Schuld.

Es war alles deine Schuld.

Als mir meine Vergangenheit wieder ins Gesicht klatscht, ziehe ich ruckartig meine Hand weg von ihr, und diesmal spüre ich den Schmerz, reagiere aber nicht auf ihn. Ich schaffe es endlich, mich auf der Matratze aufzusetzen, und gleich fährt es mir gemein in die Seite, sodass mir die Luft wegbleibt. Ich keuche, greife mir in die Seite und krümme mich nach vorn.

»Was ist?«, fragt Nova ernstlich besorgt, und das macht mir das Atmen erst recht schwer.

»Geh einfach, Nova«, japse ich und versuche, mich aufs Atmen zu konzentrieren, aber es ist, als würde ich immer wieder geschlagen. Meine Gedanken wandern zurück zu dem, was geschehen ist ...

Donny prügelt mit dem Wagenheber auf mich ein. Ich gehe zu Boden. Ich weiß nicht mal genau, warum ich falle, außer dass ich es leid bin, aufrecht zu stehen. Ich bin bereit aufzugeben, und als ich es tue, rammt er mir das schwere Metallkreuz in die Schulter, in die Rippen, tritt mich und boxt immer wieder auf mich ein.

Ich erkenne an seinem Blick, dass er mich umbringen will, und das ist mir vollkommen recht, als ich auf dem Kiesboden liege, wo sich die Steine in meinen Rücken bohren und der blaue Himmel über mir ist.

»*Nur zu*«, *würge ich heraus, als mir Blut aus dem Mund quillt und ich zu ihm aufstarre.* »*Töte mich.*«

Er lächelt, schlägt wieder mit dem Wagenheber auf mich ein, und ich fühle, wie eine meiner Rippen bricht, als das Metall zu fest auf sie trifft. Mir raubt es den Atem, und greller Schmerz durchfährt meinen ganzen Körper. Aber ich fühle nichts. Ich bin taub. Tot.

Ich gebe auf.

Er wirft den Wagenheber beiseite, krempelt sich die Ärmel auf und geht dazu über, mit den Fäusten auf mich einzudreschen. Als er auf meinen Kopf zielt, breite ich die Arme und Beine zur Seite aus, um sicherzugehen, dass er es zu Ende bringt. Tu es einfach. Ich bin fertig hiermit.

»Du benimmst dich, wie wenn du das hier willst«, sagt Donny begeistert und verwundert zugleich. Dann rammt seine Faust in meine Wange.

»Kann gut sein«, ist alles, was ich sage. Ich schmecke Blut. Ja, so ist es.

»Mann, ihr blöden Junkies seid echt im Arsch«, sagt er lächelnd. »Nichts, für das ihr leben wollt, keiner, den interessiert, ob ihr lebt oder tot seid.«

Er sagt es, als wäre er selbst kein Junkie, und ich frage mich, ob das stimmt und er nur dealt, Stoff an Leute verkauft und ihnen gegen Cash hilft, ihr Leben zu vernichten. Hat er denn etwas, für das sich sein Leben lohnt? Jemanden, dem an ihm liegt? Wie wäre das, so jemanden zu haben, so wie ich mal Lexi hatte?

Oder Nova. *Ich blinzle, als mir dieser Gedanke kommt, und versuche, ihn weit von mir zu schieben, als*

Donny wieder nach mir ausholt und dabei einen Gesichtsausdruck hat, dass ich denke, er wird mich umbringen.

Gut so, denke ich und bin doch für einen winzigen Moment unsicher. Ich kann nicht mal sagen, woher dieses Gefühl kommt: von mir oder meinen Gedanken an Nova. Oder rührt es von der simplen Angst, dass es das gewesen sein könnte? Dass es diesmal keinen Krankenwagen mit Sanitätern geben wird, die auftauchen und mich wiederbeleben? Meine Paranoia setzt ein.

Scheiße, und wenn schon!

»Aber ich lasse dich leben«, sagt der Kerl, als er seine Faust nach unten schwingt und blanke Wut in seinen blutunterlaufenen Augen brennt. Er ist eindeutig high, und ich weiß, dass er sich kaum unter Kontrolle hat. Selbst wenn er sagt, dass er mich am Leben lässt, könnte er leicht zu weit gehen und es erst zu spät merken. »Damit du deinem kleinen Pussy-Freund, der eben abgehauen ist, erzählen kannst, dass wir ihn noch kriegen.«

Wieder rammt er mir seine Faust in die Rippen, und der Schmerz jagt durch meinen Körper. Ich will ihn anschreien, dass er mir nicht den Gefallen tun soll, mich am Leben zu lassen. Dass er mich umbringen soll. Stattdessen tue ich etwas, mit dem ich selbst nicht gerechnet habe: Als er zum nächsten Schlag ausholt, springe ich auf und renne weg wie ein beschissenes Weichei, fliehe vor dem Tod, vor dem, was ich verdient habe.

Mist, was mache ich denn? Warum habe ich ihm nicht gesagt, dass er es zu Ende bringen soll? Wahrscheinlich hätte er es, wenn ich ihn nur wütend genug gemacht hätte. Aber ich renne weg, entscheide mich für das Leben. Für das hier? Es wird Zeit, endlich den verfluchten Sarg zuzunageln.

»Quinton, wie geht es dir?« Der Klang von Novas Stimme reißt mich in die Gegenwart zurück, und ich werde wütend, weil sie mich durcheinanderbringt. Sogar nach neun Monaten noch beherrscht sie meine Gedanken fast so sehr wie Lexi. Sie bringt mich ins Grübeln, und das gefällt mir nicht.

Ich sehe sie an und bin sauer, weil sie hier ist, obwohl ich dachte, sie hätte mich vergessen – was sie auch sollte. Außerdem sind so gut wie keine Drogen mehr in meinem Kreislauf, und mir ist danach, jemandem die Augen auszukratzen.

»Nova, geh einfach weg«, sage ich und bewege die Beine von der Matratze. Meine Knie sind steif, und die Gelenke tun weh. Mir fehlt auch ein Schuh, und mein Fuß ist blutig und oben aufgeschürft.

Nova setzt sich kopfschüttelnd neben mich. »Erst nachdem ich dir geholfen habe ... Quinton, ich will dir helfen.«

Mein Herz setzt kurzzeitig aus, aber dann brennt die Narbe an meiner Brust und schreit meine Gefühle an, verdammt noch mal die Klappe zu halten. Ich muss aufhören, auf Nova zu reagieren, und ich brauche was zu schnupfen, damit ich nichts von dem hier – von ihr – fühle.

»Ich will nicht, dass du mir hilfst.« Ich bemühe mich, stärker zu wirken, als ich derzeit bin, und stehe auf. Prompt drohen meine Knie nachzugeben, doch ich schaffe es, nicht gleich einzuknicken. »Und jetzt geh bitte.«

Sie sieht zu ihrer Freundin, die mich kurz mustert. Im Gegensatz zu Nova sieht sie, was ich wirklich bin. »Wir sollten wohl auf ihn hören«, sagt sie zu Nova. Anscheinend gefällt ihr dies hier nicht, und ich wünschte, Nova würde zu demselben Schluss kommen.

Aber sie presst die Lippen so fest zusammen, dass die Haut um ihren Mund herum weiß wird. »Nein.« Sie sieht wieder zu mir. »Ich gehe erst, wenn du versprichst, dass du dir von mir helfen lässt.«

Ich fange an, richtig spastisch zu zittern, und versuche, es auf die Tatsache zu schieben, dass ich dringend eine Linie brauche, aber das allein ist es nicht. Es liegt an ihr, an ihren Augen, ihren Worten und schlicht daran, dass sie direkt vor mir steht, zum Greifen nah, und ich sie dennoch nicht berühren kann. Ich würde mein selbst gebautes Gefängnis verlassen, wenn ich es tue. Ich würde den Gittern entkommen wollen, die ich aus einem bestimmten Grund um mich gezogen habe: Schuld. Und ich würde mein Versprechen brechen, niemals die Liebe meines Lebens zu vergessen, deren Leben meinetwegen endete.

»Du kannst mir nicht helfen«, fahre ich sie an.

»Jetzt hau verdammt noch mal ab, bevor ich dich rausschmeiße!«

Sie zuckt zusammen, als hätte ich sie geschlagen, scheint aber zugleich entschlossener zu werden und rückt näher zu mir. »Ich gehe nirgends hin, also kannst du dir ebenso gut von mir helfen lassen, wenigstens die Wunden zu säubern, von denen du übersät bist. Die entzünden sich sonst.«

Die Vorstellung, dass sie sich um mich kümmert, freut und entsetzt mich zugleich. Ich möchte, dass sie bleibt, was bedeutet, dass mir nur eines zu tun bleibt. Um dem Drang zu widerstehen, sie zu packen und zu küssen, stehe ich auf und humple zur Tür, vorbei an ihrer Freundin. Ich gehe über den Flur zu Delilahs Zimmer. Die Tür steht weit offen, und drinnen ist niemand, wie ich gehofft hatte.

»Wo willst du hin?« Nova kommt mir nach, doch ich knalle ihr die Tür vor der Nase zu. Weil ich eben ein Arschloch bin. Ich schließe ab, und Nova fängt an, mit der Faust gegen die Tür zu donnern und zu rufen, dass ich aufmachen soll, aber ich ignoriere sie und sinke auf die schmutzige Matratze. Dann greife ich zwischen sie und die Wand, wo Delilah ihren Vorrat versteckt, und ziehe die kleine Plastiktüte heraus. Es ist kaum noch genug für eine Linie da, doch das muss vorerst reichen, wenigstens bis Nova aufhört, an die Tür zu hämmern.

Ich höre sie mit jemandem reden, als ich das bisschen Crystal Meth aus der Tüte auf eine Tupperware-Dose kratze. Es klingt, als würde sie weinen, aber ich kann mich auch irren, und ehrlich gesagt ist es mir egal. Mich interessiert nur eines, denn ich weiß, dass ich mich hiernach besser fühlen werde und alles – der Kampf, Nova – unbedeutend sein wird.

Auf der Dose liegt ein Kuli, und den nehme ich auf, als wieder jemand an die Tür klopft. Sie sagen etwas, doch ich höre nicht hin, sondern beuge mich runter und ziehe die winzigen weißen Kristalle durch meine Nase hoch. Gleich darauf spüre ich, wie der nagende Schmerz langsam meinen Körper verlässt.

»Quinton, bitte, mach auf«, sagt Nova von der anderen Türseite und klopft leise an. Das Flehen in ihrer Stimme macht meine Kehle eng, was sich jedoch mit dem weißen Pulver gleich wieder gibt. Sicher ist es nur vorübergehend, aber ich brauche nichts weiter als eine neue Linie, sollte die Wunde wieder aufbrechen. Und wenn ich so weitermache, brauche ich nie wieder etwas zu fühlen.

Nova sagt noch etwas, doch ich halte mir die Ohren zu und rolle mich auf der Matratze zusammen, bis ihre Stimme verklingt.

Und ich mit ihr wegdrifte.

Nova

Ich kann nicht aufhören zu weinen. Die Tränen kamen in dem Moment, in dem Quinton sich in dem Zimmer einschloss. Ich wusste nicht, was ich tun sollte, also habe ich alles ausprobiert, was ich konnte. Ich habe gebettelt, gefleht, geschluchzt und an die Tür gehämmert. Aber er wollte mich nicht anhören, und es schmerzt mich, ihn mir gebrochen und verletzt auf der anderen Seite vorzustellen, wo er Gott weiß was tut, ohne dass ich ihn aufhalten kann. Nur wegen einer dämlichen Tür mit einem Schloss, das ich nicht aufbrechen kann.

Schließlich zerrte Lea mich aus der Wohnung, und ich erinnere mich kaum, was in den nächsten paar Stunden passiert ist, außer dass ich wieder im Haus ihres Onkels in dem Gästebett gelandet bin, eine Decke über mir, und furchtbar erschöpft bin.

»Wir hätten da nie hinfahren dürfen«, sagt Lea,

als sie sich neben mich ins Bett legt. »Das ist übel, Nova. So richtig, heftig übel.«

»Es ist die hässliche Seite des Lebens«, stimme ich ihr zu. Meine Tränen versiegen. »Aber das heißt nicht, dass wir nicht hätten hinfahren sollen. Er braucht meine Hilfe, Lea.«

»Er braucht mehr als deine Hilfe«, entgegnet sie und winkelt den Arm unter ihrem Kopf an. »Er muss in ein Krankenhaus und anschließend in eine Entzugsklinik oder so.«

»Weiß ich.« Ich drehe mich zur Seite und blicke durchs Fenster zu den Sternen. Ihr Anblick beruhigt mich. »Aber ich weiß nicht, wie ich ihn dazu bringen kann, und deshalb tue ich das Einzige, was mir gerade einfällt.«

»Ich mache mir Sorgen um dich«, gesteht sie. »Ich finde nicht, dass du noch mal hinfahren solltest.«

»Ich muss«, flüstere ich. »Jetzt, wo ich ihn gesehen habe ... gesehen habe, wie er lebt, in welcher Verfassung er ist, kann ich nicht weg.« Ich dachte, meine Gefühle für ihn hätten sich vielleicht geändert, dass der letzte Sommer bloß eine Illusion war, befeuert von zu viel Gras, aber so ist es nicht. Das wurde mir in der Sekunde klar, in der ich ihn in dem Bett liegen sah. Und als er mich küsste, halb weggetreten, hat es meine Gefühle noch verstärkt. Diesmal sah ich nicht Landon, sondern einen gebrochenen Jungen, den ich einfach nur drücken wollte, damit es ihm besser geht.

»Nova, denk doch bitte mal nach«, sagt Lea. »Denk nach, bevor du wieder hinfährst. Versprich es mir. Ich finde, du mutest dir zu viel zu. Und in diesen Artikeln, die ich gelesen habe, stand, dass es schwierig ist, Meth-Süchtigen zu helfen. Du musst begreifen, worauf du dich einlässt, und dir überlegen, ob du das wirklich willst.«

»Okay, ich verspreche, dass ich darüber nachdenke, was ich tue.« Aber ich weiß schon, wie die Antwort ausfallen wird. Ich gehe wieder hin, weil ich nicht bereit bin, ihn aufzugeben, nachdem ich nicht einmal richtig angefangen habe. Ich muss es irgendwie schaffen, ihm zu helfen.

»Und lies die Artikel«, ergänzt Lea, schüttelt ihr Kissen auf und legt sich wieder hin.

»Okay«, verspreche ich und frage mich, was mir Artikel aus dem Internet nutzen sollen. Aber gewiss schadet es nicht, sie zu lesen. Und im Moment würde ich alles tun.

Es wird still, und ich schließe die Augen, wobei ich mir inständig wünsche, mir könnte im Schlaf eine Lösung einfallen.

»Wenn du auf einer einsamen Insel wärst«, sage ich zu Landon, als er in seinem Skizzenblock zeichnet. Ich rücke auf dem Bett nach vorn, tue so, als würde ich mir den Fuß kratzen, dabei will ich ihm nur näher sein. »Was wäre die eine Sache, die du bei dir haben wolltest?«

Stirnrunzelnd blickt er auf seine Zeichnung, ein Selbstporträt, das sein Gesicht halb verschattet zeigt, das Haar auf einer Seite etwas kürzer und seine schattierte Wange so eingesunken, dass es an Das Phantom der Oper *erinnert. »Weiß ich nicht ... vielleicht einen Bleistift.« Er betrachtet den Stift in seiner Hand und wieder die Zeichnung. »Andererseits, wenn ich nicht Stift UND Papier haben kann, wäre es ziemlich sinnlos, eines von beidem da zu haben.« Er legt den Stift auf das Blatt und reibt sich etwas Graphit von der Hand. Dabei sieht er nachdenklich aus, während ich tue, als wäre ich nicht traurig, dass er mich nicht bei sich auf der Insel haben möchte. »Oder aber ...« Er sieht zu mir auf, und seine honigbraunen Augen glühen förmlich. »Vielleicht würde ich einfach dich mitnehmen.« Dann streicht er mir mit dem Finger über die Wange, wo er bestimmt einen schwarzen Streifen hinterlässt. »Dich dort zu haben könnte von Vorteil sein.«*

Ich rümpfe die Nase, als wäre es eine absurde Idee, obwohl ich Schmetterlinge im Bauch habe. »Inwiefern wäre das von Vorteil? In kritischen Situationen bin ich keine Hilfe ... wahrscheinlich würde ich dir mehr schaden als nützen.«

Er schüttelt den Kopf und gleitet mit dem Finger von meiner Wange zu einer Haarlocke von mir. Dann legt er seinen Stift und den Block zur Seite und wickelt mein Haar mit dem Finger auf. »Auf keinen Fall, Nova Reed. Du wärst eine Lebensretterin.«

»Wie stellst du dir das vor?« Meine Stimme klingt atemlos, und ich hasse das, weil es verrät, was ich fühle – welche Wirkung er auf mich hat. Und auch wenn wir uns küssen und anfassen, bin ich nach wie vor nicht sicher, wo er steht und wie er für mich empfindet.

»Weil ... du mich jeden Tag rettest«, sagt er.

Ich sehe ihn fragend an, versuche an seinen Augen abzulesen, ob er sich über mich lustig macht, aber er sieht so ernst aus. »Wovor rette ich dich?«

Er zögert, fixiert mich nachdenklich, doch ich weiß nicht, was er in meinen Augen zu finden hofft. »Vor dem Verblassen.«

Seine Worte treffen mich wie ein Hieb gegen die Brust, und ich öffne den Mund, um etwas zu sagen, nur kommt kein Ton heraus, wie immer, wenn er etwas so Trauriges sagt. Schließlich bringe ich doch etwas heraus: »Ich verstehe nicht, was du meinst.«

»Ich weiß«, sagt er seufzend und löst seine Finger aus meinem Haar. »Ist nicht so wichtig. Ich wollte nur sagen, wenn du und ich auf einer Insel festsitzen würden, wärst du am Ende diejenige, die uns rettet, weil ich weiß, dass du nie aufgeben würdest, und deshalb würde ich auch nicht aufgeben wollen.«

Ich bin nicht ganz sicher, ob ich diese Antwort hören wollte oder was sie damit zu tun hat, dass ich ihn vor dem Verblassen in der realen Welt bewahre. Ich könnte ihn fragen, aber er küsst mich sanft und leidenschaftlich zugleich, während er seine Hände an meine Taille legt.

Und bevor ich allzu gründlich darüber nachdenken kann, was er mit dem Aufgebenwollen gemeint hat, drückt er mich behutsam aufs Bett und legt sich auf mich. Er bedeckt mich mit seinem Körper, und ich zerfließe in seiner Umarmung, als er mich küsst, bis ich alles vergessen habe außer ihm und mir und der Wärme, die uns in diesem Moment umfängt.

17. Mai, Tag 2 der Sommerferien

Nova

Als ich die Augen öffne, blendet mich das Sonnenlicht, und ich schwitze, weil es schon so heiß ist. Gestern Abend hatten wir die Vorhänge nicht zugezogen, und ohne Berge drum herum ist die Sonnenhitze reichlich intensiv. Ich werfe die Decke von mir und setze mich blinzelnd auf. Momentan bin ich so erledigt, dass ich nur aufgeben will, mich zusammenrollen, mir die Decke über den Kopf ziehen und bis morgen oder länger schlafen. Unweigerlich muss ich an den Traum von letzter Nacht denken. Zu jener Zeit hatte ich mir nichts dabei gedacht, und ehrlich gesagt wundert mich, dass ich mich überhaupt noch daran erinnere. *Weil ich weiß, dass du nie auf-*

geben würdest, und deshalb würde ich auch nicht aufgeben wollen.

Es schmerzt, an Landon zu denken, denn er hat ja aufgegeben und mich verlassen. Am Ende war ich keine Lebensretterin, wie er behauptete. Ich war lediglich eine Ablenkung von seinem Schmerz, und ich habe ihn nicht gerettet. Diesmal will ich keine Ablenkung sein. Ich will es anders machen. Aber wie? Wie kann ich dafür sorgen, dass Quinton nicht wie Landon endet?

Nachdem ich eine Weile nachgedacht habe, tue ich etwas, das ich schon lange nicht mehr getan habe. Ich schleiche mich aus dem Bett, nehme mir meinen Laptop und gehe nach nebenan aufs Sofa, um mir das Video anzusehen, das Landon unmittelbar vor seinem Selbstmord aufgenommen hatte. Ich weiß nicht mal genau, warum ich das mache. Ob ich ihn einfach wiedersehen oder das Video analysieren will. Seine Lippen zu sehen, die sich bewegen, seine gequälten Augen und die Art, wie ihm sein pechschwarzes Haar in die Stirn fällt, bringt mich zu jener Nacht zurück, in der ich auf dem Hügel aufwachte. Gleich nachdem er das Video gemacht hatte, fand ich ihn an seiner Zimmerdecke hängend. Musik spielte, so wie auf dem Video. Oft frage ich mich, ob ich ihn bei der Aufnahme des Videos ertappt hätte, wäre ich nur ein bisschen früher aufgewacht. Hätte ich ihn aufhalten können? Wartete er darauf, dass ich wach wurde und ihn aufhielt, doch ich brauchte zu lange, und deshalb gab er auf?

Schließlich schalte ich das Video ab. Ich habe eine völlig verquere Einstellung zu seinem Tod, und da es nie Antworten geben wird, werden immer tonnenweise Fragen bleiben.

Ich schlucke angestrengt und umfasse mein Handgelenk, als ich mich erinnere, wie auch ich einmal beinahe aufgab und es meiner Mom überließ, mich verblutend im Badezimmer zu finden. Seither hat sie unzählige Fragen, auf die sie keine Antworten weiß, genau wie es mir mit Landon erging. Ein Teil von mir wollte wirklich, dass alles vorbei war, wollte aufhören, den Schmerz in mir zu vergraben; doch der andere Teil fürchtete sich vor dem, was danach wäre. Was wäre, wenn ich es durchziehe, meinem Leben einfach ein Ende mache? Was würde aus den Leuten, die mich mögen? Aus meiner Mom? Was würde ich verpassen? Es war einer der dunkelsten Momente in meinem Leben, und er hat sich permanent in meinen Körper eingebrannt. Die Narbe, die ich mir selbst zugefügt habe, erinnert mich daran, es nie wieder zu tun. Nie wieder aufzugeben.

Als ich ins Schlafzimmer zurückkomme, schläft Lea noch auf der einen Seite des großen Bettes, das Gesicht zur gegenüberliegenden Wand gedreht und leise atmend. Die Decke hat sie über sich gezogen. Leise packe ich den Laptop wieder weg und mache mich fertig. Ich will sie nicht wecken und mich wieder mit ihr darüber streiten, dass wir nach Hause fahren sollten. Außerdem muss ich allein mit Quinton reden. Ich ziehe mir rote Shorts und ein weißes Shirt an und binde mein Haar zum Zopf, damit ich nicht unter meiner Matte koche. Dann lese ich einige der Artikel, die Lea ausgedruckt hat: über Intervention, wie man mit dem Süchtigen redet, wie man ihn in eine Entzugsklinik bekommt. Die klingen sehr technisch und sind zumeist klinische Anweisungen. Und es steht nirgends etwas darüber, wie man mit den Stimmungsschwankungen der Süchtigen oder der Hoffnungslosigkeit fertigwird, wenn man jemanden zu der Einsicht bringen will, dass er abstürzt, und das Richtige finden muss, um ihn zurückzuholen. Oder wie man seine Familie dazu bringt, zu ihm zu kommen und ihn zu unterstützen, weil er das braucht. Quinton braucht Leute, die ihn kennen und ihn mögen, so wie ich meine Mom brauchte, als ich beschloss, die Kurve zu kriegen.

Über Quintons Familie weiß ich nur, dass seine Mutter bei seiner Geburt starb und sein Dad ihn zwar großgezogen hat, Quinton jedoch weitestgehend auf sich gestellt war. Ich frage mich, wie ich mehr über seinen Dad in Erfahrung bringe ... vielleicht will er Quinton ja helfen. Immerhin ist er sein Sohn, und ich weiß, wäre mein Vater am Leben gewesen, als ich in die Drogen abrutschte, hätte er alles getan, um mir zu helfen. Aber darauf darf ich nicht zählen, denn nicht alle Eltern sind wie meine. Trotzdem könnte es nicht schaden, mich mal umzuhören, ob mir jemand seine Telefonnummer oder zumindest seinen Namen und den Wohnort verrät, damit ich ihn erreichen kann.

Ich schreibe Lea eine Nachricht, dass ich Kaffee hole und bald zurück bin. Mir gefällt es überhaupt nicht, sie anzulügen, aber ich fand es furchtbar, wie entsetzt sie gestern Abend gewesen war. Ich lege die Nachricht auf das Kopfkissen neben ihr, bevor ich *keine Reue* auf meinen Handrücken schreibe. Das sagen Lea und ich uns immerzu, und heute soll es mich daran erinnern, nichts von dem zu bereuen, was ich tue, für den Fall, dass ich auch bloß überlege, etwas nehmen zu wollen.

Ich stecke mein Telefon ein und gehe hinaus. Die Haustür verschließe ich hinter mir. Es ist so heiß, dass ich das Gefühl habe, zu einer dampfenden Pfütze zu schmelzen, und die Hitze saugt mir die Luft aus der Lunge. Ich laufe zum Wagen, steige ein und fluche, als mir die schwarzen Ledersitze hinten die Schenkel verbrennen. Dann werfe ich den Motor an, tippe Quintons Adresse und die des nächsten Coffeeshops ins Navi ein, weil ich Koffein brauche, wenn ich das hier durchstehen will.

»Du schaffst das, Nova«, sage ich mir, als ich rückwärts aus der Einfahrt auf die Straße fahre. Dieses

Mantra wiederhole ich im Geiste auf der Fahrt zum Coffeeshop. Ich bestelle zwei Becher zum Mitnehmen, auch wenn ich nicht sicher bin, ob Quinton Kaffee trinkt oder wie er ihn mag, aber ich rate einfach. Danach drehe ich »Help Me« von *Alkaline Trio* an und fahre zu Quintons Wohnung. Ich versuche, nicht allzu erschüttert von dem Anblick im hellen Tageslicht zu sein. Aber das gelingt mir nicht. Diese unendliche Trostlosigkeit raubt mir fast alle Hoffnung. Trotzdem parke ich den Wagen, hole mein Telefon hervor und stelle die Kamera an. Ich atme einmal tief durch und richte das Handy auf mich.

»Warum ich mit dir rede, weiß ich selbst nicht, außer dass es auf mich eine therapeutische Wirkung hat«, sage ich zur Kamera. »Denn dir kann ich sagen, was ich wirklich fühle, und das ... tja, das sind eine Menge Dinge. Als Erstes wäre da Angst, nicht nur um mich, sondern um Quinton. Wo er hier lebt, das ist entsetzlich. Ich kannte solche Löcher bisher aus Filmen und so, aber live ist es ... schlicht gruselig.« Ich sehe zu dem Gebäude. »Und ich fühle mich verletzt. Er war so, so wütend auf mich gestern Abend, weil ich hier bin, und ich will nichts weiter als ihm helfen ... Das Einzige, was mich über diese Kränkung hinwegsehen lässt, ist die Erinnerung daran, wie sehr meine Mom mir helfen wollte und wie konsequent ich mich vor ihr verschloss. Ich wollte keine Hilfe, aber wenn ich genau zurückdenke, wollte ich sie eigentlich doch, nur konnte ich es vor lauter Dunkelheit nicht erkennen … bis ich Landons Video sah, das er direkt vor seinem Selbstmord aufgenommen hatte. In gewisser Weise hat es mich wachgerüttelt. Ich hoffe, Quinton geht es ähnlich, dass es etwas für ihn gibt, das ihn wachrüttelt. Daran muss ich sogar glauben, denn sonst bleibt keine Hoffnung mehr. Und das will ich noch nicht hinnehmen.« Ich unterbreche und hole Luft, bevor ich hinzufüge: »Also los. Ich gehe wieder rein.« Damit schalte ich die Kamera aus und stecke das Telefon wieder ein. Dann steige ich aus dem Wagen, nehme die beiden Kaffees und verriegle die Türen.

Alles ist still, als würden die Leute hier tagsüber schlafen und erst abends vor die Tür kommen. Worüber ich ehrlich gesagt ganz froh bin. Das macht es mir leichter, die Treppe hinauf und über den Laubengang zu gehen. Der schlimmste Teil kommt, als ich an der Tür bin. Ich starre auf die Risse in der Sperrholzplatte und atme die abgestandene Luft ein. Was ich als Nächstes tun sollte – und ob ich überhaupt etwas tun will –, weiß ich nicht genau.

Was mache ich jetzt?

Schließlich klopfe ich an, leise zunächst, aber dann ein bisschen fester, als keiner öffnet. Drinnen bleibt es still, und ich sehe nervös nach unten zu meinem Wagen. Soll ich wieder wegfahren? Doch als ich wieder zur Tür blicke, stelle ich mir Quinton auf der anderen Seite vor – zerschunden, gebrochen und verloren. So wie ich es an einem Punkt in meinem Leben war.

Während ich nach wie vor unsicher bin, was ich tun soll, fühlen sich meine Beine wie Gummi an. Deshalb hocke ich mich auf den Boden und lehne mich an das Geländer, obwohl beide garantiert dreckig sind. Aber das spielt jetzt keine Rolle, und ich verkrafte es, wenn meine Shorts schmutzig werden. Ich stelle die Kaffeebecher neben mir ab und lese das *keine Reue* auf meinem Handrücken, ehe ich meine Narbe berühre.

Erinnere dich.

Im Geiste wandere ich zurück zu der Zeit, als ich ganz unten war, lehne den Kopf ans Geländer und blicke durch ein Loch in dem Laubendach zum Himmel auf.

Ich spüre meinen Körper nicht. Ich glaube, ich habe so viel getrunken, dass ich mich glatt ersäuft habe. So nämlich fühle ich mich. Wie unter Wasser, nur dass es brennend heiß ist. Zugleich ist mein Körper an diese Hitze gekoppelt, weshalb ich nichts tun kann, als mich von ihr verbrennen zu lassen ... langsam.

Ich will da raus: aus meinem Körper, aus meinen Gedanken. Ich will wieder über Wasser sein, oder vielleicht auch am Grund. Das weiß ich nicht genau. Eigentlich weiß ich überhaupt nichts genau. Schon gar nicht, was ich machen soll. Also trotte ich hilflos herum, küsse Jun-

gen, die ich nicht küssen sollte, konzentriere mich auf nichts als den nächsten Schritt, und selbst das kommt mir schwierig vor.

Vielleicht sollte ich einfach aufhören, mich zu bewegen.

Ich gehe ins Bad bei uns zu Hause, verschließe die Tür aber nicht, denn das hatte Landon auch nicht gemacht, und ich möchte wissen, warum nicht. Wollte er, dass ich hereinkomme, oder hatte er es bloß vergessen ... weil er schon völlig neben sich war? Das weiß ich nicht.

Ich weiß gar nichts mehr.

Ich sinke auf den kalten Fliesenboden, und Tränen machen meine Sicht verschwommen und meine Wangen fleckig nass. Die ganze Nacht habe ich geweint, mich schuldig gefühlt, innerlich gewunden vor Schmerz, aber jetzt empfinde ich plötzlich nichts. Ich bin völlig leer, als wären mit den Tränen sämtliche Emotionen aus mir herausgeflossen, und ich bin nicht sicher, ob je wieder welche zurückkommen. Vielleicht bin ich gebrochen. Vielleicht nahm Landon das, was in mir war, mit sich fort. Vielleicht habe ich nicht einmal mehr Blut in meinen Adern.

Gott, ich vermisse ihn! Hat er das gedacht, kurz bevor er fort ist? Dass er jemanden vermisste? Oder dass kein Leben mehr in ihm war? Dass er sich gebrochen fühlte?

Ich muss es wissen, muss verstehen, wie er sich gefühlt hat, als er beschloss, für immer zu gehen. Denn manchmal glaube ich, dass ich auf denselben Punkt zumar-

schiere, wo mir aufgeben leichter erscheint, als weiterzumachen.

Ich greife nach oben zum Waschtisch und taste nach dem Schubladengriff. Dann ziehe ich die Lade auf und wühle ohne hinzusehen darin, bis ich einen Rasierer gefunden habe. Meine Hände zittern nicht, als ich ihn herausnehme. Irgendwie hatte ich erwartet, dass sie sich auf diese Weise gegen das sträuben würden, was ich vorhabe.

Ich mache es.

Ich betrachte den Rasierer in meiner Hand. Wie scharf er ist oder wie ich es anstellen soll, weiß ich nicht. Besonders scharf sieht das Ding nicht aus, und mit dem pinken Griff wirkt es beinahe harmlos. Zaghaft berühre ich die Klinge mit der Fingerspitze und drücke sie herunter. Nichts. Dann schiebe ich den Finger über die Klinge, und langsam schlitzt sie die Haut auf. Blut tropft heraus und auf den Boden neben meinen Füßen. Ich starre es an, spüre das Brennen an meinem Finger, ohne es richtig wahrzunehmen, und das überzeugt mich, dass ich dies hier vielleicht durchziehen kann. Hat Landon es auch so gemacht? Hat er getestet, wie sich das Seil an seinem Hals anfühlt? Hat es gebrannt? Hatte er Angst? Dachte er daran, dass er mich vermissen würde? Wie sehr er mir fehlen würde? Wie sehr es mir wehtun würde, ihn so zu sehen? Dachte er überhaupt nach? Ich bin nicht sicher. Im Grunde weiß ich gar nichts mehr genau.

Als ich meinen Arm vor mir ausstrecke, sehe ich die Ader. Sie ist blass und flach, deshalb pumpe ich einige

Male mit der Faust, bis sie sich dunkler vorwölbt, als wäre sie böse, sie schreit mich geradezu an, es zu lassen. Tu das nicht! Aber ich kann nicht zurück, ehe ich es begriffen habe.

Ich winkle ein Bein an und lege den Arm auf mein Knie, die Innenseite nach oben. Wieder und wieder balle ich die Faust und lockere sie wieder, als ich den Rasierer auf die Ader richte. Erst als die Klinge meine Haut berührt, fühle ich einen Anflug von Kälte und erschaudere. Doch das verdränge ich sofort und drücke die Klinge nach unten. Es sticht, als die Haut aufreißt, und warmes Blut rinnt heraus, aber immer noch verstehe ich nicht, was er gedacht hat ... was ihn antrieb, es durchzuziehen ... was ihn dazu brachte, sein Leben zu beenden.

Ich presse den Rasierer fester nach unten und ziehe ihn über meinen Unterarm, sodass mehr Blut herausfließt. Mit ihm lasse ich den Schmerz aus mir heraus. Es läuft einem schwachen Rinnsal gleich über meine Haut, und eine Linie öffnet sich über meinem Handgelenk, jedoch noch lange nicht breit genug. Sie ist bloß ein schmaler Schnitt, der kaum eine Narbe hinterlassen dürfte. Ich muss kräftiger schneiden.

Ich ziehe den Rasierer vor und zurück, und mit jeder Bewegung nimmt der Schmerz zu, den ich gleichzeitig aus mir herausblute. Mir wird ein bisschen schwindlig, als würde ich in dunklem Wasser schwimmen und nach unten sinken. Wie weit kann ich gehen? Wann höre ich auf? Wie viel ist genug?

Auf einmal klopft jemand an die Tür. »*Nova, bist du da drin?*«, *fragt meine Mom.*

»*Geh weg!*«, *schreie ich mit schriller, zittriger Stimme.*

»*Was machst du denn? Ist alles okay?*«, *fragt sie besorgt.*

»*Ich habe gesagt, du sollst abhauen!*«

»*Das werde ich nicht, ehe du mir sagst, was los ist ... Mir war, als hätte ich dich weinen gehört.*«

Ich antworte nicht, und kurz darauf dreht sich der Knauf und die Tür geht auf. Ihr Gesicht erstarrt, und sie reißt die Augen weit auf, als sie mich mit dem Rasierer in der Hand und dem vielen Blut auf meinem Arm und dem Boden sieht. Sie ist kurz vorm Durchdrehen, und ich denke nur: Bin ich froh, dass sie reingekommen ist? Bin ich froh, dass ich die Tür nicht verschlossen habe? Bin ich froh, dass sie mich aufhält?

Ich blinzle die Erinnerung weg, atme ein und aus und befehle meinem Puls, ruhiger zu gehen, sich zu erinnern, aber sich nicht davon einnehmen zu lassen. Manchmal, wenn ich richtig darüber nachdenke, sage ich mir, dass ich die Tür nicht verriegelt hatte, weil ich wollte, dass jemand hereinkommt und mich fand, bevor ich verblutete – dass ich nie vorhatte, mich umzubringen. Ob das stimmt oder nicht, weiß ich nicht. Damals war ich derart verwirrt, dass ich es schwierig finde, rückblickend zu deuten, was ich wirklich fühlte. Jedenfalls kam meine Mom, und ich starb nicht. Ich war wahnsinnig wütend auf sie, brüllte und schrie sie an, auch wenn ich nicht begriff, wieso. Aber ich kam drüber weg, und am Ende, in diesem Moment, bin ich sehr dankbar, dass sie ins Bad kam.

Ich stehe auf und klopfe wieder an die Tür. Zehnmal klopfe ich, bis ich sicher bin, dass keiner aufmacht, erst dann überwinde ich meine Angst und greife nach dem Knauf. Ich weiß nicht, ob es das Richtige ist – ob es überhaupt etwas Richtiges in dieser Situation gibt, also tue ich, was ich intuitiv für richtig halte.

Ich drehe an dem Knauf, doch es ist abgeschlossen. Also lasse ich wieder los und meinen Arm heruntersinken, noch entmutigter als zuvor. Ich trete von der Tür zurück und hocke mich wieder auf den Laubengang. Jetzt kann ich nur warten, bis Quinton zu mir kommt.

Quinton

Der Schmerz lässt nach, doch es kann auch gut sein, dass er noch da ist und ich mich nur auf anderes konzentriere. Zum Beispiel auf das Geräusch des Winds draußen oder wie kalt die Wand in meinem Rücken ist, obwohl sich meine Haut heiß anfühlt, oder wie dringend ich zeichnen will, nur meine Finger nicht dazu bringen kann, den Stift aufzunehmen.

»Du bist echt total im Arsch«, bemerkt Tristan, als

er den Kopf zum Spiegel neigt und noch eine Linie hochzieht. Dann wirft er den Kopf nach hinten, schnieft und hält eine Hand an seine Nase, als er euphorisiert ausatmet. Er hat mindestens drei Linien mehr als ich gezogen, testet mal wieder seine Grenzen aus.

»Du auch.« Ich lehne mich vor und nehme ihm den Spiegel weg. Ohne zu zögern, halte ich mir die Kulihülle an die Nase und schnupfe das weiße Pulver mit einem einzigen herrlichen Zug auf. Dann lege ich den Spiegel auf den Boden und reibe mir mit der Hand über die Nasenlöcher, während meine Nase und meine Kehle den Adrenalinschub aufsaugen.

»Stimmt«, sagt Tristan und trommelt mit den Fingern auf seinen Knien. Dabei sieht er sich in meinem Zimmer um, als würde er etwas suchen, aber hier ist ja nichts. »Ich finde, wir sollten was machen.«

»Was?« Ich massiere mir meine zerschlagene Hand. Die Finger sind gekrümmt, und ich kann sie nach wie vor nicht strecken, auch wenn es größtenteils nicht mehr wehtut. Mein eines Auge ist geschwollen, sodass ich damit kaum was sehe, trotzdem ist jetzt alles gut, weil ich high bin. »Ich kann nämlich alles vergessen, wofür ich meine Hand, meinen Fuß oder meine Rippen brauche.«

Er lacht schnaubend, klopft nun auch noch mit dem Fuß, weil er so überdreht ist, dass ich glaube, er tickt demnächst ganz aus.« »Versuchen wir das nicht gerade? Dich so weit zu betäuben, dass du dich bewegen kannst?«

Ich überlege, und tatsächlich war das der Sinn, weshalb wir heute so viel schnupfen. »Ich sehe mal, wie weit ich komme«, sage ich, beuge die Knie und stemme mich mit der heilen Hand vom Boden hoch. Es fühlt sich an, als würde es noch wehtun, aber irgendwie ist das okay für mich, und ich richte mich stolpernd auf. Mein linkes Bein knickt ein bisschen ein, daher verlagere ich mein Gewicht ganz auf das rechte und stütze mich an der Wand ab.

»Na geht doch«, sagt Tristan und steht von meiner Matratze auf. »Jetzt können wir rüber zu Johnny und uns mehr besorgen. Wir sagen einfach, dass wir was für Dylan abholen oder so.«

»Wir haben aber keine Kohle«, entgegne ich und sehe zu den Pennys auf dem Fußboden. »Oder denkst du etwa, dass er uns für das bisschen Kleingeld was gibt?«

Er schüttelt den Kopf und zieht grinsend eine Rolle Scheine aus seiner Tasche. »Haben wir wohl.«

»Wo hast du das her?«, frage ich, lehne mich auf meinen Arm und versuche, mich aufrecht zu halten.

Er steckt das Geld wieder ein. »Das erzähle ich dir nicht, sonst wirst du komisch.«

Ich bin ziemlich sicher, dass das Geld Dylan gehört. Wahrscheinlich ist es das, was Delilah mir gegeben hatte, damit ich eine Lieferung abhole, und dann machten Trace' Jungs Hackfleisch aus mir. »Hast du mir das gestern geklaut? Das war nicht meins. Es ist Dylans.«

»Können wir jetzt gehen?«, fragt er. Mir ist klar, dass er nicht vorhat, das Geld zurückzugeben. Trotzdem sage ich nichts, weil uns letztlich dieses Geld neue Drogen beschafft. »Vergiss einfach, woher die Scheine sind. Ich zahle es Dylan schon zurück, aber lass uns zu Johnny, bevor wir zu weit runterkommen.«

»Hältst du das echt für eine gute Idee? Nach dem, was gestern war? Ich möchte mich nicht wieder verprügeln lassen, und diesmal kann ich garantiert nicht noch mal wegrennen.« Ich lehne den Kopf an die Wand und verdrehe ein paarmal die Augen, weil sie so trocken sind. »Übrigens hat der Typ, der mich zusammenschlug, gedroht, dass sie dich auch noch fertigmachen.«

»Na und? Ich kann damit umgehen, egal was die machen«, sagt er mit diesem idiotischen Optimismus, der ihn irgendwann in ernste Schwierigkeiten bringen wird. Das fühle ich. »Und wenn die herkommen, renne ich weg, im Gegensatz zu dir ...« Er denkt einen Moment nach. »Wieso bist du eigentlich nicht gleich geflitzt? Bist du wahnsinnig oder so?«

»Kann sein.«

»Sind wir vielleicht beide.«

»Oder wir brauchen beide Hilfe«, sage ich, meine aber nur ihn.

»Den Scheiß muss ich mir von dir nicht auch noch anhören«, stöhnt er übertrieben.

»Was soll das heißen, auch?«, frage ich und sehe ihn an. »Wer hat das noch gesagt?«

»Meine Eltern«, antwortet er achselzuckend.

»Ich dachte, mit denen hast du nicht mehr geredet, seit wir aus Maple Grove weg sind.«

Er zieht noch eine Linie, atmet mehrmals durch die Nase ein und reckt den Kopf nach oben. »Vor ein paar Monaten habe ich den blöden Fehler gemacht, sie zu fragen, ob sie mir ein bisschen Geld leihen. Ich hatte Delilahs Handy genommen, und anscheinend war es meiner Mom wichtig genug, dass sie die Nummer gespeichert hat – auch wenn ich ihr nicht wichtig genug war, dass sie mir Geld leihen wollte.« Er murmelt etwas, das sich wie »dämliche Kuh« anhört. »Und vor ein oder zwei Tagen hat sie wieder angerufen und mir gesagt, dass ich nach Hause kommen und mir helfen lassen soll ... dass ich ihnen fehle oder so ein Scheiß, als würden die sich auf einmal doch für mich interessieren.«

»Vielleicht solltest du nach Hause fahren«, sage ich. Dabei denke ich an meinen Vater, frage mich, was er macht und ob er jemals an mich denkt. Seit ich Seattle verließ, habe ich nicht mehr mit ihm gesprochen; andererseits habe ich auch nicht versucht, ihn anzurufen, und ich weiß nicht, ob er eine Ahnung hat, wie er mich erreicht. Falls doch, möchte ich es lieber nicht wissen, weil es bedeuten würde, dass er sich absichtlich nicht meldet. Die Wahrheit kann um ein Vielfaches schmerzlicher sein, als sich Sachen in Gedanken so zurechtzudrehen, dass sie passen. »Ich meine, wenn sie wollen, dass du Hilfe bekommst, wieso nicht? Es ist doch eindeutig ein Zeichen, dass du ihnen wichtig bist.«

Er lacht schneidend. »Ich bin denen nicht wichtig. Glaub mir.«

»Und warum rufen sie dich dann an?«, frage ich. Ich wünsche mir ehrlich, dass er verschwindet, von diesem Mist runterkommt und ein gutes Leben führt. »Sicher liegt ihnen an dir, und du fehlst ihnen … Ich wette, die haben eine Riesenangst um dich …«, fast hätte ich gesagt, »in ihrer Lage«, denn sie haben ja schon ein Kind verloren. Aber das bringe ich nicht laut heraus. Ich kann ihn und mich nicht an das erinnern, was ich getan habe.

Er ignoriert mich. »Weißt du was? Vielleicht solltest du nach Hause fahren«, sagt er und drückt seine Nasenlöcher zusammen.

»Das hier ist mein Zuhause«, erwidere ich. »Was anderes habe ich nicht. Alles andere habe ich mir schon vor langer Zeit versaut.«

Stille tritt ein, was oft passiert, wenn einer von uns die Vergangenheit anspricht, egal wie viel aufpeppenden Kram wir uns reinziehen. Die Vergangenheit kann immer wieder für kurze Zeit jedes High zunichtemachen, auch wenn wir schon einige Male ziemlich intensiv darüber geredet haben, wenn wir beide total aufgedreht waren. Nur erinnern wir uns hinterher nie, was wir gesagt haben.

Er fängt an, an seinen Schnürbändern herumzufummeln, die fest verschnürt sind, und ich greife nach einem Shirt auf dem Boden. Als ich mich vorbeuge, tun mir die Rippen so übel weh, dass ich mich gleich wieder ächzend aufrichte.

»Was ist?«, fragt Tristan, dessen Blick von mir zur Tür, von dort zum Fenster und schließlich zur Decke huscht.

»Ich glaube, ich habe mir eine Rippe gebrochen.«

Seine Augen wandern wieder zurück zu mir. »Na, du weißt ja, was man als bestes Mittel gegen gebrochene Rippen empfiehlt«, sagt er und hebt das Shirt für mich auf. »Mehr Linien.«

Ich nehme das Shirt, das er mir reicht. »Ich würde wetten, dass das noch keiner gesagt hat.«

»Doch, ich eben«, entgegnet er ernst. »Kommst du jetzt mit zu Johnny oder nicht?« Er hüpft regelrecht auf der Stelle, guckt sich hektisch im Zimmer um und trommelt mit den Fingern auf sich, als hielte er es nicht mehr aus.

Ich versuche, das Shirt überzuziehen, bekomme aber nur einen Arm hinein und stelle fest, dass ich nicht mehr bringe. Frustriert gebe ich auf und werfe das T-Shirt zur Seite. »Das kriege ich unmöglich an«, sage ich und überlege krampfhaft, doch zu sehr über irgendwas nachzudenken macht mir Kopfschmerzen. »Ich gehe einfach ohne Shirt.«

Er nickt und macht die Zimmertür auf. »Das ist eine prima Idee. So kriegst du womöglich diese Caroline, die sowieso schon was für dich übrighat, und sie ist scharf. Außerdem hat sie Beziehungen.«

Ich schüttle den Kopf, als wir durch den Flur gehen. »Ich fange heute garantiert nichts mit irgendwem an.«

Tristan glotzt mich entgeistert an. »Wieso denn nicht?«

»Weil mir nicht danach ist«, sage ich und kratze mich am Arm, gleich über meinen Tattoos, obwohl da gar nichts juckt.

»Das wird noch, wenn du ein paar Linien mehr drin hast«, versichert er mir und kickt eine Glasflasche aus dem Weg, die gegen Delilahs verschlossene Zimmertür knallt und zerdeppert.

Nein, das wird nicht passieren, denn der wahre Grund für mein Zögern wird so bald nicht weggehen. Selbst im Adrenalinrausch und mit dieser künstlichen Zufriedenheit, die meinen Geist und meinen Körper betäubt, kann ich nicht aufhören, an Nova zu denken ... wie sie gestern Abend hier aufkreuzte.

Sie war hergekommen, um mich zu sehen.

Nach wie vor will mir nicht in den Kopf, dass jemand wirklich mich sehen will, sich hinreichend für mich interessiert, um den weiten Weg auf sich zu nehmen. Und was habe ich gemacht? Ich bin weggelaufen, habe ihr die Tür vor der Nase zugeknallt. Ich fühle mich mies und auch wieder nicht, weil ich sie hier haben möchte, zugleich aber auch nicht. Meine Verwirrung macht mich erst recht wütend, denn ich will nicht verwirrt sein, was meine Gefühle für sie betrifft. Deshalb zwinge ich mich, nicht nachzudenken, alles Denken von den Drogen fortspülen zu lassen und weiter in die Richtung zu gehen, in die ich mich bereits bewege: hin zu mehr Drogen.

Das ganze Haus ist still, aber das ist normal, denn Dylan ist irgendwann letzte Nacht weg und bisher nicht zurückgekommen. Als Delilah nachts nach Hause kam, war sie auf irgendeinem Zeug, das sie ziemlich glücklich machte, und ich nutzte die Gelegenheit, um ihr zu erzählen, dass ich ihren Vorrat vernichtet hatte. Es schien ihr nichts auszumachen, und bis sie aufwacht, hat sie es wahrscheinlich wieder vergessen. Falls nicht, ist es mir auch egal. Wir beklauen uns alle gegenseitig, denn für uns steht die Sucht an erster Stelle.

Als wir ins Wohnzimmer kommen, schnappt Tristan sich seine Tasche, die neben der Tür steht, während ich mit einiger Mühe meine Stiefel anziehe. Das

Zuschnüren spare ich mir, denn einhändig würde es viel zu lange dauern. Dann humple ich zur Tür, konzentriere mich darauf, einen Schritt nach dem anderen zu machen; weiter in die Zukunft zu blicken erlaubt mir mein Verstand nicht.

»Schaffst du den Weg?«, fragt Tristan, der bereits zum Türknauf greift.

Ich nicke, als er die Tür einen Spalt öffnet, sodass ein einzelner Sonnenstrahl ins Zimmer fällt. »Geht schon. Es tut beschissen weh, aber das ist ja bald vorbei.«

Er sieht ein bisschen unsicher aus, und ich fühle mich genauso, denke aber nur daran, dass wir bald bei Johnny sind, mehr Crystal bekommen, und dieser Gedanke beherrscht mich. Tristan zuckt mit der Schulter, öffnet die Tür und geht los, bleibt jedoch so abrupt wieder stehen, dass ich in ihn hineinlaufe und mit seinem Hinterkopf kollidiere.

Ich halte mir die Nase und stolpere zurück. »Echt jetzt, Tristan, nächstes Mal ...«, beginne ich, verstumme allerdings in dem Augenblick, in dem ich Nova sehe. Sie sitzt vor der Tür, den Rücken an das Geländer des Laubengangs gelehnt. Hinter ihr sind die Sonne und die Stadt zu sehen, doch sie überstrahlt beides. Für einen winzigen Moment regt sich mein altes Ich, will dringend zurücklaufen, den Skizzenblock und den Stift holen, um sie zu zeichnen. Aber Laufen würde wehtun, und zeichnen kann ich nicht, weil meine Hand im Arsch ist. Außerdem würde umkehren bedeuten, dass ich die Zeit bis zum nächsten Kick verlängere.

Nova steht auf, hebt die beiden Kaffeebecher neben sich hoch und streckt die Beine. »Hi.«

Es ist so ein beiläufiges Wort, dass es ebenso wenig in diese Situation passt wie sie. »Was zur Hölle machst du hier?«, frage ich, klinge wie ein Schwachkopf, dabei will ich nur zu ihr laufen, sie in die Arme nehmen und ihre Wärme fühlen.

Tristan geht zur Seite und sieht mich fragend an, als würde er nicht verstehen, was ich tue.

»Ich bin hergekommen, um dich zu sehen.« Sie hält meinen Blick, und das erschreckt mich, macht mich ängstlich und verwirrt. Dann tritt sie einen Schritt vor, fixiert mich, als wäre Tristan gar nicht da, als gäbe es nur uns beide auf der Welt. Als sie direkt vor mir ist, reicht sie mir einen Kaffee. »Den habe ich dir besorgt.«

»Was ist mit mir?«, fragt Tristan.

»Ich habe vergessen, dir einen mitzubringen«, sagt Nova, ohne ihn anzusehen. »Aber du wirst es sicher überleben.«

Tristan zieht eine Grimasse, geht an ihr vorbei und holt seine Zigaretten aus der Tasche. Nachdem er sich eine angesteckt hat, lehnt er die Ellbogen auf das Geländer und starrt zum Parkplatz. »Mach's kurz, Quinton. Wir müssen los.«

Ich weiß nicht mal, was er mit »mach's kurz« meint. Was kurz machen? Soll ich sie dazu bringen, dass sie nur kurz redet? Kurz den Kaffee trinken? Sie kurz vögeln ... Gott, ich wünschte, das wäre es, und für eine Sekunde suggeriert mir das Crystal, dass die Idee okay ist.

Nova sieht über die Schulter zu Tristan und neigt sich zu mir. »Kann ich dich einen Augenblick allein sprechen?«

Ich schüttle den Kopf, sehe zu dem Kaffee und denke, dass ich einen Schluck trinken sollte, aber ich habe keinen Durst, und mir tut das Kinn weh. »Ich muss weg.«

»Bitte«, sagt sie. »Ich bin extra hergekommen, um dich zu sehen.«

»Worum ich dich nicht gebeten habe«, erwidere ich und sehe sie an. »Und hättest du am Telefon gesagt, dass du herkommen willst, hätte ich dir gleich sagen können, dass du es lassen sollst.«

»Ich wäre trotzdem gekommen«, sagt sie unbeirrt. »Ich musste dich sehen.«

»Warum?«

»Weil ich es eben muss.«

Ich zupfe an dem Etikett auf dem Kaffeebecher. »Und was ist, wenn ich sage, dass ich nicht mit dir reden werde? Dass du nur deine Zeit verschwendest?«

»Dann würde ich sagen, dass du lügst«, antwortet sie. Sie gibt sich sichtlich Mühe, ruhig zu bleiben, doch an der Art, wie sie unten an ihrem Top nestelt, erkenne ich, dass sie unsicher ist. »So wie du nur tust, als wärst du ein Arschloch und wolltest mich wegschicken.«

»Aber ich rede nicht mit dir«, sage ich schlicht, obwohl ich innerlich zittre, denn sie hat recht, und mir macht Angst, dass sie mich durchschaut.

»Tust du schon«, kontert sie, und ihre Mundwinkel zucken. »Wir stehen gerade hier und reden.«

Ich reibe mir die verspannten Nackenmuskeln. »Nova, ich bin nicht in der Stimmung hierfür«, sage ich, weil sie mich davon abhält, zu Johnny zu kommen. Und wenn ich erst da bin, wird dies hier – meine Verwirrung und dieses Gespräch – sich sofort verflüchtigen. »Jetzt geh bitte und lass mich in Ruhe.«

Sie schüttelt den Kopf. »Nicht, ehe du mit mir redest.«

»Ich bin beschäftigt«, lüge ich und wünsche mir, dass sie geht, aber auch, dass sie bleibt. Ich wünsche mir, ich könnte aufhören, an Johnny und Meth zu denken, aber sogar darüber nachzudenken, es nicht zu denken, macht mir Angst.

»Ich brauche auch bloß ungefähr eine Stunde«, antwortet sie sofort. Dann wartet sie ab, während ich überlege, was ich selbst nicht fasse. »Bitte, es ist mir wichtig«, fügt sie hinzu.

Tristan sieht kopfschüttelnd zu mir, was bedeuten soll, dass ich ja nicht zustimmen darf, doch für einen

Moment will ich mich daran erinnern, wie es war, mit ihr zusammen zu sein, mit ihr zu sprechen, jemanden zu spüren, dem das Leben nicht egal ist ... und dem ich vielleicht auch nicht egal bin. Nur eine Stunde. Verdiene ich eine Stunde? Ich glaube nicht, trotzdem möchte ich sie. Zugleich aber auch nicht, weil ich die Stunde fernab vom Crystal verbringen müsste, und mit Crystal fällt mir das Denken leichter. Es ist ein einziges Hin und Her. Gehen. Bleiben. Nova. Johnny. Fühlen. Taub sein. Denken. Stille. Meth. Meth. Meth. *Ich will das!*

»Nova, ich finde nicht ...« Angesichts ihrer traurigen Miene verstumme ich, bevor ich etwas sage, mit dem wir alle drei nicht gerechnet haben: »Na gut, du hast eine Stunde.« Allerdings bin ich nicht sicher, ob ich das Zeitlimit halte. Mir fallen die vielen Male ein, die ich mit Nova redete und mich so in ihr verlor, dass die Zeit unbemerkt dahinflog.

Sie legt beide Hände um ihren Becher und nickt lächelnd, nicht stirnrunzelnd, während sie ausatmet. »Wollen wir ein Stück fahren? Ich möchte nicht so gerne hier stehen und reden.«

Mir gefällt es ebenso wenig, dass sie hier steht, und das nicht bloß, weil es ein Crack-Haus ist, sondern weil ich mir Sorgen mache, dass Trace und seine Jungs plötzlich auftauchen und ihre Drohung wahr machen könnten. Ich würde es mir nie verzeihen, wenn sie so etwas miterleben müsste.

Tristan schnaubt genervt, doch ich stimme zu. »Ja, geht schon«, sage ich, auch wenn ich mir nicht sicher bin.

Als ich ihr über den Laubengang folge, wirft Tristan mir einen verärgerten Blick zu. »Wenn du jetzt abhaust, gehe ich wieder rein. Ich warte nicht auf dich.«

Ich bin im Zwiespalt, weil ich weiß, was er meint: Er wird das restliche Heroin nehmen, das er morgens schon nehmen wollte, ehe er beschloss, mit mir Linien zu ziehen, weil er dachte, dass es mir wieder auf die Beine hilft. »Kannst du nicht mal eine Stunde warten? Es ist echt nicht gut, alles durcheinander einzuwerfen.«

Das sage ich ihm dauernd, weil er immer versucht, es zu übertreiben, sich irre Cocktails mixt und kurz davor ist, diesen halben Schritt zwischen Leben und Tod zu gehen.

Er verdreht die Augen. »Ich komme klar.«

»Warte nur eine Stunde, dann bin ich wieder hier, und wir gehen zu Johnny«, sage ich und breche ab, weil ich bemerke, dass Nova uns aufmerksam zuhört. Dann beuge ich mich näher zu ihm und flüstere: »Dann können wir zu Johnny und Nachschub holen. Was macht schon eine Stunde?«

Er wirkt eine Weile unentschlossen, dann gibt er nach. »Ich warte eine Stunde«, sagt er und zeigt mit dem Finger auf mich. »Aber nur eine, und dann gehe ich ohne dich rüber, und du kannst dir selbst ausdenken, wie du alleine high wirst.«

»Okay.« Ich kreuze die Finger und hoffe, dass er die Zeit aus dem Blick verliert.

Tristan verdreht die Augen, als wäre ich eine Plage für ihn, bevor er sich an mir vorbeidrängt und zurück zur Wohnung geht. Während ich die Tür zum Laubengang schließe, begreife ich immer noch nicht ganz, warum ich das hier mache.

»Bist du so weit?«, fragt Nova, die meine zerschundene Brust mustert, dann mein zerschlagenes Gesicht und mein geschwollenes Auge.

Ich zucke mit der Schulter. »Klar, alles gut. Gehen wir.«

»Willst du ... willst du dir noch ein Shirt überziehen?«

»Kann ich nicht. Ich glaube, eine meiner Rippen ist gebrochen oder geprellt.«

Sie öffnet erschrocken den Mund. »Quinton, ich ...«

»Also beeilen wir uns lieber«, falle ich ihr ins Wort und humple zur Treppe. »Ich muss in einer Stunde wieder zurück sein. Das ist wichtig.« Außerdem wird das, was in der nächsten Stunde gesagt wird, ohnehin nicht real sein, denn im Moment sind meine Gedanken nicht real. Wie nichts von dem hier. Sie nicht, die Wohnung nicht, der Schmerz in meinem geprügelten Körper nicht.

Sie läuft mir nach, und ihre Sandalen schaben auf dem Estrich. »Warum?«

»Ist es eben«, weiche ich aus. »Weißt du zufällig, wie spät es ist?«

Sie kommt neben mich und zieht ihr Handy aus der Tasche, als sie bei der Treppe ist. »Dreiundzwanzig nach zwölf.«

»Kannst du mir gegen eins Bescheid sagen?«, bitte ich sie, denn ich will die Zeit auf keinen Fall aus dem Blick verlieren. »Ich muss rechtzeitig zurück sein.«

»Klar.« Sie steckt ihr Telefon wieder in die Shortstasche und geht die Treppe hinunter. Ich folge ihr und versuche, sie nicht zu beobachten, doch die Art, wie sie sich bewegt und wie verändert sie ist, zieht mich an. Ihre Schultern sind gerader, sie strahlt etwas Positives aus, und in ihren Augen spiegelt sich das Sonnenlicht. Es ist verblüffend, und für einen Moment nimmt mich ihr Anblick vollends gefangen: ihr verwirrter Gesichtsausdruck, ihr im Wind wehendes Haar, wie sie nervös an ihrer Unterlippe nagt. Dann aber kommen wir unten an der Treppe an, und Nancy, eine der Nachbarinnen, die gerne BH anstatt Top trägt, steht dort mit einem Bier in der Hand.

»Hey, Baby«, sagt sie zu mir. Wir haben ein paar Mal zusammen rumgemacht, einige Linien gezogen, und sie will dauernd, dass ich mir mit ihr einen Schuss setze. Ich lehne grundsätzlich ab, genau wie bei Tristan, weil ich Spritzen hasse. Nicht weil sie wehtun oder so ein Quatsch, sondern weil Nadeln halfen, mich wiederzubeleben. Die Ärzte schossen mir alles mögliche Zeug rein. Seitdem verbinde ich Spritzen mit der Rückkehr vom Tod, und deshalb kann ich sie nicht ausstehen.

Ich blinzle die Gedanken weg und starre Nancy einen Moment an. Anscheinend will sie wieder was von mir. Ich sehe beschissen aus, doch das kümmert Nancy nicht. Mich kümmert ja auch nichts mehr, insofern passen wir in dieser verfluchten Welt perfekt zusammen, nur kriege ich das Mädchen neben mir nicht aus dem Kopf. Die Kleine haut mich einfach um, und ich bin nicht stark genug, mich dagegen zu wehren.

Dennoch probiere ich es, lächle Nancy zu. »Hey, Schönheit«, antworte ich und überlege, Nancy einfach zu küssen und damit alles zu zerstören, was mich mit Nova verbindet. Gleich hier und jetzt. Es wäre ein schnelles, jähes Ende, und ich könnte weiter genauso leben, wie ich es im Moment tue.

Nova sieht Nancy an, dann mich und zählt eins und eins zusammen. Doch sie sagt nichts, dreht sich zum Parkplatz und geht auf ihren kirschroten Chevy Nova zu, der gleich auf der anderen Seite parkt. Der Wagen wirkt total deplatziert in meiner Welt; er ist viel zu hübsch und glänzend. Und Nancy klimpert mit den Wimpern, schiebt ihre Brust nach vorn und hat glasige Augen. Sie ist Teil meiner Welt. So einfach. So schlicht. Ich sollte es tun – sie küssen –, aber ich bin nun mal ein selbstsüchtiges Arschloch, will beide Welten, und so folge ich Nova zu ihrem Wagen.

Wir steigen ein. Sie startet den Motor und stellt die Klimaanlage an.

»Und, wo willst du hinfahren?«, fragt sie und mustert mich. Ihr Blick verharrt auf meinem Bauch. »Hast du Hunger?«

Mein Kiefer pocht, und mein Magen schreit: *Kein Essen!* »Nein, alles gut. Ich bin nicht hungrig.«

Sie wirkt nicht überzeugt. »Sicher nicht?«

»Ganz sicher nicht.«

Sie packt das Lenkrad mit beiden Händen und sieht durchs Fenster zum Himmel, als würde sie sich etwas wünschen. Was? Dann endlich legt sie den Gang ein und fährt zur Ausfahrt, wo sie anhält.

»Schnall dich bitte an«, sagt sie und legt ihren Gurt an.

Weil ich nicht schon wieder mit ihr deswegen streiten will, tue ich es. Sobald ich angeschnallt bin, fährt sie los in Richtung Stadtzentrum. »Infinity« von *The xx* spielt von ihrem iPod, was ich allerdings nur vom Display ablese. Mir fällt wieder ein, wie sehr sie auf Musik steht und dass ich ihretwegen in den letzten Monaten viel Musik höre.

»Und, was hast du so gemacht?«, fragt sie schließlich und dreht die Musik etwas leiser.

Ich zucke mit den Schultern, weil ich nicht weiß, was ich antworten soll. Überhaupt möchte ich möglichst wenig sagen, denn alles, was mir über die Lippen käme, wäre unwirklich und von Drogen beeinflusst. Das hat sie nicht verdient. »Nicht viel. Ich bin eigentlich nur rumgezogen.«

Sie nickt, als würde sie es verstehen, was ich eher nicht glaube. Wie sollte sie? »Das habe ich auch eine Zeit lang gemacht, Anfang des vorletzten Semesters«, sagt sie.

»Aber jetzt nicht mehr?« Ich betrachte ihre Haut, die mit vollkommenen Sommersprossen gesprenkelt ist, ihre vollen Lippen, die strahlenden Augen, das weiche Haar ... *Gott, ich will sie unbedingt zeichnen!* »Nein, wohl nicht, denn du siehst gut aus.«

»Ich fühle mich auch größtenteils gut. Und neuerdings weiß ich genau, was ich will.«

»Und was ist das?«

»Eine Menge. Examen machen. Schlagzeug spielen.« Sie zögert und blickt flüchtig in meine Richtung. »Dich sehen.«

Ich ringe nach Luft, als noch ein Tropfen Crystal meine Kehle hinunterrinnt und mich beruhigt, entspannt, mir überhaupt erträglich macht, hier zu sein. »Aber wieso? Du kennst mich nicht mal. Es gibt vieles, was du nicht verstehst.«

»Du könntest mir jederzeit erklären, was ich nicht verstehe«, schlägt sie vor, als sie von der Hauptstraße zum Drive-in eines McDonald's abbiegt. Energisch schüttle ich den Kopf, denn allein bei der Vorstellung, ihr von meiner Vergangenheit zu erzählen, was ich getan, welche Menschen ich getötet habe, wird mir schlecht.

»Kann ich nicht.«

»Warum nicht?«

»Weil ich nicht kann.« *Weil du mich dann genauso ansehen wirst wie alle anderen – wie jemanden, der Leben genommen hat.* Sie wird mich verachten oder gar Mitleid mit mir haben, und das will ich nicht. Beides habe ich schon zur Genüge gehabt.

Schweigend fährt sie vor die Tafel und rollt ihr Fenster herunter. »Übrigens habe ich die letzten Monate viel an dich gedacht«, sagt sie fast lässig, während sie zur Tafel sieht, aber ihre Brust hebt und senkt sich schnell, und ich bemerke, dass ihr das Atmen schwerfällt.

Ich weiß nicht, wie ich reagieren soll, und selbst wenn, käme ich nicht dazu, denn sie beginnt, Essen zu bestellen. Ich schalte ab. Meine Gedanken rasen in einem irrwitzigen Tempo. Alles, was ich will, ist, ihr Fragen stellen, herausfinden, warum sie hier ist; doch zugleich möchte ich aus dem Wagen springen und zurück zu dem Loch rennen, das ich mein Zuhause nenne.

Fast tue ich es, werde aber abgelenkt davon, wie sie ihre Bestellung herunterrattert, und irgendwie habe ich auf einmal einen Hamburger und Pommes frites auf dem Schoß.

Nova wendet vor dem Gebäude und parkt im Schatten eines Baums.

Sie lässt den Motor laufen, als sie ihr Chicken-Sandwich auspackt und hineinbeißt. »Hier ist es richtig heiß«, sagt sie. »Mann, wie hältst du das aus? Ich fühle mich widerlich.« Sie wedelt mit der Hand vor ihrem Gesicht.

»Du siehst aber schön aus.« Es rutscht mir heraus, weil ich meinen Mund und meine Gedanken kaum noch kontrolliere.

Sie blinzelt langsam. »Danke.« Dann holt sie Luft und dreht sich zum Fenster. Mit gerunzelter Stirn beginnt sie, ihre Pommes zu essen. Sie wirkt höllisch verwirrt, und das bin ich ebenfalls. Ich weiß nicht mal mehr, was eigentlich los ist, warum wir hier sind, was das soll.

»Nova«, sage ich, als ein weiterer Tropfen durch meine Kehle rinnt und ich mich wieder konzentrieren kann, »was willst du von mir? Ich meine, du tauchst hier auf und willst einfach nur mit mir rumhängen? Das kapiere ich nicht.«

Sie kaut auf einem Bissen und schließt die Augen. Zuerst denke ich, dass sie zu weinen anfängt oder so, aber als sie die Augen wieder öffnet, sind da keine Tränen.

»Ich bin hergekommen, um dir zu helfen«, gesteht

sie, sieht mich direkt an und strahlt eine befremdliche Intensität aus. »Ich ... Ich hatte angerufen, weil ich fragen wollte, ob du die Freigabe für das Video unterschreibst, aber in Wahrheit suche ich schon eine ganze Zeit nach dir. Es war richtig schwer, dich ausfindig zu machen.«

»Okay ...« Ich fingere in den Pommes frites herum, die ich auf keinen Fall essen kann, weil mein Kiefer vom Zähneknirschen viel zu angegriffen ist und mein Magen vom Crystal hinüber, das ich vorhin genommen habe. Also lege ich sie wieder hin. »Aber ich begreife nicht, wie du darauf kommst, dass ich dich hier brauche, um mir zu helfen. Ich bin zufrieden, warum glaubst du mir das nicht endlich?«

Ihre blaugrünen Augen mustern mich langsam, und es ist deutlich zu erkennen, dass sie mir nicht glaubt. »Weil Delilah mir am Telefon etwas erzählt hat ... über dich.«

Ich verkrampfe mich. Mein Puls wird schneller und mein Brustkorb eng, sodass ich keine Luft mehr bekomme. »Was hat sie dir erzählt?« *Was zur Hölle habe ich Delilah erzählt? Gott, ich habe keinen Schimmer!*

Sie zögert absichtlich, benetzt sich die Lippen und leckt etwas Salz von ihnen ab. »Erinnerst du dich an das Open Air, auf dem wir waren?«, fragt sie.

»Klar. Wie könnte ich das vergessen?« Tatsächlich ist es eines der wenigen Dinge, an die ich mich erinnern kann. Die Sonne, der Geruch und sie, Nova.

Ihre Lippen biegen sich ein wenig nach oben, als wäre sie froh, dass ich mich erinnere. »Ja, ich habe das auch nicht vergessen. All die Zeit, die wir zusammen verbracht haben, wie ich war ... und wie ich mittendrin einfach weggelaufen bin.«

»Es war gut, dass du das gemacht hast«, sage ich, und das meine ich ernst. »Du hättest überhaupt nicht mit uns herumhängen dürfen – in diese Welt gehörst du nicht.«

»Ja, es war gut, dass ich abgehauen bin, als ich es tat«, stimmt sie zu. »Und ich habe etwas über mich selbst gelernt, nicht da, aber später, als es mir besser ging.« Sie blickt zu der Tankstelle vor uns, wo gerade ein Wagen eine Fehlzündung hat. »Die letzten Monate habe ich viel über mich gelernt, und mir ist klar geworden, dass ich Leuten helfen will. Ich habe eine Menge Chancen verpasst, weil ich vor lauter Angst die Wahrheit nicht erkannte oder mit mir selbst nicht klar genug war.« Ich bin nicht sicher, worauf sie hinauswill, und will sie schon fragen, aber sie sieht mich an, und etwas an ihrem Blick hält mich ab. »Ich will helfen, dass es dir besser geht.« Sie sagt es, als wäre es so simpel wie Luftholen, was es nicht ist. Es ist schwerer, als den Grund in einem Fass ohne Boden zu finden.

»Kannst du nicht«, sage ich und bin mir der Tattoos auf meinem Arm allzu bewusst – *Lexi, Ryder, Niemand* – und der Tatsache, dass Nova sie sehen kann. Sie sind eine permanente Erinnerung daran, dass mir nicht zu helfen ist und mir auch nicht geholfen werden sollte. Aber Nova weiß nicht, was sie bedeuten, weil ich es ihr nie gesagt habe. Hätte ich, wäre sie nicht hier. »Egal was du sagst oder tust, mir ist nicht zu helfen.«

»Doch, und ich weiß, dass ich dir helfen kann.« Sie dreht sich auf ihrem Sitz zu mir und winkelt ein Bein an. »Lass mich einfach, dann wirst du es sehen.«

Fast lache ich, denn sie rafft es nicht. Wie könnte sie, wenn sie keine Ahnung hat, was wirklich los ist? »Du weißt nicht mal, wovon du redest, kennst mich gar nicht. Du kannst keinem helfen, den du nicht kennst, und außerdem will ich keine Hilfe. Mir geht es gut, so wie es ist.« *Ich gehöre genau hierher. Jeder weiß das: mein Dad, Lexis Eltern, Tristans Mom.*

»Wärst du doch gestorben«, höre ich Tristans Mom schluchzen. »Wärst du das doch gewesen! Du hättest es sein sollen!«

Ich kämpfe mit den Tränen, als ich in dem Krankenhausbett liege, umgeben von Leuten, die mich hassen. »Ich weiß.«

Sie schluchzt lauter und läuft aus dem Zimmer. Ich bleibe mit der Schuld zurück, die mich verzehrt, und will nur wieder den Tod fühlen.

Ich reiße mich aus der Erinnerung, als Novas zitternde Hand über den Sitz rutscht und meine ergreift. Hitze. Trost. Angst. All diese Gefühle strömen durch mich hindurch, und ich kann nichts tun, außer auf unsere Hände zu sehen, auf die ineinander verwobenen Finger. Es ist verdammt lange her, seit ich solch eine Verbundenheit gespürt habe – zuletzt mit ihr im letzten Sommer.

»Ich war eine Zeit lang in Therapie«, erklärt sie, während sie meine Hand hält. Ihre Finger zittern, und ich bemerke, dass direkt unter der Narbe an ihrem Handgelenk ein Tattoo ist: *Niemals vergessen*. Ich frage mich, was das heißen soll, was sie nicht vergessen will. »Das war schon ganz hilfreich, weil mir bewusst wurde, dass ich vor meinen Problemen weglief, statt mich ihnen zu stellen. All die Sachen, die ich gemacht habe … die Drogen, dass ich mir die Pulsader aufschnitt, war, weil ich mich nicht dem Tod meines Freunds stellen konnte.« Sie sagt es, als wäre es leicht, darüber zu reden, und ich begreife nicht, was los ist. Ich meine, ich erinnere mich, dass sie mir vom Selbstmord ihres Freunds erzählt hat, aber da heulte sie sich die Augen aus dem Kopf, und jetzt wirkt sie so ruhig. Ich erinnere mich auch an die Narbe an ihrem Handgelenk, nur hat sie nie geradeheraus gesagt, dass sie das selbst war.

»Das ist gut«, sage ich, weil mir nichts anderes einfällt. Am liebsten möchte ich sie in die Arme nehmen, sie trösten, aber das kann ich ihr nicht antun – ihr diese widerliche Geisterversion von mir vorgaukeln. »Das freut mich ehrlich für dich.«

»Es ist gut«, stimmt sie mir zu und streichelt meinen Handrücken mit ihrem Finger. Ihre Haut auf meiner zu spüren lässt mich erschauern, und ich weiß nicht, wieso. Ich bin von Drogen betäubt, also sollte ich gar nichts fühlen. Trotzdem tue ich es: die Hitze der Sonne, die kleinste Veränderung unserer Körpertemperatur, die weiche Kühle der Luft an meiner Wange. Und ich fühle, wie sehr ich sie küssen will.

»Mir wurde klar, wer ich war und was ich mir vom Leben wünschte. Ich will leben, und ich meine, richtig leben, nicht bloß benebelt durchs Leben gehen. Und ich möchte Leuten helfen, die dasselbe durchgemacht haben wie ich, Leuten, die nicht um Hilfe bitten, wenn sie welche brauchen.« Sie stockt kurz. »Ich habe sogar ehrenamtlich bei einer Suizid-Hotline gearbeitet.«

»Das ist wirklich toll.« Ich bin froh, dass sie für sich ein Leben gefunden hat, in dem sie ihr gutes Herz nutzen kann, um anderen zu helfen. »Ich bin ehrlich froh, dass du diesen ganzen Mist hinter dir gelassen hast«, sage ich und sehe hinab auf meine blau und grün geprügelte, vernarbte Brust und meine aufgeschürfte Hand. Diese Male sind bezeichnend für den, der ich heute bin. »Ich habe dir immer gesagt, dass du nicht in unsere Welt gehörst.«

»Ich glaube, in die gehört keiner«, entgegnet sie vollkommen aufrichtig. »Manche Menschen denken einfach nur, dass sie es tun.«

Ich drücke meine freie Hand seitlich an meinen Kopf, wo es zu pochen beginnt. Von dem, was sie redet, kriege ich Kopfschmerzen. Es ist, als hätten ihre Worte einen verborgenen Sinn, hinter den ich einfach nicht komme.

»Das stimmt nicht«, sage ich und halte immer noch ihre Hand, obwohl ich sie loslassen muss. *Nur noch ein bisschen. Nur noch ein paar Minuten Wärme, bevor ich in die Kälte gehe.* »Ich glaube, dass Leute manchmal furchtbare Sachen machen, für die sie verdienen zu verrotten und zu sterben.«

Sie verzieht das Gesicht, fängt sich aber gleich wieder und rückt näher zu mir. »Du hast nichts Furchtbares getan.«

Ich beiße die Zähne zusammen und ziehe meine Hand weg. »Du hast keine Ahnung, was ich getan habe.«

»Dann erzähl es mir«, sagt sie, als wäre es ganz einfach, was es nicht ist. »Damit ich es verstehe.«

»Kannst du nicht. Keiner kann das, und das habe ich dir schon gesagt. Sowieso kann mir niemand helfen, der noch lebt.« Ich bereue sofort, dass ich es ausgesprochen habe, aber ich kann es nicht zurücknehmen. Manchmal, wenn ich richtig high bin, erreiche ich diesen Punkt, an dem ich total losgelöst von meinem Körper bin und denke, dass Lexi mir vielleicht helfen kann, obwohl sie tot ist. Manchmal bin ich so hinüber, dass sie sich nicht tot anfühlt – oder ich mich nicht lebendig –, und dann könnte ich schwören, dass ich sie in meinen Gedanken höre, fast ihre Berührung spüre. Sie sagt mir, dass es okay ist, dass sie mir vergibt und mich liebt, so wie gestern, als ich zusammengeschlagen wurde. Aber der Trost währt nur kurz, denn sowie ich aus dem Nebel erwache, wird mir klar, dass es nicht real war und mir niemand je vergeben wird. Dass ich ein Junkie bin, der zwei Menschen getötet hat. Das lässt sich nicht ändern.

»Quinton, du bist nicht allein«, sagt Nova, deren Augen zu glänzen beginnen, als sie noch näher rückt. Sie sieht aus, als würde ich ihr leidtun. Ich will, dass dieser Blick verschwindet, und das so dringend, dass ich überlege, sie anzuschreien. Aber dann ist sie ganz nahe, sodass ihr nacktes Knie die Seite meines Beins berührt. »Und wenn du mit mir redest, erkennst du das auch. Dass du nicht allein bist. Dass du Leuten etwas bedeutest ... mir etwas bedeutest.«

Hitze versengt mich. Ja, ich fühle ihre Hitze. Es ist lange her, seit ich irgendwas gefühlt habe, und ich will aus dem Wagen stürmen und weg, zugleich aber auch bei ihr bleiben und mit ihr verschmelzen. Ich kann nicht klar denken, deshalb muss sie damit aufhören. Sofort!

»Was ist, wenn ich dir sage, dass ich jemanden umgebracht habe?«, frage ich in der Hoffnung, damit dieses absurde Band zu kappen – diese Verbindung zwischen uns, die unbedingt verschwinden muss. »Würdest du mich dann immer noch verstehen wollen? Würde ich dir immer noch etwas bedeuten?«

Sie zuckt zusammen, und ich denke: *Na also. Hast du jetzt Angst? Willst du mich jetzt noch verstehen?*

»Das glaube ich nicht«, sagt sie und fängt sich sehr schnell wieder.

»Aber das habe ich«, erwidere ich leise und lehne mich zu ihr. »Ich habe sogar zwei Menschen umgebracht.«

»Ganz sicher nicht mit Absicht.« Sie scheint kaum geschockt, und das nervt mich, weil ich diese Reaktion nicht verstehe. Jeder um mich herum hat mir gesagt, was für ein mieser Arsch ich bin, dass ich alles zerstört habe. Und sie sitzt einfach da und sieht mich an, als wäre es völlig in Ordnung.

»Nein, aber es war trotzdem meine Schuld.« Meine Stimme bricht, was verrät, dass es mir nicht gut dabei geht, über das zu reden, sondern ich nur so tue.

»Nicht unbedingt«, widerspricht sie und setzt sich um, sodass sie praktisch auf meinem Schoß ist, ihre Knie auf meinen, ihr Rücken gegen das Armaturenbrett gelehnt. Und sie blickt mir so ernst in die Augen, dass ich ernsthaft zu atmen vergesse. Dieser

Moment ist so intensiv, dass es in meiner Brust, meinem Bauch, meinem Herzen und dem Rest meiner gebrochenen, unbedeutenden Seele wehtut. »Vielleicht denkst du, dass es deine Schuld war, aber ich weiß, dass man es manchmal nur glaubt, weil man nicht anders damit umgehen kann.« Sie legt eine Hand an meine Wange, und ich fühle einen Funken Leben in mir, von dem ich glaubte, dass er schon vor langer Zeit erloschen war.

»So ist es nicht ... Ich gehe überhaupt nicht damit um.« Ich verstumme und frage mich, wie sie es geschafft hat, dass ich das laut ausspreche, obwohl sie nicht mal weiß, worüber ich eigentlich rede. Monatelang habe ich mich völlig abgeschottet, und jetzt kreuzt sie auf, und ich spüre, wie es mich ins Leben zurückzieht. Ich habe geatmet und muss dringend wieder abtauchen, denn ich merke, wie schmerzliche Erinnerungen an die Oberfläche steigen. Wie sich der Tod an meinen Händen anfühlte: Lexis Blut, mein eigenes, die Schuld, all die stummen Erinnerungen, die in mir verwesen.

»Ich muss wieder zurück«, sage ich, balle die Fäuste, um Nova nicht zu berühren, und starre aus dem Fenster. »Mir reicht es mit dem Reden, und ich will wieder zurück.«

Sie zögert, und ich rechne schon damit, dass sie widersprechen will. Stattdessen setzt sie sich wieder hinters Lenkrad und legt den Rückwärtsgang ein.

»Okay, ich bringe dich zurück, aber darf ich dich vorher um einen Gefallen bitten?«

Ich presse die Augen zu, halte den Atem an und wünsche mir, ich könnte ganz aufhören zu atmen. »Klar.«

»Darf ich dich morgen besuchen?«, fragt sie leise. »Ich werde nicht lange hier sein, und ich würde dich gerne noch ein bisschen öfter sehen und sprechen, bevor ich wieder wegmuss.«

Ich sollte Nein sagen, sie retten, wie sie versucht, mich zu retten, aber nicht mal mit zugedröhntem Schädel kann ich mich dazu bringen, sie gehen zu lassen, also antworte ich: »Ja, wenn du willst, aber ich hoffe, du lässt es.« Dann öffne ich die Augen und beobachte ihre Reaktion.

Sie kämpft eindeutig mit ihrer Nervosität. »Aber ich möchte dich sehen, ganz ehrlich.«

Ich bin nicht sicher, was ich damit anfangen soll, deshalb sage ich gar nichts, mache dicht, und das ist leicht, denn Sekunden später denke ich an etwas anderes: nach Hause zu kommen, zu Johnny zu gehen und mir meinen nächsten Kick besorgen. Danach wird alles egal sein – dies hier, die Zukunft, meine Vergangenheit, was ich getan habe.

Es wird alles fort sein.

Auf der Rückfahrt sage ich nicht viel, während sie unbekümmert über Musik redet, dass sie wieder spielt, und mir gefällt es, sie so reden zu hören. Ich freue mich, dass sie glücklich ist, und fast möchte ich lächeln. Dabei habe ich schon verdammt lange nicht mehr gelächelt, und richtig gelingt es mir auch nicht.

Dann sind wir vor dem Haus, und die Erleichterung von eben löst sich in der Dunkelheit auf, die diesen Ort umgibt. Bei dem Gedanken, was mich erwartet, wenn ich Tristan geholt und mit ihm zu Johnny gegangen bin, läuft mir das Wasser im Mund zusammen. Das will ich dringender als in diesem Wagen sitzen; dringender als essen, atmen oder leben.

»Wann kann ich morgen kommen?«, fragt sie, als sie den Wagen mit knirschenden Reifen ein Stück weg vom Haus anhält.

»Wann du willst«, antworte ich, denn es ist egal. Ich werde sowieso die ganze Nacht und den ganzen Tag wach sein, wenn ich erst genügend Linien intus habe. Ich will aussteigen, wieder in meine Wohnung gehen und das alles hier vergessen. Ich kann es gar nicht erwarten, von alldem frei zu sein, was in mir ist. Daher kehre ich gerne in mein Gefängnis zurück.

»Quinton, warte«, ruft sie, und ich stocke und drehe mich zu ihr.

Ihr Mund ist geöffnet, als wollte sie etwas sagen, doch dann schließt sie ihn wieder und rückt näher zu mir. Ich erstarre, frage mich, was sie vorhat. Nova klappt das Handschuhfach auf, holt einen Stift heraus und reißt die Ecke von einem Briefumschlag ab. Dann notiert sie einige Zahlen und reicht mir den Papierfetzen. »Das ist meine Nummer, für den Fall, dass du mich anrufen willst.«

Ich blicke verdutzt auf das Papier in meiner Hand. »Ich habe kein Telefon.«

»Weiß ich«, sagt sie und wirft den Stift aufs Armaturenbrett. »Aber Delilah hat eines, und ich möchte, dass du mich erreichen kannst … für alle Fälle.«

Ich versuche, nicht zu viel in die Tatsache hineinzudeuten, dass sie mir ihre Nummer gibt, als würde es ihr wirklich nichts ausmachen, wenn ich sie anrufe. Als wollte sie mit mir reden. Das ist mir schon ewig nicht mehr passiert, und ich bin nicht sicher, was ich damit anfangen soll. Werfe ich den Zettel schnellstens weg, um gar nicht erst in Versuchung zu kommen? Vorerst stecke ich ihn in meine Tasche, dann will ich aus dem Wagen steigen, als sie sich zu mir beugt und mich sanft auf den Mund küsst. Weder begreife ich, warum sie das tut, noch ob es schlicht ein freundschaftlicher Kuss ist oder sie dieselbe Anziehung spürt wie ich. Aber der Kuss fühlt sich komisch und irgendwie falsch an, weil ich high bin und mich frage, ob sie es schmecken kann – den Verfall in mir. Und gleichzeitig kommt er mir so verdammt richtig vor, als könnte ich ein normales Leben führen, in dem kein Autounfall vorkam, in dem ich schlicht mit Lexi

Schluss gemacht und Nova kennengelernt habe und in dem wir uns immerzu küssen würden.

Es tut mir so leid, Lexi, dass ich dich vergesse, dass ich lebe, während du nicht mehr bist.

Gedanken an Lexi drängen sich in den Vordergrund, dennoch erwidere ich Novas Kuss, gleite mit der Zunge in ihren Mund, bevor ich mich zurückziehe. »Bis dann«, flüstere ich an ihren Lippen, lehne mich zurück und nehme das Essen, das sie mir reicht. Mir ist, als würde ich einen Teil von mir zurücklassen. Doch das schiebe ich gleich von mir und gehe hinauf in die Wohnung, wo ich hingehöre.

Als ich die Tür öffne, wabert mir eine klamme Rauchwolke entgegen, und meine Sinne geraten völlig durcheinander. Gott, ich brauche dringend Stoff! Sofort. Ich kann es gar nicht erwarten, wieder in mein Zimmer zu kommen.

Delilah und Dylan sitzen auf dem Sofa und erhitzen Crystal auf einem Stück Alufolie. Delilah ist an Dylan geschmiegt und starrt gebannt auf seine Hand, die das Feuerzeug hin- und herbewegt und den Stoff zum Qualmen bringt. Sie beide haben dunkle Ringe unter den Augen. Wie lange haben sie schon nicht mehr geschlafen? Wann habe ich das letzte Mal geschlafen?

»Wo warst du denn?«, fragt Dylan und blickt von dem Stück Alufolie zu mir. Verwirrt betrachtet er die McDonald's-Tüte in meiner Hand, denn wir essen so gut wie nie. »Und woher hast du das?« Er hat einen frischen Bluterguss unter dem Auge und getrocknetes Blut an der Lippe.

»Von McDonald's«, sage ich und gehe zu meinem Zimmer, weil ich mit den beiden nicht über Nova reden will. Das käme mir in diesem Loch einfach falsch vor. »Was ist mit deinem Gesicht passiert?«

»Du und Tristan sind damit passiert«, antwortet er gereizt. Dann gibt er Delilah die Alufolie und das Feuerzeug und nimmt etwas vom Couchtisch auf, das ich vorher nicht bemerkt hatte. Eine kleine Waffe. *Wie bitte?* »Verrätst du mir, was mit Trace war und wieso du grün und blau geschlagen bist?«

Ich bleibe am Vorhang vor der Küche stehen und beuge meine zerschlagenen Finger, während ich die Waffe ansehe und versuche, mir meine Angst nicht anmerken zu lassen. Aber das ist eine beschissene Waffe! »Er hat mich verprügelt«, sage ich und überlege, ob ich fragen soll: »Woher hast du das Ding?«

Dylan blickt gelassen auf die Waffe in seiner Hand. »Das habe ich mir neulich besorgt, um mich zu schützen.«

»Wovor schützen?«, frage ich. Delilah sieht träge von ihrem Crystal auf, doch ihre Augen weiten sich, sowie sie die Waffe bemerkt, und als sie zu mir guckt, wirkt sie entsetzt. Das ist sehr untypisch für sie, denn gewöhnlich gibt sie sich an allem und jedem desinteressiert.

»Baby, leg die Waffe weg«, sagt sie mit leiser, ängstlicher Stimme. Ehrlich gesagt habe ich genauso viel Schiss wie sie.

»Fick dich«, ranzt Dylan sie an und sieht wieder zu mir. Mit eisiger Miene kommt er auf mich zu. Die Adern an seinem Hals sind vorgewölbt, und Wut brodelt in seinen Augen, als wäre er kurz vorm Explodieren. »Die musste ich mir besorgen, nachdem ihr zwei Idioten Scheiße gebaut habt, und jetzt bewegen wir uns alle auf dünnem Eis.« Er zeigt mit dem Finger auf den Bluterguss unter seinem Auge. »Siehst du dieses Scheißteil hier? Da sind Trace und seine Jungs über mich hergefallen.« Er pikt mir den Finger an die Brust. »Weil ihr zwei für mich arbeitet und ihn geleimt habt ... als wenn das meine Schuld ist, dass ihr so bescheuert seid.« Er beugt sich so weit vor, dass ich seinen Atem auf meinem Gesicht fühle. »Ist dir klar, wie dämlich es von euch war, sich mit Trace anzulegen?« Er tritt einen Schritt zurück, streicht mit einer Hand über seinen kahlen Schädel und hält die andere mit der Waffe nach unten. »Mann, ich habe gewusst, dass das passiert, und es ist sicher noch nicht vorbei. Der Typ ist ein gnadenloser Arsch.«

»Das kannst du nicht wissen. Vielleicht ist Trace jetzt zufrieden, wo er dich und mich verprügelt hat«, sage ich, obwohl das Schwachsinn ist, doch Dylan ist unglaublich wütend und hat eine Waffe in der Hand. Ich sehe hinüber zu Delilah, die von der Couch aufsteht und ängstlich zu uns blickt. Zuerst denke ich, dass sie rüberkommen und Dylan beruhigen will, aber dann guckt sie zur Tür, als wollte sie fliehen.

»Klar, weil es ja immer so ist«, faucht Dylan und schwingt die Waffe herum, als er eine volle Drehung macht. Delilah erstarrt, während mir bewusst wird, wie heikel die Situation ist: Er ist high und bewaffnet, und ich stehe vor ihm. Die Frage ist, ob mich das kümmert. Ich weiß es nicht genau.

Er hört auf, sich zu drehen, und nimmt die Waffe wieder runter. »Ihr zwei hört lieber auf, Scheiße zu bauen«, warnt er mich. »Ich bin auf meine Connections angewiesen, und ich will nicht, dass ihr mir die noch mehr versaut.«

Mein Herz wummert, als ich überlege, dass seine kaputte Geschäftsbeziehung zu Trace nur ein Teil des Problems ist. Tristan hat ihm ebenfalls Drogen und Geld geklaut, wie neulich erst. Und für Dylan war ich der Letzte, der das Geld hatte. Weiß er, dass es weg ist? Denkt er, dass ich es geklaut habe? Wird er mich erschießen, wenn ich ihm sage, dass es Tristan war? Interessiert mich das? Gott, meine Gedanken überschlagen sich, jagen in einem wirren Fluss durch meinen Kopf. Ich verliere die Kontrolle, und ich muss hier raus.

Dylan wirft die Waffe auf den Couchtisch, worauf Delilah und ich beide zusammenzucken. Ich rechne ernsthaft damit, dass das Ding losgeht, aber das tut es nicht, und die Anspannung legt sich ein wenig, auch wenn Dylan immer noch aussieht, als wollte er mich schlagen. Er hat die Zähne zusammengebissen, die Faust geballt und den Arm angewinkelt.

Dann jedoch weicht er zurück und hebt beide Hände. »Kümmere dich um diesen Scheiß und regle das mit Trace. Besorg ihm die Drogen, oder zahl ihm sein Geld, was auch immer, aber krieg das wieder hin. Und gib mir meine Kohle wieder, mit der ihr zwei meine Lieferung von Johnny holen solltet, bevor du so blöd warst, dich zusammenschlagen zu lassen«, befiehlt er warnend. »Sonst fliegt ihr raus, alle beide. Ich habe euren Scheiß gründlich satt.«

Ich möchte ihm sagen, dass diese Wohnung nicht ihm gehört, sondern wir sie zusammen gemietet haben, aber angesichts der Waffe auf dem Tisch nicke ich bloß. Dabei habe ich keinen Schimmer, wie ich irgendwas von den Sachen regeln will. Dann gehe ich in mein Zimmer. Tristan wartet dort mit einem Spiegel vor sich, einem Löffel und einer Spritze sowie einer kleinen Tüte mit kristallisiertem Pulver. Er starrt die Sachen nur an, die Arme um seine angewinkelten Beine geschlungen.

Als ich hereinkomme, blickt er auf und wirkt erleichtert, und kaum sehe ich, was er hier hat, bin ich es ebenfalls. »Ein Glück!«, sagt er. »Ich dachte schon, ich drehe durch, wenn ich noch eine Sekunde länger warten muss.«

»Wir haben ein Riesenproblem.« Ich kicke die Tür hinter mir zu. »Hast du gewusst, dass Dylan eine Waffe hat?«

Tristan ist von dem Löffel abgelenkt. »Klar, die hat er mir gestern gezeigt und mir gesagt, dass ich das mit Trace wieder hinkriegen und ihm das Geld wiedergeben soll, das wir uns genommen haben.«

Für einen Moment werde ich sauer, weil er »wir« sagt, aber das legt sich gleich wieder, denn ich schulde Tristan viel mehr, als ich je zurückzahlen kann. Immerhin habe ich seine Schwester umgebracht. »Du hättest was sagen können. Mich hat er mit dem Ding eben echt geschockt.«

Er sieht achselzuckend zu mir auf. »Tut mir leid, hab ich vergessen.«

Ich möchte wütend auf ihn sein, doch zugleich verstehe ich, warum er es vergessen hat. So drogenbenebelt, wie wir meistens sind, entfallen uns schnell mal Sachen. »Und was machen wir jetzt? Er ist super angepisst, und ich schätze, Trace hat ihm ein blaues Auge verpasst – ihn genauso verdroschen wie mich.«

»Wir schnappen uns die Waffe, wenn er pennt oder so, und werden sie los«, schlägt Tristan vor, streckt die Arme über den Kopf und blinzelt müde. Er ist allemal bereit für den nächsten Kick.

»Okay, aber selbst wenn wir das machen, müssen wir immer noch damit rechnen, dass Trace kommt und dich zusammenschlägt.«

»Und wenn schon«, sagt Tristan gleichgültig und lässt die Hände auf seinen Schoß sinken.

Ich setze mich vorsichtig auf den Boden neben der Matratze, bewege mich extra langsam, weil mir nach wie vor alles wehtut. »Ich denke, wir müssen uns darum kümmern.« Nicht um meinetwillen, sondern wegen ihm.

Er verdreht die Augen. »Bloß weil Trace uns bedroht, muss er noch lange nicht wirklich was tun.«

Ich blicke an mir hinab. »Glaubst du das echt?«

Tristan schnaubt. »Na gut, ich denke mir was aus, wie wir ihn bezahlen oder so. Oder, noch besser, wir finden raus, wo Dylan seinen Vorrat bunkert, und geben ihm den.«

»Ich glaube nicht, dass es hilft, Dylan richtig anzupissen.« Ich ziehe ein Knie an und stütze meinen Arm darauf. »Wir müssen Trace irgendwie bezahlen, was du ihm schuldest.« Ich sehe zu dem Löffel, dem Spiegel und der Tüte auf dem Boden. »Und ich schätze, wir müssen Dylan auch was bezahlen, denn anscheinend hast du schon das Geld ausgegeben, das du ihm geklaut hast.«

»Ich denk mir was aus«, wiederholt er, sieht allerdings immer noch aus, als würde es ihn einen Dreck interessieren. Ihm scheint völlig egal, was mit ihm passiert, und das macht mich wütend, aber nicht auf ihn, sondern auf mich. Denn ich frage mich zwangsläufig, ob er nicht vor allem deshalb so im Eimer ist, weil ich seine Schwester getötet habe und er mit dem Schmerz nicht fertigwurde – so wenig wie ich es werde. »Ich breche irgendwo ein und besorge Bargeld. In einer Woche ungefähr habe ich bestimmt genug zusammen.«

Ich bin zwar nicht überzeugt, doch es ist ein Anfang. »Dann sollten wir noch heute Nacht anfangen.«

Tristan nickt, und ich zermartere mir das Hirn, wie ich ihn auf einem besseren, verlässlicheren Weg aus diesem Mist herausbringe. Am liebsten würde ich seine Eltern anrufen und ihnen sagen, dass sie herkommen und ihn abholen sollen. Ich bin jedoch nicht sicher, ob das gut gehen würde, denn sie hassen mich, und Tristan dürfte stinksauer werden und sich weigern, mit ihnen zu fahren. Und was ist, wenn sie gleich Nein sagen?

»Wo hast du das her?«, fragt Tristan, als er die Tüte mit dem Essen bemerkt.

Ich atme gestresst aus, und mir fällt wieder ein, dass ich momentan auch andere Probleme habe. Etwa Novas Entschlossenheit, Zeit mit mir zu verbringen. »Nova hat mir das aufgezwungen.« Ich schiebe die Tüte neben meine Füße und hebe die Hüften, um das Papierstück mit ihrer Telefonnummer aus der Tasche zu holen.

Tristan kratzt sich im Nacken und hebt den Löffel vom Boden auf. »Tja, die mag dich anscheinend, was?« Er dreht den Löffel in seiner Hand, während ich nach meiner leeren Brieftasche greife und den Zettel hineinstecke. Fürs Erste bewahre ich die Nummer auf.

»Sie mag jeden«, murmle ich, und es wird komisch zwischen uns.

»Klar, aber dich mag sie richtig«, sagt er und beobachtet mich aufmerksam.

»Kann sein.« Ich muss daran denken, dass sie im Wagen sagte, sie wollte mir helfen. Mir, dem kaputten Junkie-Loser. Ich nehme Tristan den Löffel weg und werfe ihn beiseite. Dann greife ich nach dem Spiegel und der Tüte mit dem Crystal. Es schreit nach mir, verspricht mir, mich alles vergessen zu lassen, was heute passiert ist.

Tristan reißt mir die Tüte wieder weg, öffnet sie und taucht den Finger in das weiße Pulver. »Und wie lief es heute mit Nova?«, fragt er. »Ich meine, was will sie überhaupt?«

Meine Hände beginnen zu zittern, so dringend brauche ich etwas – um den heutigen Tag, Nova, Dylan, Trace, Lexi, Ryder, alles und jeden zu vergessen. »Mir helfen.«

Er sieht mich verblüfft an. »Was?«

»Sie sagt, dass sie mir helfen will.« Meine Augen sind auf die Tüte in seiner Hand fixiert, nicht auf das, was er sagt, und auch nicht mehr auf Nova. Alles entgleitet mir, weshalb ich dies hier so liebe – und es dringend behalten will.

Tristan mustert mich, blickt zu den Tattoos auf meinem Arm. »Wieso?« Offenbar versteht er es auch nicht. Womit wir schon zwei wären. Ich bin wertlos, und das weiß Tristan. Genau genommen weiß es jeder, ausgenommen Nova.

»Keine Ahnung.« Ich nehme den Löffel und biege den Stiel vor und zurück, um etwas zu tun zu haben und mich zu konzentrieren. »Und ich will auch nicht darüber reden.«

Er blickt fragend zu dem Löffel in meiner Hand. »Willst du es mal probieren? Ich sag dir, das ist so viel besser als das, was du kennst. Wir könnten uns sogar einen Speedball machen.«

»Ich habe dir schon gesagt, dass ich das nicht mache. Ich hasse Spritzen, und ich mische keine Drogen«, sage ich und werfe den Löffel wieder hin. »Ich will nur zugedröhnt sein.«

Er rutscht von der Matratze auf den Boden und legt den Spiegel zwischen uns. »Dann dröhnen wir uns mal zu.«

Und das tun wir. Für einen Moment vergesse ich meine Vergangenheit, meine Zukunft und dass Nova mich heute dazu gebracht hatte, etwas zu fühlen. Ich vergesse die dunkle Wolke, die über uns hängt, und wie viel übler Mist jederzeit über uns hereinbrechen könnte.

Ich vergesse alles.

19. Mai, Tag 4 der Sommerferien

Nova

Es waren drei lange Tage mit Besuchen bei Quinton, die nichts zu bringen scheinen. Wir führen immer wieder dieselbe Unterhaltung, und er öffnet sich mir kein bisschen. Ich bin nach wie vor nicht sicher, wie ich ihm vermitteln soll, dass ich von dem Unfall weiß; also weiche ich aus und belüge ihn. Aber solche Erinnerungen anzusprechen ist kompliziert und qualvoll. Ich weiß das, weil es sich jedes Mal, wenn jemand nach Landons Tod seinen Namen erwähnte, anfühlte, als würde etwas in mir sterben.

Wenn ich nicht bei Quinton bin, verbringe ich meine Zeit mit Lea. Wir waren bisher nicht auf dem Strip, aber wir haben uns vorgenommen, dieses Wochenende hinzufahren, wenn es dunkel ist und alle Lichter brennen – vorausgesetzt, ihr Onkel hat nichts dagegen, dass wir erst spät nach Hause kommen.

Gestern Abend kam er von seiner Geschäftsreise zurück und hat ein wenig mit Lea und mir geplaudert. Er wirkt nett und hat uns sogar ein Abendessen gekocht, während er uns nach unseren Plänen fragte. Lea blieb vage und erzählte ihm lediglich, dass wir hier wären, um einen Freund zu sehen.

Es ist später Vormittag, und ich sitze im Gästezimmer vor dem Computerbildschirm, sodass ich mich sehe, während ich mich fertig mache, um zu Quinton zu fahren. Die Vorhänge habe ich zugezogen, damit nichts blendet. Mein braunes Haar ist wellig und reicht mir bis zu den Schultern, und meine blauen Ohrstecker passen zu meinem Trägertop. Dazu trage ich Shorts und bin barfuß. »Drei Tage fahre ich schon zu Quinton, und die Zeit mit ihm fühlt sich so kurz an, die Zeit ohne ihn hingegen sehr lang, weil ich mir dauernd Sorgen mache, was er tut, wenn ich weg bin.« Ich neige mich nach vorn, näher zum Bildschirm. »Übrigens fahre ich immer noch sehr ungern da hin, denn das Haus, in dem er lebt, ist gruselig. Ich weiß nicht mal, ob es daran liegt, dass dort so viele fertige Leute herumlaufen, die üble Sachen machen, oder an der Tatsache, dass ich genauso hätte enden können.« Ich verstumme und überlege, was ich sagen will. »Richtig hart ist, dass ich mir manchmal vorstellen kann, wie ich dort mit Quinton auf seiner siffigen Matratze hocke. Ich kann mir vorstellen, wie ich neben ihm high werde, mit ihm ein völlig anderes

Leben führe ... ein weniger stressiges.« Ich verziehe das Gesicht. »Vielleicht ist das der falsche Ausdruck, denn jenes Leben ist auf andere Art stressig, nur ist man so auf die Drogen fixiert, dass man den Stress erst wahrnimmt, wenn es zu spät ist und alles auseinanderbricht. Ich will mich da nicht wieder hereinziehen lassen, aber es ist so leicht, und auch wenn ich es Lea nicht erzählt habe, gibt es flüchtige Augenblicke, in denen ich denke, warum nicht? Warum machst du nicht einfach mit? Was hält dich davon ab? Und deshalb frage ich mich, ob ich die Richtige bin, Quinton zu retten.« Ich hebe meinen Arm vor den Bildschirm, sodass meine Narbe und das Tattoo zu sehen sind. »Aber dann sehe ich das hier an und erinnere mich, wie verloren und apathisch ich war. Ich hätte sterben können, und es hätte nichts gemacht«, sage ich. »Jetzt aber ist es nicht egal, denn ich will leben.«

Ich stoße einen genervten Seufzer aus, weil mir klar ist, dass ich Schwachsinn rede. »Ehrlich, ich weiß selbst nicht, was ich mit dieser Aufnahme ausdrücken will, außer dass ich meine Gedanken loswerden muss.« Ich grinse ein bisschen. »So wie bei einem Tagebuch.« Ich schalte die Kamera aus und fahre den Computer herunter. Dann schlüpfe ich in meine Sandalen und nehme mir meine Tasche, um loszufahren. Derweil hoffe ich, dass ich nie vergesse, wie schlimm es werden kann, denn das feuert mich an.

Einige Zeit später biege ich vor Quintons Haus ein. Obwohl ich mittlerweile schon viermal hier war, werde ich jedes Mal extrem nervös, sowie ich daran denke, hinauf zu seiner Tür zu gehen. Und kaum stehe ich davor, male ich mir die schrecklichsten Dinge aus, die dahinter los sein könnten. Ich frage mich, ob er in diesem Moment Drogen nimmt, ob es ihm halbwegs gut geht, ob er es übertreibt. Ob er noch lebt. Den letzten Gedanken hasse ich, nur sieht Quinton so schlimm aus, so heruntergekommen und zerschunden, dass ich mich schlicht fragen muss, ob er aufmacht oder er diesmal schon tot ist. Mir ist bewusst, dass es völlig falsch ist, mit dem Schlimmsten zu rechnen, anstatt positiv zu denken, aber nach all der Finsternis, die ich gesehen habe, fällt es schwer.

Heute gibt es zum Glück einen kleinen Lichtblick, denn auf mein Klopfen hin öffnet Quinton gleich. Ich bin sogar noch froher, als er direkt nach draußen kommt, sodass ich nicht reingehen muss. Er hat ein knittriges schwarzes Shirt und Cargo-Shorts an, die unten ausgefranst sind, und seine Hand ist immer noch grün und blau, aber etwas weniger stark geschwollen. Sein Haar ist zottelig, und er bekommt langsam einen stoppeligen Kinnbart.

»Hi«, sagt er, während er die Tür schon hinter sich schließt. Doch dann zieht er ein komisches Gesicht, als wäre er mit sich im Zwiespalt, und hält einen Finger in die Höhe. »Kannst du kurz warten?«

Mein Nicken sieht er gar nicht mehr, denn er ist schon wieder nach drinnen umgekehrt, hat die Tür aber weit offen gelassen. Die Sonne knallt mir auf den Rücken, als ich in die stickige Wohnung sehe, wo die Luft von einer brennenden Zigarette in einem Aschenbecher auf dem Couchtisch vernebelt ist. Delilah liegt schlafend auf der Couch, einen Arm über ihrem Bauch. Bisher habe ich nicht mit ihr gesprochen, und ich reiße mich auch nicht darum: nicht bloß, weil sie am Telefon blöd zu mir war, sondern weil ich fürchte, dass ich mich, sollte sie nett zu mir sein, wieder zu einer Freundschaft mit ihr hinreißen lasse. Und das würde zwangsläufig bedeuten, high zu werden. Ich bin aber nicht sicher, wie ich reagiere, wenn man mir direkt etwas anbietet.

Während ich noch den Rauch beobachte, der schlängelnd durchs Zimmer wabert, taucht auf einmal Dylan aus dem Flur auf und geht hinüber zum Couchtisch. Er sieht aus wie ein Skelett, wie eigentlich alle von ihnen: knochige Arme, kahler Schädel, eingefallene Wangen und Schatten unter den Augen. Und er scheint abgelenkt, mich gar nicht zu bemerken, als er nach irgendwas sucht.

Zuerst jedenfalls.

Dann mache ich automatisch einen Schritt auf ihn zu, und er sieht mich an. Ich war noch nie ein Fan von Dylan. Er ist zu heftig und hat Delilah wie Dreck behandelt. Außerdem wirkt er immerzu wütend, egal was gerade los ist.

Jetzt sieht er allerdings ruhig aus, was irgendwie noch Furcht einflößender ist. »Was machst du hier?«, fragt er und nimmt eine kleine Tüte vom Tisch.

»Ich warte auf Quinton«, antworte ich rasch und trete zurück, bis ich hinten ans Geländer stoße.

Er kommt um den Couchtisch herum auf mich zu. »Nein, ich meine, was zum Geier machst du hier in Las Vegas?« In der Tür bleibt er stehen, wo er noch im Schatten ist, die Tüte in der Hand. »Bist du nicht auf dem College oder so was?«

»Ja, aber es sind Sommerferien«, erkläre ich nervös. »Also bin ich für eine Weile hergekommen.«

»Um Quinton zu sehen?«, fragt er und guckt mich an, als würde er mich für völlig bekloppt halten. »Ist ja interessant.«

Ich sage nichts und hoffe, dass er weggeht, aber er steht weiter da und starrt mich an. Mir wird das richtig unheimlich, denn jetzt setzt sich auch noch Delilah auf dem Sofa auf. Sie sagt etwas, lallt jedoch sehr, weshalb ich sie nicht verstehe. Dann torkelt sie zu Dylan. Ihr rotbraunes Haar hängt ihr zerzaust um das bleiche, hagere Gesicht mit den stark vortretenden Wangenknochen. Sie hat ein T-Shirt an, das kaum ihre Schenkel bedeckt, und wie Tristan hat sie Einstichstellen an den Armen. Außerdem hat sie einen dicken Bluterguss auf einer Wange, als wäre sie kürzlich in einer Prügelei gewesen. Im selben Moment fallen mir Dylans aufgeschürfte Handknöchel auf. Stammen die von Delilahs Gesicht?

»Baby ...«, beginnt sie und verstummt sofort, als Dylan sich umdreht und sie zum Sofa zurückschubst.

»Leg dich hin«, ruft er ihr frostig zu.

Sie fängt sich an einem Sessel ab, ehe sie hinfällt. »Ich ... brauch ...« Sie sieht sich blinzelnd im Zimmer um, und trotz allem, was wir hinter uns haben, trotz ihres zeitweise richtig blöden Verhaltens, tut es mir weh, sie so zu sehen.

»Auf was ist sie?«, frage ich und gehe ein Stück vor, um ihr zu helfen.

Dylan klatscht die Hände links und rechts gegen den Türrahmen, um mir den Weg zu versperren. »Das geht dich einen Scheiß an!«

Ich stelle mich auf die Zehenspitzen, um über seine Schulter zu Delilah zu sehen. »Delilah, ist alles okay?«

Sie stolpert über eine Wasserpfeife auf dem Boden, als sie zum Sofa geht und sich rücklings daraufallen lässt. »Mir geht's gut ... geh ...« Sie wedelt mit einer Hand, um mich wegzuscheuchen.

»Du siehst nicht gut aus«, sage ich und frage mich, wie ich Dylan dazu bringe, mich vorbeizulassen.

Der lehnt sich zu einer Seite, sodass ich Delilah nicht mehr sehe. »Sie sagt, dass es ihr gut geht. Jetzt verzieh dich«, knurrt er.

Ich recke mein Kinn und sehe ihm in die stumpfen Augen. Für einen Moment überlege ich, ihm ein saftiges »Verpiss dich!« entgegenzuschmettern, was überhaupt nicht meine Art ist. Andererseits ist es diese Szene auch nicht.

Sowieso versagt mir die Stimme, und es endet damit, dass Dylan mich eine elend lange Minute hämisch angrinst. Als ich Quinton aus dem Flur kommen sehe, atme ich laut auf, und Dylan scheint enorm zufrieden mit sich, weil er mich nervös gemacht hat.

Quinton sieht zu Delilah, die mit geschlossenen Augen auf dem Sofa liegt. Er sagt nichts, schiebt Dylan zur Seite und drängt sich an ihm vorbei. Dylan funkelt ihn wütend an, und Quinton wirkt angespannt. Er legt sogar einen Arm um mich, als er mich eilig den Laubengang entlangführt. »Bist du bereit?«, fragt er.

»Ja.« Ich sehe über die Schulter zu Dylan, der uns von der Tür aus beobachtet und sich eine Zigarette anzündet. Das macht mich noch nervöser, und ich schmiege mich näher an Quinton, denn in seiner Nähe fühle ich mich ein bisschen sicherer.

Dylan bleibt dort, bis wir halb über den Laubengang sind. Erst dann geht er zurück in die Wohnung und schließt die Tür hinter sich.

Ich sehe wieder nach vorn. »Ist Delilah okay?«, frage ich.

In der prallen Sonne hält er eine Hand über seine Augen. »So okay wie wir alle.«

»Sie kam mir ziemlich weggetreten vor.«

»Weil sie es ist.«

»Auf was ist sie?«

Er zögert, und seine Hand auf meinem Rücken verkrampft sich. »Willst du das wirklich wissen?« Auf mein Nicken hin sagt er: »Sie ist auf Heroin.«

»Nimmst du ...« Ich blicke zu seinem Arm, auf dem ich keine Einstiche sehen kann. »Nimmst du das auch?«

Er schüttelt den Kopf. »Ist nicht mein Ding.«

»Oh.« Ich bin nicht sicher, ob ich das gut finde. Schließlich nimmt er trotzdem noch Drogen. »Was ist mit Dylan?«, frage ich, als er mich um einen Mann auf dem Laubengang herumführt. »Worauf ist er?«

»Auf Arschlochsein«, antwortet Quinton verbittert.

»Nimmt er keine Drogen?«, frage ich verwundert.

»Doch, tut er.« Quinton wird langsamer, als wir uns der Treppe nähern. »Aber er ist immer ein Arsch, ob high oder nicht.«

Es ist ziemlich viel zu verarbeiten – vielleicht zu viel. Alles hier ist so finster, dass es schon wehtut, sich in dieser Umgebung zu bewegen, dabei bin ich nur zu Besuch. Dennoch merke ich, wie diese Schwere, die Angst, die Versuchung an mir zehren. Es könnte schon vieles schiefgehen, nur weil ich hier bin.

Aber du musst hier sein. Du musst ihn retten, weil du Landon nicht gerettet hast.

Quinton nimmt seine Hand von meinem Rücken, und wir gehen die Treppe hinunter. »Und was machen wir heute? Oder chillen wir wieder nur in deinem Wagen?« Er kommt mir zappelig vor. Seine honigbraunen Augen sind sehr groß und glasig, und seine Nase ist rot. Es macht mich traurig, was er sich antut.

»Möchtest du irgendwohin?«, frage ich und halte mich am Geländer fest.

Wir sind schon unten an der Treppe, als er mit den Schultern zuckt. »Ich bin für alles offen, solange ich bis spätestens um fünf wieder hier bin.«

Ich will ihn fragen, warum, fürchte mich aber vor der Antwort, also halte ich den Mund. Wir steigen in den Wagen, und ich starte den Motor und die Klimaanlage, während ich überlege, was ein sicherer Ort wäre. »Es gibt ein gutes Restaurant, von dem hat mir meine Freundin Lea erzählt«, sage ich. »Wir könnten hinfahren und etwas essen.«

Er winkt ab. »Nein, ich habe keinen Hunger.«

»Okay.« Ich überlege, aber ich kenne Las Vegas kaum.

»Ich weiß, wo wir hinfahren könnten«, sagt Quinton nachdenklich, und für einen Moment leuchten seine honigbraunen Augen auf. »Aber du musst mir vertrauen.«

Das will ich ja, aber ich weiß nicht, ob ich es kann. Deshalb zögere ich, ehe ich antworte: »Okay, und wo ist das?«

»Es ist eine Überraschung.« Er lächelt, doch es ist schwer zu erkennen, ob es echt ist oder nur der Tatsache geschuldet, dass er high ist. So oder so spiele ich mit, denn etwas anderes fällt mir nicht ein. So tun, als wäre es real. So tun, als wäre für mich alles okay. »Na gut, dann sag mir, wie ich fahren soll.«

Er schwenkt die Hand nach vorn. »Fahr los, und ich führe dich.« Dann zwinkert er mir zu. »Entspann dich. Du kannst mir vertrauen, Nova.«

Obwohl alles in mir schreit, dass ich genau das nicht kann, zwinge ich mich loszufahren, mich von ihm führen zu lassen, und hoffe, dass ich nicht im Begriff bin, etwas richtig Saublödes zu tun. Denn ein einziger falscher Schritt kann einen gigantischen Schaden anrichten.

Quinton

Neuerdings benimmt Dylan sich komisch, obwohl wir es geschafft haben, ihm einiges Geld zu geben, das wir neulich Nacht aus einem Haus geklaut haben. Er ist aggressiver und unberechenbarer als sonst.

Ich glaube, von dem ganzen Heroin spielt sein Hirn verrückt, und deshalb hat es mir nicht gefallen, wie er Nova anstarrte, als ich rauskam. Ich hätte sie nicht draußen alleine lassen dürfen, aber sowie ich sie sah, machte mein Herz merkwürdige Sprünge, und ich war viel zu froh, sie zu sehen. Meine Reaktion war derart falsch, dass ich zurückgehen und noch eine Linie ziehen musste, damit ich ja nicht zu viel fühle, solange ich mit ihr weg bin.

Tatsächlich bin ich jetzt wohl viel zu high, um irgendwas zu unternehmen, trotzdem bin ich mit ihr unterwegs. Mir kommt es vor, als würde ich zwischen meinem Zimmer, in dem ich das Crystal hochziehe, und dem Wagen hin und her fliegen. Ja, mein Herz rast so schnell, dass ich wirklich das Gefühl habe, ich würde fliegen und könnte alles machen. Aber dann auf einmal bin ich im Wagen mit Nova und flirte mit ihr, als wären wir auf einem Date.

Blöd.

Blöd.

Blöd.

Blöd.

Zugleich bin ich rundum zufrieden damit, blöd zu sein, ihr nahe zu sein, denn ich hebe ab.

High.

Verwirrt.

Nachdem ich sie von Dylan und dem Apartment weghabe, sage ich ihr, dass sie fahren soll, und das tut sie. Sie vertraut mir, was sie nicht sollte, und trotzdem freut es mich auf eine selten beknackte Art. Als wir vor dem Gebäude anhalten, wird mir klar, dass ich das hier gründlich versauen werde. Ich kann es fühlen, nur bin ich viel zu zugedröhnt, um mir darum Gedanken zu machen.

»Hier wolltest du mich hinbringen?«, fragt Nova mit einem erstaunten Blick zu dem alten Hotel, das ich entdeckt hatte, als Tristan und ich beim Ladendiebstahl erwischt wurden und schnell einen Unterschlupf zum Pennen finden mussten. Das Ding ist, dass ich bis heute nicht weiß, ob uns überhaupt jemand nachjagte oder wir schlicht paranoid waren.

Ich löse meinen Gurt, den sie mich immer anzulegen zwingt, wenn ich mit ihr fahre. »Ja. Ich weiß, dass es ein bisschen abgewrackt aussieht, aber das ist schon okay«, sage ich, und als sie immer noch skeptisch wirkt, ergänze ich: »Vertrau mir, Nova.« Meine Gedanken lachen mich aus, denn ich bin alles andere als vertrauenswürdig, doch irgendwie bringe ich meine Gefühle nicht mit meinem Denken zusammen und mein Denken nicht mit meinem Mund. Deshalb sage ich solchen Quatsch.

Sie schluckt, macht aber ihren Gurt los, und wir steigen aus dem Wagen. Ich treffe sie vorn vor dem Auto und weiß nicht, warum ich einen Arm um ihre Taille lege; noch rätselhafter ist mir, dass sie es einfach geschehen lässt. Es ist extrem schwierig, ihr nahe zu sein, denn immerzu fühle ich mich zu ihr hingezogen, und zugleich treiben meine Schuldgefühle mich von ihr weg.

»Du scheinst heute richtig gute Laune zu haben«, bemerkt sie und sieht mich mit diesen umwerfenden Augen an, die ich trotz meines inneren Zwiespalts täglich zeichne.

Achselzuckend gebe ich der Schuld nach und ziehe meinen Arm weg. »Ich bin so drauf wie immer.«

Sie sagt nichts mehr, als sie mir durch die Tür folgt, auf der »Ausgang« steht. Allerdings stockt sie merklich, sowie wir den dämmrigen Eingangsbereich mit dem vielen Staub und Schutt auf dem Boden betreten. Die bröckelnden Wände sind mit Graffiti bemalt. Natürlich verstehe ich Novas Widerwillen, aber ich weiß auch, dass sie nicht bereuen wird, hier gewesen zu sein.

»Komm mit.« Ich nehme ihre Hand. »Ich verspreche dir, du wirst es gut finden, wenn wir erst oben sind.«

Mit großen Augen blickt sie zu dem Loch in der Decke auf, das bis in den vierten Stock reicht. »Ist das nicht zu gefährlich, da raufzugehen?«

»Nein, ist es nicht«, antworte ich, obwohl ich mir nicht sicher bin. »Geh einfach hinter mir her.«

Sie nickt und bewegt sich zur Seite, wenn ich es tue, geht direkt auf meiner Spur und umklammert meine Hand. Eindeutig vertraut sie darauf, dass ich sie nicht in Gefahr bringe, und als wir die Stelle erreichen, an der Tristan und ich durch die Löcher in den Wänden geklettert sind, um ganz nach oben zu kommen, schwenke ich lieber zur Treppe rechts, weil das weniger gefährlich ist.

»Und das hier war früher mal ein Hotel?«, fragt sie, während sie vorsichtig einen Fuß vor den anderen setzt und sich dicht an der Wand hält.

Ich stütze mich mit einer Hand an der Wand ab, als die Treppe unter uns knarzt. »Ja, zumindest dem Schild draußen nach. Ich schätze allerdings, dass es auch ein Kasino war, wie die meisten Hotels hier.«

Sie blickt zu einem großen Raum, in dem noch ein zerschlissener orangefarbener Teppichboden liegt. Die Wände sind leuchtend gelb gestrichen und mit einem Regenbogen verziert. »Ja, sogar an den Tankstellen sind Spielautomaten, was seltsam und laut ist. Außerdem wird ständig geraucht«, sagt sie. Als ich stehen bleibe, ergänzt sie hastig: »Nicht dass es mich stört, aber meine Freundin Lea kann Zigarettenqualm nicht ausstehen.«

Ich gehe weiter. Es ist komisch, wie sehr mich ein einzelner Satz daran erinnert, dass uns Welten trennen, so ungern ich das auch zugebe. »Ist Lea die, die am ersten Tag bei dir war?«

Sie nickt mit gesenktem Kopf, sodass ihr Haar ihr Gesicht verhängt, konzentriert sich auf den Boden, und ich kann nur denken, wie vollkommen sie ist und wie dringend ich sie zeichnen möchte. Sobald dieser Gedanke auftaucht, habe ich das Gefühl, ich würde Lexi betrügen, und ich erwäge ernsthaft umzukehren und wegzulaufen, zurück zu meinem Zimmer, um mir noch mehr Linien zu ziehen.

»Ich habe sie letzten Herbst kennengelernt«, fährt Nova fort und weicht einem großen Putzbrocken aus. »Sie ist auf mich zugekommen und hat sich mir vorgestellt, als ich bei einer Beratungsstelle für Leute war, die jemanden durch Suizid verloren haben.«

Ich sehe mich zu ihr um. »Hat sie auch jemanden verloren?«

»Ja, ihren Dad«, erklärt Nova und legt ihre freie Hand um meinen Arm. »Obwohl es nicht ganz dasselbe war wie bei mir, verbindet es uns, ungefähr so, wie ich mal das Gefühl hatte, dass du und ich etwas gemeinsam haben.«

Schlagartig höre ich auf, mich zu bewegen oder zu atmen. Die Zeit bleibt stehen. Nova muss so unvermittelt anhalten, dass sie stolpert und sich an mir abfängt, indem sie meine Hand fester umklammert und sich mit der anderen Hand an der Wand abstützt.

Dann blickt sie zu mir auf. »Was ist?«

»Was meinst du damit, dass wir etwas gemeinsam haben?«, frage ich schärfer als beabsichtigt.

»Letzten Sommer«, antwortet sie scheu. »Während der Zeit, die wir zusammen waren, hatte ich den Eindruck, dass uns etwas verbindet. Nicht im Sinne von ›Hey, sind wir dicke Freunde‹, aber ...« Sie fährt sich mit den Fingern durchs Haar. Offenbar hat sie Staub an der Hand, denn es hinterlässt eine Spur auf ihrem Haar. »Aber ich konnte mit dir über Sachen reden, über die ich mit keinem sonst geredet habe. Über meinen Dad und Landon.«

Ich streiche über ihr Haar, um den Staub wegzuwischen, und hasse es, dass ich Herzklopfen kriege, nur weil ich sie berühre. »Nova, ich bin ziemlich sicher, dass es das Gras war, was dich so offen reden ließ, nicht ich.«

Sie schüttelt den Kopf und benetzt ihre trockenen Lippen, was zur Folge hat, dass ich sie unbedingt an die Wand lehnen, sie hochheben und gleich hier nehmen will. Aber wahrscheinlich kracht die Wand bereits unter dem leichtesten Druck zusammen, und ich bezweifle, dass wir den Sturz überleben würden.

»Das glaube ich nicht«, sagt sie. »Und ich werde es dir beweisen.«

Nun bin ich verwirrt. »Wie?«

Sie tritt einen Schritt vor. »Lass uns erst irgendwo hingehen, wo es sich nicht anfühlt, als würde gleich der Boden nachgeben, dann verrate ich es dir.«

Ich weiß nicht, was sie vorhat, aber ich bin neugierig, also gehe ich weiter die Treppe hinauf, halte ihre Hand und führe sie um die Löcher im Boden. Zwar bin ich bemüht, das große Ganze im Blick zu behalten, doch ich kann nur drei Schritte voraussehen.

Als wir oben an der Treppe sind, öffne ich die Tür, und Sonnenlicht strömt auf uns herab. Ich trete beiseite und lasse Nova vorgehen.

Draußen sieht sie zu den riesigen Schildern auf dem Dach. Ich vermute, dass sie für die Kasinos warben, die es nicht mehr gibt. Manche sind aus Glühbirnen, andere nur gemalt, teils kaputt oder windschief, und sie alle bilden eine Art bizarres Labyrinth.

»Wow!« Sie steht da und sieht sich um. »Das ist ja sagenhaft!« Dann dreht sie sich zu mir, und ich habe das Gefühl, in ihren riesigen Augen zu versinken. Ein Teil von mir wünscht sich, dass das wirklich passiert, aber es liegt wohl eher an dem Trip.

»Ja, ist es«, stimme ich ihr zu und zeige zu einem Steinstapel neben einem großen VIVA LAS VEGAS-Schild. »Kannst du bitte einen von den Steinen herholen? Wenn die Tür nämlich zufällt, sind wir hier ausgesperrt.«

Sie verzieht das Gesicht ein bisschen, geht aber im Zickzack zwischen den Schildern hindurch auf die andere Dachseite und nimmt einen der Steine auf. Ich bemühe mich, nicht zu grinsen, weil sie den Stein so umständlich trägt. Entweder ist er ihr zu schwer, oder sie will sich nicht schmutzig machen. Schließlich legt sie ihn vor die Tür, und ich lasse sie vorsichtig los, bis ich sicher bin, dass der Stein sie hält. Dann springe ich über ein kleineres umgekipptes Schild, gehe hinüber zur Dachbrüstung und steige hinauf. Oben hocke ich mich so hin, dass meine Beine über die Kante hängen. Nova zögert, deshalb klopfe ich auf den Platz neben mir und sage ihr, sie soll zu mir kommen, ohne sie anzusehen. Ich frage mich, wie sehr sie mir tatsächlich vertraut. Insgeheim wünsche ich mir allerdings, dass sie wegläuft, auch wenn ich neugierig bin, was sie mir zu sagen hat – warum sie glaubt, dass uns letzten Sommer etwas verband.

Natürlich setzt sie sich neben mich, weil sie süß und unschuldig ist und irgendwas Gutes in mir zu sehen glaubt. Das begreife ich ehrlich nicht, denn wann immer ich in den Spiegel sehe, was nicht oft vorkommt, sehe ich ein Skelett: die Überreste eines früher mal netten Menschen, der alles ruiniert hat und weiterhin alles ruinieren wird. Ein bisschen wie die Aussicht vor mir auf die alten Gebäude, Läden und Häuser, von denen zu erkennen ist, dass sie mal gut ausgesehen haben, bevor sich die Dinge änderten – das Leben – und sie vergessen wurden. Sie sind verloren wie der Sand im Wind, verfallen im Schatten der Stadt, in einer Gegend, die keiner sehen will. Dennoch ziehe ich sie vor.

»Du denkst, dass du nicht gut genug bist«, sagt sie, setzt sich neben mich und lässt ihre Beine über die Brüstung baumeln. »Aber das bist du.«

»Was?« Ich sehe sie an und versuche, zurück zu

spulen und zu sehen, ob ich womöglich laut nachgedacht habe.

»Wenn du in diesem dunklen Loch festhängst«, sagt sie. »Zumindest war es für mich so. Es war beinahe, als würde ich glauben, dass ich nicht verdiene, glücklich zu sein.«

Ich entspanne mich ein bisschen, denn offensichtlich denkt nur sie laut nach. »Und deshalb hast du Drogen genommen?«

Sie zuckt mit den Schultern. »Unter anderem. Aber ehrlich gesagt gab es viele Gründe, wie zum Beispiel den, dass ich mich dem Tod meines Freundes nicht stellen wollte. Was sind deine Gründe?«

Sie drückt sich so leicht aus, und ich weiß nicht, wie ich reagieren soll. Auf keinen Fall kann ich ihr erklären, warum ich Drogen nehme. »Wie kommst du darauf, dass ich einen Grund habe? Vielleicht mache ich es nur, weil es sich gut anfühlt.«

»Tut es das?« Ihr Blick ist eine Herausforderung, und ich bekomme Angst, was sie sagt, wenn ich antworte.

»Manchmal ja. Ich meine, ich weiß nicht, wie es für dich war, aber mir hilft es, Sachen zu vergessen.«

»Was für Sachen?«, fragt sie interessiert und klemmt die Hände unter ihre Oberschenkel.

»Sachen, die ich gemacht habe.« Ich bewege meinen verspannten Nacken. »Aber warum reden wir darüber?«

Gedankenverloren spielt sie mit einer losen Haarsträhne und sieht hinunter zu den verlassenen Läden und Häusern fünf Etagen unter uns. »Hast du mich deshalb hergebracht? Um mir die Aussicht zu zeigen?«, weicht sie meiner Frage aus.

Ich blicke zu ihr und frage mich, was in ihrem Kopf vorgeht. Nimmt sie diese Szenerie genauso wahr wie ich? Findet sie es abstoßend? Oder erkennt sie, was es früher mal war? »Ja, ich habe es mal zufällig entdeckt, und mir gefiel es.« Ich sehe wieder nach vorn. »So war Las Vegas früher mal, bevor der Wahnsinn die Stadt übernahm.«

»War sie jemals nicht vom Wahnsinn beherrscht?«, fragt sie und weist über ihre Schulter zur Innenstadt, die im Sonnenschein glitzernd gen Himmel aufragt. »Denn jedes Mal, wenn ich an Las Vegas denke, sehe ich in Gedanken das.«

Ich schwenke meine Beine vor und zurück. »Ich weiß nicht, aber ich kann es mir vorstellen, selbst wenn es nicht stimmt.« Dann zeige ich auf eine Reihe eingeschossiger Häuser schräg gegenüber. »Stell dir normale Häuser vor, keine Kasinos, kein Gedränge auf den Gehwegen. Alles ist in warmen Farben gestrichen, das Gras ist grün, und vorne stehen gerade Gartenzäune. In den Gärten wachsen Bäume, leuchtende Blumen umgeben die Häuser, und die Leute sind einfach draußen und machen alles ganz in Ruhe.« Ich zeige nach links zu einem komisch geformten Gebäude, an dessen Seite alte Schilder hängen. »Stell dir die Läden und Passagen so vor, anstatt dicht aneinandergequetscht und alle mit denselben überteuerten Souvenirs vollgestopft. Stell dir das ruhige, unspektakuläre, einfache Leben an einem Ort vor, der nicht überfüllt ist und in dem deine Gedanken nicht rasen müssen, um mit allem Schritt zu halten.« Ich schließe die Augen und genieße den Duft von Freiheit in der Luft. »Stell dir vor, du atmest wieder.«

Eine Weile schweigt sie, und ich frage mich schon, ob sie mein wirres Gefasel abschreckt, aber als ich die Augen wieder öffne, beobachtet sie mich entspannt. Ihr Gesicht ist in so einem Winkel, dass der Himmel und die Sonne den einzigen Hintergrund bilden, und ihr Haar tanzt in der sanften Brise um ihr Gesicht. Eine Strähne weht nach vorn zu ihrer Brust, und ich erinnere mich, wie es sich anfühlte, sie dort zu berühren, sie zu fühlen und mit ihr zu tun, was ich wollte.

Wunderbar. Das ist das Wort, das mir in den Sinn kommt, und für einen flüchtigen Moment möchte ich sie einfach in den Armen halten, von ihr gehalten werden und nicht an Lexi und Ryder und das, was ich ihnen angetan habe, denken müssen.

»Du malst ein hübsches Bild«, unterbricht sie meine Gedanken. »An so einem Ort möchte ich leben.«

»Tja, vielleicht gibt es den gar nicht«, sage ich leise. »Ich habe mir nur ausgemalt, was ich sehe.«

»Du solltest das zeichnen«, schlägt sie mit einem verhaltenen Lächeln vor. »Ich wette, es würde sehr schön.«

»Das war bloß so dahingesagt«, murmle ich. »Es heißt überhaupt nichts.«

»Du würdest staunen, wie viel deine Worte anderen bedeuten können«, sagt sie vollkommen ernst.

»Ich sage nie irgendwas Wichtiges«, erwidere ich wahrheitsgemäß. »Was ich sage oder tue, wird schnell vergessen.«

»Das stimmt nicht. Letzten Sommer hast du einiges gesagt, was Eindruck auf mich gemacht hat. Zum Beispiel, dass ich keine Drogen nehmen sollte, weil es schade um mich ist.«

»Weil es so war – ist.«

»Das gilt für jeden«, sagt sie und rückt näher zu mir. »Aber du warst derjenige, der es laut ausgesprochen hat.«

»Was trotzdem nicht heißt, dass es eine Rolle spielt, was ich sage«, widerspreche ich und will von ihr wegrücken, bringe jedoch anscheinend nicht die Willenskraft auf. »Du erinnerst dich nur daran, weil es in einer sehr einschneidenden Phase deines Lebens gesagt wurde.«

Sie betrachtet mich einen Moment, bevor sie wieder auf die Häuser unter uns sieht. »Erinnerst du dich an den Teich?«

Diese Frage trifft mich mitten ins Herz, sodass es

gegen meinen Brustkorb knallt. »Wie könnte ich den vergessen?«, sage ich und beiße die Zähne zusammen. »Das war keine meiner Glanzleistungen.«

Jetzt blickt sie wieder zu mir. »Machst du Witze?«, fragt sie erschrocken, was mir so deplatziert vorkommt, dass ich sie ansehen muss, um sicherzugehen, dass sie nicht scherzt.

»Nein, ich meine es ernst«, sage ich und ringe mit meinem schlechten Gewissen, weil ich sie an dem Tag einfach verließ. »Ich hätte dich nie dort zurücklassen dürfen. Ich war ... ein solches Arschloch.«

Sie guckt, als wollte sie ihren Ohren nicht trauen. »Du warst nicht einmal entfernt, ganz und gar kein Arsch, mich dort zurückzulassen. Vielmehr hast du mich davor bewahrt, etwas zu tun, was ich immer bereut hätte und das mich wahrscheinlich noch viel länger in dem schwarzen Loch festgehalten hätte.« Das sagt sie mit solcher Leidenschaft, als hätte sie viel darüber nachgedacht. Ich weiß nicht, wie ich reagieren soll, deshalb starre ich stumm wieder nach unten. Schließlich legt sie eine Hand an meine Wange, sodass ich gezwungen bin, sie anzusehen. »Du hast mir sehr, sehr geholfen, ob du es glaubst oder nicht.«

Gefühle, die ich mühsam tief in mir vergraben habe, reißen an meinem Herzen, und es schmerzt wie Nadeln, die sich in meine Haut bohren, denn sie alle haben mit meiner Schuld zu tun. »Ich habe bloß gesehen, dass du Sachen machtest, die du nicht tun solltest.«

»Und du hast immer wieder versucht, mir das klarzumachen.«

»Aber ich habe dich nicht aufgehalten.«

»Weil du nicht konntest.« Ihre Finger streichen über meine Bartstoppeln. »Du hast selbst einiges durchgemacht – machst es noch – und hast das Einzige für mich getan, was du konntest. Du hast mich davor bewahrt, in allzu große Schwierigkeiten zu geraten, hast mir endlos zugehört, und du hast meine Verwundbarkeit nicht ausgenutzt, wie es viele andere getan hätten.«

»Viele Jungen hätten dich gleich rausgeworfen, ehe es zur Sache geht«, kontere ich. »Dass ich dich nicht gevögelt habe, als du traurig warst, macht mich nicht zu einem netten Kerl.«

Sie zuckt zusammen, fängt sich aber gleich wieder und lehnt sich näher zu mir, ihre Hand immer noch an meiner Wange. »Doch, tut es. Es macht dich zu einem großartigen Kerl.«

Je öfter sie das sagt, umso wütender werde ich und umso schärfer stechen die Nadeln in mich hinein. Sie muss aufhören, nette Dinge über mich zu sagen. Ich bin nicht nett. Ich bin ein schrecklicher Mensch, und das muss sie genauso akzeptieren wie jeder andere es hat, mich eingeschlossen.

»Nein, macht es nicht.« Ich beuge mich zu ihr,

sodass sich unser Atem vermischt und unsere Augen sich so nahe sind, dass ich sehe, wie sich ihre Pupillen weiten.

»Doch, macht es«, flüstert sie. »Und ich bleibe dabei, ganz egal, was du sagst.«

Ich will, dass sie den Mund hält, dass sie sich vor mir fürchtet, damit ich nicht fühlen muss, was sie in mir auslöst. Nachdem ich mir heute schon so viel durch die Nase hochgezogen habe, damit ich nicht denken muss, was ich jetzt denke, bringt sie mich mit ihren Worten dazu, es doch zu tun.

Ich bin kein netter Kerl. Ich verdiene nichts, außer unter der Erde zu verrotten. Ich verdiene Schmerz, Leiden, nicht hier mit ihr zu sitzen, von ihr berührt zu werden und es zu genießen.

»*Mir reicht es, Quinton*«, *sagt mein Dad.* »*Es wird Zeit, dass du auszieht ... Ich will dich nicht mehr hier haben. Nicht, wenn du so bist.*«

»Nova, hör auf, über Mist zu reden, den du nicht kapierst«, blaffe ich sie an. Eigentlich müsste es ihr Angst machen, doch sie scheint umso entschlossener.

»Aber ich kapiere es«, entgegnet sie nicht minder scharf, und ich schwöre bei Gott, dass sie sich dichter an mich lehnt, genau wie ich diesem Ziehen nachgibt. Meine Stirn berührt ihre, und ich rieche ihren Duft: Vanille mit einem Hauch Parfüm. »Ich kapiere, wie sehr es wehtut.« Sie klopft sich mit der Hand an die Brust. »Wie viel du an all die anderen Richtungen denkst, die dein Leben hätte nehmen können, hättest du nur dieses oder jenes getan. Ich verstehe, wie gerne du alles vergessen willst, wie sehr du dich dafür hasst, dass du nicht getan hast, was du hättest tun sollen, damit sie noch hier sind.« Am Ende schreit sie. Ihre Augen sind riesig, ihr Atem geht schwer, und ich zittere, weil sie so emotional wird und ich das Gefühl habe, alles mitzufühlen, was sie gerade fühlt.

Wir sind uns so nahe, dass sich unsere Beine berühren und nur noch ein Hauch Luft zwischen unseren Lippen ist. Ich könnte sie küssen, aber ich bin zu sauer. Auf sie. Auf mich. Dennoch will ich sie dringend küssen, bloß eine Kostprobe des Lebens haben, das sie ausstrahlt, sie fühlen und ihren warmen Duft inhalieren. Es ist ein irres Gefühl, als würde sie für einen Moment stärker als das Meth.

Aber dann sagt sie: »Du und ich sind uns so gleich.«

Hierauf zucke ich zurück, sodass ihre Hand von meinem Gesicht fällt. »Nein, sind wir nicht, und sag das nie wieder.« Ich schwinge meine Beine zurück auf das Dach, stehe auf und stoße gegen eines der Schilder. »Wir sind uns nicht gleich, Nova. Nicht mal annähernd.«

Sie läuft mir nach und schneidet mir auf halber Strecke zur Tür den Weg ab, die Arme zu beiden Seiten ausgestreckt. »Doch, sind wir. Wir beide haben Drogen und dieses Leben benutzt, um vor unseren Gefühlen zu fliehen – vor dem, was uns passiert ist. Vor dem Schrecklichen, das wir erlebt haben.«

Ich schüttle den Kopf, und mein Rausch verfliegt wie Puder im Wind. »Du hast ja keinen Schimmer, was du da redest«, sage ich und sehe zur Seite. »Wie lange hast du gekifft? Ein paar Monate? Und Gras ist nichts, Nova.« Jetzt sehe ich wieder zu ihr. »Du hast keine Ahnung, wie finster es werden kann.« Ich verstumme, weil ich innerlich vor Wut explodiere und für einen Augenblick überlege, es laut zu sagen: Was ich getan habe. Wie ich meine Freundin und meine Cousine umbrachte. Vielleicht sollte ich ihr sagen, dass ich zwei Menschen auf dem Gewissen habe, damit sie endlich begreift, worum es geht, und mich in Ruhe lässt.

Sie schluckt, doch ihre Stimme bleibt ruhig, als sie weiterspricht. »Na und? Dass ich nichts Härteres genommen habe, heißt nicht, dass ich nichts verstehe – dass ich keine Ahnung vom Tod habe. Ich begreife sehr wohl, was du durchmachst.«

»Nein, tust du nicht.« Ich schlage einen bedrohlichen Ton an, der sie jedoch nicht verschreckt. »Du hast deinen Freund verloren, weil er sterben wollte! Ich habe einen gottverdammten Unfall gebaut und meine Freundin und meine Cousine, Tristans Schwester, umgebracht. Und jeder hasst mich dafür!« Ich warte auf die Abscheu in ihren Augen, die ich schon unzählige Male gesehen habe – wann immer jemand meine Geschichte hört.

Sie hingegen schockt mich vollends, indem sie mich mitfühlend ansieht. »Nicht jeder hasst dich. Wie können sie, wenn es ein Unfall war?« Sie bleibt eisern, und ihre Stimme ist laut, auch wenn sie hier und da kippt. Entsetzt jedoch ist sie nicht. Ja, ich habe ihr gesagt, dass ich Leute getötet habe, aber nicht wie, und doch scheint sie es bereits zu wissen. »Ich weiß, dass es nicht deine Schuld war ... Ich habe den Zeitungsartikel gelesen.«

Plötzlich wird mir klar, warum es kein Schock für sie war. Sie kannte meine verkorkste Geschichte bereits, weiß, was in jener Nacht passierte, dass ich verantwortlich für den Tod von zwei Menschen bin. Wahrscheinlich weiß sie sogar, dass ich fast gestorben wäre.

Etwas an der Vorstellung, dass sie in meiner Vergangenheit herumwühlt, weckt ein düsteres Gefühl in mir. Es macht mich zornig, und das nicht bloß auf die Art, die mich nach dem nächsten Kick lechzen lässt. Sie war die Einzige, die nicht meine ganze Geschichte kannte, und jetzt ist sie es nicht mehr. Jetzt weiß sie, was ich bin, und das bis ins kleinste Detail.

»Die Zeitung weiß einen Scheißdreck! Ja, vielleicht stand im Polizeibericht, dass es nicht allein meine Schuld war, aber da kannst du jeden fragen!« Unwillkürlich greife ich an meinen Oberarm, weil ich mir einbilde, dort wieder das Stechen und Brennen der Tattoos zu spüren – und ich hätte noch weit größere Schmerzen verdient. »Ryders Eltern, Lexis Eltern. Du kannst sogar meinen Vater fragen, und sie alle werden dir erzählen, dass es meine Schuld war … Er gibt mir sogar die Schuld am Tod meiner Mutter …« Meine Stimme versagt, als ich mich an das Schweigen zwischen meinem Vater und mir erinnere, wie es war, mit dieser Distanz aufzuwachsen. Jedes Mal wenn er mich ansah, dachte er wahrscheinlich daran, dass sie sterben musste, weil sie mich zur Welt gebracht hat. Und mir wird bewusst, wie lange ich schon Schuld empfinde, nur eben nicht so krass. »Sie werden dir alle erzählen, dass ich ein Stück Scheiße bin und tot sein sollte, nicht die anderen.« Ich bin den Tränen nahe. Aber es sind Wuttränen, und ich muss sie unbedingt zurückhalten. Vor allem muss Nova aufhören, mich wie einen verwundeten Hund anzusehen, den sie gerade getreten hat. Sie soll mich nicht bemitleiden. Lieber soll sie so denken wie alle anderen.

Ich weiß, dass das, was ich jetzt mache, unbeschreiblich beknackt ist. Doch das kümmert meinen fertigen Junkie-Leib nicht, denn er betrachtet das Leben aus einem wahnhaften Winkel, wie ihn allein Stoffe möglich machen, die mir alles so erscheinen lassen, wie ich es will. Also greife ich in meine Tasche und hole eine Plastiktüte hervor.

»Willst du sehen, wie gleich wir sind?«, frage ich, öffne die Tüte und lauere auf Novas Reaktion. »Willst du sehen, was du zu retten versuchst?«

Sie strengt sich sichtlich an, ruhig zu bleiben, aber mir entgeht das ängstliche Flackern in ihren Augen nicht. *Na also*, denke ich. *Endlich kriegst du Angst!* Ich tauche meinen Finger in das Pulver, bis genug daran haftet, um mir einen kleinen Kick zu verschaffen, und halte ihn an meine Nase. Eigentlich hätte ich erwartet, dass sie wegsieht, was sie jedoch nicht tut. Ihr Blick ist vielmehr erbarmungslos, verwirrt, angewidert, neugierig. Alles Mögliche. Und es sollte genügen, damit ich den Stoff wieder einstecke, denn offensichtlich hat sie verstanden, was ich sagen wollte. Doch jetzt will ich ihn. Also atme ich ihn ein, als wäre er etwas Himmlisches – oder zumindest eine Möchtegernversion davon. Sobald er hinten in meiner Kehle ankommt, fällt es mir ein bisschen leichter, Nova zu kränken, und als sie weggeht, bin ich auf eine bizarre Art zufrieden, empfinde es als einen Triumph, der es nicht ist. Ich habe schon lange gar nichts mehr erreicht. Aber der Punkt ist, dass es mir egal ist. Alles. Und wenn ich wieder nach Hause gewandert bin – denn fahren wird sie mich sicher nicht mehr –, ziehe ich mir eine Linie nach der anderen, bis ich mich an nichts mehr erinnere oder fühle. Wenigstens nicht richtig.

Nova

Auf dem Dach muss ich für eine Weile auf Abstand gehen, weil es zu heftig ist, das mit anzusehen. Quinton folgt mir nach unten, bleibt allerdings ein Stück hinter mir. Ich glaube, er denkt, dass ich ihn stehen lasse, denn sobald wir unten und aus dem Gebäude sind, biegt er in Richtung eines Wüstenstreifens ab anstatt zu meinem Wagen.

»Wo willst du hin?«, rufe ich ihm nach und ziehe die Schlüssel aus meiner Tasche.

Er bleibt stehen und blickt sich über die Schulter zu mir um. »Ich dachte, ich gehe zu Fuß nach Hause.«

Kopfschüttelnd gehe ich weiter zum Auto. »Ich kann dich fahren, Quinton.«

Er sieht verwundert aus. »Selbst nach dem, was ich gemacht habe? Nachdem ich dich angeschrien habe? Nach dem, was ich eben gesagt ...?« Seine Stimme verliert sich, als würden ihn wieder seine Gefühle überwältigen.

Ich sollte möglichst dafür sorgen, dass er ruhig bleibt, denn momentan ist er instabil, und mit den Drogen zusammen kann das hässlich werden. »Nichts von dem, was du auf dem Dach gesagt hast, ändert etwas an unserer Beziehung. Auch wenn ich mir wünschen würde, es wäre anders ... besser. Steigst du jetzt bitte ins Auto? Hier draußen ist es tierisch heiß, und ich will nicht, dass du durch die Hitze wanderst.«

Er schnieft ein paarmal, reibt sich die Nase und sieht zuerst in die Richtung, in die er gehen wollte, und dann zu meinem Wagen. »Na gut, okay. Ich fahre mit.«

Mir fällt ein kleiner Stein vom Herzen, als er einsteigt, legt sich allerdings erneut darauf, sobald wir vor seinem Haus sind und Quinton aus dem Auto springt, bevor es richtig steht. Er verschwindet, ohne sich zu verabschieden. Ich hasse es, wenn Leute sich nicht verabschieden, obwohl es dauernd geschieht. Und manchmal sehe ich sie nie wieder.

Ich habe Angst, dass ich Quinton nie wiedersehe.

Auf der Rückfahrt zu Leas Onkel fühle ich einen Zusammenbruch nahen, weil ich immerzu Quinton auf dem Dach vor mir sehe, wie er sich das Zeug in die Nase zieht. Es wird so übel, dass ich schließlich auf den Parkplatz einer Tankstelle biege, anhalte und mein Handy herausnehme. Ich richte die Kamera auf mich und tippe die Aufnahmetaste.

»Ich musste mich zurückziehen, auch wenn ich es nicht wollte. Am liebsten hätte ich ihn geohrfeigt, ihm die verfluchte Tüte aus der Hand gerissen und sie vom Dach geschleudert. Was passiert ist, war ziemlich heftig, aber teils auch meine Schuld. Ich habe ihn zu sehr bedrängt, und ich wusste ja, dass er high war und jederzeit kippen konnte. Aber ich war so entschlossen, ihm die Wahrheit klarzumachen, weil er sie nicht sieht, dass ich immer weitergemacht habe. Und dann rutschte mir heraus, dass ich den Artikel über den Unfall gelesen habe, was ihn erst recht wütend machte ... und dann ...« Ich verstumme angeekelt, als ich daran denke, wie er diesen Mist inhalierte. »Er scheint nicht mal zu erkennen, was mit ihm los ist, und das ist zum Kotzen, denn ich war schon an demselben Punkt und will, dass er da rauskommt, so wie ich. Doch zuerst muss er einsehen, dass dieses Leben keine Lösung ist, und ich bin nicht sicher, was ihn zu der Einsicht bringen könnte.«

Ich lehne meinen Kopf auf das Lenkrad, richte aber weiter die Kamera auf mich. »Wie dringe ich zu jemandem durch, der nicht will, dass irgendwer zu ihm durchdringt? Wie rette ich jemanden, der nicht gerettet werden will? Gott, das erinnert mich so sehr an Landon ... und ich habe schreckliche Angst, dass ich eines Tages wieder ein paar Minuten zu spät komme und mir nur noch ein Video bleibt.« Wieder komme ich ins Stocken und muss unterbrechen. »Quinton muss gerettet werden wollen, und ich glaube nicht, dass er es schon zugeben kann. Deshalb muss ich ihn irgendwie überzeugen, dass ihn nicht jeder auf der Welt hasst und beschuldigt.« Meine Stimme wackelt; ich denke nämlich an sein Gesicht, als er mir sagte, dass jeder ihn für den Unfall verantwortlich macht. Er hatte eine solche Selbstverachtung in den Augen. »Was ich brauche, ist ein besserer Plan, eventuell auch Hilfe. Denn das, was ich jetzt mache, funktioniert nicht so toll. Ich weiß nur nicht, woher ich Hilfe bekommen kann.«

Nachdem ich mich einen Moment gesammelt habe, setze ich mich wieder auf und schalte die Kamera ab. Dann fahre ich zurück zu dem Haus von Leas Onkel und höre »Me vs. Maradona vs. Elvis« von *Brand New*. Das letzte Mal, dass ich diesen Song hörte, habe ich bitterlich geweint; da war ich zum ersten Mal high, und Quinton und ich haben uns geküsst. Der Kuss war so emotionsgeladen gewesen, dass ich es kaum in Worte fassen kann, und ich bin ziemlich sicher, dass ich nie wieder einen solchen Kuss erleben werde. Und vielleicht will ich es auch gar nicht.

Als ich in die Straße zum Haus einbiege, bin ich derart niedergeschlagen, dass der Drang, die Briefkästen zu zählen, unkontrollierbar wird, und ich ihm nachgebe. Ich schaffe es bis acht, ehe ich mir befehle aufzuhören und stark zu sein. Das bewirkt jedoch, dass ich mich noch ängstlicher und hilfloser fühle. Sowie ich ins Haus komme, erkennt Lea, dass etwas nicht stimmt.

»Okay, was ist passiert?«, fragt sie aus der offenen Küche. Sie kocht etwas, das verdächtig nach Pancakes duftet, und mir knurrt der Magen.

Ich lasse meine Tasche aufs Sofa fallen und gehe in die Küche. »War ein harter Tag«, gestehe ich.

Sie steht vor einem elektrischen Grill, und auf der Arbeitsfläche sind Teigkleckse, Eierschalen und eine Schale. »Willst du darüber reden?«

Ich sinke auf einen der Hocker am Tresen, stütze meinen Ellbogen auf und mein Kinn in die Hand und atme den Geruch ein. »Weiß ich nicht ... kann sein ... aber ich habe es schon der Kamera erzählt.«

Sie wendet einen der Pancakes mit einem Spatel, und Dampf steigt in die Luft auf. »Klar, aber es könnte besser sein, mit einem menschlichen Wesen zu reden«, sagt sie lächelnd.

Ich bemerke, dass es sehr still im Haus ist. »Wo ist dein Onkel?«

»Er ist bei irgendeinem Geschäftsessen. Vorhin hat er angerufen und gesagt, dass er erst spät nach Hause kommt. Warum?«

»Nur so.« Ehrlich gesagt hatte ich vor, ihren Onkel als Alibi zu nutzen, um nicht über Quinton zu reden. Aber das ist wohl hinfällig, also erzähle ich Lea doch, was war. »Quinton und ich haben uns gestritten, und es ist einiges passiert, das mich verwirrt.«

»Was?«

»Tja ... Er hat vor meinen Augen Drogen genommen.«

»O Mann, du hast doch nicht ...«

»Sehe ich high aus?«, falle ich ihr ins Wort.

Sie mustert mich misstrauisch. »Nein, aber ich bin keine Expertin.«

»Okay, ich schwöre, dass ich es nicht bin«, sage ich seufzend. »Du darfst gerne einen Drogentest bei mir machen, wenn du willst.« Dass sie das tut, erwarte ich zwar nicht, aber ich hoffe, allein das Angebot reicht, um ihre Zweifel zu beseitigen.

Tatsächlich entspannt sie sich ein bisschen und wendet sich wieder ihren Pancakes zu. »Also ich finde, du solltest nicht noch mal zu ihm fahren. In dem Haus sind die Verlockungen einfach zu groß.«

»Er hat die Drogen nicht bei sich genommen«, erkläre ich, was schwachsinnig ist, weil es im Grunde keine Rolle spielt, wo er sie sich einwirft. Es ändert nichts daran, dass er es vor mir getan hat. »Und es war nicht so, wie du denkst. Er hat es nicht gemacht, weil alles so unglaublich lustig war und er wollte, dass ich auch etwas schnupfe. Im Gegenteil. Er wollte mich abschrecken, mir beweisen, dass wir uns nicht ähnlich sind und ich ihn nicht verstehe. Und er hat mir nichts angeboten. Ja, er würde mir nicht mal was geben, wenn ich ihn darum bitte.«

Sie runzelt die Stirn, während es auf dem Grill brutzelt und zischt. »Bist du sicher?«

Ich bejahe stumm, bin aber nicht hundertprozentig sicher. Der Quinton, den ich heute erlebt habe, war nicht derselbe Junge, den ich letztes Jahr kennenlernte und der mir immer sagte, dass ich mich von Drogen fernhalten soll. »Außerdem wollte ich nichts«, sage ich und lasse absichtlich aus, dass ich schon einige Male darüber nachgedacht habe. Dann würde Lea ausflippen und mehr aus der Sache machen, als dran ist. Schließlich habe ich ja nichts dergleichen getan. »Ich habe dir einfach nur ehrlich erzählt, was passiert ist. Wenn ich das nicht würde, hätten wir ein Problem.«

Sie schiebt den Spatel unter einen Pancake und dreht ihn um. »Ich weiß echt nicht, was ich sagen soll, denn ich verstehe das alles nicht.«

»Was auch gut so ist«, sage ich und setze mich gerade hin. »Du musst nichts sagen. Dass du zuhörst, hilft schon sehr.«

Sie schaltet den Elektrogrill aus und nimmt einen Teller aus dem Schrank. »Ich finde, dass du zu dieser Klinik gehen solltest, wo sie Leuten helfen, die mit Drogensüchtigen zu tun haben.«

»Wo ist die?«

Sie stellt den Teller auf die Arbeitsplatte und beginnt, mit dem Spatel Pancakes draufzustapeln. »Unten auf der Ostseite der Stadt.«

»Okay, vielleicht fahre ich morgen mal hin«, sage ich, denn es schadet sicher nicht. »Brauche ich da einen Termin?«

»Ich kann dir alles zeigen, sobald wir gegessen haben.« Sie legt den Spatel ab. »Etwas ganz anderes: Soll ich ein bisschen Bacon und Rührei zu den Pancakes braten?«

Ich ringe mir ein Grinsen ab, und allein der Versuch, fröhlich zu wirken, fühlt sich fast real an. »Bacon klingt gut ... Gott, es ist ja beinahe, als hätte ich mein artiges kleines Frauchen, das mir Abendessen kocht!«

»Dann musst du aber auch ein braves Frauchen sein und den Bacon beisteuern.« Sie schnippt mit den Fingern und zeigt auf den Kühlschrank. »Ist in der unteren Schublade.«

Ich stehe auf und brate den Bacon an, während Lea den Elektrogrill putzt und die Schüssel abwäscht, in der sie den Teig gerührt hat. Dann setzen wir uns zum Essen an den Tisch, und das ist so normal. Bis wir fertig sind, fühle ich mich etwas besser, was meine Sorge noch größer macht, weil mir nun klar wird, wie fertig ich war. Ich frage mich, wie weit zu weit ist. Wie weit darf ich mich runterziehen lassen, um zu Quinton durchzudringen?

8

20. Mai, Tag 5 der Sommerferien

Nova

Am nächsten Morgen wache ich auf und sehe mir Landons Video an, während Lea duscht, weil sie nicht wissen soll, was ich mache. Sie würde sich bloß noch mehr um mich sorgen. Mir gefällt selbst nicht, dass ich es ansehe, doch ich kann nicht anders. Etwas an der Aufnahme gibt mir das Gefühl, dass ich Quinton helfen kann, nicht an jenen Punkt zu kommen. Als müsste ich den Film nur oft genug sehen, um etwas zu entdecken, was ich vorher nicht bemerkt habe. Leider weiß ich bis heute nicht, was das sein könnte.

Nachdem ich das Video gesehen habe, ziehe ich mich an und fahre zu der Klinik, wie ich es Lea gesagt habe. Ich weiß ehrlich nicht, wie hilfreich es sein kann, anderen Leuten zuzuhören, was sie bei ihrem Versuch durchmachen, Drogensüchtigen zu helfen.

Andererseits würde ich momentan so gut wie alles probieren, weil ich völlig ratlos bin.

Auf dem Weg dorthin kaufe ich mir einen Kaffee und einen Bagel und parke im nächstgelegenen Parkhaus. Die Klinik liegt in einer Gegend, die fast so heruntergekommen wirkt wie Quintons. Aber ich tue mein Bestes, es zu ignorieren, und gehe hinein. Es findet ein Treffen für Leute statt, die drogensüchtige Freunde oder Angehörige haben. Ich setze mich hinten in den Raum, trinke meinen Kaffee, höre zu und fühle mich ein wenig fehl am Platz, weil ich Quinton kaum kenne und jeder andere hier eine enge Beziehung zu der Person zu haben scheint, um die es ihm geht.

Eine Weile höre ich mir an, wie die Leute ihre Gefühle schildern: wie traurig, verletzt, wütend oder unglücklich sie sind. Viele von ihnen sind Eltern und reden davon, dass sie ein Kind verloren haben, als hätten die Drogen es umgebracht. Vor allem ein Mann mit braunem Haar und bräunlichen Augen erinnert mich irgendwie an Quinton, als er zu reden beginnt. Obwohl ich weiß, dass Quintons Dad nicht hier ist, stelle ich ihn mir wie diesen Mann vor, und ich frage mich, ob Quintons Dad genauso empfindet – als hätte er seinen Sohn verloren. Muss er wohl.

Andererseits sagte Quinton gestern, dass sein Vater ihm die Schuld an dem Unfall gibt. Aber das kann ich nicht glauben. Quinton muss es sich ausgedacht haben. Ob er überhaupt je mit seinem Vater über das alles gesprochen hat? Ob sein Vater überhaupt weiß, wo er ist?

Dabei kommt mir eine Idee, doch leider setzt sie voraus, dass ich mir die Telefonnummer von Quintons Dad beschaffe. Und ich bezweifle, dass Quinton sie mir gibt.

Allerdings denke ich, dass jemand anderes es würde, wenn ich es richtig anstelle. Also fahre ich nach dem Treffen zu Quintons Wohnung. Die Sonne brennt auf die Stadt nieder, und die Temperaturen liegen sicher über der Vierzig-Grad-Marke. Es ist so heiß, dass ich am liebsten im Auto bleiben würde. Was auch daran liegen könnte, dass mir ein bisschen vor dem graust, was ich vorhabe.

Nach einigen Minuten zwinge ich mich auszusteigen und in die Hitze zu gehen. Meine Sonnenbrille lasse ich auf. Um das Apartmenthaus ist alles still, wie sonst auch tagsüber. Ich gehe über den leeren Parkplatz zur Treppe. Dieser Typ, Bernie, der bei meinem ersten Besuch weggetreten war, sitzt wieder am Tisch vor seiner Tür, ist diesmal aber wach und dreht sich einen Joint. Es ist nur noch ein Indiz dafür, wie hemmungslos hier alle mit Drogen umgehen, und ich mag mir nicht ausmalen, was hinter den verschlossenen Türen abgeht.

»Hi, Süße«, sagt Bernie und mustert mich mit seinen blutunterlaufenen Augen. Er hat kein Shirt an, und seine hagere Brust ist sonnenverbrannt. »Wo kommst du denn her?«

Ich habe ein schwarzes Top und Jeansshorts an, und bei seinem Glotzen fühle ich mich halb nackt, weshalb ich schnell an ihm vorbeieile.

»Hey, falls du dich verirrt hast, kann ich dir helfen«, ruft er mir kichernd nach. »Ich bin sicher, dass du nach meinem Schlafzimmer suchst.«

»Perverses Arschloch«, murmle ich und laufe an lauter verschlossenen Türen vorbei. Erst vor der zu Quintons Wohnung hole ich wieder Luft. Als ich die Hand zum Anklopfen hebe, bete ich, dass nicht Dylan aufmacht, denn der ist ungefähr so unheimlich wie dieser Bernie.

Zum Glück macht nach dreimaligem Klopfen Tristan auf, barfuß und mit einer Zigarette im Mund. Sein blondes Haar ist ein bisschen zerzaust, als käme er aus dem Bett, und sein graues T-Shirt und die Jeans sind zerlöchert. »Hi«, sagt er und blickt sich nervös zum dreckigen Wohnzimmer um. »Quinton ist gerade nicht da, und ich glaube, er kommt erst richtig spät wieder.«

»Eigentlich wollte ich auch mit dir reden.« Ich lasse mir nicht anmerken, dass es mir vorkommt, als würde er Quinton decken, der sehr wohl da ist, aber mich nicht sprechen will.

Seine Nervosität weicht offener Verblüffung, als er die Zigarette aus dem Mund nimmt. »Warum?«

»Weil ich dich etwas fragen möchte.« Ich sehe zu Bernie, der uns beobachtet, während er seinen Joint raucht, und wieder zu Tristan. »Hör mal, können wir irgendwo reden?«

Sein Blick ist ungewöhnlich abweisend für den Tristan, den ich früher kannte. »Rede doch hier mit mir.«

Ich atme durch die Nase ein, zähle im Kopf rückwärts und ermahne mich, ruhig zu bleiben. »Ich würde lieber unter vier Augen mit dir reden.«

Er sieht mich mit diesem gelangweilten Ausdruck an, als würde ich ihm höllisch auf die Nerven gehen. Daher überrascht es mich, als er antwortet: »Okay.«

Er schnippt seine Zigarette über meine Schulter und die Brüstung, bevor er zurück in die Wohnung geht. Die Tür lässt er einen Spalt offen, sodass ich höre, wie er mit jemandem redet, und der andere klingt sehr wie Quinton. Als er zurückkommt, hat er ein altes Paar Turnschuhe in der Hand, kommt heraus und zieht die Tür hinter sich zu.

Er bleibt stehen, um die Schuhe anzuziehen, und blickt zu mir auf, während er sie verschnürt. »Übrigens, egal was er später sagen wird, Quinton findet es nicht witzig, dass du mich besuchst.« Tristan richtet sich wieder auf.

»Da bin ich mir nicht so sicher«, sage ich, als wir den Laubengang hinuntergehen. »Ich habe eher den Eindruck, dass er von mir in Ruhe gelassen werden will ... Und wenn ich mich nicht täusche, hast du deshalb eben für ihn gelogen.«

Er sieht mich interessiert an. »Denkst du das echt? Dass er nicht verletzt ist, weil du mich besuchen kommst?«

»Ja, denke ich«, antworte ich ehrlich.

»Tja, stimmt aber nicht.« Inzwischen gehen wir die Treppe hinunter. »Aber erzähl ihm ja nicht, dass ich das gesagt habe.«

Ich schweige, bis wir unten sind, weil ich nachdenke. »Und warum erzählst du es mir?«

Tristan zuckt mit der Schulter und blickt sich suchend um. »Weiß ich nicht. Weil es die Wahrheit ist und du sie verdient hast.«

Ich bin nicht sicher, was ich damit anfangen soll, und je länger ich ihn ansehe, umso mehr fällt mir auf, wie zappelig er ist: Er trommelt mit den Fingern an seinen Schenkeln und malmt mit dem Unterkiefer. Er ist high, und das finde ich beklemmend, auch wenn es dadurch leichter werden dürfte, etwas aus ihm herauszubekommen.

Wir gehen zu meinem Wagen. Die Sonne hat die Ledersitze aufgeheizt, sodass ich mir die Beine hinten verbrenne, als ich mich hinters Lenkrad setze. Hastig lasse ich den Motor an, während Tristan sich anschnallt.

»Wo fahren wir hin?«, fragt Tristan aufgekratzt und reibt sich die Hände.

»Weiß ich nicht ... schwebt dir irgendwas vor?« Ich lege die Hände ans Steuer, nehme sie aber gleich wieder weg, weil das Lenkrad ebenfalls glühend heiß ist. »Autsch, Mist!«

Tristan überlegt kurz und zeigt nach links, wo die Stadt finsterer wird, verfallener, und das beunruhigt mich. »Ein Stück weiter die Straße runter ist eine Bar, in die können wir gehen«, sagt er. Mir ist nicht wohl dabei, in dieser Gegend in eine Bar zu gehen, was er mir offenbar ansieht. »Die ist total harmlos und sicher, versprochen.«

»Okay«, antworte ich, weiß allerdings nicht recht, ob ich ihm in seiner gegenwärtigen Verfassung traue. Aber ich brauche Informationen über Quintons Dad und hoffe, dass ich keinen Riesenfehler mache. Was immer mich erwartet, ist das Risiko hoffentlich wert.

Quinton

Ich glaube, ich habe einen Fehler gemacht. Zumindest sagt mir das mein überfrachteter Verstand. Dass ich Nova nachlaufen und ihr sagen soll, dass sie bei mir bleiben muss, nicht mit Tristan mitgehen. Ich muss ihr sagen, dass ich hier bin und bloß sauer war wegen der Sache auf dem Dach und darum Tristan für mich lügen ließ. Das Problem ist, dass sie schon weg sind, weil ich gezögert habe. Weil ich hin- und hergerissen war zwischen dem, was richtig ist, und dem, was mir die Drogen erzählen.

Ich laufe wie ein Irrer im Wohnzimmer auf und ab und frage mich, wie es hierzu kommen konnte. Tristan sollte Nova sagen, ich wäre nicht da, weil ich nach der Dachgeschichte nicht mit ihr reden wollte. Ich hatte sogar geplant, nie wieder mit ihr zu reden.

Genau das sagte ich Tristan.

Und dann verschwinden sie auf einmal zusammen. Ich bin stinksauer, hauptsächlich auf mich selbst, weil ich sie schlicht nicht aufgeben kann, sie vielmehr unbedingt will. Das Wissen, dass sie mit Tristan unterwegs ist, macht es mir schmerzlich bewusst, und deshalb tue ich das Einzige, was mir einfällt, um es abzustellen.

Ich ziehe eine Linie nach der anderen, um die Gefühle und die erdrückende Schuld, die mit ihnen einhergeht, loszuwerden. Aber aus irgendeinem Grund befeuert das Crystal heute das Gefühlschaos in mir. Und ich habe keine Ahnung, was ich mit all dem Schmerz und der Wut anfangen soll. Es ist lange her, seit ich mich zuletzt so gefühlt habe, und ich will dringend meine Faust durch eine Wand rammen. Ich bleibe stehen, nehme einen ausgehöhlten Kuli auf und ziehe mir noch eine Linie von dem rissigen Couchtisch. Sobald die Wirkung einsetzt und mir ins Herz und in den Verstand knallt, renne ich auf die Wand zu, um ein Loch hineinzuschlagen, doch in dem Moment geht die Wohnungstür auf. Ich mache eine Kehrtwende und sehe Dylan, der Delilah hineinschubst.

»Du dämliche, verfickte Nutte!«, beschimpft er Delilah und stößt sie so grob, dass sie rücklings hinschlägt und ihr Kopf nur knapp die Ecke des Couchtisches verfehlt. »Ich habe dir gesagt, du sollst nicht alles versauen, aber du konntest ja dein Maul nicht halten, oder?«

»Es tut mir ehrlich leid.« Tränen laufen ihr über die Wangen, als sie sich aufsetzt und Mühe hat, ihre Beine zu sortieren. Sie trägt nur einen Schuh und verknackst sich den Knöchel, schafft es aber, sich auf dem Sofa abzustützen und auf die Füße zu kommen.

»Fick dich und dein Tut-mir-leid!« Dylan knallt die Tür so heftig zu, dass diverse Sachen in der Küche herunterfallen und ich Glas klirren höre. »Dir tut es immer leid, und trotzdem baust du dauernd Scheiße!«

Ich habe sie schon sehr oft streiten gesehen, allerdings wird es in letzter Zeit übler. Eine Menge Geschrei, reichlich gegenseitiges Geschubse. Ich glaube ehrlich, dass Dylan endgültig austickt und seine inneren Dämonen, wer immer die sein mögen, sich Bahn brechen. Dies hier kommt mir sogar noch schlimmer vor als alles Bisherige, was auch daran liegen kann, dass ich mehr als angespannt bin. Mein Denken findet in Lichtgeschwindigkeit statt, sodass ich selbst längst nicht mehr mitkomme und mir alles wie ein einziger riesiger Mist erscheint.

Delilah schluchzt, und ihre Wange glüht, als hätte Dylan sie geschlagen. Ihm quellen die Augen aus dem Kopf, und seine Adern pochen sichtbar unter der bleichen Haut. Er sieht nach einem LSD-Trip aus, und es kann gut sein, dass er auf dem Zeug ist. Jedenfalls stürmt er mit erhobener Hand auf Delilah zu, und etwas in mir macht klick. Ich flippe gerade aus, weil ich ein Mädchen will, das ich nicht haben kann – nicht haben darf –, weil ich meine Freundin umgebracht habe, und er hat seine Freundin hier, die er jederzeit haben kann, entscheidet sich aber, sie zu verprügeln.

Ich sehe rot, und ehe ich begreife, was ich tue, springe ich zwischen die beiden. Es ist sicher nicht meine hellste Idee, denn Dylan könnte durchdrehen, und er hat ständig diese bescheuerte Waffe bei sich, aber das ist mir im Moment egal. Er macht mich rasend, auch wenn ich keinen Schimmer habe, was mit ihm los ist. Außerdem bin ich derart zugedröhnt, dass ich kaum den Kopf stillhalten kann. Meine Finger zucken, und ich glaube, dass ich vielleicht ein bisschen zu viel genommen habe, denn mein Herz und mein Kopf fühlen sich an, als würden sie gleich explodieren.

»Hey, zurück«, sage ich, stoße ihn zwar nicht, halte aber meine Hand hin, sodass er direkt in sie hineinläuft und rückwärtsstolpert.

»Willst du mich verarschen?«, brüllt er mich an, findet das Gleichgewicht wieder und kommt auf mich zu.

Ich klatsche ihm beide Hände flach vor die Brust und schiebe ihn zurück. Anscheinend hat er echte Mühe, sich auf den Beinen zu halten, denn er torkelt zur Seite und rumst gegen die Wand. Ich vermute, dass er high ist und ich es schaffen sollte, ihn abzuwehren. Doch plötzlich holt er wieder neu Schwung und stürzt mit erhobener Faust auf mich zu.

Mir bleibt keine Zeit, mich wegzuducken, sodass seine Faust mit meinem Gesicht kollidiert. Es knackst in meinem Kiefer, als ich in Delilah hineinstolpere und sie versehentlich zu Boden werfe. Sie fängt an zu heulen, und es klingt wie »Bitte, tu ihm nicht weh!«. Ich bin nicht sicher, ob sie mich oder Dylan meint, und es spielt sowieso keine Rolle. Dylan sieht mich hämisch an, worauf sich all die Wut, die in mir brodelte, als sie hereinkamen, um ein Vielfaches steigert und entlädt. Ich stürme auf Dylan zu, hole mit der Faust aus und krache sie ihm ins Gesicht. Seine Lippe platzt auf, und Blut spritzt in alle Richtungen.

Danach ist alles irgendwie verschwommen.

Er droht, mich rauszuschmeißen, als er mir ins Gesicht spuckt. »Du bist echt geliefert!«

Ich sage ihm, dass er zur Hölle fahren soll, während ich ihn mit solcher Rage zurückstoße, dass es mir selbst eine Riesenangst einjagt. »Fick dich! Du bestimmst nicht, wer hier wohnt und wer nicht. Das ist unsere Wohnung!«

Sein Gesicht läuft rot an. »Und ob ich bestimme, denn ich bin der, der alles kontrolliert. Ohne mich und meine Connections hätte hier keiner Geld oder Drogen zum Überleben. Ich beschaffe die Drogen zum Dealen. Ich habe das hier aufgebaut.« Er schwenkt die Hand, als wäre die Wohnung eine wahre Errungenschaft.

»Und wie klasse das ist, nicht?« Ich balle die Fäuste, will ihm den Hals umdrehen, ihn rausschmeißen. Meine Wut wird so unbeherrschbar, dass mir der Puls in den Ohren rauscht und ich heftig zittere.

Wir streiten uns weiter über diese heruntergerockte Wohnung, dieses Leben, drohen uns gegenseitig und rücken uns richtig dicht auf die Pelle. Solch einen Zorn habe ich in meinem Leben noch nicht empfunden, ausgenommen vielleicht der Moment, in dem mir klar wurde, dass ich ins Leben zurückgeholt wurde, während alle anderen tot waren. Es fühlt sich an, als wäre ich zu allem fähig. Ich bin völlig außer Kontrolle, er ist völlig außer Kontrolle. Und ich kann nicht mal erahnen, was als Nächstes passieren wird, da drängt sich Delilah zwischen uns und schiebt mich von Dylan weg.

»Lass ihn in Ruhe!«, schreit sie mich an.

Ich starre sie entgeistert an und breite die Hände

zu den Seiten aus. »Soll das ein Witz sein? Er wollte dich schlagen!«

Energisch schüttelt sie den Kopf, zupft ihr Shirt wieder zurecht und streicht sich das Haar glatt, als würde sie das Problem lösen, indem sie sich wieder herrichtet. Aber ihre Wange bleibt geschwollen, und ihre Augen sind nach wie vor von Mascara verschmiert. »Wir haben uns bloß gestritten, Quinton, sonst nichts.«

Ich will widersprechen, doch sie nimmt Dylans Hand und führt ihn um mich herum zum Flur. »Komm, Baby. Legen wir dir ein bisschen Eis aufs Gesicht.«

Dylan funkelt mich böse an. Seine Wange ist dick, wo meine Fingerknöchel sie getroffen haben. »Ich will, dass du und Tristan euch was anderes sucht. Im Ernst. Ich bin fertig mit euch.«

»Das bist du dauernd, und wir bleiben trotzdem!«, brülle ich, und seine Augen verengen sich, als Delilah ihn weiterzieht.

Ich atme aus und bemerke erst jetzt, wie nervös und angespannt ich war. Ich lege eine Hand an meine Wange, wo er mich getroffen hat, und fühle, wie sich der heiße Schmerz über mein ganzes Gesicht ausbreitet. Mir ist schleierhaft, was ich machen soll, und das bezieht sich nicht allein auf meine Wohnsituation oder Dylan, sondern auf mich überhaupt. Ich bin insgesamt unsicher. Was eben passiert ist, dieser Kampf, das war nicht ich. Was ich auf dem Dach getan habe, wie furchtbar ich zu Nova war, das war nicht ich. Früher habe ich mich nie auf Prügeleien eingelassen oder Mädchen angebrüllt. Andererseits bin ich auch nicht mehr der, der ich früher war. Aber wer bin ich dann? Dieser Mensch in mir, der den Unfall überlebt hat, ist jetzt nur noch zugedröhnt und kaum am Leben, was sich falsch anfühlt. Verwundbar und instabil. Und ich bin nicht sicher, ob es damit zu tun hat, dass Nova aus heiterem Himmel aufgetaucht ist, oder ob ich mich sowieso so gefühlt hätte, ganz gleich, wer da ist. Dennoch kommt es mir vor, als wäre ich vor einer Woche noch stabiler gewesen, was mich stutzig macht. Welche Wirkung hat sie eigentlich auf mich, und wieso bin ich so komisch, wenn ich mich dagegen wehre?

Ich schleppe mich in mein Zimmer, werfe mich auf die Matratze und habe das Gefühl, dass der Overkill an Adrenalin nachlässt. Für einen Sekundenbruchteil verlangsamt sich mein Denken, und ich überlege, wie ich an diesen Punkt gelangt bin. Wie ich so tief sinken, dieses Monster in mir erschaffen konnte, und was ich wäre, sollte es sterben. Aber dann blicke ich zu den Namen auf meinem Arm und erinnere mich.

Ich bin hier, weil ich niemand bin.

Ich sollte nicht mal leben.

Nova

Ich folge Tristans Wegbeschreibung zu einer kleinen Bar, die an einer Straßenecke wenige Meilen entfernt liegt. Gleich daneben ist ein Lokal, das »Topless Hotties and Drinks« heißt, und gegenüber ist eine Massagepraxis, doch angesichts der halb nackten Frau auf dem Fenster vorn frage ich mich, was dort für Massagen angeboten werden.

Tristan scheint das alles nicht zu stören; vielmehr wirkt es, als würde er sich hier richtig heimisch fühlen, so lässig wie er aussteigt und sich eine Zigarette ansteckt.

»Hier haben sie die besten Jägerbomben«, sagt er, als er die getönte Glastür öffnet. Er hält sie mir auf, und ich betrete einen unangenehm dämmrigen, verqualmten Raum.

»Eigentlich trinke ich nichts mehr«, antworte ich und bekomme einen Schreck, als eine Kellnerin vorbeigeht, deren Uniform von Victoria's Secret zu stammen scheint.

Tristan sieht mich verwirrt an. »Ach so? Okay.« Dann führt er mich in den offenen Barbereich, in dem auf der einen Seite Tische und Stühle stehen, auf der anderen Billardtische.

Aus einer Jukebox in der Ecke dröhnt »Leader of Men« von *Nickelback*. Alle Kellnerinnen tragen diese dessousartige Uniform, und das Publikum hier ist vornehmlich männlich – klar –, aber zum Glück sind auch einige wenige Frauen in dem Laden, sodass ich mich nicht völlig fehl am Platz fühle. Wohl ist mir angesichts der halb nackten Bedienungen dennoch nicht.

»Hast du Lust auf Pool?«, fragt Tristan und mustert eine der Kellnerinnen wenig diskret.

Ich zucke mit den Schultern. »Habe ich noch nie gespielt.«

»Echt nicht?«

»Ja, echt nicht.«

Er überlegt einen Moment. »Tja, dann sollten wir dir dein erstes Mal gönnen«, sagt er mit einem komischen Gesichtsausdruck, bei dem ich mich sofort frage, ob er weiß, dass ich noch Jungfrau bin. Hat Quinton ihm von dem Vorfall in dem Teich erzählt? Nein, das kann ich mir nicht vorstellen.

»Klingt gut.« Ich spiele mit, denn wenn ich ihm Informationen über Quintons Dad entlocken will, muss ich ihn bei Laune halten.

Er grinst, bedeutet mir, ihm zu folgen, und macht einen Schlenker zur Bar, um sich einen Wodka zu bestellen. Er fragt mich, ob ich auch einen will, worauf ich verneine und ihm wieder sage, dass ich nur noch sehr selten trinke. Und wieder sieht er mich komisch an, lässt es aber gut sein.

Nachdem er den Wodka getrunken hat, sieht er noch entspannter aus, und fast wünsche ich mir auch einen Shot. Nur fürchte ich, dass aus einem fünf werden und es noch zu viel mehr führen könnte. Außerdem muss ich fahren.

Tristan holt zwei Queues von der Wand, reicht mir einen und legt die Kugeln bereit. Dann geht er um den Tisch herum und winkt einem Typen mit langem Bart zu, bevor er die Kugeln anstößt.

»Wie oft kommst du hierher?«, frage ich und lehne mich auf meinen Billardstock.

Tristan senkt den Kopf und beugt sich vor, als er mit dem Queue auf die Kugeln zielt. »Weiß nicht ... so ein- oder zweimal die Woche.« Er stößt die Stockspitze gegen eine Kugel, die nach vorn springt und die anderen trifft, sodass sie sich auf dem Tisch verteilen. Mit einem stolzen Lächeln richtet er sich wieder auf, nachdem zwei farbige Kugeln in den Löchern verschwunden sind. »Ich schätze, jetzt kriege ich meinen Ausgleich dafür, dass du mich dauernd beim Darts verlieren lässt.«

»Ich lasse dich nicht verlieren. Ich bin bloß besser«, korrigiere ich.

Er grinst mir zu, geht um den Tisch und setzt zum nächsten Stoß an. Das geschieht noch zweimal, und mit jedem Mal sieht er zufriedener aus. Als er endlich einen Stoß verfehlt, macht es ihm kaum etwas aus.

»Na los, versuch's«, sagt er und zeigt zum Tisch.

Beinahe muss ich lächeln, denn dies hier fühlt sich

so normal an, wie es früher war, ausgenommen dass er high ist und ich nüchtern bin. Ich trete an den Tisch und strenge mich an, eine der gestreiften Kugeln zu treffen, scheitere jedoch grandios. Ich runzle die Stirn, weil sich außer der weißen keine einzige Kugel bewegt.

Tristan lacht, und es ist die erste echte Emotion, die ich an ihm sehe. Richtiges Glück scheint durch den Drogennebel, der ihn beherrscht.

»Freut mich, dass du das witzig findest«, sage ich, und das ist ernst gemeint. Es tut gut, ihn lachen zu sehen.

»O ja, das finde ich!« Sein Lachen verklingt, und er betrachtet mich von der anderen Tischseite aus mit seinen blauen Augen, die früher so viel leuchtender waren. Er neigt den Kopf zur Seite, während er seinen nächsten Schritt überlegt, nimmt seinen Queue herunter und kommt um den Tisch herum auf meine Seite. »Ich helfe dir mal.«

Er greift nach mir, und instinktiv weiche ich zurück. »Aber du bist dran.«

»Weiß ich. Nehmen wir es eher als Unterricht, nicht als Spiel.«

Ich schmolle. »Bin ich so schlecht?«

»Lass mich dir einfach helfen«, antwortet er mit einem unterdrückten Lachen.

Ich seufze. »Okay.«

Grinsend stellt er sich neben mich. »Dreh dich

zum Tisch«, sagt er, und ich tue es. Nun streckt er seine Arme um mich und presst seine Brust an meinen Rücken, als ich mich vorlehne und er sich mit mir bewegt, um mir zu zeigen, wie ich den Queue richtig halte. Dabei führen seine Hände meine.

Seine Nähe macht mich nervös, vor allem sein Atem an meiner Wange, als er den Kopf vorbeugt. Ich rechne damit, dass er etwas sagt, vielleicht sogar meine Wange küsst. Würde ich ihn lassen? Wie viel gebe ich für das, was ich brauche, um Quinton zu helfen? Diese Gedanken gefallen mir nicht, aber zum Glück bleibt es bei ihnen, denn Tristan hilft mir tatsächlich nur, den Queue richtig anzusetzen und mit der richtigen Kraft zu stoßen. Diesmal setzen sich mehrere Kugeln in Bewegung, und eine schafft es sogar in die Tasche.

»Siehst du. Ist gar nicht so schwer, oder?«, fragt Tristan und lässt mich los.

Ich schüttle meine Unsicherheit ab und drehe mich um. »Nein, aber jetzt, wo du es mir gezeigt hast, wird es schwerer für dich zu gewinnen.«

Er reibt sich lachend das stoppelige Kinn. »Irgendwie bezweifle ich das.«

»Ja, ich auch«, stimme ich zu, gehe um den Tisch herum und versuche den nächsten Stoß, der prompt misslingt. Tristan lacht.

Wir spielen noch ein wenig weiter, und natürlich schlägt er mich um Längen, was er einige Male kommentiert, als wir uns an einen Tisch setzen, damit er noch einen Drink bestellen kann. Als die Kellnerin geht, um ihm seine Jägerbombe und mir eine Cola zu holen, beginnt Tristan, den Salzstreuer zwischen seinen Händen zu drehen.

»Also, erzählst du mir jetzt, worüber du reden wolltest?«, fragt er, stellt den Salzstreuer wieder hin und lehnt sich auf seinem Stuhl zurück. Er verschränkt die Hände hinter dem Kopf, sodass seine Ellbogen seitlich abstehen. »Denn ich nehme an, dass es nicht um Pool ging.«

Ich schüttle den Kopf und male die Kratzer in der Tischplatte nach. »Ich wollte dich etwas über Quinton fragen.«

Er gibt sich gelassen, doch ich erkenne, dass er sich verspannt, denn seine Wangenmuskeln zucken. »Was ist mit ihm?«

Da ich nicht recht weiß, wie ich anfangen soll, spiele ich mit meinem Armband. »Na ja, ich hatte mich gefragt, was mit seinem Dad ist.«

Tristan sieht ein wenig gereizt aus, als er mich mit seinem Blick fixiert. »Was soll mit dem sein?«

Gott, wie sage ich das? Ich meine, ich will nicht seine Schwester ansprechen, doch wie umgehe ich es und bekomme trotzdem heraus, was ich wissen will? »Redet er jemals mit ihm?«

Tristan nimmt die Arme herunter und legt die Hände auf den Tisch. »Nein, nicht dass ich wüsste.«

Die Kellnerin kommt mit unseren Getränken, und er wartet, bis sie wieder weg ist, ehe er weiterspricht. »Die verstehen sich nicht.« Er kippt den Jägermeister in das größere Glas und hebt es an. »Übrigens ist er deshalb überhaupt nach Maple Grove gekommen – weil sein Dad ihn rausgeworfen hatte.«

Ich möchte ihn fragen, ob Quintons Dad von seiner Drogensucht weiß, aber Tristan ist selbst high, und ich bin unsicher, wie er es aufnehmen würde. »Okay, wenn er wüsste, wo er wohnt, denkst du, dass er mit ihm reden würde?« Ich nippe an meiner Cola. »Ihm helfen?«

»Helfen bei was genau?« Sein Blick fordert mich heraus, das Wort »Drogensucht« laut auszusprechen.

Ich rühre mit dem Strohhalm in meinem Glas. »Weiß ich nicht ... Ich war bloß neugierig ... ob sie miteinander reden oder ihm jemand etwas über die Situation gesagt hat.«

Tristan nimmt einen großen Schluck von seinem Drink und sieht mich über den Glasrand hinweg an. »Und was für eine Situation soll das sein?«

Offensichtlich drücke ich die falschen Knöpfe, und ich weiß nicht, wie ich es diplomatischer angehe, also beschließe ich, direkt zu sein. »Hör mal, mir ist klar, dass ich dich gerade wütend mache, aber ich möchte Quinton wirklich helfen, und ich denke eben, wenn ich seinen Dad erreiche und ihm erzähle, was los ist, könnte es helfen. Aber dazu müsstest du mir seinen Namen und die Telefonnummer geben.«

»Wer sagt, dass ich wütend auf dich bin?«, fragt er ruhig und leert sein Glas.

Auch wenn er sich wie ein Arsch benimmt, weiß ich, dass das bloß die drogensüchtige Version von ihm ist, nicht der wirkliche Tristan. Ohne ein weiteres Wort steht er auf und trägt sein leeres Glas zur Bar. Ich warte, dass er zurückkommt, doch stattdessen flirtet er mit unserer langbeinigen Kellnerin, deren Top in einem bestimmten Lichteinfall durchsichtig ist.

Tristan macht übertrieben deutlich, dass er auf sie steht, grabscht ihr sogar an die Brust. Die Frau kichert und fängt an, mit ihrem Haar zu spielen. Je länger es so geht, umso unwohler fühle ich mich, bis ich schließlich aufstehe. Dies hier war eine blöde Idee, und ich muss mir einen besseren Plan überlegen. Nachdem ich einen Fünfer auf den Tisch geworfen habe, verlasse ich die modrige Kneipe. Draußen im Sonnenschein atme ich tief durch, aber das Gefühl, versagt zu haben, lastet schwer auf meiner Brust.

Bis ich beim Wagen bin, keuche ich und muss mich zwingen, nicht die Pfeiler in dem Parkhaus zu zählen. Zitternd greife ich nach dem Türhebel.

Einatmen ... ausatmen ... einatmen ... ausatmen ...

»Nova!«, ruft Tristans Stimme hinter mir. »Bist

du ...« Seine Schuhe schaben über den Asphalt, als er zu mir kommt. »Ist alles okay?«

Ich bin den Tränen nahe, und das Letzte, was ich möchte, ist, mich zu ihm umzudrehen, sodass er es sieht. »Ja, alles gut.« Verstohlen tupfe ich mir mit den Fingern die Augen und reiße mich zusammen, ehe ich mich zu ihm drehe. »Mir ist nur plötzlich ein bisschen schlecht.«

Skeptisch mustert er mich. »Dann sollten wir vielleicht fahren.«

Ich nicke und will in den Wagen steigen, als ich einen großen Kerl mit kräftigen Armen und breiten Schultern bemerke, der in einer schwarzen Hose und einem schicken Hemd auf uns zugeschlendert kommt. Er hat einen seltsamen Gesichtsausdruck, als hätte er etwas entdeckt, nach dem er schon ewig sucht, und fände es irgendwie amüsant.

»Na, sieh einer an, wer mir endlich über den Weg läuft.« Tristan versteift sich beim Klang der Stimme und dreht sich langsam um. »Trace, was gibt's?«, fragt er mit einem nervösen Lachen.

Trace bleibt ein Stück vor uns stehen und verschränkt die Arme. Er müsste ungefähr Mitte zwanzig sein, hat eine sehr kräftige Figur und einen Furcht einflößenden Blick. Außerdem hat er einen Schlagring an einer Hand und eine Narbe an der Wange, fast nur ein Kratzer, doch alles an ihm schreit »Drogenboss«. Sobald mir dieser Gedanke kommt, schüttle ich im Geist den Kopf über mich. Nein, das kann unmöglich stimmen ... ausgeschlossen.

»Du bist wirklich schwer zu fassen«, sagt Trace nachdenklich. »Ich tauche auf dem Parkplatz auf, und du lässt deinen Freund die Prügel einstecken. Dann fahre ich zu dem Loch, in dem du wohnst, und diesmal kassiert Dylan deine Schläge, und der hätte dich garantiert nicht gedeckt, wenn du da gewesen wärst.« Ein kleines Lächeln tritt auf seine Züge, als würde ihn Tristans Nervosität amüsieren. »Alles wäre erheblich einfacher gewesen, hättest du dich von vornherein gestellt, statt so ein beschissener Feigling zu sein.«

Tristan rückt zur Seite, sodass er zwischen Trace und mir steht. »Ja, tut mir leid, Alter. Du weißt ja, wie es ist ... man ist high und macht eben beknackte Sachen.«

»High von meinem Stoff«, sagt Trace, tritt vor und knackt mit seinen Fingerknöcheln. Ich bin unsicher, was ich tun soll. Hierbleiben? Ins Auto steigen? Die Spannung in der Luft ist beinahe mit Händen zu greifen. »Stoff, für den du mir noch Geld schuldest.« Er bleibt vor Tristan stehen, beugt sich über ihn, dabei ist Tristan nicht besonders klein, doch der Typ ist richtig groß. »Ich mache das ganz leicht für dich. Gib mir das Geld, plus Zinsen, und ich lasse dich laufen.«

»Ich habe es jetzt nicht«, murmelt Tristan mit gesenktem Kopf. »Aber du kriegst es. Ich brauche nur ein bisschen Zeit.«

»Zeit, hä?« In diesem Moment sieht Trace erstmals zu mir, auch wenn es sich anfühlt, als hätte er mich längst bemerkt. »Und wer ist diese hübsche Kleine?«

Ich weiß nicht, ob das eine rhetorische Frage ist, entscheide mich aber, still zu bleiben und mich hinter Tristan zu ducken. Mein Puls rast so schnell, dass mir schwindlig wird und ich fürchte, in Ohnmacht zu fallen.

Tristan macht sich gerader und fährt sich mit der Hand durchs Haar. »Das geht dich nichts an, also lass sie in Ruhe.«

»Geht mich nichts an?« Sein tiefes Lachen hallt um uns herum. Dann auf einmal schnellt seine Hand nach vorn und packt Tristans Shirt unten. »Mich geht alles etwas an, was du tust, solange du mich nicht bezahlt hast.« Mit seiner freien Hand klopft er Tristan grob an die Wange. »Verstanden?«

»Ja, verstanden«, sagt Tristan mit zusammengebissenen Zähnen und wagt nicht, sich zu rühren.

Trace lässt ihn los, und Tristan stolpert rückwärts gegen mein Auto. »Gut.« Trace scheint sich beruhigt zu haben, und ich entspanne mich schon, als er sich wegdreht, doch dann wirbelt er unvermittelt herum und rammt die Faust mit dem Schlagring in Tristans Bauch. Ich höre, wie Tristan die Luft wegbleibt, während er ächzend auf die Knie sackt. Sofort will ich zu ihm, doch Trace sieht mich so beängstigend an, dass ich erstarre. Dann blickt er wieder zu Tristan und holt erneut mit der Faust aus. Diesmal kracht sie gegen Tristans Wange. Es ist ein lautes Knacken zu hören, als Trace wieder ausholt. Ich schreie, dass er aufhören soll, doch er schlägt wieder zu, und ich sehe entsetzt, wie er Tristan abermals in den Bauch boxt. Tristans Beine zittern, drohen vollständig einzuknicken, als er sich krümmt und nach Luft ringt.

Endlich nimmt Trace die Hand herunter, und an dem Schlagring und seiner Haut klebt Tristans Blut. »Du hast eine Woche, mich zu bezahlen, sonst wirst du nicht mehr laufen. Ist das klar?«

Tristan nickt, sagt kein Wort, und Trace verlässt das Parkhaus. Im Gehen nimmt er sein Handy aus der Tasche.

Ich eile zu Tristan und helfe ihm auf. »O mein Gott, geht es?«, frage ich, als er mich abschüttelt.

Er legt einen Arm vor seinen Bauch, richtet sich auf, und sein Gesicht ist schmerzverzerrt. Blut tropft ihm aus der Nase, und seine eine Gesichtshälfte ist angeschwollen. »Alles bestens.«

Ich mustere ihn besorgt. »Vielleicht bringe ich dich lieber ins Krankenhaus.« Ich strecke eine Hand nach ihm aus, doch er weicht zurück.

»Kein Krankenhaus«, sagt er scharf. »Mir geht es gut.«

»So siehst du nicht aus.«

»Tja, ist trotzdem so.«

Mich ärgert seine Sturheit. »Was war das eben?« Ängstlich sehe ich mich zum Ausgang um, durch den Trace verschwunden ist.

»Bloß alte Schulden«, sagt Tristan, lehnt sich an den Wagen und versucht, richtig zu atmen.

»Wegen Drogen?«

Achselzuckend wischt er sich Blut von der Nase und verzieht sofort das Gesicht vor Schmerz. »Manchmal mache ich eben dämlichen Scheiß.«

Ich erinnere mich, wie ich letztes Jahr Dylan, Quinton und Delilah dealen sah. »Dealt ihr jetzt richtig?«

Er sieht aus, als wollte er die Augen verdrehen, lässt es aber. »Wundert dich das?«

»Ein bisschen«, gestehe ich. *Vielleicht wollte ich es einfach nicht wahrhaben.* »Steckt Quinton auch in Schwierigkeiten?«

»Nein, nur ich und meine Blödheit.« Er senkt die Stimme, weil ein paar Leute an uns vorbei zu ihrem Wagen gehen.

»Kannst du den Typen denn bezahlen?«, frage ich.

»Na klar«, winkt Tristan ab. »Übrigens muss ich zurück und ein paar Sachen erledigen, die mir zusätzliches Bargeld bringen.«

Ich will ihn fragen, was für Sachen, fürchte mich aber vor der Antwort. »Wie viel schuldest du ihm?«

»Mach dir darüber keine Gedanken«, sagt er,

stützt eine Hand auf die Kühlerhaube und geht zur Beifahrertür.

»Bist du sicher? Ich könnte dir vielleicht helfen, dir Geld leihen oder so.«

»Ich sagte doch, es ist okay, Nova.« Er öffnet die Tür, hält aber nach wie vor einen Arm vor seinen Bauch.

Ich greife nach der Fahrertür. »Tja, falls du Hilfe willst, ich bin hier.«

Wir steigen ins Auto, und Tristan sieht mich frostig an. »Wie? Willst du mich jetzt auch retten, Nova? Meine Schulden bezahlen und mich mit Quinton zusammen aus dem Loch holen?« Nun verdreht er doch die Augen. »So läuft das nicht, vor allem nicht, wenn Leute sich in dem Loch wohlfühlen, in dem sie leben.«

»Ich ...« Ich habe keine Ahnung, wie ich reagieren soll. Obwohl ich ihm anbiete, ihm bei seinen Schulden zu helfen, habe ich selbst nicht viel Geld. Und was die Befreiung aus diesem Elend betrifft, bin ich ja schon mit Quinton allein überfordert.

»Vergiss es«, sagt Tristan kalt, dreht sich zum Fenster und zieht sein T-Shirt nach oben, um sich das Blut von der Nase zu tupfen, das immer weiterläuft.

Kopfschüttelnd greife ich ins Handschuhfach und nehme eine Papierserviette heraus. »Hier.« Ich reiche sie ihm.

»Danke«, murmelt er und presst das Papiertuch unten gegen seine Nase.

Dann fahre ich aus dem Parkhaus und zurück zur Wohnung. Ich versuche, mit ihm zu reden, aber er wirkt desinteressiert, sieht weiter aus dem Fenster und trommelt den Rhythmus der Musik mit den Fingern mit. Als wir vor seinem Haus sind, vermute ich, dass er wortlos aussteigt, genau wie Quinton letztes Mal.

Doch er legt die Hand auf den Türhebel, hält inne und nimmt sie wieder weg. »Hast du dein Handy dabei?«

»Ja. Warum?«

Endlich sieht er widerwillig zu mir, legt die Papierserviette auf seinen Schoß und streckt mir die Hand hin. »Zeig her.«

Ich hole es aus der Tasche und reiche es ihm. Tristan tippt einige Male auf den Touchscreen und gibt es mir zurück. »Er heißt Scott Carter und wohnt in Seattle.« Wieder greift er nach dem Türhebel. »Ich kann nicht versprechen, dass die Nummer noch stimmt, denn die habe ich zuletzt vor über einem Jahr angerufen, als Quinton da noch gewohnt hat. Aber mehr kann ich dir nicht sagen.«

»Danke, Tristan«, sage ich, während er die Tür öffnet. Ich bin verblüfft, dass er mir tatsächlich die Nummer gegeben hat. »Und falls du je irgendwas brauchst, ich dir aus irgendwelchen Schwierigkeiten helfen kann, dann sag mir bitte, bitte Bescheid.« Ich möchte noch mehr sagen, weiß allerdings nicht, wie gut das wäre.

»Ja ja. Ich habe dir die Nummer bloß gegeben, weil du gefragt hast. Nicht weil ich deine Hilfe brauche«, erwidert er, schiebt die Beifahrertür weit auf und zieht den Kopf ein, um auszusteigen. »Und ich denke nicht, dass das Quinton helfen wird. Glaub mir, er hört erst mit dem auf, was er macht, wenn er es will. Ich weiß das, weil ich selbst so drauf bin, und es ist schwer, etwas aufzugeben, mit dem man sich so verflucht gut fühlt.«

Bevor ich reagieren kann, hat er die Tür von außen zugeschlagen und humpelt auf seine schäbige Wohnung zu. Weil er Schmerzen hat, bewegt er sich langsam.

Ich sehe auf das Telefon in meiner Hand, während mir Tristans Worte durch den Kopf gehen und ich mich frage, ob er recht hat. Ob es womöglich gar nichts bringt. Versuche ich, ein Problem zu lösen, das sich nicht lösen lässt? Ist es viel größer, als ich dachte? Was ist mit dem, was ich heute in dem Parkhaus erlebt habe?

Dennoch muss ich es versuchen. Denn das letzte Mal habe ich es nicht versucht, und jemand starb.

Bis ich wieder beim Haus von Leas Onkel bin, ist es Nachmittag, und ich bin so erledigt wie schon sehr lange nicht mehr. Aber ich bemühe mich, optimistisch zu bleiben, als ich Lea von meinem Plan erzähle und sie bitte, mir mit dem Anruf bei Quintons Dad zu helfen.

»Und was willst du ihm sagen?«, fragt sie, als ich mich neben ihr auf das Sofa fallen lasse. Sie nimmt die Fernbedienung von der Armlehne und richtet sie auf den Fernseher, um ihn stumm zu stellen. Dann dreht sie sich zu mir und zieht ein angewinkeltes Bein auf das Polster. »Eltern sind, na ja, Eltern eben. Und ich kann mir nicht vorstellen, dass er wirklich sagt, was er denkt, wenn eine Freundin von Quinton anruft und ihm erzählt, sein Sohn wäre ein Junkie.«

Bei dem letzten Wort zucke ich zusammen. »Hast du eine bessere Idee?«

Sie überlegt einen Moment. »Ruf deine Mom an.«

»Wie bitte?«

»Ruf deine Mom an, und bitte sie, seinen Dad anzurufen.«

Ich sacke gegen die Sofalehne und denke über den Vorschlag nach. »Hältst du das wirklich für die beste Lösung?«

Lea legt ihre nackten Füße auf den Couchtisch. »Weißt du noch, dass wir einen Kurs machen mussten, bevor wir bei der Suizid-Hotline anfingen?«, fragt sie, und ich nicke. »Tja, den Elternkurs hast du bisher nicht gemacht«, scherzt Lea.

Ich lache. »Nein, und das ist auch gut so.« Dann

werde ich wieder ernst. »Aber ich verstehe, was du meinst.«

Sie lächelt und tätschelt mein Bein. »Ruf deine Mom an, und frag sie.«

Seufzend nehme ich mein Telefon hervor und wähle die Nummer meiner Mom. Zunächst plaudere ich nur mit ihr und erzähle ihr vage, wie die letzten paar Tage waren. Dann komme ich vorsichtig auf meine Idee zu sprechen, Quintons Dad zu kontaktieren und um Hilfe zu bitten.

»Und du denkst, dass ich ihn anrufen sollte?«, fragt sie zögerlich.

»Ja, weil ... ich meine, du bist eine Mom und verstehst Sachen, von denen ich keine Ahnung habe«, erkläre ich ihr und denke an die Eltern in der Klinik. »Sicher bist du viel besser geeignet, mit ihm zu sprechen, vor allem wenn man bedenkt, durch welche Hölle ich dich geschickt habe.«

Es klingt, als würde sie weinen, und ich weiß nicht, warum. Schließlich habe ich nichts Überwältigendes oder so gesagt, nur die Wahrheit.

»Wie erwachsen du auf einmal bist«, sagt sie, und jetzt höre ich deutlich, dass sie mit den Tränen kämpft. »Gib mir die Nummer, und ich sehe, was ich tun kann.«

»Danke, Mom.« Ich gebe ihr den Namen und die Nummer, sage ihr allerdings auch, dass ich nicht hundertprozentig sicher bin, ob die Nummer noch stimmt. Sie verspricht, es zu versuchen und sich wieder bei mir zu melden. Damit verabschieden wir uns, und Lea und ich gehen in die Küche, um einen Happen zu essen.

»Was meinst du, wie es wird?«, frage ich Lea, als ich den Kühlschrank öffne. »Denkst du, sein Dad wird ausflippen?«

Sie sucht die Schränke ab. »Keine Ahnung.«

»Nein, ich auch nicht«, sage ich, nehme eine Flasche Wasser aus dem Kühlschrank und schließe die Tür wieder. »Allerdings fürchte ich, dass er leugnen wird, wie schlimm es ist. Das hat meine Mom auch eine ganze Zeit lang getan.«

Lea holt eine Packung Cracker aus dem Schrank, klappt ihn zu und hockt sich auf die Arbeitsplatte, sodass ihre Beine herunterbaumeln. »Was ich mich frage, ist, wie Quinton reagiert, wenn sein Dad plötzlich auf der Bildfläche erscheint. Im Ernst, ich kann mir nicht vorstellen, dass er bloß deshalb gleich alles aufgibt.«

»Nein, kann ich mir auch nicht vorstellen. Aber ich muss es versuchen.« Ich kneife die Augen zu und sehe Quinton vor mir: wie abgemagert er ist, wie leer seine honigbraunen Augen durch die Drogen sind, welche Wut in seiner Stimme mitschwingt. »Ich muss alles versuchen, was mir einfällt, bevor ich auch nur daran denke aufzugeben … Diesmal muss ich einfach sicher sein, alles probiert zu haben.« Als ich die

Augen wieder öffne, will Lea etwas sagen, doch gleichzeitig bimmelt das Handy in meiner Tasche. Ich ziehe es hervor und sehe aufs Display. »Das ist meine Mom«, sage ich, ehe ich rangehe. »Hey, das ging ja schnell.«

»Weil ich ihn nicht erreicht habe«, entgegnet sie zu meiner Enttäuschung.

»Stimmt die Nummer nicht mehr?«, frage ich und öffne die Wasserflasche.

»Doch, aber er hat nicht abgenommen. Ich habe eine Nachricht auf Band gesprochen. Jetzt müssen wir abwarten – ob er zurückruft oder nicht.«

Ihrem Tonfall nach bezweifelt sie es, und ich lasse die Schultern hängen, während ich mich an den Kühlschrank lehne. »Meinst du, er ruft nicht zurück?«

»Warten wir's ab«, antwortet sie unsicher. »Falls er sich in den nächsten zwei Tagen nicht meldet, versuche ich es wieder ... Du solltest dir davon nicht allzu viel versprechen, Nova. Glaub mir, selbst wenn man als Eltern helfen will, bedeutet das noch lange nicht, dass das Kind die Hilfe auch annimmt.«

»Ja, ich weiß.« Ich kann nichts dagegen tun, dass ich deprimiert klinge, und sicher macht ihr das Sorgen.

»Ich hab dich lieb, Nova, und ich finde es gut, wie wichtig dir das ist. Auf keinen Fall will ich dich entmutigen, aber ich sorge mich um dich.«

»Mir geht es gut. Ich bin nur müde«, lüge ich und trinke einen Schluck Wasser. Mir ist klar, dass ich nicht bloß erschöpft bin. Ich bin gestresst, hilflos und überfordert.

»Ja, aber ...« Sie zögert, bevor sie schließlich sagt: »Du hörst dich traurig an, und ich denke, dass es vielleicht Zeit wird, dass du nach Hause kommst und wir es dem Dad dieses Jungen überlassen, sich um ihn zu kümmern.«

»Ehrlich, mir geht es gut«, beharre ich und merke, wie sich Leas Blick in mich bohrt. »Und noch bin ich nicht bereit aufzugeben und nach Hause zu kommen.«

»Für mich klingst du, als wärst du wieder an diesem Punkt ... dem, als ich ... und ich ...«, stammelt meine Mom den Tränen nahe. »Und ich möchte nicht, dass du wieder so traurig bist. Ich wünsche mir, dass du glücklich bist, dass du Dinge tust, die dich glücklich machen.«

»Ich bin glücklich«, sage ich betont munter, obwohl mir der Klang ihrer Stimme das Herz bricht. »Übrigens wollen Lea und ich gleich weg, uns die Stadt ansehen und uns ein bisschen amüsieren.«

Meine Mom schnieft. »Das ist prima, aber ich weiß nicht, wie viel es in Las Vegas für Zwanzigjährige gibt.«

»Wir wollen zum Karaoke«, sage ich und ignoriere Leas vernichtenden Blick, als sie die Crackerschachtel hinstellt und von der Arbeitsplatte hüpft. »Und uns alles ansehen … Das wird sicher witzig.«

Meine Mom ist nach wie vor nicht überzeugt, gibt aber nach. »Bitte, sei vorsichtig, ja? Und ruf mich an, falls du irgendetwas brauchst. Ich melde mich bei dir, sowie ich von seinem Dad höre.« Sie verstummt, und ich denke schon, dass sie fertig ist, als sie hinzufügt: »Und bitte, pass auf dich auf.«

»Ja, mache ich«, verspreche ich ihr, und wir verabschieden uns.

Während ich mein Telefon wieder einstecke, geht Lea in die Diele und zieht ihre Sandalen an. »Wo willst du hin?«, frage ich.

Sie bindet sich das Haar zum Pferdeschwanz. »Du hast deiner Mom erzählt, dass wir in die Stadt wollen, also fahren wir in die Stadt«, sagt sie, und auf meinen entsetzten Blick hin ergänzt sie: »Ich lasse nicht zu, dass du sie belügst, und außerdem müssen wir mal raus und etwas machen. Ich drehe hier durch.«

Obwohl mir alles andere als nach Ausgehen ist, hat sie ja recht, und ich hoffe wirklich, dass ich ein bisschen Spaß haben kann, egal wie sehr ich in Gedanken bei Quinton und meiner Mutter bin. Mir gefällt nicht, dass sie sich meinetwegen sorgt. Sie ist ja alles, was ich habe, und das Letzte, was ich will, ist, sie traurig zu machen.

Aber ich kann auch den Schmerz und die Trauer

in Quintons Augen nicht vergessen, die ich schon einmal bei jemand anderem gesehen habe. Jemandem, der mir viel bedeutete. Jemandem, den ich retten wollte und am Ende verlor. Und ich weigere mich, noch mal jemanden zu verlieren, egal was es kostet.

21. Mai, Tag 6 der Sommerferien

Nova

Nachdem Lea und ich einen recht spaßigen Abend hatten, den Strip auf und ab gewandert sind, uns all die Lichter angesehen, die Musik gehört und die Atmosphäre aufgesogen haben, fühle ich mich viel besser.

Zum Karaoke haben wir es nicht geschafft, aber wir nehmen uns fest vor, das in ein paar Tagen nachzuholen.

Am nächsten Morgen fühle ich mich recht gut, weil ich weiß, dass meine Mom weiter versuchen wird, Quintons Dad zu erreichen, und ich mir sage, dass ich optimistisch bleiben muss. Doch dann fahre ich zu Quinton, und dort macht keiner auf. Ich kann hören, dass Leute drinnen sind, die mein Klopfen absichtlich ignorieren. Es erinnert mich an die unzähligen Male, die ich Landon fragte, ob es ihm gut ging, worauf er nur Ja sagte und sonst nichts. Deshalb konnte ich nichts tun.

Meine Hoffnung schwindet rapide, als ich zu meinem Wagen zurücktrotte. Letztlich bin ich ohnmächtig, denn was ich auch tue, mit wem ich auch rede, Quinton kontrolliert die Situation. Er kann mich – und jeden anderen – aussperren, und keiner könnte es verhindern. Außerdem sorge ich mich. Nachdem ich gesehen habe, was dieser Trace mit Tristan gemacht hat, fürchte ich, dass sie in großen Schwierigkeiten stecken. Und wie oder ob ich bei denen helfen kann, steht in den Sternen. Wie viel kann ein einzelner Mensch schon ausrichten?

Gott, ich wünschte, ich könnte das alles hinbekommen!

Wieder einmal suche ich Trost in meinen Videos, nehme mein Handy hervor und lasse vor der Kamera Luft ab.

»Immer wieder habe ich diesen Traum von Quinton und mir in dem Teich, wo wir uns küssen, uns berühren und ich ernsthaft überlege, mich vollständig von ihm einnehmen, von ihm besitzen zu lassen«, sage ich und blicke in die Kamera. Mein Hintergrund ist das schwarze Leder der Sitzlehne, vor dem mein Teint teigig wirkt. »Und diesmal habe ich einen klaren Kopf und kann es richtig wollen, es genießen, wirklich bereit sein, ihm diesen Teil von mir zu geben. Aber dann hört er plötzlich auf, so wie beim ersten Mal. Nur dass er nicht ohne mich ans Ufer schwimmt, sondern untergeht. Ich will ihm helfen, scheine mich aber nicht von dem Felsen lösen zu können, und so treibe ich hilflos dort am Wasserrand und beobachte, wie er ertrinkt. Seine honigbraunen Augen fixieren mich, bis auch sie unter Wasser verschwinden und ich ihn nicht mehr sehe. Danach wechselt die Szene aufs Dach, wo er klatschnass mit einem Strick in der Hand und weißem Puder an seiner Nase steht. Er schreit mich an, ihm zu helfen, aber ich stehe bloß da und schaue zu, wie er an die Dachkante tritt und sich zum Sprung bereitmacht. In dem Moment, in dem er stürzt, fange ich zu schreien an, und an dieser Stelle schrecke ich atemlos aus dem Schlaf ...«

Ich blicke auf, als ich eine Bewegung an der Treppe bemerke, und hoffe, jemand von ihnen kommt heraus, doch es ist nur eine Frau in einem Bademantel, die rauchend auf und ab geht und in ihr Telefon redet.

Also setze ich mein Video-Tagebuch fort, damit es mich ablenkt, solange ich warte. *Immerzu warte, und nichts passiert.* »Den Traum habe ich jede Nacht, seit ich sah, wie er das Pulver schnupfte, und nichts tat. Es war eine jener Szenen, die ich zurückspulen möchte, ihm das Pulver aus der Hand reißen und ihm sagen, dass er aufhören soll, selbst wenn es ihn wütend macht. Andererseits weiß ich viel zu gut, dass das

Leben keine Rücklauftaste hat und man manchmal schlicht seine Fehler zugeben, aus ihnen lernen und es das nächste Mal besser machen muss ... vorausgesetzt es gibt ein nächstes Mal ...« Ich schlucke und verdränge die Bilder von Landon, die mir in den Kopf schwärmen. *Daran darf ich jetzt nicht denken!* »Ich versuche, es besser zu machen ... Meine Mom hat Quintons Dad noch nicht erreicht, aber sie probiert es weiter. Und das ist doch schon mal was, nicht?« Ich klinge nicht besonders überzeugt. Vielmehr höre ich mich verwirrt und ratlos an.

Meine Hoffnung ist so gut wie erloschen, und ich muss sie immer wieder aufs Neue entfachen, nur womit?

Ich brauche einen Funken und habe keinen Schimmer, wo ich den finde.

22. Mai, Tag 7 der Sommerferien

Quinton

Ich meide Nova, sogar wenn sie herkommt und an die Tür hämmert. Zwei Tage hintereinander geht das schon so, zwei Tage, seit Tristan und sie zusammen weggefahren sind. Ich dachte wirklich, sie hätte es aufgegeben, vor allem nachdem Tristan mir erzählte, dass sie gesehen hat, wie Trace ihn bedrohte und schlug. Ich dachte, das würde sie genügend abschrecken, um sie fernzuhalten – ja, ich wünschte, es wäre so. Ist es aber nicht.

Jetzt ringe ich mit meiner Sorge um sie und der Tatsache, dass es mich massiv störte, sie mit Tristan abhauen zu sehen. So sehr, dass nicht mal das Meth es übertönt. Entsprechend will ich mehr nehmen, zugleich aber halbwegs im Lot bleiben, damit ich nicht völlig ausraste. Das Letzte, was ich momentan gebrauchen kann, ist, die Beherrschung zu verlieren und jemanden zu verletzen. Es ist allerdings schwer, es nicht zu übertreiben – viel schwerer, als zu wenig zu nehmen.

Neuerdings gehe ich häufiger raus, und es lenkt mich zumindest ein bisschen ab, mich zu bewegen, statt still zu sitzen oder zu liegen und den dämlichen Wasserflecken an der Decke anzuglotzen. Seit Tristan mir erzählt hat, dass Trace sein Geld fordert, tun wir alles, was wir können, um Geld aufzutreiben. Wir sind in die Nachbarhäuser eingebrochen und haben alles geklaut, was sich zu Geld machen lässt. Normalerweise ist das nicht viel, denn keiner hier in der Gegend besitzt viel Wertvolles, abgesehen von Drogen, und von denen lagern sie auch nicht viel, weil sie die alle nehmen.

»Ich sage es ja ungern, aber ich befürchte, dass wir

nicht genug Geld auftreiben«, sage ich, als Tristan die Kommodenschubladen durchwühlt. Wir sind in einem der wenigen Häuser in unserer Straße, und das geht kaum mehr als Haus durch. Das Dach ist mit Gewebeband geflickt und total verschimmelt, die Wände sind aus Rigipsplatten, und die Hintertür ist ein Stück Plastik, das wir problemlos einreißen konnten, nachdem wir uns vergewissert hatten, dass keiner zu Hause ist.

Tristan hat diesen gierigen Ausdruck, den er manchmal bekommt, wenn er sich länger keinen Schuss gesetzt hat. »Ja, kann sein ... wir denken uns was aus. Wir beschaffen genug Geld, um ihn auszuzahlen, so wie bei Dylan.« Er zögert. »Wir können uns notfalls was von Nova leihen.«

»Das kommt nicht infrage!« Mich nervt immer noch gewaltig, dass sie ihm angeboten hat, mit Geld auszuhelfen. »Sie wird da nicht mit reingezogen!«

»Ist ja gut.« Tristan nimmt etwas aus der Schublade. »Alter, entspann dich, okay? Jedes Mal, wenn ich ihren Namen erwähne, rastest du aus.« Er sieht auf die kleine Tüte in seiner Hand, in der vielleicht ein Gramm Crystal ist. »Scheiße, das nervt! Da ist so gut wie nichts drin!«

Ich schnippe mit dem Finger gegen die Tüte. »Damit kannst du vielleicht fünfzig bis siebzig machen, wenn du es verkaufst.«

Stirnrunzelnd schüttelt er den Kopf. »Das mag die

Trace-Schulden ein bisschen weniger machen, nützt mir aber nichts bei dem Problem, dass ich einen Schuss brauche.«

»Doch, tut es«, widerspreche ich. »Du kannst dir eine kleine Portion nehmen und den Rest verticken.«

»Das Zeug will ich aber nicht!« Seine Finger krallen sich um die Tüte.

Auf einmal hört es sich an, als würde ein Wagen vorfahren, und ich sehe schnell zum Fenster, weil ich Schiss habe, dass wir erwischt werden. Der Wagen hält vor dem Haus nebenan, trotzdem bleibe ich nervös.

»Du musst mit dem Scheiß aufhören«, sage ich und ziehe mir die Kapuze meiner Jacke auf. Draußen ist es höllisch heiß, aber ich will so bedeckt wie möglich sein, falls jemand nach Hause kommt, denn so bin ich schlechter zu identifizieren. »Ernsthaft, lass die Finger von dem verdammten Stoff, Tristan.« Ich bin ein beknackter Heuchler, das ist mir klar. Aber ich habe diesen absurden Drang, ihn zu beschützen, als könnte ich dadurch wiedergutmachen, dass ich seine Schwester umgebracht habe. »Das bringt dich bloß in noch größere Schwierigkeiten.«

Er wirft mir einen wütenden Blick zu und durchsucht die nächste Schublade, die voller Klamotten und leerer Zigarettenschachteln ist. »Wieso bist du so sicher, dass Crystal besser ist als Heroin?« Nachdem er die Kommode aufgegeben hat, dreht er sich zu der durchgelegenen Matratze auf dem Fußboden. Er reicht mir die Tüte mit dem Crystal, ehe er sich hinkniet und unter die Matratze sieht.

»Ich denke nicht, dass es besser ist – nichts von dem ist besser. Ich glaube nur, dass Heroin ein bisschen gefährlicher ist als Crystal. Ich meine, guck dir an, was es mit Dylan gemacht hat. Der ist völlig wahnsinnig geworden«, sage ich, als er die Matratze wieder fallen lässt und sich den Staub von den Händen klopft. »Dass du dir das Zeug mit einer Nadel in die Vene schießt, ist schlimm, und außerdem bist du völlig hinüber, wenn du auf dem Zeug bist.« Ich folge ihm, als er aufsteht und ins Wohnzimmer geht, das gleichzeitig Küche und Bad ist. Hierdurch sind wir reingekommen. »Jemand könnte dich übel zusammenschlagen, und du würdest es erst merken, wenn du grün und blau wieder aufwachst. Und im Moment will uns jemand übel zusammenschlagen.«

»Das weiß ich ja«, sagt er, als er zu einer Bodenlampe neben ein paar umgekippten Eimern und einer großen Plastiktonne in einer Ecke geht, die zum Küchentisch umfunktioniert wurde. »Und Dylan fing schon vor dem Heroin an, wahnsinnig zu werden. Der hat einen Haufen Probleme.«

»Welche?«, frage ich, gehe ihm nach und sehe unter der Tonne nach, ob dort etwas von Wert versteckt ist.

»Genau weiß ich das auch nicht.« Tristan durchsucht einen Karton auf dem Boden, in dem einige Glühbirnen, ein Lappen und ein Feuerzeug sind. »Aber als wir anfingen, zusammen abzuhängen, als er noch normal war, hat er mal erzählt, dass seine Eltern total wahnsinnig waren. Wie, hat er nicht gesagt, doch ich glaube, dass er als Kind eine Schramme mitbekommen hat.«

Ich sehe auch unter den Eimern nach und sonst überall, wo ich mir vorstelle, dass Leute ihre Drogen oder anderes verstecken würden. »Na, jedenfalls habe ich ein bisschen Angst, dass er immer irrer wird und wir damit irgendwann nicht mehr fertigwerden.«

»Du machst dir zu viele Gedanken.«

»Und du machst dir nie Gedanken«, erwidere ich und lasse einen Eimer schnell wieder auf den Boden fallen, als darunter eine tote Maus auftaucht. Ich schüttle mich vor Ekel und gehe auf Abstand zu dem Eimer. »Manchmal frage ich mich, ob du eigentlich kapierst, wie tief wir in der Scheiße stecken, wenn wir Trace nicht bezahlen können.«

»Wir treiben das beschissene Geld auf ... wir haben ja schon an die zweihundert.« Er nickt zu der Tüte in seiner Hand. »Plus fünfzig, wenn wir das hier schnell verkaufen können.« Er steckt die Tüte ein. »Und wenn es sein muss, finde ich Dylans Drogenversteck. Dann kriegen wir den Rest locker zusammen.«

»Das vergiss lieber, solange er sich total irre benimmt und eine Waffe hat.« Als Tristan nicht antwortet, gehe ich zu ihm. »Tristan, versprich mir, dass du nichts Blödes machst. Damit löst du das Problem nicht, sondern machst es eher noch schlimmer.«

Er sieht mich finster an. »Ja, gut.« Dann beugt er sich vor, sieht in einen Lampenschirm und zieht an der Schnur, um die Lampe einzuschalten, aber es klickt nicht einmal. »Und hör endlich auf, dir die ganze Zeit meinetwegen Sorgen zu machen.«

»Kann ich nicht«, sage ich, während er kurz überlegt, bevor er den Schirm von der Lampe nimmt und ihn auf den Boden wirft. »Ich habe das Gefühl, dass das mein Job ist.«

»Wieso soll das dein Job sein?«

»Weil du meinetwegen hier bist ... weil ich deine Schwester umgebracht habe.« Wow, ich muss wohl doch ein bisschen mehr hinüber sein, als ich dachte. Entweder das, oder Nova macht mich immer noch verrückt, obwohl ich sie meide. So oder so hat mich das alles dazu gebracht, etwas laut auszusprechen, für das Tristan und ich wohl kaum bereit sein dürften.

Er hält mitten im Abschrauben der Glühbirne inne. »Scheiße, wie viel hast du heute intus?«

Ich sehe zu der Tüte in meiner Hand und zucke mit der Schulter. »Keine Ahnung ... vielleicht ein bisschen mehr als sonst, aber so viel auch wieder nicht.«

»Stehst du immer noch wegen der Nova-Geschichte unter Strom? Ich habe dir doch schon gesagt, dass nichts zwischen uns gelaufen ist. Sie hat mich bloß Sachen über dich gefragt.«

»Ich weiß ... darum geht es nicht ... Ich mache mir nur manchmal Sorgen, dass du es übertreibst.«

Er betrachtet mich blinzelnd und klopft mir an den Arm. »Entspann dich, okay? Was ich tue, ist nicht deine Schuld.«

»Es fühlt sich aber so an«, murmle ich, als er weiter an der Glühbirne schraubt. Meine Hände zittern und schwitzen vor Nervosität. Ich fasse nicht, dass ich diese Sachen laut sage, aber je mehr ich es tue, desto schwerer fällt es mir, den Mund zu halten.

»Du musst echt aufhören, dir die Schuld für alles zu geben.« Tristan zieht die Glühbirne aus der Fassung, und seine Augen leuchten auf, als er hineingreift und herausholt, was in die Birne gestopft war. Eine kleine Plastiktüte fällt heraus, nur ist in der kaum etwas drin.

Er flucht und schleudert die Birne auf den Boden, wo sie in Scherben zerfällt. »Verdammt!«, brüllt er. Das Glas knirscht unter seinen Turnschuhen, als er auf und ab geht. »Ich dachte, mit dem Fund hab ich's.«

Draußen wird der Himmel grau, was bedeutet, dass wir schon zu lange hier sind. »Schnappen wir uns, was wir haben, und verschwinden von hier. Das

Letzte, was wir gebrauchen können, ist, bei noch jemandem auf der Abschussliste zu landen.«

Tristan sieht mich wütend an, wobei seine Wut vor allem der Gier nach dem nächsten Schuss geschuldet ist, und stopft die Tüte in seine Tasche. »Gut, aber ich verkaufe nur eine von den Tüten und suche mir jemanden, der den anderen Stoff gegen meinen tauscht.«

»Wir brauchen das Geld«, erinnere ich ihn und folge ihm zu der Plastikplane vor der Hintertür. »Und außerdem hasse ich es, wenn du dir den Scheiß spritzt.«

»Okay, Mom.« Er verdreht die Augen, ehe er sich durch den Riss nach draußen duckt.

»Ich versuche nur, auf dich aufzupassen.« Ich ducke mich ebenfalls durch den Spalt und stopfe die Tüte in die Tasche, als wir durch den Garten laufen und die Abkürzung über den Zaun zu unserem Haus nehmen.

Tristan läuft im Zickzack um Wüstenbeifuß herum, sieht aber kurz verwundert über die Schulter zu mir. »Echt, du warst ja schon immer irgendwie komisch, was das Spritzen angeht, aber seit einer Woche belehrst du mich dauernd, und ich frage mich, ob es Zufall ist, dass es so viel wird, seit Nova aufgekreuzt ist.« Herausfordernd dreht er sich um und geht rückwärts weiter durch den sandigen Garten auf das Wüstenstück dahinter zu.

»Mit ihr hat es nichts zu tun.« Ich weiche einem Kaktus aus, blicke zu unserem Haus in der Ferne und sehne mich in die Wohnung zurück, damit wir aufhören zu reden und uns einfach etwas Crystal reinziehen.

»Es wäre aber eine logische Erklärung.« Er dreht sich wieder nach vorn und geht weiter. »Dass ihre Braves-Mädchen-Nummer auf dich abfärbt, seit ihr zwei euch wieder häufiger seht ... ich sehe doch, dass es bei dir wirkt.«

»Und wie?«

»Weiß nicht ... du bist eben anders. Weniger wild darauf, das Leben aufzugeben, weil du sie willst, und das heißt, dass du noch nicht aufgeben kannst.«

Angespannt massiere ich meinen Nacken, als wir den Parkplatzrand erreichen. »Ich will sie nicht. Sie kommt einfach immer wieder vorbei.«

»Du willst sie noch genauso wie letzten Sommer. Deshalb zeichnest du sie die ganze Zeit, obwohl ihr euch fast ein Jahr nicht gesehen habt. Und deshalb bist du neulich ausgeflippt, als ich mit ihr unterwegs war«, entgegnet er. »Aus irgendwelchen Gründen wehrst du dich jetzt nur ein bisschen mehr dagegen.«

Ich will ihm widersprechen, aber die Lüge bleibt mir im Hals stecken, weil ich Nova wirklich will. Sehr. »Wollen und verdienen sind nicht dasselbe.« Ich nehme meine Kapuze ab, und die Hitze brennt auf mich herab. »Dass man etwas will, bedeutet noch lange nicht, dass man es auch bekommt. Glaub mir ...« Ich gerate in Rage, weil ich daran denke, wie sehr ich will, dass Lexi und Ryder noch leben, wie gerne ich immer wieder sterben würde, könnten sie dafür leben. »Außerdem ist Nova zu gut für mich, und ich verdiene sie nicht, also ist diese Unterhaltung überflüssig.« Ich trete gegen die Steine, als ich mit gesenktem Kopf weitertrotte. »Alles ist überflüssig.«

Tristan schweigt eine Weile und holt seine Zigaretten aus der Tasche. »Übrigens frage ich mich oft, was du an dem Tag gesehen hast, als du gestorben bist, dass du seitdem meinst, du verdienst gar nichts.«

»Ich habe nichts gesehen, außer dass ich wieder zurückmusste, weil irgendein bescheuerter Arzt dachte, er würde ein wertvolles Leben retten.« Es kommt schneidender als beabsichtigt raus.

»Mann, ganz ruhig«, sagt Tristan, hebt beide Hände und sieht mich entschuldigend an. Ihm ist klar, dass er den falschen Knopf bei mir gedrückt hat.

Ich schüttle den Kopf. »Und außerdem hat mein Sterben nichts damit zu tun, warum ich denke, dass ich nichts verdiene. Das denke ich, weil zwei Menschen gestorben sind.«

Tristan wird langsamer und zieht ein merkwürdiges Gesicht. Dann öffnet er den Mund und sieht aus, als wollte er etwas super Bedeutungsschwangeres sagen, das mich möglicherweise von diesem inneren Elend befreit. Ich bin nicht mal sicher, was er sagen könnte, das diesen Effekt hat, und vielleicht gibt es das auch nicht. Vielleicht hoffe ich bloß, dass es existiert.

Am Ende sagt er gar nichts, sondern bietet mir eine Zigarette an. Aber das Komische ist, dass ich für einen winzigen Moment etwas gesehen habe – etwas gefühlt. Und gehofft, dass irgendwas meine Gefühle verändern könnte.

Ich habe keinen Schimmer, woher die kommen, ob ich zu viele Drogen genommen habe oder Nova mir mehr im Kopf herumspukt, als ich dachte. Und wirklich erschreckend ist, dass ein Teil von mir zu ihr zurückwill, ihr öffnen, wenn sie kommt, sie an mich heranlassen.

Hoffnung zulassen.

Aber der andere Teil will diese Möglichkeit sofort in tausend Stücke schlagen und auf einen frühen Tod zusteuern, auf dass ich schnellstens verrotte, bis ich endlich für immer zu atmen aufhöre, wie ich es schon vor zwei Jahren hätte tun sollen.

23. Mai, Tag 8 der Sommerferien

Nova

Die Zeit scheint in eins zu schmelzen. Jeder Tag ist gleich. Vier Tage ist es her, seit ich Quinton gesehen habe, und mir ist, als würde ich vor lauter Stillstand explodieren. Ich bemühe mich, meine beständig sinkende Stimmung vor Lea und meiner Mom zu verbergen, was jedoch schwierig ist, denn für die beiden bin ich ein offenes Buch.

»Willst du wirklich nicht mit uns zum Essen kommen?«, fragt Lea, als sie ihre Handtasche von dem Computertisch im Gästezimmer holt. Es ist Wochenende, und ihr Onkel und sie wollen essen gehen. »Vielleicht gehe ich hinterher noch shoppen.«

Ich liege auf dem Bett und habe einen Arm über meinem Kopf angewinkelt. »Nein, ich bin ehrlich müde. Ich denke, ich schlafe lieber ein bisschen.«

»Sicher bist du müde, weil du nachts dauernd

aufwachst. In letzter Zeit schläfst du nachts echt unruhig.«

Weil ich immerzu von den Toten träume und dem bald Toten, wenn mir nichts einfällt, wie ich Quinton helfen kann. »Ja, ich weiß ... mir geht sehr viel durch den Kopf.«

Sie sieht mich misstrauisch an, als könnte sie meine Gedanken lesen; als wüsste sie, dass ich, sobald sie weg ist, zum zweiten Mal heute rüber zu Quinton fahre und hoffe, dass mir jemand öffnet. »Nova, ich weiß, dass du dir Landons Video angesehen hast.«

Ich bin nicht sicher, wie ich reagieren soll, und zum Glück bleibt es mir erspart, denn Leas Onkel sieht zur Tür herein.

»Seid ihr zwei so weit?«, fragt er. Er ist ein mittelgroßer Mann mit schütterem Haar und freundlichen Augen: der Typ, der nett aussieht und es auch ist. Bisher habe ich ihn meistens nur in förmlicher Kleidung gesehen, doch heute trägt er Jeans und ein altes rotes T-Shirt.

»Nova kommt nicht mit«, sagt Lea und hängt sich ihre Tasche über die Schulter. »Sie ist müde.« Dabei wirft sie mir einen Blick zu, der mir eine Predigt ankündigt, sobald sie zurück ist.

»Ach, das ist ja schade«, sagt ihr Onkel und kommt ins Zimmer. »Ich wollte euch zwei zu Baker and Nancy's ausführen. Angeblich machen sie exzellente Steaks.«

»Nächstes Mal vielleicht«, sage ich. »Heute muss ich echt ein bisschen Schlaf nachholen.«

»Tja, falls du es dir anders überlegst, ruf Lea an, dann treffen wir uns dort«, sagt er und geht wieder zur Tür.

»Ja, ist gut«, antworte ich und drehe mich auf dem Bett um.

Ich höre, wie Leas Onkel etwas zu ihr sagt, als sie gehen, und es klingt verdächtig nach: »Geht es ihr wirklich gut? Sie sieht richtig niedergeschlagen aus.« Unweigerlich frage ich mich, wie fertig ich aussehe, wenn es sogar einem Fremden auffällt.

Wenige Minuten später ist es still im Haus. Die Klimaanlage springt an; die Sonne brennt ins Zimmer, und ich beginne, die Ruhe zu genießen, denn sie löscht all die besorgten Fragen und Blicke aus. Ginge es nach mir, würde ich es vermeiden, mit meiner Mom zu reden, ehe ich mich wieder auf der Reihe habe, doch als hätte sie es geahnt, ruft sie mich an. Ich muss nicht mal aufs Display sehen, um zu wissen, dass sie es ist.

Und ich hätte sie wohl auch auf die Mailbox laufen lassen, würde ich nicht denken, dass sie etwas Neues über Quintons Dad hat. Also nehme ich ab.

»Hallo«, sage ich, rolle mich auf den Rücken und starre an die Decke.

»Du klingst müde«, antwortet meine Mom besorgt. »Kriegst du genug Schlaf?«

Ich frage mich, ob sie mit Lea über meinen Schlafmangel gesprochen hat, oder, schlimmer noch, ob Lea ihr erzählt hat, dass ich Landons Video ansehe. Andererseits schätze ich, dass meine Mom mich als Erstes darauf ansprechen würde, wenn sie es wüsste.

»Ja, aber ich denke, das liegt an der Zeitverschiebung.« Es ist eine lahme Ausrede, denn die Zeitverschiebung beträgt gerade mal eine Stunde, und ich habe mich längst daran gewöhnt.

»Okay, aber achte darauf, dass du genug Schlaf bekommst.« Sie seufzt. »Und übertreibe es nicht.«

»Nein, mache ich nicht.« Mir ist nicht wohl dabei, sie anzulügen. »Hast du etwas von Quintons Dad gehört?«

»Ja ...« Aus ihrem Zögern schließe ich, dass es nicht gut war. »Das war nicht so gut.«

»Was ist passiert?«, frage ich und setze mich auf.

»Ich glaube nicht, dass das funktioniert, also dass er irgendwas tun würde, um seinem Sohn zu helfen.«

»Warum nicht?« Ich bin auf einmal so wütend, dass ich fast schreie.

»Liebes, ich glaube, das geht tiefer, als uns beiden klar ist«, sagt sie in diesem sanften, mütterlichen Ton, den sie immer anschlägt, wenn sie merkt, dass ich kurz vorm Ausrasten bin. »Ich meine nur, dass ich bloß einige Minuten mit ihm gesprochen habe, aber mein Eindruck war, dass es da eine Menge Probleme gibt. Und nicht bloß zwischen den beiden, sondern auch was Quinton persönlich betrifft, und sein Dad will sich auf die lieber nicht einlassen.«

»Ich weiß von Quintons Problemen«, sage ich, stehe auf und sehe mich nach meiner Tasche um. »Deshalb bin ich ja hier und versuche, ihm zu helfen.«

»Ja, nur ... sein Vater wirkte so wütend am Telefon und ...« Sie bricht ab und räuspert sich, als müsste sie selbst ihre Wut beherrschen. »Hör mal, Schatz, ich weiß, dass du ihm unbedingt helfen willst, aber vielleicht braucht er mehr Hilfe, als du ihm geben kannst.«

»Denkst du, sein Dad kommt her und hilft ihm?«, frage ich, nehme meine Tasche auf, die über der Rückenlehne des Stuhls hängt, und hole meine Autoschlüssel heraus. »Wenn du noch mal mit ihm redest?«

»Weiß ich nicht ... Ich kann es weiter versuchen, wenn du hier bist. Bitte, Nova, komm nach Hause!«

»Erst wenn ich sicher bin, dass sein Dad ihm hilft.« Ich gehe aus dem Zimmer und zur Haustür. »Mom, ich muss jetzt los. Ich rufe dich später wieder an, okay?« Ihre Antwort warte ich nicht mal ab, sondern lege gleich auf. Mir ist klar, dass das ungezogen ist und sie noch besorgter macht, doch die Hilfe, auf die ich von Quintons Dad zählte, hat sich zerschlagen.

Ich muss sofort Quinton sehen. Ihn retten.

Irgendwie.

Allmählich beginne ich, diese Tür mit dem Riss drin zu hassen. Die Tür, die Quinton auf der einen und mich auf der anderen Seite hält. Die Trennung. Wäre ich stark genug, würde ich sie eintreten. Leider bin ich es nicht, also kann ich nur weiterklopfen.

»Kann mal jemand diese verdammte Tür aufmachen!«, schreie ich und hämmere weiter dagegen. »Bitte!« Meine Stimme hallt über Meilen, als wäre sie das einzig Existente hier.

Frustriert sacke ich zu Boden. Ich will aufgeben, aber immer wieder denke ich an Landons Gesicht in jener Nacht auf dem Hügel: das letzte Mal, dass ich ihn sah. Da war etwas in seinen Augen – Trauer, Schmerz, Elend. Dieser Blick wird mich bis ans Ende meiner Tage verfolgen, egal wie viel Zeit verstreicht. Ich will nicht noch einmal lernen müssen, damit zu leben, und wenn ich mich jetzt von Quinton abwende, werde ich das, denn ich habe denselben Ausdruck in seinen Augen gesehen. Und ich lasse ihn nicht sterben, wie ich es bei Landon getan habe.

Also hocke ich mich auf den kochend heißen Estrich und starre die Tür an, das einzige Hindernis zwischen der Wahrheit und mir. Und ich weigere mich wegzugehen, ehe sie sich nicht öffnet. Was sie schließlich tut. Es wird spät, und hinter mir verblasst der Horizont, aber die Tür geht auf, und Tristan kommt heraus. Trotz der sengenden Hitze ist er in

Jeans und einem langärmligen Karohemd. Als er mich sieht, weicht er erschrocken zurück, wobei er sich den nackten Fuß am Estrich aufschürft. Doch er bleibt völlig ruhig, rauft sich durch sein zerzaustes blondes Haar und streckt sich gähnend.

»Was machst du hier draußen?«, fragt er ungerührt und nimmt die Arme herunter.

Seine Reaktion nervt mich, denn ich bin hungrig, durstig und mürrisch, was eine ganz schlechte Kombination ist. »Ich habe länger an die Tür gehämmert. Warum hast du nicht aufgemacht?«

Er sieht zum Himmel auf, während er überlegt. »Ich habe nichts gehört ... Quinton hat seine Musik laut aufgedreht, vielleicht deshalb.«

Von drinnen ist tatsächlich Musik zu hören, aber dennoch ... »Kann ich mit Quinton sprechen?«, frage ich. Als er den Mund aufmacht, bedeute ich ihm sofort, still zu sein. »Und erzähl mir nicht, dass er nicht da ist, denn das hast du eben schon verraten.«

Sein einer Mundwinkel biegt sich nach oben. »Eigentlich wollte ich dich ja hereinbitten. Du solltest sowieso nicht um diese Zeit alleine hier draußen sitzen. Das ist nicht sicher.« Er reicht mir seine Hand. »Vor allem nicht, wenn die Sonne weg ist.«

»Oh.« Ich nehme seine Hand und lasse mir von ihm aufhelfen, bezweifle allerdings, dass es in der Wohnung sicherer ist. »Leben hier etwa Vampire, die bei Sonnenuntergang rauskommen und mein

Blut trinken?«, scherze ich lahm, weil ich müde bin und Hunger und Durst habe. Wahrscheinlich habe ich ein paar Stunden hier gesessen, und ich glaube, ich habe einen Sonnenbrand im Nacken.

Tristans blaue Augen wandern langsam meine Beine, die Shorts und das enge Trägertop hinauf, bis sie auf meinem Gesicht landen. »Keine Vampire, aber garantiert reichlich Leute, die gerne mal in dich reinbeißen würden«, sagt er, während er die Tür hinter uns schließt. Er hat diesen glasigen, unruhigen Blick, der mir verrät, dass er zwar physisch hier ist, geistig hingegen nicht, und ich habe das Gefühl, mir zu viel aufgeladen zu haben.

»Ich weiß nicht mal, wie ich darauf reagieren soll«, sage ich nervös und unsicher.

»Musst du nicht. Ich rede nur Quatsch«, sagt er achselzuckend und wendet sich zur Küche. Er stolpert über den Saum seiner Jeans. »Willst du was trinken oder so? Wir haben Wodka und …« Er sucht in den Schränken, die allesamt leer sind. Nachdem er den letzten geschlossen hat, geht er zum Tresen und hebt eine Wodkaflasche hoch, in der noch eine Pfütze schwappt. »Und Wodka.«

Ich lächle. »Nein danke. Ich trinke nur noch selten. Weißt du nicht mehr? Das habe ich dir schon in der Bar erzählt.«

»Ach ja, entschuldige, das hatte ich vergessen.« Er schraubt den Flaschendeckel ab, riecht an der

Flasche, trinkt jedoch nichts. »Ist eben manchmal schwer, alles auf dem Schirm zu haben.«

Obwohl auf dem Boden lauter klebrige Flecken, Verpackungen und sogar eine benutzte Spritze sind, wage ich mich in die Küche. »Ja, ich weiß nur zu gut, wie sich das anfühlt, denn ich merke es täglich, seit ich hier bin. Ich glaube, hier ist es langsam ungesund für mich.« Ich bin müde und viel zu direkt.

Tristan schraubt die Flasche wieder zu und wirkt einen Moment verwirrt, doch das legt sich schnell. »Okay, ohne dir den Satz klauen zu wollen, jetzt weiß ich nicht, wie ich darauf reagieren soll.«

»Musst du nicht«, sage ich, als er die Flasche zurück auf die unordentliche Arbeitsplatte stellt – ein bisschen zu fest, und es hört sich an, als wäre sie kaputtgegangen, was Tristan anscheinend nicht kümmert. »Du kennst mich. Ich sage bloß, was ich fühle.«

»Was du fühlst, hm? Wie nett, dass du mir das verrätst. Da sollte ich wohl geschmeichelt sein.« Er verdreht die Augen und schlurft zurück ins Wohnzimmer, auf das Sofa zu, das von Alufolienstückchen und Feuerzeugen bedeckt ist. Sein Stimmungswandel verunsichert mich, und ich überlege, ob ich etwas dazu sagen soll. Will ich wirklich die Büchse der Pandora öffnen?

»Was ist los?«, frage ich und folge ihm. »Du bist auf einmal so abweisend. Stimmt was nicht? War etwas mit diesem Trace?« Ich kann keine neuen Blutergüsse oder sonstige Hinweise auf eine Prügelei an ihm erkennen, doch ich will mich vergewissern, dass er okay ist. »Denn mein Angebot steht nach wie vor, falls du Hilfe brauchst.«

Er sieht mich an, als wäre ich nicht ganz dicht, und stopft die Hände in die Taschen. »Nichts ist los. Und was mit Trace war, geht dich nichts an. Das ist meine Sache.« Er nimmt ein Feuerzeug vom Couchtisch und klickt es an. »Außerdem bin ich nicht abweisend. Ich bin, wie ich bin, Nova.«

»Nein, du bist irgendwie distanziert, und neulich warst du netter«, sage ich. »Oder zumindest normal freundlich, und ...«

Er schleudert das Feuerzeug durchs Zimmer und fährt wütend herum. »Ich war nicht nett zu dir! Du hast mich gebeten, mit dir zu reden, und ich hatte nichts Besseres zu tun. Ganz einfach.« Er nimmt ein anderes Feuerzeug auf und klickt ungeduldig damit. »Und würdest du aufhören, dauernd herzukommen, müsstest du meine Launen nicht aushalten. Aber du bist ja offenbar auf einer schwachsinnigen Rettet-die-Junkies-Mission, mit der du sichtlich überfordert bist, auch wenn du es nicht zugeben willst.«

In meiner Wut und Erschöpfung sage ich etwas, das ich sofort bereue: »Ich muss mich gar nicht mit deinen Launen abgeben, weil ich hier bin, um Quinton zu sehen, nicht dich.«

Jetzt wird er erst recht wütend und kommt plötzlich auf mich zu, bis er direkt vor mir steht. »Tja, wenn ich dir so scheißegal bin, dann hau ab«, knurrt er. Er ist so nahe, dass ich mein Spiegelbild in seinen Augen sehe und die Angst in meinem Gesicht erkenne.

»Tut mir leid.« Meine Stimme zittert, als ich zurückweiche. »Das habe ich nicht so gemeint.«

»Doch, hast du«, kontert er aufgebracht und kommt wieder näher. »Ich bin dir völlig schnuppe, obwohl du mich länger kennst als Quinton und über ihn so gut wie nichts weißt!«

»Das ist nicht wahr«, sage ich und weigere mich, wieder zurückzuweichen. »Du bist mir nicht egal.« *Aber ich halte nur ein begrenztes Maß aus, und dies hier ist zu viel. Alles wird mir zu viel.* »Ich kann ...« Mist, ich rege mich zu sehr auf, bin kurz davor durchzudrehen. »Ich bin nicht unbegrenzt belastbar, und Quinton scheint wirklich meine Hilfe zu brauchen.«

Hiermit treffe ich eindeutig einen Nerv, denn für einen flüchtigen Moment bröckelt sein Schutzschild, und ich sehe, dass er verletzt ist. Doch gleich versteckt er es wieder hinter seiner Wut.

Genervt wirft er die Hände in die Höhe. »Und wenn schon! Du läufst hier auf, mimst die Empörte und bildest dir ein, dass uns tatsächlich interessiert, was du sagst. Als könntest du Quinton retten, indem du auf ihn einredest und seinen Dad auf den Plan rufst. Du denkst, dass du alles wieder hinbiegen kannst, sogar uns bei unseren Dealern helfen. Dabei hast du keinen blassen Schimmer, was hier abgeht!« Er zeigt mit dem Finger auf mich und geht rückwärts in den Flur, seine dunkelblauen Augen auf mich fixiert. »Ich muss mir diesen Scheiß nicht länger anhören.« Dann verschwindet er hinten im Flur, und ich bleibe allein in einem Zimmer zurück, das schlimmer stinkt als ein Hundehaufen.

Ich presse die Fingerspitzen an meine Schläfen und lasse den Kopf nach vorn sinken. Ehrlich, es fühlt sich an, als wäre ich in ein Minenfeld marschiert, und ein falscher Schritt könnte mich zerfetzen. Nur dass in diesem Fall die Schritte Worte sind, und die Minen sind launische Drogensüchtige, die entweder high sind oder nach ihrem nächsten Rausch gieren.

Dass meine Stimmung im Keller ist, hilft auch nicht unbedingt. Ich überlege ernsthaft, zurück zu meinem Wagen zu gehen und dem Sonnenuntergang entgegenzufahren, bis ich ihn erreiche. Dies hier alles vergessen, als wäre es so einfach! Außerdem könnte ich den Sonnenuntergang gar nicht erreichen, selbst wenn ich wollte, denn er existiert ja nicht. Er ist bloß eine Illusion, die unsere Welt in hübsche Farben taucht, bevor die Nacht kommt und sie in Dunkelheit hüllt. Und weggehen, so tun, als würde Quinton meine Hilfe nicht brauchen, würde mir nichts bringen, außer vielleicht noch ein Video, aufgenommen in den Minuten vor seinem Tod.

Also gehe ich schließlich doch den Flur hinunter zu Quintons Zimmer. Als ich an dem Zimmer vorbeikomme, in dem er sich bei meinem ersten Besuch eingeschlossen hatte, höre ich streitende Stimmen von drinnen. Sie sind zu leise, als dass ich verstehen könnte, was gesagt wird, aber es klingt auf alle Fälle ernst. Ich werde ein bisschen nervös, was noch zunimmt, sowie ich das Ende des Flurs erreiche. Die Tür zu Quintons Zimmer steht einen Spaltbreit offen, die rechts von mir ist weit auf. Was ich dort sehe, lässt mich inständig wünschen, ich hätte mich für den illusorischen Sonnenuntergang entschieden.

Tristan sitzt vorne auf dem Fußboden, hat ein Gummiband um seinen knochigen Oberarm und schnippt mit den Fingern auf seine Vene, während er die Faust ballt und lockert. Mich erinnert es daran, wie ich mir die Pulsader aufschlitzte, mit dem Unterschied, dass er vorhat, die Spritze in seine Haut zu versenken, die neben seinem Fuß liegt.

Als würde er spüren, dass ich ihn beobachte, blickt er zu mir auf. Mir macht es Angst, wie kalt und leer seine Augen sind. Bevor ich einen Mucks sagen kann, tritt er mit dem Fuß gegen die Tür, sodass sie vor meiner Nase zuknallt. Jetzt wird mir sein unberechenbares Verhalten ein wenig klarer. Es schmerzt übler, als ich gedacht hätte, und mir wird ein weit größeres Problem bewusst. Falls ich Quinton rette, ihm helfe, bleiben immer noch so viele andere, die sich wie Tristan langsam umbringen. Das ist doch uferlos! Und ich kann im Grunde gar nichts tun, so dringend ich es auch will.

Ich schließe die Augen und befehle mir, ruhig zu bleiben. *Denk nicht daran. Konzentriere dich immer nur auf eine Sache. Atme!*

Aber das Brüllen in dem anderen Zimmer wird lauter, und etwas poltert gegen die Tür und zerschellt. Sofort öffne ich die Augen wieder und drehe mich um, als Weinen aus dem Zimmer dringt, ehe die Tür aufgeht. Dylan kommt in einem ärmellosen Hemd und Jeans heraus, die von einem zerfransten Gürtel gehalten werden. Er sieht mich streng an, während er so rasch die Tür wieder schließt, dass ich nicht sehen kann, was drinnen vor sich geht.

»Suchst du was?«, fragt er und lehnt sich an die Tür, als wäre nichts los.

Ich schüttle den Kopf und bekomme Angst. »Ich bin hier, um Quinton zu besuchen.«

Er zeigt über seine Schulter. »Sein Zimmer ist da hinten, nicht hier drüben.«

Zunächst will ich mich nicht umdrehen, aber als das Weinen aufhört, tue ich es doch. Ich fühle Dylan noch eine Weile hinter mir, ehe er in das andere Zimmer zurückgeht.

Erst jetzt atme ich auf. »Was ist bloß mit dem?«, murmle ich vor mich hin.

»Delilah und er fetzen sich dauernd.« Quinton erscheint in seiner Zimmertür, nur in Boxershorts gekleidet. Ich kann jede Narbe sehen, und es fällt besonders auf, wie dünn und eingefallen er ist, wie ungesund er aussieht. Unter seinen Augen sind dunkle Schatten, und sein Blick ist ebenso abweisend wie Tristans. »Mir tut sie leid, und ich habe mal versucht, ihr zu helfen, aber sie will ihn nicht verlassen«, sagt er. »Ich weiß nicht, was ich noch machen soll.«

»Vielleicht sollte ich mal reingehen und mit ihr reden. Mal sehen, ob ich, na ja, irgendwas tun kann.«

»Ja, immer alle retten, nicht?«

»Die, an denen mir liegt«, sage ich und sehe ihn an.

Er betrachtet mich unentschlossen, dann seufzt er. »Was machst du hier? Ich dachte, wir wären seit neulich auf dem Dach durch.« So wie er es sagt, glaubt er wirklich, dass unser Streit auf dem Dach alles beendet hat.

Es kostet mich viel Kraft, seine Bemerkung an mir abprallen zu lassen. »Wir sind keineswegs durch. Wir haben uns bloß gestritten, und jetzt bin ich hier, um mich zu entschuldigen.«

»Wofür?«

»Dass ich dich wütend gemacht habe. Deshalb meidest du mich doch, oder?«

Er neigt den Kopf zur Seite und guckt mich an, als wäre ich ein Alien. »Nein, du hast mich nicht wütend gemacht. Du hast mir nur klargemacht, dass ich dich nicht hier haben will ... dass es nicht gut für mich ist, in deiner Nähe zu sein.«

»Aber ich möchte in deiner Nähe sein, und du hast mir gesagt, dass ich dich besuchen darf, bevor ich nach Hause fahre, was sehr bald ist.« Der letzte Teil ist eine Lüge, weil ich ehrlich keine Ahnung habe, wann ich zurückfahren werde – wann ich akzeptieren kann, dass sich nie etwas ändert, und die Hoffnung aufgebe.

Er sieht mich noch forschender an, scheint hin- und hergerissen und ein bisschen verärgert. Am liebsten würde ich zur Seite gehen, damit die Wand mich vor seinem erbarmungslosen Blick abschirmt. »Du kannst bleiben, wenn du willst«, sagt er, während er nach einer Jeans auf dem Fußboden greift. »Aber ich ... ich muss erst ein paar Sachen erledigen.«

»Was?«

Er antwortet nicht, sondern nimmt eine winzige Plastiktüte mit klumpigem weißem Pulver auf. Die hält er mit einem fragenden Blick in die Höhe, als wollte er mich testen. Anscheinend wartet er darauf, dass ich ihm einen Grund liefere, mich wegzuschicken, zurück auf die andere Seite der rissigen Wohnungstür.

Innerlich krümme ich mich zu einer Kugel zusammen, doch äußerlich bleibe ich aufrecht. »Muss das sein?«

Quinton nickt, und ich schlucke den Kloß herunter, der mir in den Hals steigt, sage jedoch kein Wort, als er die Tüte öffnet und seine Tür schließt. Wenigstens tut er mir den Gefallen, es diesmal nicht vor mir zu schnupfen.

Ich starre die Risse in der Wand an, wandere sie mit den Augen ab, zähle sie aber nicht, obwohl ich es sehr gerne würde. Dann geht die Tür von dem Zimmer auf, in das Dylan gegangen war. Doch er ist es nicht, der herauskommt.

Delilah tritt auf den Flur.

Sie trägt ein durchsichtiges Shirt, und ihre Shorts sehen eher wie eine zu große Jungenunterhose aus. Ihr rotbraunes Haar ist verfilzt und ihre Wange leicht geschwollen. Aber sie wirkt ansprechbarer als das letzte Mal, dass ich sie gesehen habe.

Sie ascht ihre Zigarette ab – die Asche fällt auf den Fußboden – und biegt in die entgegengesetzte Richtung ein, bleibt allerdings stehen, als sie mich bemerkt. »Ah, dann stimmen die Gerüchte also«, sagt sie schniefend. Ihre Nase ist gerötet, und ich bin nicht sicher, ob sie geweint oder gerade etwas geschnupft hat.

»Welche Gerüchte?« Ich lehne mich an die Wand, und sie stellt sich entspannt mir gegenüber an die Tür.

Nachdem sie an ihrer Zigarette gezogen hat, antwortet sie: »Dass du hier in Las Vegas bist.«

»Ja, ich bin seit etwas über einer Woche hier«, sage ich. »Und du hast mich neulich schon gesehen.«

»Echt?« Sie starrt an die Decke, als versuchte sie, sich zu erinnern. »Das weiß ich gar nicht mehr.«

»Nein, weil du weggetreten warst«, erwidere ich und verschränke die Arme.

Delilah mustert mich, und ich kann den Hass in ihr erkennen. »Wieso bist du hier?«

»Um Quinton zu sehen.« Ich ignoriere ihre abweisende Haltung.

Rauch kringelt sich vor ihrem Gesicht. »Wieso?«

»Weil ich ihm gerne helfen möchte.«

»Wobei?«

Ich blicke mich auf dem Flur um, zu dem Müll auf dem Boden, den benutzten Spritzen, den leeren Schnapsflaschen. Hier liegt kein Teppich, und die Decke ist rissig. Alles sieht aus, als würde das Haus jeden Moment einstürzen. »Hier rauszukommen.«

Sie lacht hämisch. »Pah, viel Spaß damit!« Sie nimmt die Zigarette zwischen die Lippen und inhaliert tief. »Hier will keiner gerettet werden, Nova. Das solltest du doch wissen, wo du selbst schon mal so drauf warst.«

»Aber ich habe es wieder rausgeschafft.«

»Weil du wolltest.« Sie streicht mit dem Daumen

über den Zigarettenfilter, sodass noch mehr Asche auf den Boden rieselt. »Wir sind hier, weil wir es wollen.«

Ich ziehe die Brauen hoch. »Du auch?«

»Ich auch«, antwortet sie stirnrunzelnd.

»Und warum hast du dann eben geweint?« Ich denke wirklich nicht, dass es etwas mit Drogen zu tun hat, aber ich versuche, sie zum Reden zu bringen. So fies sie auch meistens ist, war sie mal meine Freundin.

»Ich war wütend wegen was«, sagt sie und lässt die Zigarette auf den Boden fallen. »Ich darf ja wohl noch wütend sein.«

»Klar.« Ich gehe ein Stück auf sie zu. »Warum ist deine Wange geschwollen?«

Sie wird misstrauisch. »Ich bin gegen die Wand gelaufen.«

Das glaube ich ihr natürlich nicht. »Und wie konnte das passieren?«

Achselzuckend tritt sie die Zigarette mit dem Schuh aus. »Ich war auf einem Trip und dachte, dass ich durch Wände laufen kann.«

»Bist du ... bist du sicher, dass es nichts mit dem Gebrüll zu tun hatte?«

»Ja, bin ich«, antwortet sie schnippisch, kommt einen Schritt vor und packt meinen Arm. »Wag es ja nicht, Dylan zu unterstellen, dass er mich geschlagen hat. Hat er nämlich nicht!«

Ich zucke zusammen, als sich ihre Finger in meine Haut bohren. »Das habe ich nie behauptet.«

Schnaubend lässt sie mich los und schubst mich weg. »Fick dich! Du kennst mich nicht. Nicht mehr.« Dann stampft sie durch den Flur davon und wirft ihre Arme in die Luft.

»Delilah, warte!«, rufe ich ihr nach und laufe hinterher. »Ich wollte dir keine Vorwürfe machen oder so.«

Sie dreht sich um, und ihr Gesicht ist rot vor Zorn. »Nein? Und was dann?«

»Ich …«, beginne ich unsicher, »… ich wollte nur wissen, ob es dir gut geht.«

»Mir geht's prima«, sagt sie verkniffen.

»Falls du mal irgendwas brauchst, kannst du mich anrufen.« Es ist ein erbärmlicher Versuch, ihr Hilfe anzubieten.

Sie kneift den Mund zusammen. »Ich brauche nichts, jetzt nicht und auch nicht in Zukunft.«

Meine Hilflosigkeit startet einen Höhenflug, und mir ist, als würde ich an ihr ersticken, als Delilah weggeht und mich auf dem Flur stehen lässt. Ich könnte meinen Kopf in die Wand rammen, denn ich bin umgeben von lauter Leuten, die Hilfe brauchen, aber keine wollen. Und ich bin nicht stark genug, ihnen allen auf einmal zu helfen. Was soll ich denn machen? Es weiter versuchen, bis ich daran zerbreche? Weggehen und ewig bereuen, dass ich nicht geblieben bin? Denn ich weiß, worauf das hinausläuft. Schon jetzt machen mich die Überlegungen wahnsinnig, was sein könnte, wenn … Genau wie es nach Landons Tod war. Ja, vielleicht komme ich letztlich drüber hinweg. Doch zugleich will ich dringend, dass dies hier gut geht. Einmal möchte ich nicht jemanden verlieren müssen, weil ich etwas falsch gemacht habe; einmal schnell genug mit dem Rad sein oder einige Minuten früher aufwachen, um die Person, die ich liebe, davon zu überzeugen, dass es sich zu leben lohnt.

»Was machst du?« Quintons Stimme erschreckt mich, und mein Herzschlag wird schneller.

Ich drehe mich zu ihm um. Er steht in der Tür, hat seine Jeans an und schnieft, während er sich ein Shirt überzieht. Seine Augen sind viel wärmer und klarer, als hätte er das Monster in sich getötet oder zumindest schlafen gelegt.

»Ich habe mit Delilah geredet«, antworte ich und gehe zu ihm.

»Und wie lief das?«, fragt er und steckt sich die Plastiktüte in die Hosentasche.

»Nicht so gut«, gestehe ich. »Ich mache mir Sorgen um sie, nicht bloß wegen … na, du weißt schon …« Ich suche nach den richtigen Worten, bin allerdings nicht sicher, ob es die überhaupt gibt. »Nicht bloß wegen der Drogen, sondern weil sie mit Dylan zusammen ist.«

»Trotzdem kannst du ihr nicht helfen, wenn sie keine Hilfe will.« Es klingt nicht, als würde er das ausschließlich auf Delilah beziehen.

»Aber ich kann es versuchen«, erwidere ich und ringe mir ein Lächeln ab. »Was wäre ich für ein Mensch, andere einfach aufzugeben?«

»Ein normaler«, sagt er trocken.

»Tja, ich wusste schon immer, dass ich nicht normal bin.«

»Nein, bist du nicht.« Sein Gesichtsausdruck ist rätselhaft. »Was gut ist ... glaube ich.« Er sieht mich einen Moment lang an, wirkt immer verlorener, bis er sich schließlich bückt, um eine Handvoll Kleingeld vom Fußboden aufzuheben. »Und wo wollen wir heute Abend hin?«, fragt er, als er sich mit einem geisterhaften Lächeln wieder aufrichtet – kalt und heiß, auf und ab. Die Ähnlichkeit mit Landon ist beängstigend.

»Wo möchtest du hin?«, frage ich, und er stopft die Münzen in seine Tasche.

Er sieht sich in dem Zimmer um, wo der Boden von Kleingeld bedeckt ist und auf seiner Matratze eine Decke und sein Skizzenblock liegen. »Willst du etwa hier abhängen?«

»Lieber nicht, wenn das okay ist.«

»Ist wohl nicht der beste Ort für dich, was?« Er runzelt die Stirn, als würde ihm eben erst bewusst, wo wir sind.

»Oder für dich«, sage ich mutig.

Quinton schluckt, und ich sehe, wie das Monster verschwindet, wohl weil er es eben gefüttert hat. »Du bist zu nett zu mir«, sagt er, und in diesem Moment glaube ich, einen flüchtigen Blick auf den alten Quinton zu erhaschen. Den Quinton, den ich letztes Jahr kennenlernte: den traurigen, aber netten, fürsorglichen; ein guter Typ, der nur Hilfe braucht, um gegen seine Dämonen zu kämpfen. Der die Vergangenheit loslassen muss.

Ich zwinge mich, optimistisch zu sein. »Wart's ab. Ich habe noch viel mehr Nettigkeit zu vergeben«, sage ich und tippe ihn spielerisch mit dem Fuß an.

Er schüttelt den Kopf, verkneift sich sichtbar mühsam ein Grinsen, und in seinen honigbraunen Augen flackert ein Funken Leben auf. Allein bei dem Anblick möchte ich ihn umarmen und festhalten – das Leben festhalten. »Wie wäre es, wenn wir uns in deinen Wagen setzen und reden?«

Ich habe einige Mühe, meine Arme bei mir zu behalten, als ich nicke und versuche, all die Probleme um mich herum auszuklammern, auch wenn es sich anfühlt, als sollte ich es nicht. Vielleicht bin ich diejenige, der die Augen geöffnet werden müssen. »Das ist eine klasse Idee, finde ich.«

Ich weiß nicht, wie viel Crystal er genommen hat, doch als wir zu meinem Wagen kommen, setzt ein

Energieschub bei ihm ein, und er redet auf einmal los. »Na, wie gefällt dir Las Vegas?«, fragt er, als wir in den Wagen steigen, der auf dem Parkplatz vorm Haus steht.

Es ist so eine förmliche Frage, dass ich einen Moment brauche, ehe ich antworte: »Gut, schätze ich.«

Ich mache es mir auf dem Fahrersitz bequem und drehe das Fenster herunter, um die warme Luft hineinzulassen, während Quinton den Kopf nach hinten lehnt. »Hast du schon ein bisschen Spaß gehabt?«

Damit ich die Beine ausstrecken kann, rücke ich meinen Sitz weiter nach hinten. »Ich war neulich Abend auf dem Strip.«

»Da soll ziemlich was los sein.« Er reibt sich die Augen und blickt blinzelnd an die Decke.

»Ja, Unmengen Lichter und Leute ... warst du noch nie da?«

Er verneint. »Nein, das ist nichts für mich.« Dann sieht er mich an, und im Dunkeln kann ich mir fast einbilden, dass er nüchtern ist. »Zu viele Menschen.«

»Anscheinend magst du keine Großstädte«, stelle ich fest und drehe mich zu ihm. »Und dennoch wohnst du hier und hast früher in Seattle gewohnt, das auch sehr groß ist, oder?« Als ich merke, wie er sich verspannt, werde ich ebenfalls gleich angespannt. Es war offenbar ungeschickt, Seattle anzusprechen.

Aber er entspannt sich wieder. »Tja, ich hatte nicht immer etwas gegen Großstädte.«

»Und warum hat sich das geändert?«

»Weil ich mich verändert habe«, antwortet er und kratzt seinen Arm an der Stelle, wo die Tattoos unter dem Shirt sind. »Mir ist eben klar geworden, dass ich Ruhe mag ... Ich habe schon genug Lärm im Kopf, und das Letzte, was ich brauche, ist noch mehr.«

»Trotzdem bist du hier.«

»Ich bin hier, weil ich nirgends sonst hinkann.«

»Nicht mal zurück nach Seattle?« Ich hoffe, dass ich mich nicht auf zu dünnem Eis bewege.

»Nach Seattle gehe ich nie wieder«, sagt er verächtlich, rollt mit den Schultern und lässt seine Fingerknöchel knacken. »Zu viele beschissene Erinnerungen.«

Es wird still, als er zu dem Gebäude vor uns sieht. Überlegt er, auszusteigen und wieder in die Wohnung zu gehen? Bevor er das kann, ergreife ich die Gelegenheit und sage etwas, von dem ich bete, dass es ihn nicht wütend macht. Ich möchte ihm nur zeigen, dass ich ihn besser verstehe, als er glaubt.

»Das habe ich früher auch von Maple Grove gedacht. Vor allem nachdem mein Freund starb. Sein Haus war direkt gegenüber von unserem ...« Ich schlucke, weil ich einen Kloß im Hals habe, und spreche aus, was ich nie gerne laut sage. »Wo ich ihn gefunden habe ... nachdem er ... nachdem er sich das Leben genommen hatte.«

Es herrscht betretenes Schweigen. Ich höre die Autos auf der Straße hinter uns und sehe ihre Lichter im Rückspiegel vorbeigleiten.

»Das war sicher hart für dich«, sagt Quinton schließlich leise und atmet angestrengt.

»War es«, gestehe ich. »Vor allem weil ich mir die Schuld an seinem Tod gab.«

Er sieht mich fragend an. »Warum das? Er hat es doch von sich aus getan, nicht weil du ihn dazu getrieben hast«, sagt er und holt zittrig Luft.

»Ja, aber es gab Anzeichen, die ich willentlich ignoriert habe, weil ich nicht wagte, auf sie zu reagieren. Ich hatte Angst, dass er wütend auf mich wird ... Ich hatte vor einer Menge Sachen Angst, und das werde ich wahrscheinlich mein Leben lang bereuen.«

»Nein, selbst wenn du keine Angst gehabt und etwas gesagt hättest, hätte es nicht unbedingt etwas geändert«, entgegnet er, wobei er über meine Schulter in die Dunkelheit sieht. »Er hätte trotzdem entscheiden können, dass es Zeit wurde loszulassen.«

»Schon, nur könnte ich dann hier sitzen und sagen, dass ich alles getan habe, was ich konnte.« Was ich jetzt sage, ist mir wirklich wichtig. »Dass ich nicht zu schnell aufgegeben habe.«

»Soll das der Sinn dieser Übung sein?«, fragt er. Mir ist bewusst, dass er zynisch sein will, aber seine wacklige Stimme verrät ihn.

»Kann sein«, antworte ich ehrlich. »Macht dir das Angst?«

Er sieht mich immer noch an. »Nein, denn ich weiß, dass du bloß deine Zeit verschwendest.«

»Tue ich nicht«, widerspreche ich und zwinge mich, seinem Blick standzuhalten. »Es ist nie Zeitverschwendung, jemandem helfen zu wollen.«

Zunächst ist er sprachlos. »Und wie? Willst du weiter hier rumhängen und hoffen, dass du mich retten kannst?« Er zeigt auf den Parkplatz und das Haus. Die Gegend ist gerade erst aufgewacht, und Leute stehen auf der Treppe oder gehen vor dem Haus auf und ab. »Soll dein Leben echt so aussehen? Sogar ich hasse das manchmal. Außerdem ist es gefährlich, und du solltest nicht mal in der Nähe sein.« Er verstummt, als hätte er den letzten Teil nicht sagen wollen. »Ich verdiene es. Du nicht.«

»Tja, ich muss ja nicht für immer hierbleiben.« Mir kommt eine Idee, und ich lasse den Motor an. »Keiner muss es. Jeder hat die Wahl, wo er sein möchte. Du hast sie. Und Tristan hat sie, vor allem nach dem, was dieser Trace mit ihm gemacht hat.«

»Tristan kommt klar ... Ich passe auf ihn auf.« Er lehnt sich zurück.

»Bist du sicher? Ich könnte ...«

Quinton fällt mir ins Wort: »Ich lasse nicht zu, dass du in den Mist mit reingezogen wirst, also vergiss es, Nova.«

»Okay ... aber du sollst wissen, dass ich hier bin, wenn du etwas brauchst.«

»Weiß ich.« Sein Gesichtsausdruck wird weicher. »Und ich will auf keinen Fall, dass du in diesen Dreck verwickelt wirst.« Er zeigt auf das Haus. »Ich möchte, dass du in Sicherheit bist.«

Ich lege den Gang ein. »Ja, das weiß ich.«

Wir wechseln einen Blick, dessen Intensität mir das Atmen schwer macht. Dann jedoch räuspert er sich ein paarmal und setzt sich gerade hin, als ich losfahre. »Was machst du denn?«

Ich bringe dich von deinem Loch von Wohnung weg. »Ich brauche etwas zu trinken. Ich bin am Verdursten.«

»Gleich am Ende der Straße ist eine Tankstelle, bei der kannst du dir was kaufen«, sagt er und weist über die Schulter zur Straße. »Mit dem Auto ist es nur eine Minute und zu Fuß nicht viel länger.«

»Ich fahre lieber hin.« Ich schlage das Lenkrad ein, um den Wagen zu wenden. »Und dann können wir weiterreden.«

»Bewegt sich dieses Gespräch nicht im Kreis ... dass du mir zu helfen versuchst, obwohl du nicht kannst? Es ist zwecklos«, sagt er, während er den Gurt über seine Schulter zieht und ihn einschnappen lässt.

Ich schalte die Scheinwerfer ein und biege auf die Straße. »Die Zeit mit dir ist nicht sinnlos. Eigentlich ist sie sogar sehr wertvoll.«

Ich höre, wie sein Atem stockt, und als er nach dem Türhebel greift, befürchte ich, dass er aus dem Wagen springt. Stattdessen überrascht er mich, indem er sagt: »Nova, du machst mich heute Abend echt fertig.« Seine Stimme ist kaum ein Flüstern, erstickt von den Qualen, die er in sich verschließt. »Du musst aufhören, solchen Scheiß zu mir zu sagen.«

Mein Herz pocht wie verrückt. »Warum?«

Quinton senkt den Kopf und reibt sich grob übers Gesicht. »Weil es mir zu viel bedeutet, und nichts sollte mir etwas bedeuten … das macht mich irre.«

»Tja, tut mir leid, aber ich habe noch viel mehr Bedeutsames für dich auf Lager«, sage ich, obwohl ich höllisch unsicher bin, wie das hier weitergeht.

Er starrt hinab auf seinen Schoß. »Ich halte das nicht mehr aus. Bitte, rede über etwas anderes, nicht über mich.« Dann sieht er zu mir auf, und die Lichter der Straßenlaternen spiegeln sich in seinen Augen, beleuchten seinen Schmerz. »Erzähl mir was von dir«, bettelt er, lehnt sich wieder zurück und behält den Kopf zu mir gewandt. »Bitte. Ich möchte etwas über dich hören.«

Ich drehe mich zu ihm, und unsere Blicke begegnen sich. Am liebsten würde ich losheulen, weil er so elend aussieht und als wollte er mich anflehen, ihn davon zu befreien. Gott, was würde ich jetzt darum geben, die richtigen Worte zu finden, um ihm seinen Schmerz zu nehmen! Leider weiß ich aus Erfahrung, dass es die nicht gibt. Nichts kann ihn davor retten. Er muss schlicht lernen, damit zu leben und ihm nicht solche Macht über sich zu geben.

»Was zum Beispiel?«, frage ich und bemühe mich, ruhig zu sprechen.

»Weiß ich nicht. Auf dem Dach hast du gesagt, dass du letzten Sommer gut mit mir reden konntest, und ich sagte, das war nur, weil du high warst. Also beweise mir, dass ich falschlag. Rede mit mir ... über dich.«

Ich überlege, als ich auf die Bremse trete und an einer roten Ampel halte. Über mich ... Vielleicht etwas, das ihm zeigt, dass Menschen geholfen werden kann. »Ich habe mir das Video von Landon, meinem Freund, angesehen, das er aufnahm, bevor er sich umbrachte.« Ich sehe Quinton nicht an, als ich es sage, aber sein Schweigen verrät mir, dass ich ihn schon wieder sprachlos gemacht habe. Die Ampel wechselt auf Grün, und ich fahre weiter zu der Tankstelle rechts.

»Wann?«, fragt Quinton schließlich.

»Habe ich doch gesagt, direkt bevor er sich das Leben genommen hat«, sage ich und fahre auf die Tankstelle. »Das Video hatte ich schon ewig, aber ich hatte immer Angst, es mir anzusehen. Den ganzen letzten Sommer war es auf meinem Computer, auf meinem Handy, doch ich wollte ... ich konnte es mir nicht ansehen.«

»Nein, ich meinte, wann hast du es dir angesehen?«, fragt er, als ich vor dem Tankstellenshop halte, unterhalb der neongelben Lichter.

Ich stelle den Motor aus. »An dem Tag, an dem ich von dem Open Air weg bin«, sage ich und sehe ihn an. »Den Morgen, nachdem du aus dem Teich weg bist.«

»Und hast du dich danach besser gefühlt?«, fragt er. »Als du gehört hast, was er dachte, bevor er ...« Seine Stimme klingt brüchig, und er räuspert sich.

»Ja und nein«, antworte ich, und als er mich komisch ansieht, erkläre ich ihm: »Ja, weil es mir geholfen hat zu erkennen, zu was ich geworden war – zu was ich wurde. Das hatte ich bis dahin nicht begriffen, bis mich seine Worte an die Nova erinnerten, die ich früher war und die ich wieder sein wollte.«

Er saugt meine Worte förmlich in sich auf. »Und warum bereust du es?«

In mir schnürt sich alles zusammen, als ich durch die Windschutzscheibe zu den Lichtern drinnen sehe, auf dass sie meine Tränen wegbrennen. »Weil ich am Ende immer noch nicht verstand, warum er es getan hat. Er hat es nie richtig erklärt, und ehrlich gesagt glaube ich auch nicht, dass es eine Erklärung gibt. Außerdem tut es weh, ihn so zu sehen.« Ich blicke zu Quinton, und so schwer es auch ist, halte ich seinem Blick stand. »Ihn zu sehen, wie er so leidet, und zu wissen, dass dieser Schmerz gleich vorbei ist – dass er stirbt und ich nichts tun konnte, um es zu verhindern. Dass ich meine Chance verpasst hatte … Das will ich nie wieder.«

»Ich sterbe nicht, Nova«, sagt er. »Falls du darauf hinauswillst.«

»Das weißt du nicht«, sage ich, und von den grellen Lichtern über uns sehe ich Punkte vor den Augen. »Was du machst, könnte dich umbringen.«

»Wird es aber nicht«, beharrt er. »Glaub mir, ich versuche schon lange zu sterben, und es gelingt mir nicht, egal wie sehr ich mich anstrenge.«

Der Hoffnungsfunke in mir erlischt, und ich kann nichts gegen die Tränen tun, die mir kommen. Quintons honigbraune Augen verwandeln sich in Landons, und auf einmal fühlt es sich an, als würde ich mit ihm hier im Wagen sitzen und reden. Dabei fühle ich, dass er traurig ist, und ich sehe hilflos zu, wie er immer trauriger wird – sehe ihm beim Sterben zu.

»Warum sagst du so etwas?«, frage ich, als schon die ersten Tränen über meine Wangen laufen. Ich möchte ihn schlagen und zugleich in die Arme nehmen. Stattdessen sitze ich nur da und weine, und er beobachtet mich, als würde es ihn nicht kümmern. Plötzlich jedoch scheint er zu begreifen, dass ich verzweifelt bin.

Rasch lehnt er sich zu mir, schlingt die Arme um mich und drückt mich an sich. »Gott, Nova, es tut mir leid. Scheiße! Ich bin ein Arsch ... solchen Blödsinn zu reden. Echt, du solltest mir gar nicht zuhören.«

Ich lasse mich von ihm halten, während meine Tränen sein Shirt durchnässen, er Entschuldigungen murmelt und mich auf mein Haar küsst. Für einen flüchtigen Moment sitze ich nicht mit dieser verzerrten Version Quintons im Wagen; er ist ein anderer Quinton, den ich sehr gerne kennen würde: der Quinton, der er vor dem Unfall war. Die wenigen Male, die ich ihn bisher aufblitzen sah, reichen aus, dass ich mir einen liebevollen, wirklich netten Jungen vorstellen kann. Und er ist es, der mich jetzt in den Armen hält, nicht der, der mich zum Weinen gebracht hat.

Schließlich fange ich mich wieder und kehre in die Realität zurück. Ich will mich von ihm lösen, doch er behält mich in seinen Armen, drückt mich weiter an sich, und ich merke, dass er zittert.

»Es tut mir so leid«, sagt er zittrig, als hätte er Angst. »Das hätte ich nie sagen dürfen.«

»Ist schon gut.« Ich lehne den Kopf zurück, sodass ich ihn ansehen kann. »Wahrscheinlich bist du nur müde, oder?« Diese Ausrede biete ich ihm bewusst an, weil ich hoffe, dass wir das Thema damit beenden.

»Ja ... müde«, bestätigt er, auch wenn wir beide wissen, dass es nicht stimmt.

Ich hebe eine Hand, um mir die Tränen abzuwischen, doch er hindert mich daran, indem er sich vorbeugt und meine Wangen mit seinen Lippen streift. Sofort verspanne ich mich.

»Müde oder nicht«, sagt er zwischen seinen Küssen, »ich sollte dich nicht zum Weinen bringen. Niemals. Ich bin ein schrecklicher Mensch, von dem du dich fernhalten musst«, flüstert er und küsst mich wieder. »Mann, ich verdiene nicht, hier bei dir zu sein. Du solltest mich einfach wieder zurückbringen.«

»Doch, du verdienst, bei mir zu sein.« Ich schließe die Augen, als sein warmer Atem über meine Wangen weht und sein Oberkörper bei jedem Atemzug meine Brust berührt. Die Gefühle überwältigen mich ... wie sehr ich ihn mag ... wie sehnlichst ich mir wünsche, dass er in meiner Zukunft vorkommt ... in meinem Leben ... geheilt. Mir wird schmerzlich klar, warum ich hier bin. Warum ich ihm helfen muss. Es ist schmerzlich, weil ich weiß, wie hoffnungslos es wird, aber auch wie lohnend es allein wegen solcher Momente wie diesem ist.

»Was kann ich tun, um es wiedergutzumachen?«, fragt er. »Ich tue alles, was du willst.«

Auch wenn ich es nicht sagen sollte, kann ich nicht anders. »Hör mit den Drogen auf.« Ich mache mich schon darauf gefasst, dass er mich anschreit, aber er lehnt sich nur ein Stück zurück und lässt seine Hand an meiner Hüfte.

»Das kann ich nicht«, sagt er leise, beinahe enttäuscht, doch vielleicht bilde ich mir das bloß ein.

»Warum nicht?«

»Weil ich nicht kann.«

Ich möchte hartnäckiger sein, nur macht er bereits dicht, und das Leben in seinen Augen erlischt. Sobald es richtig fort ist, wird er mich bitten, ihn nach Hause zu fahren, also lasse ich ihn los und überlege, wie ich ihn bewege, hier bei mir zu bleiben.

»Hey, weißt du, was wir machen sollten?«, frage ich, als er sich wieder auf seinen Sitz zurückzieht.

Er trommelt mit den Fingern auf seinem Knie und blickt hinaus zur Tankstelle. »Was, Nova wie das Auto?«, fragt er und wirft mir ein träges Lächeln zu. Es ist eine Weile her, seit er mich so genannt hat, und weckt solche starken Erinnerungen an den letzten Sommer in mir, dass mir ganz schwindelig wird.

»Wir sollten noch mal ›zwanzig Fragen‹ spielen«, antworte ich. »Wie letzten Sommer.«

»Willst du das wirklich?«, fragt er mich verwundert.

Ich gähne, als ich nach meinem Türhebel greife. »Ja, sowie ich mir eine Cola geholt habe.«

Zunächst betrachtet er mich unentschlossen, doch dann gibt er nach. »Na gut, geh dir deine Cola holen, und danach spielen wir ein bisschen.«

Beim Aussteigen bin ich nicht direkt froh, habe aber auch nicht komplett die Hoffnung aufgegeben.

Obwohl ich mir Sorgen mache, dass Quinton fort sein könnte, wenn ich zurückkomme. Also beeile ich mich in der Tankstelle, und als ich wieder herauskomme, stelle ich erleichtert fest, dass Quinton auf der Motorhaube meines Wagens liegt, eine Zigarette raucht und zu den Sternen am Nachthimmel aufsieht. Die Straße ist recht ruhig, und es parken keine anderen Wagen in der Nähe. Es ist so gut wie kein Lärm zu hören, ausgenommen das Radio aus den Lautsprechern der Tankstelle, und es ist auf einen Oldies-Sender eingestellt, der ruhige Songs spielt. Es ist fast wie die Stille, von der Quinton auf dem Dach sprach, und es wäre ideal, wüsste ich nicht, was passiert, wenn ich ihn zurück zur Wohnung bringe. Trotzdem steige ich zu ihm auf die Motorhaube und trinke von meiner Cola, während mich der Zigarettenrauch einhüllt.

»Woran denkst du?«, frage ich, sehe ebenfalls zum Nachthimmel und fühle mich innerlich ruhig.

Er zieht an seiner Zigarette. »Ich überlege mir meine erste Frage«, antwortet er und bläst eine Rauchwolke aus.

»Ach ja?« Ich schraube meine Colaflasche wieder zu. »Wer hat gesagt, dass du anfängst?«

Er neigt den Kopf zur Seite. »Darf ich nicht?«, fragt er beinahe scherzhaft.

Ich grinse. »War ein Scherz, du darfst.«

Er denkt noch einen Moment nach, streckt den

Arm zur Seite und ascht über dem Boden ab. »Wenn du dir einen Ort auf der Welt aussuchen könntest, wo wärst du gerne?«

»Soll ich ehrlich sein?«, sage ich, und er nickt. »Ich glaube, ich würde überall auf der Welt sein wollen und alles auf Video aufnehmen.«

»Alles?«

»Ja, alles. Es gibt so viel zu sehen, und manchmal habe ich das Gefühl, ich sitze nur herum und verpasse alles.«

Er dreht sich auf die Seite und stützt sich auf einen Ellbogen. Der Qualm von seiner Zigarette umweht uns. »Und warum ziehst du nicht einfach los?«

»Aus diversen Gründen«, antworte ich und drehe die Colaflasche in meiner Hand. »Einer ist, dass ich zuerst meinen Abschluss machen muss. Der ist wichtig für meine Zukunft.«

»Ja, das leuchtet ein ... dass man einen Abschluss braucht, wenn man eine Zukunft hat«, sagt er stirnrunzelnd, und es versetzt mir einen Stich.

»Du könntest auch eine haben«, sage ich und hoffe, ihn damit nicht wieder wütend zu machen.

»Nein, kann ich nicht.« Er legt sich auf den Rücken, fixiert die Sterne und wird still.

»Okay, ich bin dran.« Ich drehe mich auf die Seite, stütze den Kopf auf meinen Arm und lehne die Flasche an die Windschutzscheibe. »Wie warst du, bevor du mit den Drogen angefangen hast?« Es ist eine mutige Frage, aber ich will, dass das Spiel einen Zweck erfüllt, nämlich ihn besser kennen und verstehen zu lernen, sodass ich vielleicht begreife, was ihm hilft.

Er zuckt zusammen und hustet scharf. »Diese Frage beantworte ich nicht.«

»Das ist unfair. Ich habe deine bisher immer beantwortet, sogar die, wie mein Vater gestorben ist, und darüber zu reden, fällt mir bis heute schwer.«

»Wann habe ich dich nach deinem Dad gefragt?«

»Letzten Sommer, als wir im Zelt waren und ... und uns ziemlich viel geküsst haben.«

Noch mehr Erinnerungen werden wach, und ich sehe ihm an, dass er es nicht vergessen hat, denn er berührt seinen Mund und bekommt einen richtig eigenartigen Gesichtsausdruck. Dann schluckt er und schnippt seine Zigarette weg. »Ich war normal«, antwortet er. »Bloß ein normaler Junge, der ans College dachte, gerne zeichnete und Künstler werden wollte. Der keine Probleme machte und in ein einziges Mädchen verliebt war. Ein ganz normaler Langweiler.«

Es klingt, als würde er jenen Jungen vermissen, sich allerdings auch dagegen sträuben.

Aus den Lautsprechern kommt ein Song, den ich kenne, obwohl ich nicht auf Oldies stehe. Aber den hier hat mein Dad früher viel gehört: »Heaven« von Bryan Adams. Unwillkürlich muss ich an die schönen Zeiten in meinem Leben denken, als ich mit meinem Dad durchs Wohnzimmer tanzte und sich alles so leicht anfühlte. Könnte ich doch etwas von dieser Leichtigkeit einfangen und über Quinton und mir ausschütten!

»Ich finde, der langweilige Junge hört sich nett an«, sage ich leise. »Den würde ich gerne mal kennenlernen.«

»Wirst du nicht, also such dir lieber einen anderen.« Er setzt sich auf, doch anstatt zu gehen, streckt er die Arme über dem Kopf aus. »Was siehst du in mir, Nova? Was bringt dich dazu, immer wieder zu mir zu kommen? Ich meine, ich bin nicht nett zu dir, jedenfalls nicht immer, ich führe ein beschissenes Leben und mache beschissene Sachen.«

»Ja, weil du leidest, und das kann ich wirklich verstehen.« Ich setze mich auch auf und beuge mich vor, damit ich ihn ansehen kann. Seine Augen sind weit aufgerissen. »Ich sehe eine Menge in dir, Quinton. Und ehrlich gesagt erinnerst du mich manchmal an Landon, was sicher mit ein Grund ist, weshalb ich mich zu dir hingezogen fühle«, sage ich, und als ich seine Enttäuschung sehe, nehme ich rasch seine Hände. »Aber das ist nicht der einzige Grund. Wenn ich bei dir bin, habe ich manchmal das Gefühl, als wären wir beide die einzigen Menschen auf der Welt und alles andere bedeutungslos. Und für jemanden, der dauernd über alles nachdenkt, ist so ein Zustand ganz schön schwer zu erreichen.«

Meine Antwort scheint ihm zu gefallen, denn sein Puls unter meinen Fingern geht schneller. »Ist das alles?«, fragt er. Ich schüttle den Kopf und frage mich, wie lange es her sein mag, seit jemand etwas Nettes zu ihm gesagt hat.

»O nein, ich fange gerade erst an.« Ich umklammere seine Hände fester. »Im letzten Sommer hast du mich Dinge fühlen lassen, von denen ich nach Landons Tod dachte, dass ich sie nie wieder fühlen würde. Und das nicht, weil ich high war, glaub mir. Ich habe so etwas nie wieder empfunden, bis ich herkam, um dich zu sehen.«

»Ich bin ein Junkie, Nova«, murmelt er. »Bei mir solltest du gar nichts empfinden.«

»Du bist kein Junkie«, widerspreche ich. »Du bist nur jemand, der wirklich verloren ist, sich quält und es nicht zugeben will. Und davon befreien dich die Drogen.«

Nun wirkt er ängstlich, richtig panisch, und blickt sich um, als suchte er nach einem Fluchtweg, damit er sich verstecken und wieder high werden kann. Deshalb halte ich ihn noch fester.

»Wenn du jetzt frei wählen könntest, was würdest du tun?«

»High werden«, antwortet er und sieht mich so verängstigt an, dass mir der Atem stockt. »Und du? Was würdest du jetzt machen wollen, wenn du könntest?«

Sicher erwartet er, dass ich sage, ich würde ihn retten, und das möchte ich auch, aber ich werde es nicht, weil ich eine Pause brauche, genau wie er. Wir beide wissen ja, warum ich hier bin, und ich werde es gewiss nicht vergessen. Nun allerdings will ich versuchen, auf eine leichte, unkomplizierte Art zu ihm durchzudringen, weil wir beide im Moment etwas Leichtes brauchen.

»Ich würde tanzen«, sage ich, lasse seine Hände los und rutsche vom Auto. Mir ist klar, dass es ein bisschen irre ist, aber etwas Besseres fällt mir nicht ein, also strecke ich meine Hand aus. »Tanzt du mit mir, Quinton?«

Misstrauisch sieht er zu den Lautsprechern über dem Tankstelleneingang, zu den leeren Zapfsäulen und dann hinüber zur Straße. »Willst du das echt? Hier? Jetzt?«

Ich nicke und halte die Hand ausgestreckt. »Ja, also wie sieht es aus?«

Er zögert, steigt dann doch von der Kühlerhaube und nimmt meine Hand. Die Berührung lässt mich kurz den ganzen Mist um uns herum vergessen. Wir werden etwas wahrhaft Leichtes tun. Natürlich kann es all die schweren Sachen nicht auslöschen, aber manchmal reicht eine kleine Pause vom Komplizierten, um mich für den nächsten Schritt zu stärken. Einen Schritt nach dem anderen. Einen Atemzug nach dem anderen. Einen Herzschlag nach dem anderen.

Ein Leben nach dem anderen.

Ich will meine andere Hand auf seine Schulter legen, doch er gibt mir einen kleinen Schubs und dreht mich. »Dir ist klar, dass du dich gnadenlos übernimmst, oder?«, fragt er und dreht mich schwungvoll zu sich, gegen seinen Oberkörper.

Atemlos lehne ich meine Wange an seine Brust und spüre sein rasendes Herz. »Wo hast du gelernt, so zu tanzen?«

»Von meiner Großmutter. Sie hat es mir beigebracht, bevor ich zu meinem ersten Schulball ging«, sagt er und atmet in mein Haar, als er sein Kinn auf meinen Kopf lehnt und wir beginnen, uns zur Musik zu wiegen.

»Wollte sie es oder du?«

»Traurigerweise ich«, sagt er. »Ich dachte, wenn ich tanzen kann, erhöht das meine Chancen bei dem Mädchen, in das ich verknallt war.«

»Hat es nicht?«

»Nein. Ich war sowieso nicht der Typ, mit dem Mädchen tanzen wollten«, sagt er. »Ich war damals zu schüchtern.«

Es fällt mir schwer, nicht zu grinsen. »Ich war früher auch schüchtern.«

»Ja, habe ich gemerkt«, sagt er nachdenklich.

Ich lehne den Kopf etwas nach hinten, um ihn anzusehen. »Woran? Ich bin nicht mehr schüchtern.«

Seine Mundwinkel zucken leicht. »Na ja, du wirst

manchmal verlegen, wenn du bestimmte Sachen machst, und dann kommt die Schüchternheit raus.«
Auf mein Stirnrunzeln hin ergänzt er: »Keine Angst, das ist erst wenige Male passiert, als wir anfingen, zusammen abzuhängen. Und außerdem mag ich es.«

Ich kneife den Mund zusammen und lehne mich wieder an seine Brust, worauf er wieder sein Kinn auf meinen Kopf stützt. »Tja, nun hast du noch etwas über mein altes Ich gelernt – dass ich früher tanzen konnte.«

Ich lächle vor mich hin, denn er konnte nicht nur tanzen ... er kann es immer noch. Und während wir uns im Rhythmus bewegen, bin ich still und sage mir, wenn er immer noch tanzen kann, existiert der alte Quinton weiter in ihm, und nun, da ich ihn flüchtig gesehen habe, will ich ihn nie mehr loslassen.

Ich halte mich an ihm fest, schließe die Augen und fühle alles besonders intensiv: die Hitze der Luft, die Wärme seines Körpers, die Art, wie sich meiner in völligem Einklang mit ihm bewegt. Keine Reue. Dies ist ein Moment, den ich niemals bereuen werde. Mir ist gleich, dass wir auf dem Parkplatz einer schäbigen Tankstelle sind und wir beide nach Rauch riechen. Ich will dies hier, ihn, jetzt. Ich weiß, dass der Zeitpunkt völlig falsch ist, dass so vieles falsch ist, so vieles tief unter der Oberfläche verborgen ist, aber ich muss ihn noch ein bisschen länger berühren. Deshalb küsse ich ihn mit geschlossenen Augen auf den Hals, hinauf zu seinem stoppligen Kinn, bis ich seine Lippen erreiche. Ich bin unsicher, wie er reagiert, doch er öffnet den Mund und erwidert meinen Kuss leidenschaftlich. Er schafft es, dass wir weitertanzen, während wir uns gleichzeitig so dicht aneinanderdrängen, bis wir fast eins sind. Ich kann alles an ihm fühlen, seine Wärme, seinen Atem, das leise Stöhnen, wenn sich unsere Lippen nur minimal voneinander entfernen. Und mit geschlossenen Augen kann ich mir einbilden, ich wäre bei dem alten Quinton, dem, den ich retten will.

Nach dem Tanzen steigen wir wieder auf die Kühlerhaube und reden noch etwas. Quinton scheint nach und nach lockerer zu werden; vermutlich kommt er in diese Phase friedlicher Ausgeglichenheit, an die ich mich gut erinnere, weil sie mich überhaupt erst zu den Drogen hingezogen hat. Dann wird es spät und so ruhig um uns herum, als wäre die gesamte Stadt eingeschlafen.

Gähnend strecke ich mich und sehe hinauf zu den Sternen. »Es ist schon sehr spät.«

»Weiß ich. Wir sollten wieder zurückfahren«, sagt er, setzt sich auf und springt von der Motorhaube. »Mir gefällt es nicht, wenn du nachts hier alleine herumfährst.«

Ich rutsche zum Rand der Kühlerhaube, und er hilft mir hinunter. »Ist schon okay. Leas Onkel wohnt in einer ziemlich harmlosen Gegend.«

»Trotzdem mache ich mir Sorgen um dich.« Ihm ist offensichtlich nicht wohl dabei, das zu sagen.

»Na gut, ich setze dich ab und fahre direkt zurück.«

Er nickt und lässt meine Hand los. Danach fahre ich ihn nach Hause und gebe ihm einen Kuss auf die Wange, bevor er aussteigt.

Er ist schon halb aus dem Wagen und hat mir den Rücken zugekehrt, als er sagt: »Nova, ich möchte, dass du nicht mehr herkommst.«

Mir wird hundeelend. Einen Moment lang dachte ich, es würde besser zwischen uns, dass er aufhört, sich gegen mich zu wehren. »Willst du das wirklich?«

Es dauert einige Sekunden, ehe er antwortet: »Was ich will, ist unwichtig. Es geht darum, was richtig ist.«

»Für mich ist es nicht falsch, dich zu sehen.« Nervös spiele ich mit dem Schlüsselanhänger am Zündschloss. »Und ich bin nicht bereit, dich nicht mehr zu sehen ... bist du es?«

Er senkt den Kopf, sieht mich aber immer noch nicht an. »Das kann ich jetzt nicht beantworten.«

»Tja, dann reden wir weiter, wenn du es kannst«, sage ich, und er will wortlos aussteigen. »Sehe ich dich morgen?«

Er hat die Tür schon halb geschlossen. »Ja ... meinetwegen.«

Es ist nicht viel, genügt aber, mir wieder ein wenig Mut zu machen. »Bis morgen, Quinton.«

Er schlägt stumm die Tür zu. Dann geht er zu seinem Haus, und ich warte, bis er drinnen ist. Anschließend hole ich mein Handy heraus und richte die Kamera auf mein Gesicht.

Es ist recht dunkel im Wagen; immerhin kann ich meine Umrisse auf dem Display erkennen, und die müssen reichen. »Also heute Abend hatte ich eine Idee«, erzähle ich der Kamera. »Sie mag blöd sein, aber mir fällt nichts anderes ein. Man nennt es Spaß. Und ich spreche nicht von der Art Spaß, bei der man sich betrinkt und Party macht. Das ist das Letzte, was Quinton und ich brauchen. Ich rede von simplem, leichtem Spaß, von Tanzen, Musik, Lachen, eben von friedlichem Spaß ... wie wir ihn heute Abend hatten. Anscheinend half er Quinton, sich zu entspannen, den Druck loszuwerden und so zu tun, als wären wir schlicht zwei Leute, die gemeinsam Zeit verbringen ... und ich kann mitspielen, solange es mich weiterbringt. Ich hoffe nur, dass es mir weiter gelingt, zu ihm durchzudringen ... dass ich mehr über ihn erfahre ... ihn besser verstehe.« Ich verstumme, als jemand aus Quintons Wohnung kommt, an die Brüstung tritt und hinunter zu meinem Wagen starrt. Er wirft eine Zigarette über das Geländer und lehnt seine Arme auf den oberen Rand. Das Licht über der Tür fällt auf seinen Rücken, sodass man das Gesicht nicht sehen kann, doch ich glaube, dass es Dylan ist. Und das bedeutet, dass ich verschwinden muss, sonst ruiniert er mir noch meinen halbwegs anständigen Abend.

Also beende ich die Aufnahme, werfe das Handy zur Seite und fühle mich ein bisschen leichter, als ich wegfahre. Ich bete nur, dass der Quinton, den ich gegen Ende des Abends erlebe, morgen nicht völlig verschwunden ist.

26. Mai, Tag 11 der Sommerferien

Quinton

Ich verändere mich, und es gefällt mir nicht. Ich fühle Dinge, was ich nicht mag. Mein Plan, mich konsequent selbst zu zerstören, wird kompliziert, und das gefällt mir überhaupt nicht. Im Moment stinkt mir alles, dennoch tue ich immer wieder dasselbe: Ich treffe Nova und lasse zu, dass sie mich verändert.

Ich kann nicht anders.

Mit ihr zu tanzen war ... nun ja, es war fantastisch. Sie so zu berühren, so zu küssen ... es sollte verboten sein, vor allem nachdem ich sie zum Weinen gebracht hatte. Ich hatte mir etwas geschworen, als Nova mich nach der Geschichte auf dem Dach absetzte, wo ich ihr eine der hässlichsten Seiten von mir gezeigt hatte. Ich schwor, ihr nie wieder wehzutun und mich von ihr fernzuhalten, doch was den letzten Teil angeht, versage ich auf ganzer Linie.

Ich weiß nicht, wie ich das abstellen soll – mich von ihr abwenden –, ohne wahnsinnig zu werden. Ich bin süchtig nach ihr, ungefähr so wie nach den Drogen, nur dass ich diese Abhängigkeit freiwillig gewählt habe und die Drogen keine widersprüchlichen Gefühle in mir auslösen. Das letzte Mal, dass ich etwas fühlte, war bei dem Open Air, und da entschied ich mich letztlich, mich Nova zu verschließen, anstatt sie mit mir nach unten zu ziehen. Ich wollte nichts fühlen, mir mein eigenes Gefängnis schaffen. Doch Nova weiß anscheinend, wie sie hinter die Mauern dringt und mich herauszieht, so wie sie es letzten Sommer getan hat. Und die Gefühle, die ich mittels Drogen ertränkt habe, kommen wieder hoch. Manchmal denke ich, ich sollte sie einfach annehmen, in anderen Momenten will ich vor ihnen fliehen. Manchmal macht es mich wütend, und ich fürchte, dass ich noch mal ausflippe und etwas sage, das sie verletzt.

Zum Glück ist das bisher nicht passiert. Die letzten vier Tage habe ich sie täglich gesehen und es geschafft, sie nicht noch einmal zum Weinen zu bringen, zum Teil auch weil ich darauf achte, auf dem idealen Rauschlevel zu sein, wenn sie kommt. Allmählich werden ihre Besuche Routine. So wie heute. Ich wache gegen zwölf, ein Uhr auf, schnupfe meine Morgendosis, ziehe mich an und zeichne, bis sie kommt. Ja, ich freue mich beinahe auf sie. Was auch okay ist, bloß gibt es ein riesiges Problem. Je mehr Zeit ich mit ihr verbringe, umso mehr nagt mein Gewissen an mir. Es ist, als würde ich Lexi in ihrem Grab verrotten lassen und weiterziehen, obwohl ich eigentlich mit ihr begraben sein sollte.

Ich bin nicht sicher, was zur Hölle mit mir los ist. Was für ein Mensch würde einfach die Freundin hinter sich lassen, die er umgebracht hat? Also versuche ich, mich gegen meine Gefühle für Nova zu wehren, doch sie nimmt meine Gedanken, mein Leben, sogar meine Zeichnungen ein. Heute zeichne ich tatsächlich ein Bild von ihr, als sie kommt. Es zeigt sie auf der Dachkante hockend, wo wir an dem Tag redeten und ich sie anbrüllte. Welche Vollkommenheit ich sah, als sie mich anblickte und ich ihr erklärte, warum ich diese Aussicht so mag. Die Zeichnung ist gelungen, was mich traurig macht, denn ich wollte nie an den Punkt kommen, an dem ich solche Mühe auf die Darstellung eines anderen Mädchens verwende.

Und auf keinen Fall darf Nova sie sehen; deshalb klappe ich hastig meinen Skizzenblock zu, als sie mein Zimmer betritt. »Hi«, sage ich und werfe ihn beiseite.

Lächelnd erscheint sie mit zwei Kaffeebechern in meiner Tür. Sie trägt ein blaues Kleid, das ihre Beine zur Geltung bringt, und hat das Haar hochgesteckt, sodass ich die Sommersprossen auf ihrem Gesicht und ihren Schultern sehe. »Okay, ich habe einen Plan für heute.« Sie reicht mir einen Kaffeebecher und sieht glücklich aus, obwohl auf meinem Fußboden ein Spiegel mit weißen Pulverresten liegt. Offenbar kann sie das alles ausblenden, ebenso wie mein fieses Benehmen ihr gegenüber und die Narbe auf meiner Brust, die für das Schreckliche steht, das ich getan habe.

Ich nehme den Kaffee. »Wer hat dich in die Wohnung gelassen?«, frage ich und blinzle einige Male, weil meine Augen so trocken sind. Vor ein paar Stunden habe ich eine Linie gezogen, sodass es mir jetzt gut geht, ich aber nicht mehr vor Adrenalin übersprudle.

Sie wird etwas ernster. »Dylan.«

»Er hat doch nichts gesagt, oder?«

Sie zuckt mit den Schultern und zupft an dem Becherdeckel. »Was er gesagt hat, ist es weniger, sondern mehr, wie er mich ungefähr eine Minute lang angestarrt hat, bevor er mich reinließ … Delilah liegt weggetreten auf dem Sofa, und er hat eine dämliche Bemerkung gemacht, dass sie ihm so besser gefällt. Es macht ihm wohl Spaß, mich zu schocken … und ich hasse es, Delilah so zu sehen.«

Natürlich hasst sie das, denn sie macht sich um jeden zu viele Gedanken. »Tut mir leid«, sage ich und möchte Dylan den Hals umdrehen. Er benimmt sich jeden Tag mehr wie ein Arschloch und erzählt ständig, dass wir ausziehen müssen. Tristan und ich haben uns sogar mal in sein Zimmer geschlichen und nach der Waffe gesucht, aber die hat er anscheinend immer bei sich. Ich mache mir ein bisschen Sorgen, wohin das alles führen soll, und vor allem will ich Nova da unbedingt raushalten. »Ich denke, du solltest nicht mehr hier nach oben kommen.«

Sie reißt die Augen weit auf. »Nein, mit dem gruseligen Dylan werde ich fertig … Und ich möchte dich weiter sehen.«

»Ich meine auch nicht, dass wir uns nicht mehr sehen sollen«, korrigiere ich sie und trinke einen Schluck von dem Kaffee. Es ist einige Zeit her, seit ich einen teuren Starbucks-Kaffee hatte, und er schmeckt besser, als ich ihn in Erinnerung habe. »Ich meine, dass du vielleicht nicht hier in die Wohnung kommst. Wir können uns unten bei deinem Wagen treffen.«

»Und woher weißt du, wann ich da bin?«

»Wir können eine Zeit verabreden.«

»Hast du nicht gesagt, dass du meistens völlig die Zeit aus dem Blick verlierst?« Sie trinkt von ihrem Kaffee und wartet auf meine Antwort.

Wenn ich mich darauf einlasse, verpflichte ich mich quasi, sie weiterhin zu sehen. Das geht gegen alles, was ich fühle, dennoch könnte ich es, wenn ich auf der richtigen Drogendosis bleibe – ein Gleichgewicht halte, mit dem ich funktioniere. »Ich versuche, jeden Tag mittags draußen zu sein«, ist das Beste, was ich ihr anbieten kann.

»Klingt gut.« Ihre perfekten Lippen biegen sich

zu einem kleinen Lächeln, das wahrlich würdig ist, gezeichnet zu werden. »Also, möchtest du jetzt von meinem Plan für heute hören?«

»Klar.«

Ihr Lächeln wird breiter, als sie sich neben mich auf die Matratze setzt. Sofort verkrampfe ich mich, weil ich ihre Wärme spüre. »Wir haben heute mal einen Tag Spaß, reden nicht über unsere Probleme und streiten nicht.«

Bei dem Wort »Spaß« krümme ich mich fast. An dem Abend des Unfalls wollte Lexi Spaß haben. Andererseits ähneln sich Nova und Lexi kein bisschen. Nova meint sicher ruhigen, sorglosen Spaß, während Lexi es gerne impulsiv und gefährlich hatte. »Ich glaube nicht, dass ich Spaß haben kann.«

Sie stößt grinsend ihre Schulter gegen meine. »Selbstverständlich kannst du das.«

Langsam atme ich durch die Nase ein und ermahne mich, ruhig zu bleiben. »Nein, kann ich nicht.«

»Warum nicht?«, fragt sie verwundert.

»Weil ich es nicht kann.«

»Quinton, bitte, verrate es mir. Sonst zermartere ich mir das Hirn, warum ... so wie ich es bei Landon immer musste.«

Scheiße, sie macht es mir wahrlich schwer, wenn sie die Toter-Freund-Karte ausspielt. Außerdem sieht sie mich an, und ihre Augen sind so groß und schön, dass ich in ihnen versinke.

»Meine Freundin ... Lexi wollte Spaß haben ...« Tränen brennen in meinen Augen, und ich neige den Kopf nach hinten, damit sie ja nicht rauskullern. Direkt über mir ist der Wasserfleck, der mich wie verrückt genervt hat, aber seltsamerweise die letzten Tage nicht mehr tropft, obwohl der Fleck selbst größer wird. »An dem Abend, als sie starb.« Sobald ich mich wieder im Griff habe, senke ich den Kopf und sehe Nova wieder an.

Sie nagt stumm an ihrer Unterlippe, hat die Hände auf ihren Oberschenkeln und bohrt die Finger in ihre Haut. Zuerst denke ich, dass ihr nicht wohl ist, aber dann wird mir klar, dass sie mit den Tränen kämpft. »Landon wollte nie Spaß haben«, sagt sie leise und in einem schrecklich matten Ton. Es bringt mich fast um, die Leere in ihrer Stimme zu hören. Ja, das ist mein schwacher Punkt – Nova ist mein schwacher Punkt.

Tristan hat recht, dass sie mich verändert. Ich bin nur nicht sicher, ob zum Besseren oder zum Schlechteren, denn ich bin total überfordert mit dem, was sie an Gefühlen bei mir freisetzt, die doch eigentlich unter einer dicken Drogenschicht begraben sein sollten.

Ich lege meine Hand auf ihre, und sie versteift sich. Mein Herz hämmert so, dass ich beinahe keine Luft mehr kriege, während ich sie dringend wieder froh machen will. Als ich ausatme, wird mir bewusst, wohin meine Gedanken abwandern. »An welchen Spaß hattest du für heute gedacht?«

Ihre Tränen schwinden, und sie wird ein wenig munterer. »Einen Ausflug in die Stadt, ein bisschen Achterbahn fahren, lachen, uns amüsieren.« Sie sagt es, als wäre nichts leichter als das.

Prompt rümpfe ich die Nase. »Ich glaube, ich weiß gar nicht mehr, wie das geht, es sei denn, ich bin völlig hinüber. Und das hast du sicher nicht gemeint.«

»Nein, habe ich nicht! Ich möchte dir zeigen, wie es geht, ohne high zu sein«, sagt sie und wirkt nur ganz kurz gekränkt, bevor sie mir die Hand hinhält, als sollte ich sie nehmen.

»Dir ist klar, dass ich jetzt gerade high bin, oder?« So ungern ich es sage, will ich ihr auch nichts vormachen.

»Ja, aber vielleicht kannst du versuchen, nichts zu nehmen, solange wir unterwegs sind.« Sie ist eindeutig nervös und fürchtet, dass ich ablehne. Im Geiste sehe ich sie vor mir, wie sie weinend im Wagen sitzt, und dafür will ich nie wieder verantwortlich sein. Also nehme ich ihre Hand.

»Ich gebe mein Bestes, doch ich kann nichts versprechen«, sage ich ehrlich. Ich will sie nicht verletzen, dennoch muss sie wissen, woran sie ist. Zwar mag ich mich in manch anderer Hinsicht verändern, aber ich habe nicht vor, mit den Drogen aufzuhören.

Ich fahre es bloß ein bisschen herunter, wenn sie mich besucht.

Wäre ich nüchtern, würde ich wahrscheinlich ihre Nähe nicht mal aushalten, ohne von den Erinnerungen an Lexi erdrückt zu werden. Dann würde ich sämtliche Emotionen fühlen: wie es ist zu leben, zu atmen und mein Herz wie ein normales schlagen zu lassen. Es würde heißen, dass ich Lexi vergesse und mich für das Leben entscheide.

Sie nickt, und wir gehen hinaus zu ihrem Wagen. Dabei halten wir uns an den Händen, bis wir einsteigen, und ich bin nüchtern genug, um zu spüren, wie die Verbindung abbricht und ich sie mir sofort zurückwünsche.

Nova lässt den Motor an und dreht die Klimaanlage auf. »Übrigens wette ich, dass die Krankenhäuser hier einen wahnwitzigen Zulauf an Hitzeschlagpatienten haben.« Sie wischt sich mit dem Handrücken den Schweiß von der Stirn. »Ich fühle mich, als würde ich zerfließen.«

»Na, für mich siehst du ziemlich fließresistent aus.« Erst als sie mich verwirrt ansieht, wird mir klar, dass ich kompletten Blödsinn rede. *Vielleicht bin ich doch nicht so nüchtern, wie ich denke.*

»Ich verstehe nicht genau, was du meinst, also nehme ich es mal als Kompliment«, sagt sie, greift nach ihrem iPod auf dem Sitz und scrollt nach dem idealen Song. Mir ist aufgefallen, dass das eine Angewohnheit von ihr ist, und wenn ich richtig aufpasse, müsste ich irgendwann ihre Stimmung anhand ihrer Auswahl deuten können.

Die Musik geht an, und ich muss aufs Display sehen, weil ich den Song nicht kenne. »›One Line‹ von *PJ Harvey* ... nie gehört.« Doch ich schwöre, dass Nova mir damit etwas sagen will, was mit unserem Kuss auf dem Parkplatz zu tun hat.

»Weil du musiktechnisch restlos unterbelichtet bist«, scherzt sie, nimmt ihre Sonnenbrille vom Armaturenbrett und setzt sie auf. Ich frage mich, wie sie das packt, mit mir hier zu hocken und zu tun, als wäre es okay für sie. Ich denke über das nach, was sie im Wagen von ihrem Freund erzählte: dass sie mich retten will, weil sie ihn nicht gerettet hat. Vielleicht kann sie es deshalb.

»Ich bin nicht unterbelichtet!«, widerspreche ich und schnalle mich an, während sie aufs Gas tritt und losfährt. »Ich bin nur nicht so unglaublich bewandert wie du.« Und jetzt flirte ich! Na klasse. Das wird sicher ein sehr interessanter Tag, für den ich später bezahlen muss, wenn mich alles einholt.

Sie verkneift sich ein Grinsen und biegt auf die Straße ein. »Oh, ich bin sogar noch toller, was meine eigene Musik betrifft«, sagt sie und ordnet sich rechts in Richtung Stadtzentrum ein. »Ich habe schon angefangen, mir eigene Beats auszudenken.«

»Das ist wirklich irre.« Ich trommle mit den Fingern den Rhythmus mit, um einen Teil meiner Hyperenergie möglichst unauffällig loszuwerden.

»Und ich habe inzwischen ein paarmal auf der Bühne gespielt.«

»Ehrlich?« Ich erinnere mich, wie wir bei dem Open Air in der Menge standen und ich fasziniert beobachtete, wie sie in der Musik aufging.

Sie sieht ein bisschen stolz aus. »Ja, zuerst war es heftig, immerhin hatte Landon mir mein erstes Schlagzeug geschenkt. Aber ich habe mich da durchgearbeitet und angefangen, mir neue Erinnerungen zu schaffen, mit denen ich wieder die Freude am Spielen entdecke.« Grinsend klappt sie die Sonnenblende herunter. »Jetzt rocke ich richtig.«

»Kann ich mir vorstellen.«

»Ach ja, und ich schulde dir noch ein Vorspiel.«

Ich erschrecke. »Ein Vorspiel?« Mir gehen zu viele schmutzige Bilder durch den Kopf, die einen Adrenalinschub bewirken; allerdings könnte der auch von dem Crystal in meiner Kehle sein.

»Ja, ich hatte dir gesagt, dass ich mal für dich spiele«, sagt sie und hält an einer roten Ampel. »Und das habe ich bisher nicht.«

»Irgendwann mal vielleicht.« Ich frage mich jedoch, wie viel Zukunft wir noch haben, also wie lange sie mich noch so erträgt. Auch wenn ich mit ihr hier sitze, habe ich nicht die Absicht, etwas an meinem Leben zu ändern. »Wie wäre es mit heute?«, schlägt sie vor, als die Ampel wieder grün wird und sie weiterfährt.

»Du willst heute für mich Schlagzeug spielen?«, frage ich und blicke mich auf der Straße um. Tattoostudios, Souvenirshops und Secondhandläden weichen Casinos, je näher wir der Innenstadt kommen.

Sie nickt und blinkt, um die Spur zu wechseln. »Ja, wenn du willst.« Sie fährt auf die Abbiegerspur. »Mein Schlagzeug steht in dem Haus, in dem ich derzeit wohne.«

Sofort komme ich mit einer Ausflucht. »Ich glaube nicht, dass irgendwer einen Junkie in seiner Bude haben will.«

»Der Onkel meiner Freundin kommt nie vor sechs nach Hause«, sagt sie und biegt in ein Parkhaus ein.

»Und was ist mit deiner Freundin Lea?«

»Was soll mit ihr sein?«

»Wird sie nicht sauer, wenn du mit mir auftauchst?«, frage ich und löse den Sitzgurt, als sie einparkt.

»Für sie ist das okay«, sagt Nova und stellt den Schalthebel auf »Parken«. »Sie weiß, wie wichtig du mir bist.«

Egal, wie oft sie das sagt, es trifft mich jedes Mal wieder wie ein Hammer. Was sie anscheinend merkt, denn sie fügt eilig hinzu: »Entschuldige, ich komme schon wieder zu heftig rüber, was?«

Ich streiche mir über den Kopf und den Nacken, während ich langsam ausatme. »Nein, ist schon gut ... versuchen wir einfach, ein bisschen Spaß zu haben.«

Nüchternen Spaß.

Gibt es so etwas überhaupt?

Ich bin nicht sicher, ob ich noch an Spaß glaube, aber ich lasse es auf mich zukommen. Zum Glück habe ich noch genug Crystal intus, dass ich nicht völlig auszunüchtern drohe, auch wenn das im Laufe des Tages anders werden kann, besonders falls ich mich über irgendwas aufrege. Das macht mir ein bisschen Angst – nicht nur meinetwegen, sondern auch wegen Nova.

Ich fürchte mich vor dem wahren Monster in mir, das womöglich herauskommt und unseren spaßigen Tag in tausende irreparable Stücke zerfetzt.

Nova

Redend und lachend wandern wir den Strip auf und ab. Das heißt, hauptsächlich lache ich. Quinton lacht selten, doch immerhin gelingt es mir, ihm einige Male ein Lächeln zu entlocken. Wir gehen zum »New York, New York«-Kasino, um mit der Achterbahn zu fahren, die sich außen um das Gebäude windet. Als wir in der ziemlich langen Schlange warten, gesteht Quinton, dass er sich ein bisschen vor Achterbahnen fürchtet.

»Als ich so zwölf oder dreizehn war, saß ich mal in einer neben jemandem, der wie irre gekotzt hat«, erzählt er. Wir stehen uns gegenüber und umringt von Leuten, doch während wir reden und uns ansehen, fühlt es sich an, als gäbe es nur ihn und mich. Mir war nie zuvor klar, was Augenkontakt bewirken kann, und bei dem Gedanken fällt mir erstmals ein, dass Landon mir nicht oft direkt in die Augen gesehen hat; er war immer irgendwie abwesend.

»Argh!« Ich verziehe das Gesicht. »Hast du davon was abbekommen?«

Er nickt. »O ja, und das war echt eklig.«

»Mein Dad und ich sind immer zusammen Achterbahn gefahren«, erzähle ich und rücke mit der Schlange weiter vor. »Ich war seit seinem Tod in keiner mehr, weil es mich irgendwie traurig macht.«

»Aha?«

»Ja, das hier ist sozusagen mein erster Versuch, es wieder zu genießen.«

»Bist du sicher, dass du diesen Moment mit mir erleben willst?«, fragt er mich unsicher und drängt sich ans Geländer zurück, als andere Leute an ihm vorbeigehen.

Ich nicke und nehme mutig seine Hand. »Ich bin froh, dass du es bist.«

Quinton blickt auf den Boden und murmelt etwas,

das verdächtig nach »O Mann!« klingt. Aber er lässt meine Hand nicht los, bis wir in unsere Sitze steigen. Wir klappen die Riegel vor, und ein Typ kommt herum, um zu prüfen, ob wir auch richtig gesichert sind. Dann halte ich die Luft an, als der Wagen vorwärts und nach oben rollt. Die Sonne blendet, doch ich will nicht wegsehen, weil ich nichts verpassen will. Ich weiß, wenn der Wagen in die Tiefe geht, werde ich für einen flüchtigen Moment Freiheit empfinden, und die brauche ich. Und ich hoffe, dass diese Fahrt Quinton dasselbe Gefühl bescheren kann.

Er neigt sein Knie zur Seite, als wir ganz oben sind, und drückt es gegen meines. Ich weiß nicht, ob es ihm bewusst ist oder er es tut, um mich oder ihn zu beruhigen, aber mir gefällt es. Wieder halte ich den Atem an, als wir nach unten stürzen. Gemeinsam. Wir neigen uns mit in die Kurven und halten uns fest. Um uns herum kreischen Leute. Mein Haar wird vom Fahrtwind gepeitscht, der mir über den Leib bläst, und ich fühle mich, als würde ich fliegen. Es ist ein total befreiendes Gefühl, und ich wünsche mir, ich könnte ewig in dieser Achterbahn bleiben, denn das ist simpler, leichter Spaß. Wäre das Leben doch so mühelos!

Als wir wieder aussteigen, sieht Quinton aus, als müsste er lachen, tut es aber nicht. So oder so tut es gut, ein bisschen Freude in seinen Augen zu sehen.

»Mann, habe ich ein Herzrasen!«, sagt er und führt meine Hand an seine Brust. »Hier, fühl mal.«

»Ja, ungefähr so wummert meins auch«, bringe ich heraus, nachdem mir kurzzeitig der Atem stockte.

Sicher ist ihm gar nicht richtig klar, was er tut, denn er legt eine Hand auf meine Brust, wo mein Herz nun vor allem wegen seiner Berührung wie wild lospocht. Quinton sagt nichts, fühlt meinen Herzschlag, während ich seinen fühle. Beide quicklebendig. Es ist ein schlichter und doch bedeutsamer Moment, den wir auskosten, ohne auf die Leute zu achten, die sich um uns herum von der Rampe schieben und uns merkwürdig beäugen. Sie haben ja keine Ahnung, was wir hier tun, und fast tun sie mir leid, weil sie nicht begreifen, wie fantastisch es ist, den Herzschlag von jemand anderem zu spüren.

Vielleicht weil ich es begreife, tue ich das, was ich als Nächstes tue. Oder ich will Quinton eben einfach küssen. Wer weiß? Jedenfalls stelle ich mich auf meine Zehenspitzen und presse meine Lippen auf seine. Erst zögert er, und sein Mund ist wie erstarrt. Doch dann holt er scharf Luft, und plötzlich küsst er mich. Unsere Zungen begegnen sich, unsere Körper schmiegen sich aneinander, unsere Hände sind zwischen uns eingeklemmt, denn immer noch halten wir sie über unseren Herzen. Quinton legt seine freie Hand unten auf meinen Rücken und zieht mich nahe an sich. Dabei spielt seine Zunge mit meiner, dass es mir den Atem raubt. Alles, was ich im letzten Sommer empfand, kracht auf mich ein, überflutet meine Seele. Dieser Gefühlsrausch ist so überwältigend, dass mir die Beine einknicken. Quinton hält mich, umfängt meine Taille, während er mich zurück ans Geländer bugsiert. Das Stahlrohr drückt gegen meinen Rücken, als seine Hände überall auf mir sind. Bei jedem Atemzug berührt meine Brust seine, und die Wärme seines Körpers vermengt sich mit meiner und mit der Wüstenhitze, sodass meine Haut schweißklamm wird. Ich bin atemlos, aufgelöst, vollkommen in diesem Erlebnis. Die Leute und das Bimmeln der Spielautomaten um uns herum verklingen, als wären wir an einen völlig anderen Ort entschwebt. Ich wünschte, dort könnten wir immer bleiben, aber am Ende zieht Quinton sich mit einem kurzen Knabbern an meiner Unterlippe zurück. Nach Luft ringend lehnt er stumm seine Stirn an meine. Ich sage auch nichts. Wir sind beide durcheinander von dem, was passiert ist. Zumindest bin ich es. Soviel ich für ihn empfinde, macht mich die Tatsache, dass er auf Crystal ist, unsicher. Ist es falsch, mit ihm zusammen zu sein, wenn er so ist? Nimmt er seine eigenen Gefühle überhaupt wahr? Verstehe ich meine wahren Gefühle? Denn die werden ziemlich intensiv – intensiver, als ich bisher gedacht hätte.

»Und was jetzt?«, fragt er schließlich. Er ist außer

Atem, hat weit aufgerissene Augen, und seine Hand auf meiner Brust zittert.

Ich brauche einen Moment, um mich zu fangen, bevor ich mich zurücklehne und zur Uhr an der Wand sehe. »Wie wäre es, wenn wir einen Happen essen und dann zu dem Haus fahren, wo ich wohne, damit du mich spielen siehst?« Nach dem Kuss kommt es mir ziemlich banal vor, aber in diesem Gefühlsnebel will mir nichts anderes einfallen.

Er lächelt träge und wirkt ein wenig benommen. »Hört sich gut an.« Dieser Tag läuft bisher so gut, und das und der Kuss lassen in mir eine Hoffnung aufscheinen, die heller als die Sonne ist. Einen doofen Moment lang glaube ich ernsthaft, dass alles gut wird. Dass Spaß zu haben und etwas zu unternehmen helfen können, damit es jemandem besser geht.

Doch in der Ferne ziehen Wolken auf, die zu denen in Quintons Augen passen. Sie gehören zu dem, was er am dringendsten will: seine Sucht befriedigen. Und sie sagen mir, dass meine Hoffnung im Begriff ist, vollständig zu erlöschen, was sie eine halbe Stunde später auch tut. Wir sind auf halbem Weg zu dem Haus von Leas Onkel, als Quinton anfängt, unruhig zu werden. Schließlich greift er in seine Hosentasche und flippt aus.

»Scheiße!«, flucht er und ballt die Fäuste.

»Was ist?«, frage ich und drehe die Musik leiser.

Er schüttelt den Kopf und beißt die Zähne zusammen. »Ich habe vergessen, was mitzunehmen.«

Ich sehe starr auf die Straße und konzentriere mich auf den Verkehr. »Drogen? Ich dachte, du willst keine nehmen, solange wir unterwegs sind.«

Gereizt funkelt er mich an. »Ich habe gesagt, dass ich es versuche, aber ich kann das nicht!« Sein Tonfall wird schroffer. »Ich habe sowieso nie geglaubt, dass das klappt.«

Ich umklammere das Lenkrad fester, als alle Leichtigkeit des Tages verpufft. »Also hast du mich angelogen?«

»Ich habe gesagt, dass ich es versuche«, kontert er, und das Monster in ihm übernimmt langsam. »Und ich bin schon seit Stunden ohne. Mehr geht nicht. Ich muss nach Hause!«

Er holte seine Zigaretten aus der Tasche und steckt sich eine an.

»Hier kann ich nicht wenden.« Wir sind auf einem Freeway, wo es wirklich ausgeschlossen ist. Und selbst wenn es möglich wäre, würde ich trotzdem versuchen, es irgendwie zu vermeiden.

Seine Hand mit der Zigarette zittert. »Nova, ich bemühe mich ehrlich, nicht auszuticken, aber es wird richtig schnell richtig hässlich, wenn du diesen verfluchten Wagen nicht wendest!«

»Quinton, ich ...«

Er knallt die Faust gegen die Tür. »Bring mich

nach Hause! Sofort!« Seine Stimme ist leise, schneidend und warnend.

Mir ist zum Heulen. Ich will ihn anschreien, doch ich kann sehen, wie das Hässliche – die Sucht – in seinen Augen aufflammt, und es macht mir Angst. Deshalb tue ich etwas, wofür ich mich selbst hasse: Ich nehme die nächste Abfahrt und kehre um, zurück zu dem Loch, in dem er wohnt. Unser glücklicher Tag schwindet rapide dahin.

Quinton

Ich habe es gründlich versaut. Und das nicht bloß mit dem verdammten Kuss. Von dem bin ich ehrlich gesagt nur verwirrt und weiß nicht, ob ich ihn bereue oder nicht. Diese Verwirrung löst Unruhe in mir aus, und ich habe vergessen, mir ein paar Linien einzustecken, sodass ich mich nicht beruhigen kann. Das ist mir noch nie passiert. Ich denke immer dran, das Zeug bei mir zu haben, das mich aufrecht hält. Aber Nova hatte mich mit ihrem Versprechen eines schönen Tages abgelenkt, mit ihrem Lächeln. Sie hat mal wieder erreicht, dass ich mich in ihr verlor. Hat mich geküsst, als wäre ich die Luft, die sie zum Atmen braucht. Das ist so beschissen falsch und fühlt sich doch gleichzeitig so richtig an.

Was zur Folge hat, dass ich jetzt ausraste. Übel.

Und den schönen Tag kaputt mache, den Nova mit mir haben wollte.

Als wir vor meinem Haus ankommen, schwitze und keuche ich, und meine Handflächen bluten, wo ich meine Fingernägel hineingebohrt habe. Außerdem fühle ich meinen Mund nicht mehr, so sehr habe ich die Zähne zusammengebissen und meine Lippen zusammengepresst. Mir geht es beschissen, und es gibt nur eines, was das besser machen kann. Darauf konzentriere ich mich: auf die kleine Plastiktüte unter meiner Matratze. Das Einzige, das mein Leben und diese Verwirrung erträglich macht.

Die Anspannung in mir steigert sich, als ich einen schwarzen Cadillac auf dem Parkplatz sehe, an dem ein großer Kerl lehnt und raucht. Der Wagen sieht wie der aus, der vorfuhr, bevor ich zusammengeschlagen wurde, und der Typ sieht wie Donny aus, der mich zusammengeschlagen hat. Seit Trace' Drohung sind erst sechs Tage vergangen, aber irgendwie überrascht mich nicht, dass sie zu früh gekommen sind.

Scheiße, Tristan!

»Danke, dass du mit mir abgehangen hast«, sage ich schnell und greife nach der Tür. Meine Gedanken überschlagen sich. *Hoffentlich ist Trace nicht hier. Hoffentlich steckt Tristan nicht in Schwierigkeiten. Ich hoffe, dass keiner meinen Vorrat gefunden hat.* Der letzte Gedanke ist so selbstsüchtig, trotzdem kann ich ihn nicht abstellen. Im Moment kontrolliert meine Sucht mich.

»Warte mal, was ist hier los?«, fragt Nova, die meine Reaktion bemerkt haben muss. Sie folgt meinem Blick zu dem Wagen und Donny und runzelt die Stirn. »Wer ist der Typ?«

»Niemand«, sage ich und habe einige Mühe, mich abzuschnallen.

»Aber du bist nervös«, erwidert sie und sieht mich ängstlich an. »Hat das hier irgendwas mit diesem Trace zu tun?«

Mich kotzt es an, dass sie genug über mein Junkie-Leben weiß, um gleich auf Trace zu tippen. »Alles ist gut, Nova. Du musst nur wegfahren.« Ich sehe sie nicht an, als ich aus dem Wagen steige. Nachdem ich die Tür zugeworfen habe, ruft sie mich, und tatsächlich drehe ich mich um.

»Quinton, ich sehe doch, dass etwas nicht stimmt«, sagt sie flehend. »Bitte, sag mir, was los ist.«

»Lass es gut sein«, sage ich und beuge mich nach unten, um sie anzusehen. »Du darfst jetzt nicht hier sein. Es ist zu gefährlich.«

»Es geht um diesen Trace, stimmt's? Tristan hat ihn nicht rechtzeitig bezahlt, oder?« Sie blickt ängstlich hinüber zu Donny. »O Gott, Quinton, das ist übel!«

»Weiß ich.« Ich sehe ebenfalls zu Donny, der uns bemerkt hat und sich in unsere Richtung dreht. Er hat seine Lieblingswaffe in der Hand, einen Wagenheber, und mir tut schon bei dem Anblick alles weh.

»Soll ich dir Geld leihen?«, fragt sie, als ich wieder zu ihr sehe. »Ich habe ungefähr fünfzig Dollar bei mir, falls du was brauchst.«

O verdammt, Nova! Ihre Nettigkeit bringt mich um, weil sie unbedingt aufhören muss, sich zu sorgen, und wegfahren. »Fünfzig Dollar nützen nichts, und ich habe dir schon gesagt, dass du mit dem hier nichts zu schaffen haben darfst.« Ich drehe mich weg und hoffe, damit ist es erledigt.

Aber sie steigt aus dem Wagen und ruft über das Dach hinweg: »Ich will dir helfen!«

»Verflucht noch mal, Nova!«, schreie ich, als Donny schon mit einem fiesen Grinsen auf uns zukommt. Ich werde panisch. Mir ist völlig egal, was mit mir passiert, aber nicht, was mit Nova geschieht. »Steig in den verdammten Wagen!«, brülle ich sie an.

Donny klopft mit dem Wagenheber auf seine Hand, wie das letzte Mal, als er mich zusammengeschlagen hat, nur sieht er jetzt nicht mich an, sondern Nova. Das ist so beschissen übel … und allein meine Schuld.

»Trace möchte dich sehen«, ruft er mir entgegen, während seine schwarzen Stiefel über den Asphalt scharren.

Meine Muskeln ziehen sich zu schmerzhaften

Knoten zusammen, denn ich muss an Roy denken und was Trace dessen Freundin antat, wie er sie vergewaltigt hat. Ich muss Nova hier wegschaffen. Jetzt. Sie hätte gar nicht hier sein dürfen. Ich hätte sie nie in mein Leben lassen dürfen. Was habe ich mir dabei gedacht?

Ich laufe vorne um den Wagen herum und erschrecke sie, indem ich blitzschnell vor ihr bin, grob ihre Arme packe und sie an mich ziehe. »Bitte, wenn dir etwas an mir liegt, steig in den Wagen und verschwinde. SOFORT!«, flüstere ich ihr zu.

Sie umklammert meine Arme, und ich höre, wie schnell ihr Herz schlägt. »Was macht der mit dir?«

»Nichts«, lüge ich sie und mich an. »Er ist bloß hier, um Trace' Geld zu kassieren.«

»Aber habt ihr das?«

»Einen Teil«, sage ich, was der Wahrheit entspricht. Tristan und ich konnten die Hälfte von dem auftreiben, was wir Trace schulden.

»Reicht es, dass er dich in Ruhe lässt?«

»Ja, vorerst.« Wieder lüge ich, aber das ist richtig, denn wenn ich nicht lüge, fährt sie nicht weg. Ich höre Donnys Stiefel dicht hinter uns. »Steig in den Wagen.« Ich küsse sie auf die Wange und flehe: »Fahr nach Hause!«

Zunächst hält sie den Atem an, dann nickt sie. Ich bin froh, als sie sich zur Tür dreht, doch dann fühle ich Donny hinter mir und verspanne mich gleich wieder. Schon jemanden wie ihn so nahe an Nova zu haben reicht, dass ich merke, wie ich die Beherrschung verliere.

»Du gehst lieber rein«, sagt Donny hinter mir. »Trace will mit dir reden. Er ist oben in der Wohnung mit deinem netten Freund, der dich in diese Scheiße geritten hat.«

Novas Blick huscht sofort über meine Schulter, und sie reißt die Augen auf. Hastig drehe ich mich um und stelle mich vor sie. »Ich bin gerade auf dem Weg«, sage ich zu Donny und raune Nova über die Schulter zu: »Verschwinde!«

»Nein, nimm die Kleine mit«, sagt Donny. Er zieht sein T-Shirt unten ein bisschen hoch, sodass ich etwas Silbernes in seinem Hosenbund stecken sehe. Eine Waffe! Er hat eine beknackte Waffe und will, dass Nova mit uns kommt!

Schlagartig wird mir klar, dass diese ganze Situation viel gefährlicher ist, als mir bisher bewusst war. Und Nova ist hier! Die Vorstellung, dass ihr etwas zustoßen könnte, ist der blanke Horror. Nein, daran will ich nicht, kann ich nicht einmal denken. Dennoch bohrt sich mir dieses Bild in den Kopf wie ein Schrapnell. Ich sehe mich wieder am Straßenrand liegen, neben Lexi, nur sind es nicht Lexis Augen, die mich anstarren, sondern Novas blaugrüne. Und wieder bin ich der, der das Mädchen verletzt hat, das er liebt ... Scheiße, soll es das heißen? Bedeutet die entsetzliche Angst, Nova zu verlieren, dass ich sie liebe? Bei diesem Gedanken hasse ich mich noch mehr als sowieso schon. Ich hasse mich dafür, dass ich hier bin, dass ich mir erlaubt habe, so für ein anderes Mädchen zu empfinden. Verdammt, warum ließ ich zu, dass ich weiter atme, lebe, fühle, liebe? Lexi ist tot, und ich verliebe mich in eine andere? Vergelte ich ihr so, dass ich in jener Nacht den Unfall baute und sie starb? Breche ich mein Versprechen und vergesse sie so weit, dass ich mir erlaube, Nova zu lieben? Lasse ich Nova ihren Platz einnehmen?

Ich bin derart wütend auf mich, dass es vorübergehend alles andere übertönt, bis Trace' Schläger seinen Wagenheber gegen Novas schönen Wagen knallt und den kirschroten Lack auf dem Kotflügel zerkratzt.

»Ab in die beschissene Wohnung!«, schreit er. Seine eben noch ruhige Haltung weicht blankem, unkontrollierbarem Zorn.

Ich schiebe meine Gefühle beiseite und werde stocknüchtern. Novas Anwesenheit ist mir allzu bewusst. Mir ist klar, dass entscheidend ist, was ich in den nächsten Minuten tue – im Gegensatz zu den letzten paar Jahren meines Lebens. Aber sowie ich das hier geregelt – sie hier weggeschafft – habe, ist es vorbei, und alles ist wieder egal.

»Ich gehe rein«, sage ich ruhig und balle die Fäuste, als ich zu seiner Waffe sehe. Falls nötig, gehe ich auf ihn los, damit sie Zeit hat zu verschwinden. »Aber sie fährt weg.«

Er lacht. »Kommt nicht infrage.« Er tritt vor und greift an mir vorbei, um Nova zu packen. Ich denke nicht einmal nach, bevor ich seine Hand wegschlage. Seine Augen blitzen auf, und er hebt die Hand, allerdings nicht in meine Richtung, sondern in Novas. Er will sie schlagen, und das ist ganz allein meine verfluchte Schuld. Wieder zerstöre ich das Mädchen, das ich liebe. Schon wieder baue ich nichts als Scheiße!

Ich muss etwas tun, um sie hier wegzuschaffen. Fieberhaft denke ich nach, suche nach einer Lösung. Ich erinnere mich, wie er die Drogen aus meiner Tasche holte, und ich sehe die roten Ränder seiner Nasenlöcher, die im Moment golden sind. Ich könnte den Kerl mit Drogen bestechen, aber der wenige Stoff, den ich in meinem Zimmer habe, wird ihn kaum glücklich machen.

Ich brauche etwas Größeres.

Etwas, das ihn für ein oder zwei Minuten alles andere vergessen lässt. Das reicht, damit Nova fliehen kann.

»Ich weiß, wo Dylan seinen Vorrat versteckt. Er hat einige Unzen. Wenn du sie gehen lässt, zeige ich dir, wo«, platze ich heraus, was gelogen ist, doch mir fällt nichts Besseres ein. Und es ist eine überzeugende Lüge. Immerhin ist Dylan ein Dealer und hat einen großen Vorrat – irgendwo. Natürlich habe ich keinen Schimmer, wo er ihn bunkert oder wie viel es ist, aber das ist unwichtig. Ich will bloß Donny von Nova wegbringen; was danach geschieht, interessiert mich nicht. Soll er mich doch zusammenschlagen, mich umbringen. Es ist mir egal, solange sie in Sicherheit ist.

Der Kerl hält inne, den Wagenheber noch erhoben. »Woher weiß ich, dass du mir keinen Scheiß erzählst?«

Ich zucke mit der Schulter, gebe mich ruhig, obwohl ich panisch bin. »Du musst mitkommen und es dir ansehen. Falls ich lüge, kannst du mich immer noch zusammenschlagen, wie du es so oder so vorhast.« *Lass sie gehen. Bitte, lass sie gehen!* »Aber wenn ich nicht lüge, hast du den Stoff ganz für dich. Keiner würde es je erfahren.« Als würde man einen Hund mit einem Knochen locken. Als Süchtiger weiß ich, dass der Druck – die Gier – stärker als alles andere ist.

Er scheint misstrauisch, gibt aber nach und nimmt den Wagenheber herunter. »Gehen wir«, sagt er und dreht sich zum Haus. Seine Wut ist erstaunlicherweise verpufft, und ich glaube fast, dass er nur auf Nova los ist, um mich irrezumachen. Egal, sie kann jetzt verschwinden, und das allein zählt.

Ich will ihm folgen, doch Nova packt meinen Arm und zieht mich zurück. »Quinton, geh nicht«, sagt sie. Ohne sie anzusehen, schüttle ich ihren Arm ab und gehe, doch sie packt mich wieder.

Ich werfe ihr einen eisigen Blick zu, der sie verletzt, jetzt ist allerdings nur entscheidend, dass sie von hier verschwindet. »Steig in deinen Wagen und fahr weg«, sage ich leise.

Sie sieht mich entsetzt an. »Quinton, ich ...«

»Steig in den beknackten Wagen und hau ab, Nova!«, schreie ich sie an. »Du sollst abhauen! Das sage ich dir schon die ganze Zeit.«

Sie fängt an zu weinen, und ich will sie trösten, nur würde das alles noch schlimmer machen.

»Ich komme klar«, sage ich wieder leiser. »Ich bezahle diesen Typen, und dann ist alles gut.« Ich fühle mich mies, weil ich sie anlüge, doch das muss ich, damit sie wegfährt.

»Aber woher weiß ich, dass mit dir alles okay ist?«, fragt sie und sieht zu Donny.

»Ich habe deine Nummer und rufe dich später an«, antworte ich und klopfe auf meine Tasche mit dem Portemonnaie, in dem der Zettel mit ihrer Handynummer steckt. »Versprochen.« Noch eine Lüge, bei der ich mich ein bisschen weniger mies fühle, weil ich ihr ansehe, dass sie funktioniert.

Sie lehnt sich vor und küsst mich auf den Mund. Ich erwidere den Kuss nicht, so gerne ich es auch würde. Stattdessen zwinge ich mich, an dem Bild von Lexi festzuhalten, wie ich es von Anfang an hätte tun sollen. Ich muss leiden dafür, dass ich Nova liebe und sie in diese Sache reingezogen habe.

Alles ist meine Schuld.

»Das ist alles deine Schuld«, sagt Ryders Dad, während ihre Mutter im Hintergrund schluchzt. »Verdammt, du hättest nicht so schnell fahren dürfen!«

Mein Dad steht ein Stück hinter ihm, sieht zu, wie er mich anbrüllt, weil er recht hat. Es ist meine Schuld. Ich bin zu schnell gefahren. »Wieso konntest du nicht langsamer fahren?«, fragt er. Und dann fängt er an zu weinen. Kummer verzerrt sein Gesicht, und obwohl ich weinen will, tue ich es nicht, da ich es nicht verdiene. Ich darf nicht wie sie trauern, denn ich bin die Ursache für ihre Trauer.

Ich bin der Grund.

Als Nova wegfährt, werde ich eigenartig ruhig, wie betäubt, innerlich tot. Ich drehe mich zu Donny, der einige Schritte entfernt wartet. Jetzt könnte ich weglaufen, raus in die Wüste oder die Straße hinunter. Aber dann ließe ich Tristan im Stich. Ich habe schon das Andenken an Lexi besudelt, das muss ich nicht auch noch mit Ryders tun.

Also folge ich Donny nach oben, höre mir sein Gebrabbel an, was er tun wird, wenn ich das hier versaue. Wäre ich nicht so hinüber, hätte ich womöglich Angst vor dem, was mir blüht. Doch ich bin nur halb da, denn der Druck, wieder high zu sein, wird viel zu stark. Was sich in dem Augenblick ändert, in dem ich die Wohnung betrete und mich die Realität einem tosenden Wasserfall gleich einholt. Alles ist verwüstet, weit schlimmer als sonst schon. Der Boden ist voller Scherben, die Wände sind zerlöchert, und sämtliche Möbel sind umgekippt, als hätte hier jemand auf übelste Weise gewütet.

Und ich höre lautes Geschrei und Gepolter aus den hinteren Zimmern. Es klingt, als würde jemand gefoltert.

Ich sehe zu Donny, der immer noch seinen Wagenheber in der Hand hat. »Wo ist Tristan?«

Ein fieses Grinsen erscheint in seinem Gesicht. »Das sage ich dir, wenn du mir gezeigt hast, wo die Drogen sind.«

Noch mehr krachendes Wasser stürzt auf mich ein, als ich denke, dass sie Tristan schon etwas getan haben. Es reißt mich nach unten, begräbt mich bei lebendigem Leib.

Trotzdem gehe ich weiter, atme weiter, lebe weiter dieses beschissene Leben.

Donny geht hinter mir her durch den Flur zu meinem Zimmer. An der Tür zu Delilahs Zimmer bleibe ich stehen, denn aus dem kommt das Schreien und Schlagen.

»Dein Freund Dylan hat seine Freundin ziemlich schnell geopfert, um sich aus dem Dreck zu ziehen«, sagt Donny mit einem Nicken zur Tür. »Das hättest du vielleicht auch machen sollen.«

Mir wird speiübel, während das Schreien immer lauter wird, ehe es abrupt aufhört. Wie konnte ich hier landen? Wie konnte ich glauben, dass dieses Leben besser wäre, als tot zu sein?

Donny stößt mich weiter, und ich gehe in mein Zimmer. Wieder legt sich diese seltsame Taubheit über mich, als würde mein Verstand sich abschalten wollen. Ich hole das Crystal unter meiner Matratze hervor. Dabei bemerke ich, dass die Zimmerdecke eingebrochen ist: Wo der Wasserfleck war, klafft jetzt ein riesiges Loch. Alles bricht zusammen, und ich will nichts mehr richten.

Ich werfe Donny mein restliches Crystal zu. »Hier.«

Er fängt die Tüte und starrt sie an. »Willst du mich verarschen? Du hast gesagt, dass es ein paar Unzen sind. Das hier reicht knapp für eine beschissene Linie!«

»Da habe ich mich wohl verschätzt.«

Er hält die Tüte in der einen und den Wagenheber in der anderen Hand. »Du hast gesagt, dass du weißt, wo Dylans Vorrat ist.«

»Das war gelogen.« Ich bin erstaunlich gefasst.

Einen Moment lang glotzt er mich verwundert an, was ich nicht verstehe, schließlich legt in dieser Szene dauernd jeder jeden rein. Dann wandelt sich seine

Verwirrung in Zorn. Sein Gesicht läuft rot an, als er mit dem Wagenheber nach mir ausholt. Ich bin ein bisschen enttäuscht, dass er nicht nach der Waffe greift, denn dann wäre es schneller vorbei. Stattdessen knallt er mir die Faust ins Gesicht. Ich zucke nicht mal zusammen, als sie mit meinem Kinn kollidiert, falle zu Boden und stehe nicht wieder auf, nicht mal, als er mir immer wieder in den Brustkorb tritt, auf meine Hand und mein Gesicht stampft und mich fragt, warum es mir Spaß macht, mich verdreschen zu lassen. Ich warte, dass er seine Waffe zieht, was er jedoch nicht tut. Ahnt er, dass ich mir wünsche, alles wäre vorbei, und deshalb nicht fliehe? Vielleicht sieht er es meinen Augen an, dass ich sterben will, und er das hier nur noch schmerzhafter macht, indem er mich nicht umbringt. Ich weiß es nicht. Was ich weiß, ist, dass ich enttäuscht bin, als er weggeht, ohne mich umgebracht zu haben. Eine Weile bleibe ich auf dem Boden liegen, bevor ich mich schließlich aufsetze. Meine Lippe blutet, und mein Körper fühlt sich genauso an wie nach dem ersten Mal, als Donny mich zusammengeschlagen hat.

Einige Zeit später taucht Delilah in der Tür auf. Ihr Shirt ist zerrissen, und ihre Shorts sind nicht zugeknöpft. Wimperntusche ist in ihrem Gesicht verschmiert, ihre Lippe ist aufgeplatzt, und dicke Blutergüsse übersäen ihre Arme und Schenkel.

»Du solltest gehen«, sagt sie benommen. »Dylan lässt dich nicht lebend hier raus, wenn er zurückkommt und du noch da bist.«

Ich stemme mich mit den Händen vom Fußboden hoch. Alles tut mir weh. »Wo ist er?«, frage ich, als ich gekrümmt stehe.

Sie zuckt mit den Schultern. Ihre Miene ist völlig ausdruckslos. »Er ist weg, nachdem er mich angeboten hat, aber er kommt garantiert wieder.«

Ich stütze mich mit einer Hand an die Wand und empfinde Mitleid mit ihr. »Brauchst du Hilfe?« Es klingt lahm, denn sie sieht so gebrochen aus, und ich kann mich kaum auf den Beinen halten.

Ihr Lachen ist hohl. »Du hast andere Probleme«, sagt sie und dreht sich weg von mir. »Bevor du gekommen bist, war Trace mit ein paar Typen hier und hat Tristan mitgenommen, hinten raus. Und der war gar nicht richtig da, weil er sich gerade einen Schuss gesetzt hatte.«

»Scheiße!« Ich humple aus dem Zimmer, schiebe Delilah aus dem Weg und stolpere den Flur hinunter. Die Schmerzen sind heftig, doch ich weiß, dass sie nichts sein werden gegen die, sollte Tristan etwas passieren. Falls ich wieder zu spät bin, wie schon einmal. Immer zu spät.

Ich hinke über den Laubengang zur Treppe, während mir Erinnerungen durch den Kopf schwirren, und renne mal wieder ins Ungewisse.

»*Lexi, o Gott, nein!*«, schreie ich die Sterne an. »*Bitte verlass mich nicht!*«

Mühsam und mit klopfendem Herzen arbeite ich mich die Treppe hinunter, sodass ich bald schweißgebadet bin. Meine Beine fühlen sich an, als wollten sie einknicken, und meine Hand könnte gebrochen sein, doch der physische Schmerz ist nichts. Von dem hatte ich in den letzten paar Jahren reichlich, und er ist noch das Erträglichste in meinem Leben.

Sie erschlafft in meinen Armen, ihr Kopf sackt an meine Brust, die aufgerissen ist und aus der Blut sickert – Leben.

Ich sehe Lexi in die Augen, doch da ist nichts mehr, und ich weiß, dass bald auch nichts mehr in mir sein wird, deshalb lege ich mich mit ihr hin, halte ihre Hand und warte darauf, dass ich verblute.

Der Cadillac ist weg, aber ich bin nicht sicher, ob ich froh sein soll oder nicht, weil es heißt, was immer sie mit Tristan vorhatten, haben sie wahrscheinlich schon gemacht. Ich hinke hinter das Haus, wobei meine Bewegungen etwas Lethargisches haben, denn meine Arme und Beine sind steif.

Alles in mir wird still, das spüre ich. Dunkelheit setzt ein, als mir das Leben entgleitet. Ich kann fühlen, wie ich irgendwo hingezogen werde, und ich schwöre, dass ich Lexi bei mir spüre, so nahe und zugleich so weit weg. Verlass mich nicht. Doch das tut sie, oder vielleicht verlasse auch ich sie. Ich merke, wie ich zurückgeholt werde,

Leute meinen Namen rufen. Ich höre Maschinen piepen, fühle Nadeln, die in meine Haut stechen, mir Leben geben, und dafür hasse ich sie. Ich will, dass sie das wegnehmen ...

Als ich um die Hausecke komme, sehe ich jemanden auf dem Boden liegen, Arme und Beine ausgestreckt und regungslos. *Halte durch!* Ich laufe so schnell ich kann zu Tristan und erschaudere, als ich sein aufgeplatztes Gesicht sehe, von dem Blut auf die Steine unter ihm rinnt. Sein eines Auge ist komplett zugeschwollen und sein Arm blutig geschürft. Das einzig Gute ist, dass er atmet, und als ich seinen Puls fühle, geht er schnell und unregelmäßig, doch das könnte auch an dem Heroin liegen.

»Verdammt, Tristan«, sage ich, als er sich umdreht und stöhnt, dass es aufhören soll. Er zittert am ganzen Leib. »Wieso musstest du Trace abziehen?«

»Ich ... weiß ... nicht«, murmelt er mit schmerzverzerrter Stimme und so lallend, dass ich ihn kaum verstehe. »Ich ... hab's vermasselt. Ich hab versucht, es zu regeln, ihnen Geld gegeben. Aber es hat nicht gereicht.«

Ich bin unsicher, was ich tun soll, außer ihn hier wegschaffen, falls die Typen wiederkommen oder Dylan mit seiner blöden Waffe aufkreuzt. Ich habe keine Ahnung, wo sie hin sind, ob sie zurückkommen oder hier fertig sind. Die ganze Situation ist ein einziger Mist, und ich muss Tristan von hier wegbringen, denn so wie er aussieht, würde er eine zweite Begegnung mit denen nicht überleben.

Ratlos blicke ich mich zu der Wüste hinter mir um, dann zu den Läden und alten Häusern neben unserem. Ich muss irgendein Versteck für uns finden, wo wir eine Zeit lang bleiben können, jemanden, der uns bei sich unterkommen lässt. Im Moment brauche ich eine Menge, unter anderem eine oder zwei Linien, denn ich merke, wie ich unter dem Druck, der Hitze und den Gefühlen zusammenbreche. Wenn ich aber das hier packen will – jedenfalls genug, um Tristan zu helfen –, darf ich nicht zusammenbrechen.

Ich atme aus, beuge mich nach unten und umfasse Tristans Arme. »Na gut, wir müssen dich von hier wegschaffen«, sage ich und hebe ihn so gut es geht hoch, ächze und fluche allerdings, als er fast sein gesamtes Gewicht auf mich stützt.

Irgendwie gelingt es mir, ihn auf die Füße zu bekommen, auch wenn ich nicht beschwören würde, dass er es überhaupt merkt. Es lässt sich nicht sagen, ob er irgendwas mitbekommt oder zu high ist von was auch immer er genommen hatte, als die Kerle kamen. Ich hänge mir seinen Arm über die Schultern und helfe ihm zurück vor das Haus. Da ich selbst kaum laufen kann, bugsiere ich uns zu Nancy, weil ihre Wohnung nahe ist und sie ziemlich anständig. Wahrscheinlich lässt sie uns bei sich pennen, auch wenn wir ihr dafür was schuldig sein werden. Doch darüber mache ich mir später Gedanken. Jetzt muss ich Tristan nach drinnen bekommen und ein paar Linien ziehen, denn alles in mir schreit nach Stoff. Sonst breche ich zusammen, und das darf ich noch nicht.

Tristan lehnt an mir, als ich an Nancys Tür klopfe. Sie macht in einem Bademantel und mit hochgebundenem Haar auf und wirkt nicht einmal überrascht. Tatsächlich lässt sie uns rein.

»War ja klar, dass der irgendwann mal Ärger kriegt«, sagt sie, als sie die Tür hinter uns schließt und ich Tristan auf das zerschlissene Sofa im Wohnzimmer helfe. Sowie ich meinen Arm wegziehe, kippt er zur Seite und presst die geschwollene Wange ins Polster. Er blutet die karierte Couch im Siebziger-Look voll, was Nancy jedoch nicht zu stören scheint.

»Hast du etwas da, um seine Wunden sauber zu machen?«, frage ich Nancy, die ein Stück hinter dem Sofa steht und Tristan fasziniert beobachtet. Ihre Pupillen sind geweitet, die Augen gerötet, und sie schnieft, was mir verrät, dass sie auf dem Zeug ist, das ich dringend brauche. Ich frage mich, ob sie mir was geben kann, auch wenn sie es sicher nicht verschenkt. Aber das ist mir egal. Ich brauche etwas, damit ich wieder atmen und vergessen kann, was die letzten paar Minuten passiert ist – die letzten Stunden, Tage. Ich will vergessen, wer ich bin und was ich fühle, denn dann ist alles so viel leichter.

Sie zieht den Gürtel ihres Bademantels strammer. »Ich hole ein paar Handtücher«, sagt sie und schlurft zum Bad hinten in der Wohnung. Ich warte in dem kleinen Wohnzimmer auf sie. Hier ist es dunkel, weil die Vorhänge geschlossen sind und kein Licht brennt. Auf dem Herd in der Küche dampft es aus einem Topf, und in der Spüle stapelt sich dreckiges Geschirr. Es erinnert mich sehr an unsere Wohnung oben. Sobald ich das denke, wird mir ein anderes Problem erschreckend klar.

Mist, wo werden wir wohnen?

Nancy kommt mit einem nassen Lappen und einer Plastiktüte mit ein bisschen Crystal zurück – den winzigen Kristallen, nach denen ich mich verzehre. Sofort verschwinden die Gedanken und Sorgen, und meine Sinne richten sich nur noch auf das, was ich jetzt brauche.

Jetzt gleich.

Fast reiße ich ihr die Tüte aus der Hand, zwinge mich aber mit allem, was ich noch an Selbstbeherrschung aufbringe, es zu lassen, weil ich fürchte, dass sie uns sonst rausschmeißt. Behutsam legt sie den nassen Lappen auf Tristans Stirn, und er presst stöhnend die Hand darauf, während er rasselnd nach Luft ringt. Dann setzt Nancy sich auf den Boden vor dem zerkratzten Couchtisch, in dessen Mitte sich alte

Zeitschriften stapeln. Sie sieht mich an, und ich erkenne die Gier in ihrem Blick, kann jedoch nicht entscheiden, ob sie den Drogen oder mir gilt. Als sie auf die Stelle neben sich klopft, hocke ich mich gleich zu ihr und beobachte ungeduldig, wie sie das Crystal auf den Tisch schüttet und nach einer Rasierklinge greift.

»Du siehst aus, als könntest du das hier gebrauchen«, sagt sie und sieht mich an, während sie die kleinen Kristalle zerhackt und zu zwei Linien zusammenkratzt, die viel zu klein für den Kick sind, den ich will. Ich brauche mehr, und unweigerlich denke ich an den Vorrat oben in meinem Zimmer. Weg. Nichts mehr. Was mache ich jetzt?

Ich kämpfe darum, ruhig zu bleiben. »Kann ich.«

Sie hört auf zu hacken, wischt mit dem Finger die Pulverreste vom Tischrand und leckt sie ab. Mein Herz wummert in meiner Brust, während ich ihr zusehe und das selbst schmecken will. Als sie sich vorbeugt, sitze ich vollkommen still da. Mir ist klar, was sie will, und ich kann das Crystal an ihr schmecken, wenn ich mich von ihr küssen lasse. Sie berührt meine Lippen, und für einen Moment verkrampfe ich mich, denn ich denke an Nova und das, was mir im Auto bewusst wurde. Wie ich begriff, dass ich sie liebe. Aber etwas Mächtigeres übernimmt: Die hungrige Bestie in mir erwacht und will jedes Gefühl töten. Alles geht so schnell, während mein Körper und mein Denken außer Kontrolle geraten. Ich muss mich zusammenreißen, also lasse ich meine Zunge in Nancys Mund gleiten, erwidere ihren Kuss und hasse mich dafür. Aber Selbstekel ist ja sowieso das Einzige, was ich noch habe.

Nach dem Kuss überlässt sie mir eine Linie und zieht die zweite selbst, bevor sie meine Hand nimmt. Sie zieht mich nach oben und führt mich nach hinten in ihr Schlafzimmer.

»Ich muss Tristan im Auge behalten«, sage ich und drehe mich zum Sofa um, wo er mit dem Lappen über dem Gesicht liegt und sich seine Brust beim Atmen hebt und senkt. »Trace und seine Typen haben ihn ziemlich fies zusammengeschlagen.«

»Der kommt ein paar Minuten ohne dich klar«, versichert sie, fixiert mich mit den Augen und zieht mich weiter. »Ich habe hinten noch mehr. Wenn du mitkommst, gebe ich dir was ab.«

Zögernd blicke ich zwischen Tristan und ihr hin und her. Tristan oder sie. Tristan oder Drogen. Meine Füße folgen ihr, und ich sage mir, dass es okay ist, Tristan kurz allein zu lassen. Sobald ich noch ein paar Linien gezogen habe, kann ich mich auf ihn konzentrieren anstatt auf den nächsten Kick. In ihrem Schlafzimmer schubst Nancy mich sanft aufs Bett, zieht mir das Shirt aus und streicht mit den Fingern über die Narbe auf meiner Brust.

»Du hast mir nie verraten, woher du diese Narbe

hast«, sagt sie und drückt ihre Hand auf mein Herz, so wie Nova es bei der Achterbahn getan hat.

Ich schiebe ihre Hand weg, weil ich ihre Berührung nicht aushalte, während ich an Nova denke. »Die habe ich mir selbst beigebracht«, lüge ich und wünsche mir, sie würde einfach die verfluchten Drogen rausrücken.

Sie sieht für einen Moment verwirrt aus, was allerdings gleich wieder vorbei ist, als sie sich nach vorn beugt und mich wieder küsst. Ich bewege mich automatisch, lasse mich von ihr küssen, überall betatschen, während sie mir stöhnend und seufzend bedeutet, dass sie mehr will. Meine Schuldgefühle fressen mich auf, und fast schreie ich sie an, sie soll aufhören. Aber da weicht sie schon von selbst zurück und zieht ihren Bademantel aus. Darunter hat sie nur einen BH und einen Slip an. Lächelnd geht sie zu ihrer Kommode, um mehr von ihrem Vorrat zu holen. Mir ist klar, dass ich für jede weitere Linie bezahlen muss, und ich weiß schon, dass ich einige brauche, auch wenn ich nicht dafür zahlen will.

Ich stütze den Kopf in die Hände und warte. Mein Puls rast, meine Lippen zittern, und mir brummt der Schädel, denn ich sinke immer tiefer und spüre, wie sich alles Leben in mir auflöst.

Nova

Ich bin kurz vorm Durchdrehen. Oder vielleicht bin ich auch schon durchgedreht. Ich kann nicht einmal sagen, wie ich es zum Haus von Leas Onkel geschafft habe, da ich auf der Fahrt die Autos auf der Straße zu zählen versuchte.

In dieser Verfassung hätte ich niemals hinterm Steuer sitzen dürfen.

Trotzdem bin ich irgendwie heil zurückgekommen. Nur nicht in einem Stück, denn mein Verstand ist in zwei Teile zerbrochen. Ich kann an nichts anderes denken als an Quinton, der in Schwierigkeiten steckt, und wie ich gerade weggefahren bin.

Ich hätte nie wegfahren dürfen.

»Nova, alles okay?« Lea springt vom Sofa auf und kommt mir entgegengelaufen, als ich das Haus betrete. Dann wird sie langsamer und starrt mich mit großen Augen an. Ich habe keinen Schimmer, wie ich aussehe, doch ihrem Gesichtsausdruck nach zu urteilen, muss es schlimm sein. »Mein Gott, was ist passiert?«

Ich sehe sie stumm an, denn meine Lippen wollen nicht funktionieren. Überhaupt kann ich mich kaum rühren. Einzig mein klopfendes Herz bewegt sich und meine Lunge, die atmet, doch selbst das scheint eine Menge Arbeit zu sein. Ich stehe kurz vor einem Zusammenbruch, gleich hier im Wohnzimmer ihres Onkels. Das muss ich verhindern.

»Ich möchte Schlagzeug spielen«, sage ich schließlich, weil mir nichts anderes einfällt, um mich vom Zusammenbruch abzuhalten.

Lea ist entgeistert. »Was?«

»Ich muss meine Drums spielen.« Allein dadurch, dass ich es sage, fühle ich mich etwas besser. Ich gehe an Lea vorbei zum Gästezimmer, wo ich meine Drums im Wandschrank verstaut hatte.

Lea kommt hinterher. »Nova, was zur Hölle ist heute passiert?«, fragt sie besorgt. »Und erzähl mir nicht, nichts, denn du siehst aus, als hättest du gerade jemanden sterben gesehen.«

Kann gut sein. Ich werfe die Schranktür auf und beginne, die einzelnen Schlagzeugteile herauszuholen: die Becken, die Snare Drum, den Hocker. Im Moment laufe ich vor meinen Problemen weg, das ist mir klar, aber ich muss dringend die finsteren Gedanken verscheuchen, die mir durch den Kopf gehen.

Lea redet weiter, sagt etwas davon, dass sie meine Mom anrufen will, doch ich höre nicht richtig hin, sondern baue das Schlagzeug in der Zimmerecke auf. Sobald ich alles fertig habe, klappe ich meinen Laptop auf und gehe zu meiner iTunes-App. Kaum sitze ich auf dem Hocker hinter meinem Schlagzeug, erreiche ich einen Zustand von Ruhe, Stille, Einsamkeit und Frieden. Ich nehme meine Drumsticks auf und habe das Gefühl, allein, ganz für mich zu sein. Leas strengen Blick registriere ich gar nicht mehr. Die Erinnerungen von heute und vor zwei Jahren verschwinden. Die Zeit verschwindet. Ich verschwinde. Es ist eine schöne Existenzform, und dieses Gefühl verstärkt sich, als ich nach hinten greife und »Not an Addict« von *K's Choice* anstelle. Ich muss nur ein paar Textzeilen abwarten, dann kann ich einsteigen, die Trommeln schlagen, das Pedal treten, den Beat schaffen. Ich fühle den Rhythmus, die Leidenschaft, als mich Gesang und Melodie genau so einnehmen, wie ich es will. Diesen Song habe ich aus einem Grund gewählt, denn er scheint in Musik zu fassen, was um mich herum los ist. Die schlichten Worte, Beats, Töne, Vibrationen sind so überwältigend, dass es sich anfühlt, als wäre ich in einer anderen Welt, nicht in dieser verkorksten, wo ich alles verderbe und jeden verliere.

Mein Fuß bewegt sich im Takt mit meiner Hand, während ich vor meinen Problemen fliehe. Ich werde vollständig an einen Ort transportiert, den es früher gab, als ich jünger war. Als ich Zeit mit meinen Eltern verbrachte, der Tod keinen solch riesigen Teil meines Lebens einnahm und Drogen und Dunkelheit fremd für mich waren. Als ich glaubte, alles wäre voller Licht und Hoffnung. Als ich nicht begriff, wie schwierig Dinge sein konnten, und dass Menschen zu mögen bedeutete zu leiden, wenn sie litten; sich um sie zu sorgen; wütend zu werden, weil sie nicht erkannten, dass sie sich umbrachten, sich auflösten, sich zu atmen weigerten, egal wie sehr ich mich anstrengte, ihnen Leben einzuhauchen. Und das Schlimmste von allem ist, dass ich weiß, wie es sich anfühlt. Ich weiß, wie schwer das Atmen fallen kann, und sowenig ich es will, verstehe ich, dass Quinton vielleicht nicht nachgibt und sich von mir helfen lässt. All dies hier könnte sinnlos sein. Wie sehr man sich auch bemüht, jemanden zu retten, muss es nicht immer so ausgehen, wie man es sich wünscht.

Ich habe ihn nicht gerettet.
So wie ich Landon nicht gerettet habe.
Wieder mal habe ich es verpatzt.

Ich knalle den Drumstick ein letztes Mal auf das Becken, als das Stück endet, und dann kommen die Tränen, denn mich holt die Wirklichkeit wieder ein. Ich rutsche vom Hocker auf den Boden, schluchze hysterisch und lasse sämtliche Gefühle aus mir heraus.

Was ich heute sah. Der Kerl hatte eine Waffe. Einen Wagenheber. Und ich bin einfach weggefahren.

Beim Weinen verliere ich jedes Zeitgefühl. Als ich schließlich aufsehe, telefoniert Lea. Es dauert einen Moment, ehe mir klar wird, dass sie mit meiner Mom spricht. Etwas in mir macht klick, und ich springe auf. Lea muss eine Warnung in meinen Augen wahrnehmen, denn sie läuft aus dem Zimmer.

»Lea, leg auf!«, schreie ich, jage ihr nach und sehe meine Chance, Quinton zu helfen, immer weiter entgleiten.

Sie schließt sich im Bad ein und weigert sich, mir aufzumachen, sogar als ich so fest gegen die Tür hämmere, dass sie einzubrechen droht.

»Lea, bitte, tu das nicht!«, rufe ich und sacke auf den Boden. »Das kannst du nicht machen! Ich bin deine Freundin.«

Es wird still, und kurz darauf geht die Tür auf. Lea steht vor mir, das Haar nach hinten gebunden und mit glänzenden Augen, als hätte sie geweint.

»Gerade weil ich deine Freundin bin, mache ich das.« Sie hockt sich mit dem Telefon in der Hand vor mich. »Nova, diese Rettungsmission zerstört dich.«

Ich schüttle den Kopf und wiege mich kniend vor und zurück. »Nein, tut sie nicht.«

»Doch«, widerspricht sie und steht auf. »Jetzt fang an zu packen. Deine Mutter kommt hergeflogen und fährt uns zurück nach Wyoming.«

Und einfach so wird mir all meine Hoffnung geraubt. Es ist vorbei, und wieder einmal habe ich nichts richtig gemacht.

Ich schaffe es aufzustehen und mich in dem Gästezimmer einzuschließen, wo ich meinen Laptop nehme und Landons Video anklicke. Ich stelle den Computer aufs Bett, krümme mich ganz klein zusammen und sehe das Video an: Landon, der vor meinen Augen erlischt.

Quinton

Ich hasse mich, aber das ist leichter zu ertragen, seit ich Drogen in mir habe und mein Denken nur noch vage mit dem verbunden ist, was um mich herum vorgeht. Dieses Zimmer ist nur ein Raum, Nancy ist nur eine beliebige Person, und ich bin bloß ein Junkie von vielen, der jemanden vögelt, an dem ihm nichts liegt, weil er wieder high sein will. Und wenn ich fertig bin, werde ich mich noch mehr hassen. Ich bin nichts als eine Hülle, die zu gerne in lauter Stücke zerbrechen würde. Deshalb beginne ich diesen ganzen Ablauf immer wieder von vorne, denn anscheinend komme ich bisher nicht an den Punkt, an dem ich den letzten Schritt mache und endgültig aufgebe.

»Ich hole mir ein Wasser«, sagt Nancy, als ich aus ihr gleite. Ihre Haut ist schweißbenetzt.

»Okay.« Mit einem hohlen Gefühl ziehe ich meine Boxershorts und die Jeans wieder an.

»Geh ja nicht weg«, scherzt sie, als sie aus dem Zimmer geht.

Fast lache ich. Wo zur Hölle soll ich denn hin? Ich habe kein Geld, keine Drogen, keine Wohnung. Ich habe gar nichts, was wohl bedeutet, dass ich den absoluten Tiefpunkt erreicht habe. Dies ist mein eigenes verdammtes Gefängnis, in dem ich eingesperrt bin.

Gott, wäre das doch alles vorbei!

Ich ertrinke in meinem Schmerz und beschließe, dass es Zeit wird, endlich aufzugeben. Ich bin ganz unten angekommen, zerrissen und dabei auszubluten, als ich einen ohrenbetäubenden Schrei aus dem Wohnzimmer höre. Plötzlich frage ich mich, ob ich falschlag und noch ein paar Schritte mehr brauche, um auf Grund zu gehen. Ich stehe auf und eile aus dem Zimmer. Kaum sehe ich Tristan auf dem Sofa, werde ich in den mentalen Zustand zurückgeworfen, in dem ich direkt nach dem Unfall war, als ich die Folgen meines Handelns spüren musste, alles so wund und schwer war, dass es mich fast umbrachte.

Tristans Haut ist kreidebleich, seine Lippen sind blau; außerdem hat er Schaum vorm Mund und zittert am ganzen Körper. Einen Moment lang starre ich ihn entsetzt an und werde von einem bleiernen Gewicht nach unten gedrückt.

»Was hat er denn?«, fragt Nancy, die sich den Mund zuhält und mit Tränen in den Augen zurückweicht.

Schuld und Angst rauben mir den Atem, aber ich kämpfe dagegen an. »Gib mir ein Telefon!«, schreie ich und renne zur Couch.

»Wozu?«, ruft Nancy und drängt sich an die Wand.

»Weil ich einen Krankenwagen rufen muss.« Ich knie mich neben Tristan. Meine Hände flattern, und mein Puls rast. Es kommt so viel Schaum aus seinem Mund, und seine Brust bewegt sich nur noch wenig, auch wenn sein übriger Körper heftig durchgeschüttelt wird. »Ich denke, er ...« Du Scheiße! »Ich denke, er ... er hatte eine Überdosis.« Die Worte purzeln aus mir heraus, während mich die Wirklichkeit mit einem Happen verschlingt. Dies hier ist meine Schuld. Ich hätte besser auf ihn aufpassen müssen. Das war ich ihm schuldig. Stattdessen war ich mit meinen eigenen Problemen beschäftigt, zum Beispiel mit Nova. »Scheiße!« Ich hätte heute nicht mit ihr wegfahren dürfen.

Bedauern.
Reue.
Schuld.

Das kenne ich alles und erlebe es wieder, ähnlich Nadeln unter meiner Haut, die sich von innen an die Oberfläche bohren. Alles bricht auseinander – und einzig meinetwegen.

Die nächsten Momente laufen wie Videoclips ab. Nancy gibt mir ihr Handy, und ich rufe einen Krankenwagen, aber sie sagt, dass ich draußen warten muss, weil sie zu viele Drogen im Haus hat. Ich fahre sie an, dass sie bescheuert paranoid ist, doch sie flippt aus, also trage ich Tristan raus. Er ringt nach Luft, wird blasser und blasser, und seine Lippen werden immer blauer. Am Parkplatzrand halte ich an, und als ich ihn absetze, hat seine Brust aufgehört, sich zu heben und zu senken.

Ich bin kurz vorm Abklappen, als ich auf seine Brust drücke und ihn beatme, für ihn atmen will, für ihn leben, ihn davon abhalten, mich zu verlassen, wie mich alle anderen verlassen haben.

Noch ein Atemzug.

Noch einer.

Aber es klappt nicht. Er atmet einfach nicht alleine. Mir ist, als würde ich mit ihm sterben, was ich wieder einmal nicht tue. Ich knie noch auf dem bescheuerten Asphalt, während alle um mich herum sterben, und sehe hilflos zu, ohne etwas dagegen machen zu können. Wie ich das hasse! Ich hasse es, hier zu sein. Ich kann das nicht, nicht noch einmal den Tod fühlen.

»Warum tust du mir das an?«, schreie ich zum Himmel. Tränen strömen mir übers Gesicht, und ich halte es nicht aus, nicht mehr. »Ich will nicht leben! Bitte, nimm mich statt ihn!« Ich bin nicht mal sicher, ob ich an Gott glaube, doch ich schwöre, wenn es ihn gibt, kann er mich nicht ausstehen. Oder aber ich bin es bloß, der mich nicht leiden kann.

Unter Tränen beatme ich Tristan weiter, will nicht aufgeben. Ich kämpfe, weigere mich, noch einen Tod zu akzeptieren. »Komm schon«, flehe ich Tristan schluchzend an. »Bitte, atme einfach.«

Bitte, bitte, stirb nicht!

27. Mai, Tag 12 der Sommerferien

Nova

Mir bleiben circa vierundzwanzig Stunden, um herauszufinden, ob mit Quinton alles okay ist, bevor der Flieger meiner Mom landet und ich nach Hause muss. Er hat nicht wie versprochen angerufen, und ich muss zumindest wissen, dass ihm nichts zugestoßen ist, ehe ich ihn im Stich lasse und verschwinde. Sicher werde ich mich ewig dafür hassen, dass ich fortgehe.

Ich versuche es auf Delilahs Telefon, aber sie nimmt nicht ab, deshalb fahre ich zu Quintons Haus. Lea probiert eine Weile, es mir auszureden, gibt es schließlich auf und steigt mit mir in den Wagen, obwohl ich ihr sage, dass sie nicht dorthin sollte. Würde sie die ganze Geschichte kennen, hätte sie wahrscheinlich mehr getan, um mich zurückzuhalten, doch die habe ich ihr aus genau diesem Grund nicht erzählt.

Ausnahmsweise ist es heute bedeckt, und ich bin froh, zur Abwechslung mal nicht in der sengenden Sonne zu sein. Als wir allerdings vor dem Haus vorfahren, wirkt es durch den grauen Himmel noch unheimlicher.

Es wimmelt von Warnzeichen, als ich zu ihrer Wohnungstür komme, angefangen mit dem Loch in der Tür und dem eingeschlagenen Fenster vorn. Aber nicht bloß das. Ich habe ein ganz mieses Gefühl, so wie an dem Morgen, als ich aufwachte und Landon tot in seinem Zimmer fand. Auch da wusste ich, dass sich etwas ändern würde, und das nicht auf gute Art.

»Nova, würdest du dich einfach entspannen?«, sagt Lea, als ich durchs Fenster in Quintons Wohnung spähe. Auf einer Seite hängt der Vorhang, sodass ich nur die rechte Seite des Wohnzimmers sehen kann. Drinnen sieht es noch schlimmer aus als sonst. Eines der Sofas ist umgekippt, der Boden liegt voller Müll und Scherben, es sind reichlich Löcher in den Wänden, und Putzbrocken sind auf dem Linoleum verstreut. Die Lampen sind zerschlagen, und das Deckenlicht liegt auf dem Boden.

»Nein ... Hier stimmt was nicht.« Ich sehe über die Schulter zu Lea. »Das fühle ich.«

»Du verschweigst mir etwas«, sagt sie und stemmt die Hände in die Hüften. »Gestern ist etwas passiert – etwas Übles.«

»Nein, alles bestens«, lüge ich. Ich weiß nicht einmal, warum ich jetzt lüge. Meine Mutter ist sowieso schon auf dem Weg hierher. Alles ist vorbei. Aber es laut auszusprechen würde es so real machen.

Ich sehe wieder nach drinnen. Da liegt jemand auf dem einen Sofa, das noch aufrecht steht, dessen Arm herunterhängt. Er hat das Gesicht zur anderen Seite gedreht, doch dem kahlen Schädel, der knochigen Gestalt und den Tattoos nach nehme ich an, dass es Dylan ist.

Ich trete vom Fenster zurück und sehe hinunter zum Parkplatz und den beiden Wagen dort, von denen einer meiner ist und der andere vier platte Reifen hat. Der Cadillac, der gestern hier war, ist weg. Ich weiß nicht, was das heißt oder ob ich mit dem umgehen kann, was es bedeutet – was zwischen Trace, Tristan und Quinton war.

»Nova, ich finde, wir sollten gehen«, sagt Lea und sieht besorgt den Laubengang entlang, als Bernie aus seiner Wohnung kommt.

Sie hat ja recht. Wir sollten nicht hier sein. Ich bringe uns in Gefahr, zumal ich keine Ahnung habe, was gestern passiert ist.

»Ich will nur wissen, ob er okay ist.« Ich trete wieder vor die Tür und drehe den Knauf, aber es ist abgeschlossen, also klopfe ich an. »Ich denke, er könnte in Schwierigkeiten stecken.«

Lea zupft nervös an ihren Fingernägeln. »Hier

schreit alles nach Schwierigkeiten, Nova! Du hättest gar nicht hier sein dürfen.« Ich erschrecke, als sie meinen Arm packt. »Und falls das stimmt, musst du dich da raushalten«, sagt sie mit einem strengen Blick. »Guck dich doch mal um, wie gefährlich es hier ist.« Sie sieht sich um, und ihre Augen verharren auf Bernie, der uns beobachtet. »Alles hier.«

Ich reiße meinen Arm gröber als beabsichtigt los, entschuldige mich aber nicht, sondern strecke die Hand durch das Loch in der Tür und versuche, an das Schloss zu gelangen. Auf keinen Fall gehe ich weg, ehe ich weiß, dass Quinton nicht tot ist.

Tatsächlich komme ich an das Schloss und öffne die Tür. »Gott sei Dank«, murmle ich.

»Nova, bitte geh da nicht rein«, fleht Lea, doch ich bin schon über die Schwelle, und sie folgt mir nicht hinein.

Drinnen sieht es extrem schlimm aus, was sicher an dem ganzen Müll und dem dreckigen Geschirr aus der Küche liegt, die überall verteilt sind. Und aus irgendeinem Grund ist die Luft so schwer, dass es mir den Atem verschlägt.

»Ich gehe nicht mit rein«, ruft Lea vom Laubengang, und ich bin erleichtert, denn ich will nicht, dass sie hier reinkommt.

Ich lasse sie draußen stehen und gehe zum Sofa, wobei Scherben unter meinen Sandalen knirschen. Am Sofa lehne ich mich vor und erkenne, dass es wirklich Dylan ist, der dort mit einem Gummiband um den Arm liegt. Direkt neben ihm auf dem Fußboden sind eine Spritze, ein Löffel und ein Feuerzeug. Mir ist das zuwider, auch wenn ich froh bin, dass Dylan weggetreten ist, denn heute möchte ich mich wahrlich nicht mit ihm auseinandersetzen.

Ich schlucke das Brennen in meiner Kehle herunter und gehe durch den Flur zu Quintons Zimmer. Einen kurzen Augenblick lang sehe ich mich wieder in Landons Zimmer kommen, wo er an der Decke hängt. Ich bin nicht sicher, warum, außer dass mein Bauch sich jetzt genauso anfühlt. Als würde etwas Schreckliches passieren – oder als wäre es schon passiert.

Doch Quinton ist nicht in seinem Zimmer, und ich weiß nicht, ob ich das gut oder schlecht finden soll. Zwar habe ich ihn nicht tot hinter der Tür gefunden, trotzdem bleibt er verschwunden.

Seine Zeichnungen sind überall verstreut, zerrissen und zerknüllt. Es sind einige von mir dabei und einige von einem Mädchen, das Lexi sein muss. Seine Matratze ist umgedreht und aufgeschlitzt worden, und in den Wänden sind mehrere Löcher. Münzen und Spiegelscherben sind auf dem Boden verteilt.

Ich hebe ein paar von seinen Zeichnungen auf, falte sie zusammen und stecke sie in meine Tasche. Danach verlasse ich das Zimmer und sehe in das andere am Ende des Flurs, Tristans. Oder wenigstens habe ich gesehen, wie er sich in diesem Zimmer einen Schuss setzte. Es ist im selben Zustand wie Quintons: völlig verwüstet und durchwühlt.

Ich drehe mich um, merke, wie die Hoffnung in mir schwindet. Außerdem brauche ich dringend Sauerstoff. Ich muss hier raus, etwas frische Luft atmen und einen klaren Kopf bekommen – mich zusammenreißen, bevor ich wieder einen Zusammenbruch wie gestern habe. Also laufe ich den Flur entlang, bleibe jedoch abrupt stehen, als eine der Türen links aufgeht und jemand heraustritt.

Erschrocken springe ich zurück, entkrampfe mich jedoch ein wenig, denn es ist Delilah. »Mann, hast du mich erschreckt!«, sage ich und halte eine Hand auf mein Herz.

Sie sieht mich verächtlich an. Verschmierte Wimperntusche umrahmt ihre geschwollenen Augen, und die ebenso geschwollene Wange ist rot, als wäre sie geschlagen worden. Ihr rotbraunes Haar ist verfilzt, und sie trägt ein altes T-Shirt, das ihr bis zur Mitte der Oberschenkel reicht. Dass sie barfuß auf Glasscherben geht, scheint sie nicht zu stören.

»Du solltest Angst haben«, sagt sie hörbar angestrengt und stützt sich mit einer Hand an der Tür ab, weil ihre Knie nachgeben.

Ich schüttle den Kopf und will gehen, weil ich mich nicht auf das hier mit ihr einlassen möchte, aber sie kommt auf mich zu, schlingt die Arme um mich und umklammert mich viel zu fest.

»Oh, Nova, das ist so schlimm!« Sie weint, und ich habe keinen Schimmer, was ich tun soll oder ob ich etwas tun will.

Linkisch klopfe ich ihr auf den Rücken. »Was ist schlimm?«, frage ich. »Delilah, was ist los?«

»Alles«, heult sie, und ihre Schultern beben. »Alles ist so im Arsch!«

»Warum? Was ist passiert?« Meine Muskeln verkrampfen sich in ihrer Umklammerung.

Sie hält mich noch fester, sodass ich beinahe ersticke. »Wir haben Mist gebaut.«

Nun bekomme ich Angst. »Wer hat Mist gebaut?«

»Ich«, sagt sie. »Tristan ... Quinton. Jeder!«

Ich kann unmöglich sagen, wie klar sie bei Verstand ist, deshalb wähle ich meine Worte mit Bedacht, obwohl ich sie anschreien will, was zum Teufel geschehen ist. »Delilah, was genau ist passiert? Wo sind Quinton und Tristan? Hat ... hat Trace ihnen etwas getan?«

»Weiß nicht«, sagt sie und durchnässt immer noch mein T-Shirt mit ihren Tränen. »Vielleicht hat er sie gekillt, keine Ahnung ... Ich habe sie seit gestern nicht mehr gesehen, als alles beschissen heftig wurde ... als ich ...« Sie sieht auf ihre Arme und Beine, die voller Blutergüsse sind. Dann blickt sie blinzelnd zu mir auf und scheint sich ein wenig zu beruhigen. »Entweder sind sie irgendwo auf der Straße oder tot in irgendeiner Gosse.« Das sagt sie mit so wenig Mitgefühl, dass ich wütend werde.

Ich zucke zurück. »Du lügst!«

»Glaub doch, was du willst, aber ich lüge nicht.« Sie schlingt ihre Arme um ihren Oberkörper und sackt auf die Knie. Ich weiß nicht, was mit ihr ist, ob wirklich etwas geschehen ist oder sie nur auf irgendwelchen Drogen ist. Und so gerne ich ihr helfen würde, muss ich Quinton finden.

Ich hocke mich vor sie. »Delilah, als Quinton hier weg ist, war er da okay?«

Sie schüttelt den Kopf. »Nein, die haben ihn zusammengeschlagen.« Dann dreht sie sich zur Seite, krümmt sich zusammen und weint nicht mehr, wirkt jedoch noch viel trauriger.

Ich schließe die Augen und zähle meine Atemzüge. Was heißt das? Dass er grün und blau geschlagen, aber noch am Leben ist? »Weißt du nicht, wo er hin ist?«, frage ich und fühle mich völlig hoffnungslos. Als wäre ich ertrunken, würde auf dem Grund eines Sees sitzen, noch atmend, doch ohne einen Weg zurück an die Oberfläche.

»Nein.« Sie zieht die Knie an ihre Brust, krümmt sich auf dem dreckigen, scherbenübersäten Boden zusammen. Es ist eine Todesfalle, was sie offenbar nicht kümmert. »Geh einfach weg. Bitte. Bevor Dylan aufwacht und seine Wut auf Quinton an dir auslässt.«

Einerseits möchte ich mehr von ihr erfahren, andererseits will ich dringend hier raus und nach Quinton suchen. »Du solltest mit mir kommen, Delilah. Weg von hier.«

»Kannst du bitte verdammt noch mal verschwinden!«, schreit sie mich an. »Mir geht es gut.« Den letzten Teil wiederholt sie murmelnd, als müsste sie sich selbst davon überzeugen.

Ich bezweifle, dass es richtig ist, sie so zurückzulassen. Richtig und falsch. Wem soll ich helfen? Es fühlt sich an, als wäre die Linie sehr dünn. Dann schließt Delilah die Augen, und ich habe den Eindruck, dass sie einschläft, also stehe ich auf und gehe aus der Wohnung, auch wenn sich mein Verstand und mein Körper gegen jeden Schritt sträuben.

Lea ist nicht draußen auf dem Laubengang. Ich sehe hinunter zum Wagen und erkenne, dass sie drinnen sitzt und zum Gang hinaufblickt, wo Bernie steht und brüllt, dass Jesus jeden rettet. Er ist auf einem total irren Trip, und wahrscheinlich hat er Lea eine Riesenangst eingejagt. Ich sollte auch Angst haben, nur sind meine Gedanken zu sehr auf Quinton fixiert. Sie bewegen sich in Lichtgeschwindigkeit, als ich zur Treppe renne und Bernie wegstoße, der nach meinem Arm grabscht. Er stolpert zur Seite, fällt fast über die Brüstung und schreit, dass ich nicht gerettet würde.

Ich werde noch schneller, als ich die Treppe erreiche, und auch mein Verstand arbeitet zu schnell, sodass ich anfange, meine Schritte zu zählen, während ich über den Parkplatz laufe. Ich bin schon auf halber Strecke, als es mir klar wird. Alles. Dass ich Quinton vielleicht nie wiedersehe – nie erfahre, ob er lebt. Dass es das war, in dem Moment, in dem ich von seiner Wohnung wegfahre. Ich gebe auf. Es ist vorbei, und ich muss mich damit abfinden, dass ich Quinton nicht mehr wiedersehe. Dass ich wieder einmal mit einem Verlust leben lernen muss. Mit dem Wissen, dass ich ihn nicht verhindert habe.

Ich will zählen, damit ich die Gedanken nicht höre. Sie sollen still sein, verflucht.

Zwei tiefe Atemzüge.

Fünf Herzschläge.

Zu viele Steine auf dem Boden.

Ein Typ im Hintergrund, der die Welt anbrüllt, aber Sachen sagt und tut, die keiner hören oder sehen will, weshalb ihn alle ignorieren.

Ein Schritt.

Dann noch einer.

Weiter weg von diesem Ort.

Delilah liegt auf dem Boden, gebrochen und geprügelt.

Quinton und Tristan könnten tot in einer Gosse liegen.

Tot.

Zwei Leute tot. Zwei Leute, die ich gekannt habe. Das macht vier, die ich verloren habe.

Vier. Und ich bin nur eine.

Ich schaffe es bis vor den Wagen, ehe ich auf die Knie sacke und in Tränen ausbreche, weil mich die Hoffnungslosigkeit erdrückt. Ich greife mir an die Brust, denn jetzt sehe ich das große Ganze vor mir: wie viele Leute gerettet werden müssen, und wie unmöglich es ist, wenn ich nicht einmal einen Einzigen retten kann.

Ich habe Quinton nicht geholfen, ihn nicht gerettet. Ich habe gar nichts getan. Genauso wie ich Landon nicht gerettet habe.

Und jetzt könnte Quinton tot sein.

Tot ...

Tot.

Tot.

Tot.

Das Wort hallt durch meinen Kopf, doch ich höre nichts als mein Schluchzen und die Stille um mich. Als wäre niemand mehr da außer mir.

Als hätte ich alle verloren.

Quinton

»Ist jetzt Ruhe?«, frage ich, als Nancy ins Zimmer zurückkommt, ihren Bademantel fallen lässt und nur noch in einem Spitzenslip vor mir steht.

»Meinst du das Mädchen oder den armen Irren,

der oben brüllt?«, fragt sie. »Bernie wird total wahnsinnig.«

»Was interessiert mich Bernie? Ich will wissen, ob Nova weg ist.« Als ich sie vorfahren sah, wäre ich beinahe durchgedreht und zu ihr nach draußen gegangen. Aber wozu? Ich hätte ihr bloß einen Grund geliefert, weiter herzukommen, mich zu sehen und sich selbst fertigzumachen.

Es ist für alle besser, dass ich verschwinde.

Ich schiebe die Gefühle von mir, die seit vierundzwanzig Stunden an mir nagen und die ich so dringend tief in mir vergraben will. Stattdessen konzentriere ich mich auf meine Zeichnung. Ich hatte ein knittriges Blatt Papier auf dem Boden gefunden und versehe es mit Linien und Schattierungen, die mir mehr bedeuten, als ich jemals zugeben würde.

»Sie ist weg«, sagt Nancy, steigt zu mir auf die Matratze und lehnt ihren Kopf an meine Brust. Ihre Berührung bringt mir nichts als Kälte, doch die passt zu meinem abgestorbenen Inneren. »Erst hat sie aber draußen auf dem Parkplatz geflennt.«

Ich schlucke den Kloß in meinem Hals herunter und weigere mich, auf meine Zeichnung von Nova und mir tanzend vor der Tankstelle zu sehen. So vollkommen. So real. Ich wünschte, ich könnte jenen Moment zurückhaben – und den vor der Achterbahn, als wir gegenseitig unseren Herzschlag fühlten. Doch das werde ich nie können. Nichts Gutes mehr. Kein Licht mehr in meinem Leben. Was mit Tristan passierte, hätte mir passieren sollen, denn ich verdiene es.

»Sie ist richtig hübsch.« Nancy stemmt sich von meiner Brust auf und sieht die Zeichnung an. »Mich sollte mal jemand so zeichnen.«

Sie will andeuten, dass ich sie zeichnen soll, was ich nicht werde. Es hat mich schon viel gekostet, Nova zu zeichnen, und ich konnte es nur, weil sie mir etwas bedeutet. Und wenn die Zeichnung fertig ist, werde ich sie zerstören und alles vergessen, was zwischen uns war. Danach werde ich nichts mehr für Nova empfinden, sondern wieder an Lexi festhalten, wie ich es die ganze Zeit hätte tun sollen. Wenn Nova nicht weiß, wo ich bin, kann ich dem nicht nachgeben, was mich zu ihr zieht. Und sie kann nicht dem folgen, was sie aus irgendeinem Grund zu mir drängt. Sie ist sicherer, wenn ich mich fernhalte. Vielleicht erkennt sie es jetzt noch nicht, aber sie wird glücklicher sein, wenn sie nie erfährt, dass sich ein Stück Dreck wie ich in sie verliebt hat.

Nun muss ich es nur schaffen, sie zu vergessen. Das Leben zu vergessen, meine Gefühle ... und die Liebe, von der ich ziemlich sicher bin, dass ich sie für sie empfinde. Ich will vor alledem fliehen und wieder mein Versprechen gegenüber Lexi leben, ihre Vergebung suchen, die ich niemals bekommen werde. Und irgendwann sterbe ich und muss nie wieder etwas fühlen.

»Wie geht es Tristan?«, frage ich, um mich davon abzulenken, wo und bei wem ich bin. »Du hast doch im Krankenhaus angerufen, oder?«

»Ja. Es war höllisch schwer, aus denen was rauszukriegen, aber eine Schwester war ein bisschen neben der Spur und hat mir geglaubt, dass ich seine Tante bin«, antwortet sie. »Er wird noch entgiftet.«

»Ich frage mich, was er genommen hat«, sage ich, obwohl es keine Rolle spielt. Was es auch war, er wäre fast gestorben, und ich wäre beinahe nicht dort gewesen, um ihm zu helfen. »Er hat dauernd Kram gemischt.«

»Ist das nicht egal? Hauptsache, er wird wieder.«

»Ja, stimmt wohl«, murmle ich. »Seine Eltern sind auf dem Weg hierher und nehmen ihn hoffentlich mit nach Hause.« Ich hoffe sehr, dass sie es tun. Mich hat es einiges gekostet, bei ihnen anzurufen, doch nachdem die Sanitäter ihn wiederbelebt hatten, musste ich es einfach. Es war das Einzige, was ich für ihn tun konnte. Deshalb rief ich sie an, als der Krankenwagen mit Blaulicht und Sirene wegfuhr, und es war genauso, wie ich erwartet hatte. Seine Mom gab mir die Schuld, als ich ihr erzählte, dass Tristan eine Überdosis genommen hatte; mein schlechter Einfluss auf ihn wäre schuld, und überhaupt hätte er bloß mit den Drogen angefangen, weil er seine Schwester verloren hat und damit nicht fertigwird. Und Tristans Mutter hat recht.

Alles ist meine Schuld, und ich will aufhören, das zu fühlen, mich endlich wieder mit einem High nach dem anderen umbringen.

»Willst du mit?«, fragt Nancy, lehnt sich an die Wand und sieht mich an. »Wenn er wieder nach Hause fährt?«

Ich zeichne weiter, weil die simplen Linien gut sind, um meine Gedanken zu bändigen. »Nein ... ich habe kein Zuhause.«

»Und was dann? Bleibst du hier? Bei mir?«

Ich antworte nicht, und die Stille zieht sich hin. Mir entgeht nicht, dass ich ihr unheimlich bin. Ich bin nicht mal sicher, ob sie will, dass ich Ja sage, und sie wird zappelig, bis sie schließlich unten an den Matratzenrand rutscht. »Bist du jetzt so weit, das hier zu probieren?«, fragt sie.

Ich schlucke nervös und bewege weiter den Stift über das Papier. »Hilft das wirklich, alles zu vergessen?«

Sie lächelt mir zu und rückt mit einer Schachtel in der Hand neben mich. »Baby, damit fühlst du dich wie ein Gott!« Sie öffnet die Schachtel und will meine Hand nehmen.

Ich zucke zurück. »Aber hilft es mir zu vergessen?« Das muss ich erst wissen, bevor ich zustimme. »Ich will vergessen. Alles.«

Sie holt ein gefaltetes weißes Blatt und eine Spritze aus der Schachtel. »Süßer, das hier gibt dir alles, was du dir wünschst, und mehr. Du wirst nicht mal an Vergessen denken können, weil du gar nicht nachdenken kannst.«

Ich nicke, zeichne nervös weiter und denke an das letzte Mal, dass Spritzen in mich hineinstachen. Die haben mir nichts als Mist gebracht, weil sie mich ins Leben zurückholten. Hoffentlich beenden sie mein Leben diesmal. »Okay, ich mach's.«

Nancy strahlt. »Du wirst es nicht bereuen.« Sie holt einen Löffel, ein Feuerzeug und ein Gummiband aus der Schachtel und fängt an, das Heroin mit dem Feuerzeug zu schmelzen. Währenddessen zeichne ich ununterbrochen weiter, bemühe mich, nicht daran zu denken, denn sonst würde ich kneifen und hinge mit meinen Gedanken fest. Ich will endlich Ruhe!

Als Nancy sagt, dass sie bereit ist, nehme ich ihr das Feuerzeug ab, beuge mich zur Seite und stecke das Blatt an. Ich beobachte, wie es zu schwarzer Asche verbrennt, die auf den Fußboden schwebt. Mit ihr schweben meine Erinnerungen zu Boden, die hoffentlich bald ganz fort sind. Lexi. Nova. Tristan. Meine Schuld. Ich.

»Gib mir deinen Arm«, sagt Nancy, und ich setze mich auf.

Ich strecke meinen Arm zu ihrem Schoß aus, zitternd vor Nervosität, und das nicht bloß wegen der Spritze, sondern auch wegen dem, was das hier bedeutet. Gleich werde ich alles vergessen und endgültig akzeptieren, dass mein Leben von jetzt an so sein wird, bis ich endlich verrotte.

»Leg dich hin und mach es dir bequem.«

Brav lege ich mich auf die klumpige Matratze, die nach Moder und Rauch mieft.

Nancys kalte Finger streifen meinen Arm, als sie mir das Gummiband anlegt und ein paarmal gegen meine Haut schnippt. »Versuch, dich zu entspannen.«

Leichter gesagt als getan. Aber ich gebe mir Mühe und atme tief ein und wieder aus. Sobald Nancy sich zu mir neigt, inhaliere ich gierig. Dann sticht die Nadelspitze in meinen Arm. Fast will ich doch noch zurück, sie anschreien aufzuhören, doch ich halte den Mund, und die Nadel sinkt tief in meine Haut.

»Komm zurück zu uns, Quinton«, flüstert jemand. »Mach die Augen auf.«

»Nein ...«, murmle ich mit geschlossenen Augen. »Lasst mich einfach gehen ... bitte ...«

»Verlass uns noch nicht.« Ich höre das Piepen der Maschinen, die mir ein Leben einzuhauchen versuchen, das ich nicht will. Ich will kalt bleiben, nichts fühlen, in den Sternen verschwinden.

»Bitte, gebt mich auf«, flehe ich, doch sie pumpen

weiter Leben in mich, und ich weiß, sowie ich die Augen öffne, muss ich mich damit abfinden, dass ich lebe und Lexi tot ist. Ich wünschte, sie würden mich schlicht gehen lassen. Ich will loslassen, aufgeben, mir die Brust weiter aufreißen und verbluten, aber sie flicken sie wieder zusammen.

Die Nadel dringt tiefer in meine Vene, und Sekunden später ist das Heroin in mir: mächtig, giftig brennt es sich durch meinen Kreislauf bis zu meinem Herzen. Ich fühle einen Rausch, in dem ich ungefähr alles auf einmal denke, und plötzlich falle ich in die Dunkelheit und erinnere mich an gar nichts mehr. Ich treibe weiter weg von jedem, der noch lebt, und näher zu den Leuten, die mich verlassen haben. Der Schmerz verschwindet zusammen mit meinen Gedanken und Erinnerungen. Alles verschwindet, und ich mit.

28. Mai, Tag 13 der Sommerferien

Nova

»Zwei Tage ist es her, seit ich Quinton verloren habe«, sage ich zu der Webcam. Meine Augen sind richtig riesig mit dunklen Schatten darunter, weil ich so gut wie gar nicht schlafe. Mein Haar habe ich zu einem unordentlichen Knoten aufgebunden, und ich bin noch im Pyjama. Mir ist, als würde ich am Rand einer Klippe hängen und mich mit aller Kraft daran festkrallen. »Und ich will nicht lügen, mir geht's beschissen, wie ihr wahrscheinlich sehen könnt ...« Ich unterbreche, weil ich nicht zu viel über mein Aussehen reden will. Andererseits möchte ich mich auch ungern auf die anderen Sachen konzentrieren, die ich zu sagen habe. Ich reibe mir übers Gesicht, wobei mir ein lautes Schnaufen entfährt. »Gott, ich weiß nicht mal, wozu ich das hier aufnehme, außer dass ich sagen will, dass ich aufgebe. Ich sehe keine Hoffnung mehr ... deshalb gebe ich auf.« Ich schlucke und will es sofort zurücknehmen, doch das kann ich nicht, denn eigentlich passiert ja genau das. »Meine Mom ist hier, um mich nach Hause zu holen. Ich könnte mich energischer wehren, aber ich denke, es wird wohl Zeit – nicht aufzugeben, sondern loszulassen, denn ich packe das nicht so, wie ich gedacht hatte. Trotzdem tut es verdammt weh, dass ich weggehe und er irgendwo da draußen sein könnte, verletzt oder sogar tot ...«

»Bist du so weit, Schatz?« Meine Mom sieht ins Gästezimmer von Leas Onkel, wo meine Sachen gepackt und abfahrbereit stehen.

Ich klappe den Laptop zu. »Ich denke ja.«

Sie sieht mich traurig an, als sie hereinkommt. »Hör mal, Nova, ich weiß, dass du schrecklich enttäuscht bist, weil du deinem Freund nicht helfen konntest, aber wir können andere nicht dazu bringen, Dinge zu tun, die sie nicht wollen. Manchmal kann man anderen nicht helfen, ganz gleich wie sehr man es möchte.«

Ich stehe auf und bücke mich, um den Stecker meines Computers herauszuziehen. »Das ist mir klar, trotzdem braucht es manchmal jemand anderen, um einen wachzurütteln und erkennen zu lassen, dass man Hilfe braucht.«

»Stimmt, oder man schafft es von sich aus«, sagt sie und kommt um das Bett herum. »So wie du.«

Ich wickle das Kabel auf. »Ich habe es nicht alleine geschafft.«

»Wie meinst du das?«, fragt sie verwundert.

»Ich meine, dass ich Hilfe hatte«, sage ich und stopfe das aufgewickelte Kabel in meine Laptoptasche. »Von Landon.«

Jetzt ist sie erst recht verwirrt, also erkläre ich es ihr: »Ich habe sein Video gesehen, das er aufgenommen hat, bevor er ... bevor er sich umbrachte. Und in dem sagte er einige Sachen, die mich sozusagen wachgerüttelt haben, sodass ich begriff, dass ich keine Drogen mehr will. Ich habe erkannt, wozu mein Leben geworden war.« Ich denke, Lea hat versucht, mir klarzumachen, zu was es jetzt wurde, aber ich wehre mich dagegen, die Augen zu öffnen und es zuzugeben.

Meine Mom schiebt ihre Ärmel nach oben. »Warum hast du mir nie erzählt, dass du sein Video angesehen hast?«

Ich stecke meinen Laptop in die Tasche. »Weil ich es noch nicht geschafft habe, darüber zu reden.«

»Und jetzt kannst du es?«

»Ich glaube schon.« Ehrlich, ich bin nicht mal sicher, warum ich es ihr erzähle. Vielleicht nur, weil ich emotional ausgelaugt bin. »Übrigens habe ich es zuerst Quinton erzählt, was wohl eine Menge darüber aussagt, wie wichtig er mir ist.« Ich schließe den Reißverschluss der Tasche. Meine Mom will etwas entgegnen, doch ich bedeute ihr, nichts zu sagen. »Ja, ich weiß, dass du es nicht verstehst, und das erwarte ich auch gar nicht, aber glaub mir, wenn ich sage, dass ich ihn mag und wahrscheinlich nie ganz aufhören werde, ihn zu mögen ... Er wird immer ein Teil von mir bleiben.«

»Ich verstehe durchaus, dass du ihn magst«, sagt sie und nimmt meine Reisetasche. »Ich möchte nur nicht, dass du dich in diese Erfahrung vergräbst. Ich möchte nicht mit ansehen, wie du dich ganz in deinem Kummer vergräbst, so wie nach Landons Tod. Und Lea sagt, es ging dir richtig schlecht.«

»Tat es ... tut es«, gestehe ich, während ich mir die Laptoptasche über die Schulter hänge. »Und es wird schwierig, über dies hier hinwegzukommen, weil ich keine Ahnung habe, wo er ist, und ich die Einzige war, die auf ihn achtete. Sonst wird keiner mehr überhaupt versuchen, ihn zu finden.«

Meine Mom kommt auf mich zu und legt einen Arm um meine Schultern. »Tja, wir können immer noch seinen Vater bearbeiten. Wenn wir ihm erzählen, was du gesehen hast, dass Quinton verletzt sein oder in Schwierigkeiten stecken könnte, will er vielleicht doch ein bisschen helfen«, sagt sie und führt mich zur Tür. »Und eventuell können wir auch Tristans Eltern um Unterstützung bitten.«

»Ich denke nicht, dass das funktioniert«, antworte ich, als wir ins Wohnzimmer gehen. »Ich glaube, sie geben Quinton die Schuld an Ryders Tod.«

»Mag sein, dennoch hängen sie sicher an ihrem Sohn. Und wenn sie nach ihm suchen, finden sie vielleicht auch Quinton.«

»Was ist, wenn nicht? Oder was ist, wenn sie Quinton finden und alles noch schlimmer machen?« Ich kann ihre Zuversicht nicht teilen, denn ich bezweifle, dass sie Quinton helfen würden, und ich mache mir Sorgen, dass weder Tristan noch Quinton je lebend gefunden werden.

»Das werden sie nicht«, versichert meine Mom und drückt meine Schulter sanft. »Auch ihr Sohn ist da draußen, und als Mutter weiß ich, egal wie wütend man sein mag, will man doch, dass den Kindern nichts passiert.«

Ich fange an zu weinen, weil ich momentan keine Hoffnung mehr habe, und meine Mom hält mich fest, lässt mich meinen Schmerz fühlen, weil sie weiß, dass das besser ist, als ihn in mir zu vergraben. Ob es ihr bewusst ist oder nicht, sie hilft mir. Es ist gut, so viele Leute in meinem Leben zu haben, die mir helfen, und es tut weh, an Quinton zu denken, der keinen hat, der umherwandert und auf seinen Tod wartet, wie er mir erzählte. Ich wünschte, ich könnte bleiben und ihn suchen, aber meine Mom liebt mich zu sehr, als dass sie es erlauben würde. Und im Grunde weiß ich, dass ich im Moment nicht stark genug bin, solch eine gewaltige Aufgabe auf mich zu nehmen. Ich hatte es geglaubt, als ich herkam. Ich dachte, dass ich es schaffe. Bei der Suizid-Hotline kann ich es. Doch das Problem ist, dass ich zu intensive Gefühle für Quinton hege, ähnlich denen, die ich für Landon empfand. Und sie machen dies hier viel persönlicher, was mich zu sehr verunsichert.

Mir fällt es wahnsinnig schwer, in den Wagen zu steigen und mit dem Wissen wegzufahren, dass er in diesem Meer von Menschen umherirrt, die kaum seine Existenz wahrnehmen. Keiner hier will den hässlichen, dunklen, verkorksten Teil des Lebens sehen, jenen verlorenen Teil der Stadt, den Quinton mir zeigte. Sie beachten ihn nicht und konzentrieren sich ganz auf die strahlende Seite der Stadt.

Als meine Mom den Chevy Nova über den Freeway fährt, drehe ich mich zu der Stadt hinter uns um und stelle den Song an, zu dem Quinton und ich vor dem Wagen tanzten. Da schien alles, als würde es okay, und ich dachte, dass ich ihm vielleicht, nur vielleicht, doch helfe. Ich singe leise mit, während die Gebäude und der dunstige Himmel immer weiter wegrücken, bis Las Vegas vollständig verschwunden ist. Dann bleibt mir nur noch, nach vorn zu sehen und mich der Zukunft zu stellen.

30. Juni, Tag 46 der Sommerferien

Quinton

Die Zeit existiert nicht mehr. Selbst große Erinnerungen wie der Brand des Apartmenthauses vor ein paar Wochen verschwimmen im Nichts. Das war ein großes Ding, doch ich erinnere mich kaum, wie ich mitten in der Nacht aus der Wohnung stolperte, während Flammen das Gebäude umschlossen.

Keiner wusste genau, was passiert war. Jemand sagte, sie hätten Schüsse aus Dylans und Delilahs Wohnung gehört. Seit der Nummer mit Trace hatte ich sie ein paarmal gesehen. Dylan und ich hatten uns sogar gezofft, waren aber beide zu high gewesen, um uns wirklich etwas zu tun.

Ich fragte mich, ob sie vielleicht das Feuer ausgelöst hatten, blieb aber nicht, um es herauszufinden. Das konnte ich nicht. Die Cops und die Feuerwehr kamen, und das war Nancys und mein Stichwort, schnellstens abzuhauen – zusammen mit allen anderen, die dort illegalen Mist gemacht hatten.

Seitdem lebe ich auf der Straße, schlafe hinter Müllcontainern und in leer stehenden Häusern, wenn wir welche finden. Manchmal pennen wir bei anderen Leuten, doch die Gelegenheit ergibt sich selten.

Wir besitzen eigentlich nichts außer den Klamotten, die wir tragen, und einer begrenzten Menge Drogen, die wir kaufen, wenn wir irgendwo etwas klauen und zu Geld machen können. Hin und wieder, wenn wir richtig klamm sind, geht Nancy auf den Strich.

Ich würde mein Leben hassen, wäre ich imstande, Hass zu empfinden, doch ich fühle nichts mehr außer dem gierigen Monster in mir. Es hat mich komplett eingenommen und den alten Quinton fast vollständig getötet.

»Hier kannst du dir keinen Schuss setzen«, warne ich Nancy und gehe in der Gasse zwischen einem Stripclub und einer Pfandleihe auf und ab. Hinter einem Müllcontainer ist ein Stapel Kisten, und dort haben Nancy und ich die letzte Nacht verbracht, nachdem die Cops in dem leeren Lagerhaus aufkreuzten, in dem wir die letzte Woche hausten.

»Wieso denn nicht?«, fragt Nancy und blickt zu mir auf, während sie in ihrem Rucksack nach dem einen wühlt, das ihren Hunger befriedigen kann.

Allein bei ihrem Gesichtsausdruck läuft mir schon das Wasser im Mund zusammen.

»Weil du nicht total high in einer Gasse liegen kannst«, antworte ich. »Dann muss ich wachbleiben und auf dich aufpassen.«

Sie lacht mich mit diesem hysterischen Lachen aus, das sie immer bekommt, wenn sie ewig nicht geschlafen hat. »Ist da etwa jemand gierig? Hast du Angst, dass du zugucken musst, statt was abzukriegen?«

Ich bleibe stehen und sehe sie wütend an. »Können wir bitte irgendwo hingehen, wo es abgeschiedener ist?« Nervös blicke ich zum Ende der Gasse, wo Leute vorbeigehen. Eigentlich sehe ich mich dauernd um, habe ständig Angst, dass jemand kommen könnte. Ich bin nicht mal sicher, wen ich meine ... na ja, oder ich wünsche mir vielleicht doch, dass jemand kommt: ein Mädchen mit blaugrünen Augen. Egal wie viel Betäubung ich mir in die Vene jage, denke ich immer noch an sie. Dabei habe ich keine Ahnung, ob sie überhaupt noch in Las Vegas oder schon nach Hause gefahren ist. Und so soll es sein. Ich sollte nichts über Nova Reed wissen. »Irgendwohin, wo wir uns hinlegen und es genießen können, high zu sein?«

Nancy schließt seufzend den Reißverschluss ihres Rucksacks und steht auf. »Und wo sollen wir hin?«, fragt sie gereizt und sieht sich in der Gasse um.

Ich fange wieder an, auf und ab zu gehen. Mein letzter Schuss ist zu lange her, und ich merke, wie Emotionen in mir hochkommen, spitzer als die Nadel und stärker als das Heroin. Die muss ich zum Schweigen bringen, sofort, bevor ich zusammenbreche. Ich muss an einen ruhigeren Platz, weg von all diesen Leuten.

Dann fällt mir eine Stelle ein. »Ich glaube, ich weiß, wohin.«

Nancy nickt und hängt sich ihren Rucksack über, ohne Fragen zu stellen. Sie folgt mir einfach, hofft, dass ich sie zu einem Ort führe, wo sie sich mit Drogen vollpumpen und dem entfliehen kann, wovor auch immer sie wegläuft. Wie jeder andere. Wie ich.

Flucht.

Es dauert eine Weile, quer durch die Stadt und in die weniger belebte Gegend zu kommen – Stunden oder vielleicht den ganzen Tag. Das ist schwer zu sagen. Ich weiß lediglich, dass es bei unserem Aufbruch hell war und dunkel ist, als wir ankommen. Sonst habe ich keine Orientierung, denn ich bin viel zu sehr darauf fixiert, zu dem einen Ort zu kommen, an dem ich fliegen und durch meine Vergangenheit segeln kann, ohne sie fühlen zu müssen – ohne die Schuld an allem zu empfinden, was in meinem Leben geschehen ist: Tod, Liebe, Sein.

Als wir reingehen, stürmen die Erinnerungen an

das letzte Mal auf mich ein. Da war ich mit Nova hier, und beinahe will ich kehrtmachen. Aber dann stößt Nancy mich an.

»Beeil dich«, sagt sie und geht zur Treppe. »Ich krepiere hier.«

Ich steige über die Trümmer und die Putzbrocken und versuche, nicht an Nova zu denken, aber das ist schwierig. Das Einzige, was mich aufrecht hält, ist das Wissen, dass es oben auf dem Dach nur wenige Minuten dauern wird, bis alles aus meinem Kopf verschwindet. Deshalb bewege ich mich wie ferngesteuert weiter, und oben habe ich das Gefühl, wieder atmen zu können.

Nancy stellt hastig ihren Rucksack neben einem der riesigen Schilder ab und beginnt, den Löffel und die Spritze auszupacken. Ich helfe ihr nicht. Das kann ich nicht. Obwohl ich schon so viele Schüsse hatte, kann ich sie mir nach wie vor nicht selbst setzen. Noch ist mein Hass auf Spritzen zu groß. Trotzdem überwinde ich meine Phobie jeweils in dem Moment, in dem Nancy mir den Schuss gibt. Ich lege mich auf den Boden und starre hinauf zu den Sternen, wie ich es mit Nova gemacht habe – und in der Nacht, in der ich starb. Ohne zu Nancy zu sehen, warte ich ungeduldig, dass der Stoff in meine Vene dringt, sich durch meinen Körper arbeitet und alles in mir auslöscht. Meine Schuldgefühle verfliegen kurz darauf, ebenso wie die Gedanken an Nova. Es ist, als hätte mir jeder vergeben, und ich fühle mich so viel leichter, als ich hinauf in den Himmel schwebe, näher zu Lexi. Ich schwöre, wenn ich die Hand ausstrecke, kann ich sie berühren.

Fast. Beinahe in Reichweite.

1. August, Tag 78 der Sommerferien

Nova

Ich strenge mich an, mich zu beschäftigen, nach vorn zu sehen, weiterzumachen. Ich tue alles, was ich kann, um mich abzulenken, und habe reichlich Videoclips aufgenommen. Sogar eine richtige Kamera habe ich mir besorgt – besser gesagt: Meine Mom hat sie mir gekauft. Ich denke, sie hat es gemacht, weil ich ihr leidtue.

»Es ist erstaunlich, wie schnell die letzten paar Monate vergangen sind«, sage ich zu der Kamera, die auf dem Küchentisch steht und auf mich gerichtet ist, während ich rede und ein Fotoalbum von Landon zusammenstelle. »Mir ist schleierhaft, wie das sein kann. Ich schätze, es liegt an meiner Mom, und auf eine gute Weise. Sie gibt sich reichlich Mühe, mich zu beschäftigen, spannt mich im Haus ein und hilft mir sogar, ein Fotoalbum von Landon anzulegen, wie ich es schon lange geplant hatte, aber nie damit anfangen konnte ...«

Ich blicke hinunter zu den Fotos und Skizzen von Landon, die auf dem Tisch vor mir verteilt sind, und den Albumseiten, auf die sie geklebt werden sollen. »Ich war sogar neulich bei Landons Grab ... Es war heftig, aber erträglich, und irgendwie half es mir gegen diesen Zwang, sein Video immer wieder anzusehen«, sage ich und befestige einen Klebestreifen hinten auf einem Foto von Landon und mir. Auf dem Bild gibt er mir einen Wangenkuss, und ich lache. Sieht man nur flüchtig hin, ist es scheinbar perfekt, doch bei näherem Hinsehen würde ich die Fehler erkennen. Was ich nicht mache, denn ich will mich nur an das Gute erinnern.

»Manchmal ist mir immer noch zum Heulen wegen Quinton ... weil ich nicht weiß, wo er ist, und nichts zu wissen kann härter sein als die Gewissheit, dass er tot ist ...« Ich falte eine Zeichnung Landons von einem Baum auseinander und streiche sie glatt. »Meine Mom hat tatsächlich Quintons Dad dazu gebracht, nach Las Vegas zu reisen und nach ihm zu suchen, obwohl ich meine Zweifel habe, dass er besonders intensiv suchen wird, denn er hat sogar wortwörtlich gesagt, dass er es nicht will. Doch dann hörte ich, wie meine Mom ihm einen Riesenvortrag hielt und einmal fast die Fassung verlor und ihn anbrüllte, er wäre ein ›Scheißvater‹ ... So habe ich sie noch nie fluchen gehört.« Ich klebe das Foto auf die Seite. »Nach unserer Rückkehr hatte sie zuerst Tristans Eltern angerufen, um ihnen zu sagen, dass sie nach ihm suchen sollen, aber anscheinend waren die schon auf dem Weg, Tristan abzuholen. Das wäre ja an sich gut, bloß sind Tristans Eltern Arschlöcher ... Ich will nicht gefühllos sein oder so, denn ich weiß ja, wie schrecklich es ist, jemanden zu verlieren, den man geliebt hat, aber was Tristans Eltern zu meiner Mum über Quinton sagten, war total wahnwitzig. Sie geben ihm die Schuld an Ryders Tod, und das ist furchtbar. Mir ist egal, dass sie trauern. Eigens den weiten Weg auf sich zu nehmen, um Quinton zu sagen, dass er für alles verantwortlich ist, ist schlicht daneben. Vor allem aber verstehe ich Quinton jetzt noch ein bisschen besser ... auch wenn es mir inzwischen nichts mehr nützt ...« Meine Stimme versagt, und ich räuspere mich hastig, während ich mich im Geiste ermahne, mich zusammenzureißen. Das passiert oft, wenn ich an Quinton denke.

Ich atme aus, klebe noch ein Foto auf die Seite und blättere zur nächsten um. »Auch von Tristan habe ich einiges über Quinton erfahren, denn er ist seit einer Woche wieder in Maple Grove. Langer Rede kurzer Sinn: Ich schätze, ungefähr zur selben Zeit, als ich Quintons Spur verlor, nahm Tristan eine Überdosis. Quinton rief einen Krankenwagen, und

Tristan wurde in die Klinik gebracht. Danach muss Quinton Tristans Eltern angerufen haben, die zu Tristan ins Krankenhaus reisten und ihn in den Entzug schickten. Ich weiß nicht, wie sie ihn dazu gebracht haben, und das würde ich wirklich gerne erfahren. Ich wünschte, ich wüsste das magische Mittel, mit dem ich Quinton zur Vernunft bringen und ihm begreiflich machen kann, dass er kein schlechter Mensch ist. Die entsetzlichen Sachen, die geschehen sind, hatte er nicht unter Kontrolle, sage ich mir immer wieder, so hart es auch ist. Doch ich konnte nie weit genug zu ihm durchdringen, um ihm zu helfen.« Ich mache eine Atempause. »Ich habe versagt. Egal, was meine Mom sagt, ich habe ihn ebenso im Stich gelassen wie Landon, und damit muss ich jetzt leben.«

Ich klebe ein Foto von Landon auf die neue Albumseite. Seine honigbraunen Augen erinnern mich an Quinton, was ein wenig bizarr ist, denn normalerweise erinnert mich Quinton an Landon. Landon war so schön, und mit seinem Tod verlor die Welt einen Teil ihrer Schönheit. »Tristan hat mir einige Male geschrieben, solange er im Entzug war, und sich bei mir für alles entschuldigt, womit er mich gekränkt haben könnte, und dafür, dass er mich in diese Geschichte mit Trace hineingezogen hat. Ich habe ihm nie zurückgeschrieben, weil ich nicht wusste, was ich sagen sollte, oder ob ich es überhaupt könnte. Gestern dann rief er an. Wir redeten eine Weile über einige Sachen, sogar über Quinton. Tristan sagt, dass er keine Ahnung hat, wo Quinton ist; es gibt einfach zu viele Möglichkeiten. Allerdings hatte er gehört, dass das schäbige Apartmenthaus abgebrannt ist. Dabei ist angeblich keiner gestorben, denn man fand keine Leichen. Aber der Brand wurde gelegt, und ich frage mich, was da los war. Ob Quinton dort war, als es geschah. Oder Delilah. Ich mag mir nicht ausmalen, dass sie jetzt alle auf der Straße leben und weiß Gott was machen. Vor allem ist es nun gut möglich, dass sie nie gefunden werden. Und die arme Delilah. Ihre Mutter sucht sie garantiert nicht, so schlecht wie ihr Verhältnis war.« Ich seufze und merke, wie meine Hoffnungslosigkeit erdrückender wird. »Vielleicht weiß Tristan ein bisschen mehr, als er erzählt – über alles, was los war –, doch ich will ihn nicht unter Druck setzen, denn im Moment ist er wie ein neugeborenes Kitz, das laufen lernen muss, und eine Menge Sachen könnten ihn zu Fall bringen. Jedenfalls sagen das alle, die sich mit diesen Sachen auskennen.« Ich ziehe einen Streifen vom Klebebandspender. »Ich gehe zu diesen Gruppentreffen, ähnlich dem, bei dem ich in Las Vegas war. Die Geschichten der anderen zu hören ist schon irgendwie beängstigend, aber die, die erfreulich ausgegangen sind, wo es jemand überlebt und seine Sucht besiegt hat, tun auch gut. Sie geben mir ein wenig Hoffnung, dass es für Quinton noch nicht zu spät ist.« Ich klebe die eine Fotoecke fest. »Außerdem habe ich durch die Treffen eine bessere Vorstellung, worauf ich mich einlasse, denn heute will Tristan vorbeikommen. Hoffentlich geht das gut.« Ich blicke wieder in die Kamera. »Die Pessimistin in mir glaubt eher, dass es richtig schräg wird.«

Ich sehe hinüber zur Uhr an der Mikrowelle, und mir wird klar, dass er schon bald hier sein wird und ich noch im Pyjama bin. Ich drehe mich wieder zur Kamera. »Ich erzähle euch später, wie es war.« Dann winke ich der Kamera zu. »Bis dann.« Nachdem ich sie ausgeschaltet habe, trage ich sie zusammen mit dem Album und den Bildern in mein Zimmer, wo ich alles auf dem Schreibtisch ablege. Dort liegen auch einige der Zeichnungen, die ich aus Quintons Zimmer mitnahm, als ich das letzte Mal dort war. Wenn ich sie nur ansehe, vermisse ich ihn, sehne mich danach, ihn in den Armen zu halten. Könnte ich mir in diesem Moment eines wünschen, wäre es das: ihn festzuhalten und nie loszulassen.

Seufzend wende ich mich von den Zeichnungen ab und gehe zu meiner Kommode. Ich ziehe mir Shorts und ein schwarzes Trägertop an, kämme mein Haar und lasse es offen. Inzwischen binde ich mir auch keine Armbänder mehr um das Handgelenk mit der Narbe und dem Tattoo, denn ich will niemals vergessen, nichts: meinen Dad nicht, Landon nicht,

Quinton nicht, nicht wie tief unten ich war, wie ich aufstieg, wie leicht man fällt. Ich will nicht vergessen, wie schnell mein Leben außer Kontrolle geraten kann. Auch der Kratzer an meinem Wagen ist zu einer Mahnung geworden. Ich habe ihn nicht ausbessern lassen, obwohl meine Mom angeboten hat, es zu bezahlen. Mir ist bewusst, dass es verrückt klingt, doch mich erinnert der Kratzer an das letzte Mal, dass ich Quinton sah, und auch wenn es eine furchtbare Erinnerung ist, habe ich nur sie.

Als ich gerade fertig bin, klingelt es an der Tür. Mit einem mulmigen Gefühl gehe ich öffnen. Meine Mom und mein Stiefvater Daniel sind auf einer Wanderung und werden erst spät zurück sein, was bedeutet, dass Tristan und ich allein sind. Schon jetzt kann ich fühlen, wie komisch die Atmosphäre wird.

Ich mache die Tür auf, und Tristan steht am Rand der Veranda, als wollte er wieder gehen. Die Sonne scheint auf seinen Rücken, sodass ich geblendet bin. Je weiter er in den Schatten kommt, umso besser kann ich ihn erkennen, auch wenn es wie der Blick durch eine Kameralinse ist: Zuerst sieht er verschwommen aus, dann sehe ich sein blondes Haar, seine Gesichtszüge und schließlich seine blauen Augen. Er trägt ein sauberes Karohemd, eine ordentliche Jeans und Turnschuhe. Tristan sieht gut aus. Gesund. Und die Einstiche an seinen Armen sind fort, bis auf einige winzige weiße Punkte, die wohl Narben sein dürften.

»Hi«, sagt er und schiebt die Hände in die Hosentaschen.

Ich starre ihn bloß stumm an, halte mit einer Hand die Fliegentür und habe das Gefühl, dass mein Körper in einen Schock verfällt oder so. Tristan ist praktisch nicht wiederzuerkennen, und das macht mich froh, zugleich aber auch traurig, weil es mir unweigerlich klarmacht, wie ungesund er vorher aussah – und Quinton sicher bis heute aussieht.

»Hi«, antworte ich endlich und befehle mir, nicht zu starren. Dann gehe ich einen Schritt zurück. »Komm rein.«

Er zögert, bevor er an mir vorbei ins Haus geht. Dabei weht mir eine Mischung aus Aftershave und Zigaretten entgegen, die um ein Vielfaches netter ist als die Ich-habe-seit-Wochen-nicht-geduscht-Note von unserer letzten Begegnung.

Ich schließe die Tür und beobachte, wie er sich im Wohnzimmer mit den Familienfotos an den Wänden, den Sofas mit Blumenmuster und dem Fernseher umsieht.

»Ich glaube, ich war noch nie bei dir zu Hause«, sagt er, dreht sich einmal um die eigene Achse und sieht wieder zu mir. »Es ist nett.«

»Danke.« Gott, ich habe keine Ahnung, was ich sagen oder machen soll, was ich mit meinen Händen anfangen oder wohin ich gucken soll. Tristan hat eine Narbe an der Wange, die nach einer verheilten Platzwunde aussieht, und die war früher nicht dort. Ich möchte ihn danach fragen, traue mich jedoch nicht.

Er muss meinen Blick bemerkt haben, denn er berührt die Narbe und erklärt: »Da hat Trace mich mit dem Messer erwischt an dem Tag, als ... na ja, es richtig übel wurde.«

»O mein Gott, geht es dir gut?«

Er nickt und winkt ab. »Ja, ist mittlerweile fast völlig verheilt.«

Erinnerungen reißen mein Herz in Stücke: Las Vegas, Quinton, Messer, Schnittwunden, Drogen. Ich muss tief durchatmen und mir befehlen, ruhig zu bleiben.

»Entschuldige«, sagt er, nimmt die Hände aus den Taschen und verschränkt seine Arme.

»Wofür?«

»Dass ich Las Vegas angesprochen habe.«

»Du musst dich nicht entschuldigen«, sage ich, setze mich aufs Sofa, und Tristan setzt sich neben mich. »Wir können darüber reden ...« *Was mache ich denn?* »Falls du willst?«

Er sieht mich skeptisch an, als würde er mir nicht recht glauben, dass ich es ernst meine. »Später vielleicht«, sagt er. »Wie wäre es, wenn wir erst mal einfach etwas abhängen und sehen, wie es läuft?«

Ich bejahe stumm, und die nächste Stunde reden wir über Belangloses, über die Highschool, wie wir uns früher amüsiert haben. Er erzählt mir ein bisschen was über seinen Einstieg in die Drogen, ohne den Grund zu erwähnen. Das erste Mal high war er schon einige Zeit vor dem Tod seiner Schwester. Sein Drogenkonsum hatte nie mit ihrem Tod zu tun, obwohl die Drogen es leichter machten, damit fertigzuwerden. Ich würde gern wissen, was dann die Ursache war, wage allerdings nicht zu fragen, weil ich fürchte, ihn aufzuregen.

Gegen Mittag bestelle ich uns eine Pizza und trage sie zum Couchtisch, wo wir beim Essen weiterreden.

»Dann geht es dir jetzt okay?«, frage ich, während ich den Pizzakarton öffne. »Ich meine, damit, in der realen Welt zu sein.«

Er nimmt sich ein Stück Pizza. »Tja, ich bin erst seit einer Woche draußen, also kann ich es noch nicht genau sagen ... Noch bin ich mir in vielem unsicher, zum Beispiel, was ich eigentlich mit meinem Leben anfangen will. Ich soll mir Ziele setzen.« Er verdreht die Augen. »Ich habe meiner Therapeutin gesagt, dass ich keine Ziele habe, doch sie schien mir nicht zu glauben.«

»Du könntest aufs College gehen«, schlage ich vor und nehme mir ebenfalls ein Pizzastück. »Das ist ein prima Ort, um anzufangen.«

Tristan grinst. »Nova, kein College würde mich

annehmen! Ich habe gerade mal mit Ach und Krach die Highschool zu Ende gebracht.«

»Das stimmt nicht. Klar, die Eliteunis würden dich wahrscheinlich ablehnen, aber auf meinem College angenommen zu werden ist nicht weiter schwer. Der Freund meiner Freundin Lea, die mit mir in Las Vegas war, hat nicht einmal einen Highschool-Abschluss. Er hat einen Abschluss auf dem zweiten Bildungsweg gemacht und ist trotzdem angenommen worden.«

Tristan zupft an dem Käse auf seiner Pizza und sinkt tiefer in die Sofapolster. »Ich überlege es mir. Allerdings habe ich die Schule immer gehasst.«

»Ging mir an der Highschool nicht anders«, stimme ich ihm zu und lehne mich an die Armlehne. »Auf jeden Fall ist das College echt nicht schlecht.«

Er scheint erstaunt. »Mir kam es immer so vor, als wärst du gerne zur Schule gegangen.«

»Oh, ich konnte richtig gut allen etwas vorspielen.« Ich beiße von meinem Pizzastück ab.

»Im Ernst?« Sein Tonfall ist fast munter. »Und ich habe mir eingebildet, dass du ein offenes Buch für mich bist.«

Jetzt bin ich es, die die Augen verdreht. »Hast du nicht.«

»Doch, wohl! Ich konnte dir immer ansehen, wenn du wütend oder bedrückt warst, was oft vorkam. So wie das eine Mal, als wir uns geküsst haben.« Seine

Mundwinkel zucken ein bisschen. »Ich habe gemerkt, dass du es Sekunden später schon bereut hast.«

Wie ich darauf reagieren soll, weiß ich nicht. Auch wenn ich nicht denke, dass er mit mir flirtet, sondern nur gut gelaunt ist, sitzen wir hier und scherzen, und das fühlt sich falsch an.

»Tja, ich bin nicht mehr so oft wütend oder bedrückt«, sage ich und beiße wieder in meine Pizza. »Und das mit dem Kuss tut mir leid. Damals war ich gerade in einer fiesen Phase.«

»Weiß ich.« Er pflückt sich einen Käsestreifen vom Kinn. »Aber wenn du nicht mehr wütend oder bedrückt bist, was bist du dann?«

»Kann ich nicht sagen«, antworte ich ehrlich und blicke mein Pizzastück an. »Meistens fühle ich mich einfach normal, und manchmal bin ich traurig.«

Seine Brust fällt ein, als er langsam ausatmet. Zwischen uns wird es still, sodass man unser Kauen hört, während meine Gedanken zu dem abdriften, was mich traurig macht: Quinton. Ich wünschte, es könnte anders sein. Ich wünschte, er würde hier mit uns in dieser komischen Atmosphäre hocken, Pizza essen und über Alltägliches reden.

»Denkst du noch viel an ihn?«, fragt Tristan schließlich und sieht mich von der Seite an.

Ich blicke blinzelnd auf. »An wen?«

»Quinton«, sagt er, puhlt eine Peperoni von seiner Pizza und wirft sie in den Karton.

»Immerzu.«

»Ich auch.«

»Hast du zufällig etwas von seinem Dad gehört?«, frage ich und lege mein halb gegessenes Pizzastück auf den Teller auf dem Couchtisch. »Meine Mom sagt, dass er runtergeflogen ist, um nach ihm zu suchen, aber so wie sie ihn beknien musste, überhaupt hinzureisen, bin ich nicht so sicher, dass er ernsthaft nach ihm gesucht hat.«

Tristan schluckt. »Tja, er hat sich eine Woche freigenommen und ist nach Las Vegas. Ich schätze, er hat Flyer aufgehängt und so ...« Er zieht an einem Käsestreifen, der von seiner Pizza baumelt. »Ich sage das ehrlich ungern, aber ich muss: Keiner wird Quinton finden.«

Ein gigantischer Kloß bildet sich in meiner Kehle. »Meinst du das im Ernst?«

Tristan wirft seine Pizzakante in den Karton, legt die Füße auf den Couchtisch und lehnt sich zurück. »Ich denke, er wird nur gefunden, wenn er es will.«

»Und glaubst du, dass er je an den Punkt kommt?« Ich ziehe meinen Fuß unter mich, sodass ich ganz seitlich auf dem Sofa sitze.

Er sieht nachdenklich aus, als er die Arme vor der Brust verschränkt. »Ehrlich gesagt weiß ich es nicht, Nova. Ich kann bloß sagen, hättest du mich vor ein paar Monaten gefragt, ob ich gefunden werden will, hätte ich Nein gesagt. Meine Eltern hatten sogar schon einige Male versucht, mich zu erreichen, und ich habe komplett dichtgemacht.« Er sieht durch das Fenster uns gegenüber, durch das man Landons früheres Haus sehen kann. »Aber nachdem ich fast draufgegangen war ... na ja, das ändert manches.«

»Also warst du froh, dass du gefunden wurdest?«, frage ich. »Bist du froh, dass du hier und nicht in Las Vegas bist?«

Er überlegt. »Ich will dich nicht belügen«, sagt er schließlich, und ich bemerke, wie er die Fäuste in seinen Armbeugen ballt. »Sogar nachdem der ganze Scheiß passiert ist, giere ich immer noch danach ... nach der Einsamkeit, die mir die Drogen geben konnten.« Er bricht wieder ab. »Doch im Moment ziehe ich es vor, hier zu sein.«

»Weil du nüchtern bist und die Dinge ein bisschen klarer siehst.«

»Ja, das wird es wohl sein ... aber das hilft nicht, was Quinton betrifft, denn ich war gezwungen, nüchtern zu werden. Ihn muss erst jemand dazu zwingen.« Er sieht mich an, als wollte er etwas in meinen Augen erkennen. »Du hast es geschafft, das alles einmal hinter dir zu lassen. Wie hast du das gemacht, ohne dass dich jemand gezwungen hat?«

Ich möchte es ihm nicht sagen; andererseits habe ich das Thema ja angesprochen, deshalb beschließe ich, ehrlich zu antworten, auch wenn es wehtun wird. »Es war ein Video von Landon – meinem

Freund, der gestorben ist. Das brachte mich dazu, über das nachzudenken, was ich gemacht habe, und hat mich daran erinnert, wer ich mal war.« Meine Hände zittern, als ich nach meiner Cola greife und mir bewusst wird, dass das Video diesen Sommer den gegenteiligen Effekt hatte und alles schlimmer machte, weil ich nicht losließ. Loslassen. Das ist mein großes Problem.

»Alles okay?«, fragt Tristan, dem nicht entgeht, wie aufgewühlt ich bin.

Ich nicke. »Ja, ich stehe da nicht immer drüber ... Ich meine, ich fühle mich immer noch mies, weil ich Quinton in Las Vegas zurückgelassen habe.«

Wieder überlegt er, während ich noch einen Schluck von meiner Cola trinke. »Ich habe deshalb auch ein schlechtes Gewissen, denn ich denke, dass er irgendwo dort draußen ist und denkt, es ist seine Schuld, was mit mir passiert ist. Was Blödsinn ist. Aber er gibt sich auch die Schuld am Tod seiner Freundin und meiner Schwester. Er dürfte die letzten zwei Jahre damit verbracht haben, sich für alles die Schuld zu geben.« Er nimmt sich ein neues Pizzastück und beginnt, die Peperoni herunterzupflücken und in den Karton zu werfen. Dabei denkt er offenbar angestrengt nach. Schließlich lehnt er sich wieder zurück. »Weißt du, was ich denke?«

Ich nicke etwas übereifrig. »Ja, weiß ich.«

Er holt tief Luft. »Ich glaube, dass Quinton schnallen muss, dass das alles nicht seine Schuld war, dass manchmal Beschissenes passiert, ohne dass wir irgendwas daran ändern können.«

Das sagt sich so leicht. Ich habe gehört, wie Quinton über sich denkt, was er glaubt, dass andere von ihm denken – dass sie ihn alle hassen. Ich weiß, dass er von diesen Gedanken befreit werden muss, damit er wieder atmen kann, aber ich bin nicht sicher, wie. Den ersten Teil des Sommers habe ich damit verbracht, ihn genau zu dieser Einsicht bringen zu wollen, ihm klarzumachen, dass er ein besserer Mensch ist, als er meint.

Jetzt sehe ich auf meine Hände und habe Angst vor dem, was ich fragen muss. »Denkst du, dass er jemals an den Punkt kommen wird? Dass er sich verzeihen kann, was passiert ist? Erkennt, dass es nicht seine Schuld war?«

Tristan antwortet nicht gleich. Ich frage mich, ob er nachdenkt oder es ihm schwerfällt, über den Tod seiner Schwester zu sprechen. »Weiß ich nicht«, sagt er schließlich, und seine Stimme zittert. Er räuspert sich. »Aber ich möchte es versuchen … helfen, ihn zu finden … ihm klarzumachen, dass es nicht seine Schuld war. Das hätte ich von Anfang an machen sollen, statt mir Gift in die Venen zu jagen.«

»Dann gibst du ihm nicht die Schuld an … an dem Unfall? So wie deine Eltern?«

Er schüttelt den Kopf. »So habe ich es nie gesehen.

Ja, zuerst wurde ich wütend, wenn ich ihn sah, nachdem ich meine Schwester verloren hatte, aber mir war immer klar, dass es ein Unfall war. Er war weder betrunken noch high noch sonst irgendwas. Shit happens. Keiner war schuld.« Er reibt sich mit der Hand übers Gesicht. »Und wäre Quinton nicht gewesen, wäre ich nicht hier. Ich meine, er hat den Krankenwagen gerufen, als ich die Überdosis drinhatte, hat mich wiederbelebt ... Und er hatte schon vorher immer wieder versucht, mich zu retten. Er wollte, dass ich mit dem Scheiß aufhöre, hat mir gesagt, dass ich zu gut dafür bin ... mir blödem Arsch zu helfen versucht, als ich uns in mächtige Schwierigkeiten brachte.«

Gott, was würde ich darum geben, Quinton hier zu haben und ihn das hören zu lassen! Und ich frage mich, ob er es auch so sehen würde – dass er ein Leben gerettet hat, keines genommen. Dass er etwas Gutes getan und jemandem geholfen hat. »Das könntest du Quinton alles sagen. Wir müssen ihn bloß finden.«

Tristan wendet das Gesicht ab, und ich bin ziemlich sicher, dass er sich Tränen abwischt. Doch ich sage nichts, und als er sich wieder zu mir dreht, sind seine Augen trocken. »Weißt du, dass du einer der hartnäckigsten Menschen bist, die ich kenne?«

»Nicht hartnäckig genug.« Schließlich habe ich Quinton in Las Vegas zurückgelassen.

»Hey.« Er legt eine Hand auf mein Knie, und ich zucke zusammen. »Es hätte nichts gebracht, dort zu bleiben. Wie gesagt, Quinton muss aufhören, sich die Schuld zu geben, bevor sich irgendwas ändern kann. Er muss begreifen, dass es Leute gibt, denen er etwas bedeutet. Und selbst dann bleibt noch eine Menge Mist, durch den er sich arbeiten muss.«

»Glaubst du, dass noch Hoffnung besteht?«, frage ich. »Für ihn? Dass er noch gerettet werden kann?«

Mit angehaltenem Atem warte ich auf seine Antwort und möchte schwören, dass es Stunden dauert, auch wenn es wahrscheinlich nur Sekunden sind. Erst als Tristan nickt, hole ich wieder Luft.

»Ich denke, solange er noch am Leben ist, gibt es immer Hoffnung«, sagt er leise. »Und wenn wir ihn nüchtern bekommen oder zumindest eine Intervention arrangieren und ihn irgendwo hinbringen können, wo er entgiftet wird, wie meine Eltern es mit mir gemacht haben, kann er vielleicht anfangen, sich selbst zu vergeben.«

Es wird still zwischen Tristan und mir, so lautlos wie an dem Tag, als ich mit Quinton auf dem Dach war. Ich frage mich, ob es dort still ist, wo er jetzt ist, ob er die Ruhe genießt oder sie überhaupt wahrnimmt. Hat er ein Dach über dem Kopf? Isst er manchmal? Betrachtet er die Dinge immer noch mit den Augen des Künstlers? Zeichnet er noch? Denkt er ab und zu an mich?

Es gibt so viele Fragen, doch meine größte lautet: Lebt er?

Quinton

Ich habe die Zeit endgültig aus dem Blick verloren, kann nicht mal mehr sagen, welcher Monat ist, geschweige denn, welcher Tag. Mit Mühe erkenne ich, dass es Nacht ist. Inzwischen besitze ich nur noch eine Jeans und ein T-Shirt. Irgendwo habe ich einen Schuh verloren, erinnere mich jedoch nicht, wo. Seit Tagen habe ich kaum Trinkwasser, und allmählich merke ich einen leisen Schmerz in meiner Kehle und meinem Bauch, kann mich jedoch nicht dazu bringen, das Dach zu verlassen, also bleibe ich meistens oben. Nancy beschwert sich, dass ich ein fauler Sack und Junkie bin, der es ihr überlässt, Geld zu machen, zu dealen und sich zu prostituieren. Immer wieder sage ich ihr, dass sie verschwinden soll, und ich wünschte, sie würde, damit ich endlich verrotten kann, aber sie kommt jedes Mal zurück und hält mich am Rand des Todes.

Nancy telefoniert auf ihrem Handy, das sie vor ein paar Tagen anschleppte, weil es ihr angeblich bei ihren Kunden hilft, doch ich finde, das Ding und die blöde Karte sind pure Geldverschwendung. Uns geht langsam der Stoff aus; er reicht nur noch für ein oder zwei Schüsse, und Nancy versucht, billig Nachschub aufzutreiben. Sie jammert im Hintergrund, allerdings höre ich ihre Stimme kaum, weil ich an der Dachkante stehe und zu den verlassenen Häusern und Läden unten sehe, den Wind im Rücken und die Arme weit ausgebreitet. Ich habe weder Shirt noch Schuhe an, und meine Hose rutscht mir fast von den Hüften. Von mir ist nur noch wenig übrig, aber ich bin nach wie vor hier und gehe ein.

Ein Schritt, dann wäre ich frei. Einen Schritt weiter, und ich könnte endlich fallen und in den Tod stürzen. Die Lichter würden ausgehen. Die Schuld wäre fort. Diese Privathölle, in der ich lebe, hätte ein Ende.

»Wieso stehst du dauernd so dicht an der Kante?«, ruft Nancy und kommt um die Schilder herum zu mir, ihr Telefon in der Hand.

»Weil ich mich frage, ob ich fliegen kann.« Ich schließe die Augen und atme die Luft ein. Die Freiheit ist direkt vor mir. Ich muss nur wagen, sie mir zu nehmen.

»Du bist ja bescheuert.« Sie packt meinen Arm und zieht mich zurück. »Das ist bloß ein blöder Trip. Wenn du dich fünf Minuten locker machst, kann ich dir noch einen Schuss setzen, dann geht es dir besser.«

Ich stolpere, als ich mich zu ihr umdrehe. »Aber uns geht der Stoff aus!«

»Ich besorge uns mehr«, sagt sie, geht zu ihrem Rucksack und bleibt beim VIVA LAS VEGAS-Schild stehen. Auch sie hat keine Schuhe an, und irgendein Typ hat ihr das Haar abgeschnippelt, während sie weggetreten war, sodass es ihr nicht mal mehr bis zum Kinn geht. »Hast du noch irgendwelches Geld?«

Obwohl ich weiß, dass ich keines habe, hole ich meine Brieftasche heraus und öffne sie. Dann stülpe ich sie um und schütte den Inhalt aus: einige Vierteldollarmünzen, mein Führerschein, von dem ich dachte, ich hätte ihn verloren, und ein Stück Papier. Nancy kniet sich hastig hin und sammelt die Münzen ein, bevor sie mir meinen Führerschein gibt. Dann hebt sie den Zettel auf und will ihn zur Seite werfen.

Ich halte sie zurück. »Warte«, sage ich, nehme ihr das Stück Papier ab und falte es auseinander. Es steht eine Telefonnummer drauf, und ich stecke sie wieder in meine Brieftasche und die Brieftasche ein.

»Was war das denn?«, fragt Nancy und reibt sich den Arm, wo ich sie zu grob gepackt habe.

»Nichts.« Mehr sage ich nicht, hocke auf dem Dach und versuche, nicht darüber nachzudenken, wessen Telefonnummer es ist. Ich darf nicht an sie denken – diese Gefühle nicht wieder zulassen. *Ich muss hierbleiben.*

»Okay.« Nancy sieht mich an, als wäre ich verrückt, dabei ist sie in derselben Verfassung und dreht durch, wenn sie nicht bald einen Schuss bekommt. »Wie wäre es, wenn wir uns jetzt um dich kümmern, damit du dich entspannen kannst, solange ich uns mehr Stoff hole?« Sie kniet sich neben ihren Rucksack und öffnet ihn.

»Wieso hilfst du mir dauernd?«, frage ich und schwenke die Hand. »Warum bleibst du bei mir, obwohl ich dir nichts geben kann?«

Sie sieht von ihrer Tasche auf. »Ist das wichtig?«

Ich verneine, denn das ist es nicht. »Eigentlich nicht.« Nichts ist mehr wichtig.

Nancy packt eine Spritze aus und beißt die Kappe ab. »Dann versorgen wir dich mal.«

Ich lege mich vor ihr hin und warte. Wenige Augenblicke später versenkt sie die Nadel in meiner Vene, und für einen Moment schmecke ich Freiheit, auch wenn sie nicht mehr so stark wie früher ist, als ich nach jedem Schuss in einen euphorischen Zustand verfiel. Jetzt ertappe ich mich bei dem Wunsch, dass ich lieber vom Dach stürzen würde.

19. August, Tag 96 der Sommerferien

Nova

Neuerdings sehe ich mir *Intervention* im Fernsehen an, weil Tristan mich darauf gebracht hat. Ich weiß nicht genau, warum er die Sendung sieht, außer dass er anscheinend denkt, wir könnten ein paar Tipps für den Fall bekommen, dass wir Quinton je wieder über den Weg laufen. Tristan vergleicht die Geschichten gerne mit dem, was mit ihm geschah, wie seine Eltern ihn in dem Krankenhaus zur Rede stellten und seine Mutter weinte. Er sagte, sein Dad hätte sich tatsächlich wie ein Arsch aufgeführt, aber nur, weil ihm an seinem Sohn lag; das ist Tristan heute klar. Ich habe ihn gefragt, ob er denkt, dass es bei Quintons Dad dasselbe sein kann, und er meint, vielleicht, doch das erfahren wir nie, solange keine richtige Intervention stattfindet.

Ich habe angefangen, fürs College zu packen, auch

wenn ich erst in einer Woche fahre. Lea und ich haben eine Wohnung, dieselbe wie im letzten Jahr, sodass wir nur den Vertrag unterschreiben und die Kaution bezahlen müssen. Meine Bücher habe ich bestellt und mich für die Kurse eingetragen. Alles ist geregelt, dennoch fühlt es sich an, als würde so viel fehlen.

Draußen geht die Sonne unter. Noch ein Tag geht zu Ende, an dem ich vergeblich versucht habe, nicht an Quinton zu denken. Am schlimmsten ist es, wenn ich meine Augen schließe und seinen Blick sehe, als wir uns bei der Achterbahn küssten und ich, blöd wie ich bin, glaubte, alles würde sich ändern. Manchmal sehe ich die Selbstverachtung, als er mir erzählte, dass der Unfall seine Schuld war. Manchmal träume ich, dass ich nach ihm greife, während er in die Finsternis fällt, doch er nimmt meine Hand nicht. Manchmal verwandelt er sich im Fall in Landon und beginnt, seine Hand nach mir auszustrecken, zieht sie aber in letzter Sekunde zurück. So langsam fange ich an, Träume zu hassen.

»Muss ich wirklich vier Kurse belegen?«, fragt Tristan, der das Verzeichnis auf meinem Computer durchgeht. Er sieht noch gesünder aus als bei seinem ersten Besuch; seine Haut ist klarer und sein Blick weniger elend. Er verbringt viel Zeit mit mir, und er sagt, dass er es hauptsächlich tut, weil ich ihn vor Blödsinn bewahre. Das freut mich. Ich würde das gerne zu meinem Beruf machen oder so, allerdings hätte ich dann wohl noch häufiger Zusammenbrüche, wenn es nicht so läuft, wie ich es mir vorstelle.

»Je mehr Kurse du belegst, umso schneller bist du fertig«, antworte ich, während ich meine Sachen zusammenlege und auf dem Bett aufstaple.

Er grinst mir über die Schulter zu. »Na, wenn das nicht motivierend ist!«

»Jederzeit gerne«, scherze ich und stopfe einen Stapel Shirts in eine Reisetasche, die ich bis zum College nicht mehr anziehen will.

»Hast du deine Freundin gefragt, ob es okay ist, mit einem Penner zusammenzuwohnen?«, fragt Tristan und klickt mit der Maus.

»Mist, das habe ich total vergessen«, sage ich und ziehe den Reißverschluss der Tasche zu.

»Vergessen?«, wiederholt Tristan spöttisch und sieht mich an. »Oder drückst du dich?«

»Ein bisschen von beidem«, gestehe ich, als ich nach meinem Handy auf dem Nachttisch greife. Das Display sagt, dass ich eine Nachricht habe, und für einen Moment schlägt mein Herz schneller. Das geschieht jedes Mal, wenn mein Telefon eine Nachricht anzeigt oder klingelt, denn aus irgendeinem Grund denke ich, dass es Quinton sein könnte, der es nie ist.

Die Nachricht ist von Lea, dass ich sie – *bitte!* – anrufen soll.

Seufzend gehe ich zur Tür. »Bin gleich wieder zurück«, sage ich zu Tristan und bemerke, dass er die Campus-Website verlassen und eine Suchmaschine geöffnet hat. Ich muss nicht sehen, wonach er sucht. Er hat mir mal erzählt, dass er regelmäßig Nachrichten aus Las Vegas nach Informationen über Quinton durchgeht. Er sagt, dass es ziemlich aussichtslos ist, weil Quinton vielleicht gar nicht mehr in Las Vegas ist, aber er tut es trotzdem, weil er das Gefühl haben muss, etwas zu tun, um ihm zu helfen, so wie Quinton ihm geholfen hat.

Ich gehe in die Küche, wo meine Mom und Daniel alles für einen einwöchigen Campingurlaub bereit machen, zu dem sie morgen aufbrechen. Sie haben das Zelt, die Schlafsäcke und einige Tupperware-Dosen auf dem Tisch und dem Fußboden, die sie mit Essen, Töpfen und sonstigem Kram beladen.

»Hi, Schatz«, sagt meine Mom, während sie eine Schachtel Pop-Tarts in eine der Dosen steckt. »Wie kommt ihr mit der College-Planung voran?«

»Gut«, antworte ich und stibitze mir einen Keks vom Teller auf dem Tresen. »Tristan sucht sich gerade aus, welche Kurse er belegen will.«

»Das ist gut.« Sie zieht eine Schublade auf. »Es ist gut, dass er aufs College geht.«

»Ja, ist es«, stimme ich ihr zu und beiße von dem Keks ab.

Sie lächelt mir zu, runzelt aber gleich die Stirn.

»Ist es wirklich in Ordnung, dass ich verreise, Nova? Ich mache mir Sorgen um dich.«

»Mir geht es gut«, versichere ich. »Du siehst doch selbst seit fast drei Monaten, dass ich klarkomme.«

Sie wirkt trotzdem besorgt, als sie einige Plastiklöffel aus einer Schublade nimmt. »Aber du siehst die ganze Zeit traurig aus.«

»Weiß ich. Und ich gebe offen zu, dass ich manchmal traurig bin. Doch das heißt nicht, dass du zu Hause bleiben musst. Außerdem fahre ich in einer Woche sowieso zum College.«

»Ja, natürlich.« Sie lässt die Löffel in die Dose fallen. »Ich denke bloß an den letzten Sommer, als ich verreist bin, obwohl ich wusste, dass es dir nicht so gut ging ...«

Ich gehe um den Tisch herum zu ihr und stopfe mir den Keksrest in den Mund. »Glaub mir, Mom, es ist nicht wie letztes Jahr. Ich nehme keine Drogen. Ich bin bloß traurig wegen Quinton, wie jeder ab und zu traurig ist.«

»Ja, ist gut.« Sie nimmt mich in die Arme. »Ich wünsche mir einfach, es wäre besser für dich gelaufen. Du hast schon so viel durchgemacht.«

Ich erwidere ihre Umarmung und merke, wie mir die Tränen kommen. Gleichzeitig ermahne ich mich: Auch wenn ich schon Menschen verloren habe, ist sie immer noch hier, atmet, lebt. Genau wie ich.

»Ich bin immer für dich da, Nova«, flüstert meine

Mom. Dann lässt sie mich los, geht hinüber zu den Küchenschränken und beginnt, darin herumzusuchen. Ich wische mir die Tränen ab und ziehe mich ins Wohnzimmer zurück, um Lea anzurufen. Es ist sicher klüger, an einem ungestörten Platz mit ihr zu reden, weil ich sie bitten muss, Tristan einige Zeit bei uns wohnen zu lassen. Ich weiß, dass es ein gewaltiges Wagnis ist, dennoch möchte ich ihm helfen, wieder auf die Beine zu kommen.

Ich wähle ihre Nummer und setze mich auf das Sofa. Ihre Mailbox springt an, also hinterlasse ich ihr eine Nachricht. »Hi, du hast mir eine SMS geschickt, dass ich dich anrufen soll, und jetzt nimmst du nicht ab ... Ich habe etwas Wichtiges mit dir zu besprechen, wegen ... wegen der Wohnung. Ruf mich bitte zurück.«

Nachdem ich aufgelegt habe, sinke ich mit dem Telefon in der Hand gegen die Sofalehne, starre aus dem Fenster und hoffe, dass sie direkt zurückruft, damit ich es hinter mir habe. Landons Haus steht gleich gegenüber, und ich denke an die viele Zeit, die ich dort verbracht habe. Nie wusste ich, was ich sagen sollte, um ihm etwas von seiner Trauer zu nehmen. So wie bei Quinton. Wie ich in der Nacht auf dem Hügel aufwachte, ein bisschen zu spät. Und immer noch bin ich unsicher, ob ich bei Quinton zu spät bin, denn ich habe keine Ahnung, wo er steckt. Ich frage mich, ob ich jemals einen Punkt erreiche, an dem ich nicht vollständig von der Vergangenheit gefangen bin. Ja, meistens blicke ich nach vorn. Ich will wieder ans College, weiterstudieren, meinen Abschluss machen, meine Zukunft planen. Doch meine Vergangenheit holt mich immer wieder ein.

Während ich tief in Gedanken bin, klingelt mein Telefon. Ich wappne mich, Lea einen Vortrag zu halten, dass wir Tristan sehr helfen, indem wir ihm eine Bleibe bieten, drücke die Taste und halte das Telefon an mein Ohr.

»Also, was ist los? Wieso schreibst du, dass ich dich anrufen soll, und dann gehst du nicht ran?«

Am anderen Ende höre ich jemanden atmen. »Bist du das, Nova?«

Mein Herz hört wirklich auf zu schlagen, und für eine Sekunde vergesse ich das Atmen. Dann hole ich tief Luft. »Quinton.«

»Ja.« Er zögert.

Die Tatsache, dass ich seine Stimme höre und endlich weiß, dass er lebt, ist das Fantastischste überhaupt, auch wenn mir sofort tausend Fragen durch den Kopf schießen. Zum Beispiel, wo er ist, was er tut. »Bist du okay?«, frage ich, lehne mich vor und werde unruhig. Ich möchte dringend zählen, weigere mich jedoch, wieder so weit abzurutschen. In Las Vegas wäre es um ein Haar passiert, und mir ist klar, dass es für mich eine gefährliche Sucht ist, wie Drogen.

»Ja ...« Wieder verstummt er, und ich habe keinen Schimmer, was ich tun oder sagen soll, um ihn am Telefon zu halten. Ich bin so verzweifelt, habe keinerlei Kontrolle über die Situation. Jeden Moment könnte er auflegen, und was dann? Dann ist er wieder weg. Wieder verschwunden. »Entschuldige, dass ich anrufe ... Ich habe nur an dich gedacht ... und deine Nummer gewählt.«

»Hast du?« Ich stehe auf, gehe im Zimmer auf und ab und kaue an meinem Daumennagel.

»Mhm ...« Er hört sich high an, doch auch wenn mir das nicht egal ist, ist mir sehr viel wichtiger, wo zur Hölle er steckt. »Ich dachte an die Stille und wie viel wir darüber geredet haben, dass wir Stille mögen, und dann musste ich an dich denken.«

»Ich bin froh, dass du an mich gedacht hast«, sage ich und gehe in die Küche. Meine Mom sieht mich an und erschrickt so, dass sie den Topf fallen lässt, den sie in der Hand hat.

»Was ist los?«, fragt sie und kommt zu mir gelaufen.

Quinton, sage ich stumm und zeige auf das Telefon. Sie reißt die Augen weit auf und bleibt vor mir stehen.

»Ich sollte das wirklich nicht tun«, sagt Quinton mit einem gedehnten Seufzen. »Ich versuche, nicht an dich zu denken, aber ich kann das nicht abstellen.«

»Ich kann auch nicht aufhören, an dich zu denken«, flüstere ich. »Ich denke immerzu an dich … wo du bist … was du machst …« Gott, ich wünschte, er würde es mir sagen!

»Ich mache gar nichts«, sagt er. »Und ich bin nirgends. So wie ich niemand bin.«

Ich kneife die Augen zu, kämpfe mit den Tränen und bange um den drohenden Verlust, denn dieses Gespräch kann sekündlich enden. »Nein, bist du nicht. Gott, könnte ich dir doch nur begreiflich machen, wie viel du … mir bedeutest …«

Er stockt wieder, und ich habe entsetzliche Angst, dass er auflegt. »Ich sollte wohl nicht über dich reden, so wie ich nicht an dich denken sollte«, sagt er. »Aber ich wohne an unserem Ort, und er erinnert mich an die Zeit mit dir … Das hätte ich dir nie antun dürfen.«

Schlagartig öffne ich die Augen und lasse beinahe das Telefon fallen, als ich nach dem Arm meiner Mom greife, um mich abzustützen. O mein Gott, ich weiß, wo er ist! »Mir was antun?« Mit aller Kraft strenge ich mich an, ruhig zu bleiben.

»Alles …« Seine Stimme ist schleppend, was mir große Sorgen macht. »Dich anfassen, dich küssen, bei dir sein … mich in dich verlieben … Du bist zu gut für mich …«

In mich verlieben? Ach du Schande! Er liebt mich. Liebe ich ihn auch?

Rasch vertreibe ich diesen Gedanken, weil ich mich auf das Wesentliche konzentrieren muss. »Nein, bin ich nicht«, sage ich und sinke auf einen der Stühle am Küchentisch, wobei ich immer noch den Arm meiner Mom halte. Sie beobachtet mich sorgenvoll. Daniel ebenfalls. Trotzdem fühlt es sich an, als wären nur Quinton und ich in diesem Raum. »Quinton, bist du dort, wo ich denke? Bist du auf dem Dach?«

»Ja«, antwortet er. »Ich kann diese alten Gebäude unten sehen … du erinnerst dich an die stillen Häuser, oder?«

»Ja, ich erinnere mich.« Ich atme ein und bin erleichtert und voller Angst zugleich. »Die, von denen ich sagte, dass du sie zeichnen solltest.«

»Stimmt … aber ich zeichne nicht mehr …«

Mein Herz zieht sich zusammen, und ich habe Mühe weiterzuatmen. »Quinton, du musst nach Hause kommen. Dein Dad sucht nach dir, und alle machen sich Sorgen um dich. Tristan. Ich.«

»Das stimmt nicht«, erwidert er ernst, und es bricht mir das Herz. »Keiner würde je nach mir suchen … na ja, mit Ausnahme von dir. Du warst immer nett zu mir …«

»Dein Dad hat wirklich nach dir gesucht, ehrlich«, sage ich. »Er hat Flyer aufgehängt und alles. Du bedeutest anderen etwas, ob du es glaubst oder nicht.«

»Hör auf, das zu sagen!« Auf einmal ist sein Ton scharf und wütend.

Ich verliere ihn, das spüre ich. Das Ende dieses Gesprächs ist beinahe fühlbar, und ich hasse es, dass wir vielleicht nie wieder miteinander reden. »Quinton, bitte ...«

Ich stocke, und dann ist die Leitung tot.

Fest umklammere ich das Telefon und möchte schreien, das Telefon an die Wand pfeffern, weinen, aber all das würde mich nicht weiterbringen. Ich muss etwas tun. Ich sehe aufs Display, ob es eine Nummer anzeigt. Tut es nicht. Der letzte Anrufer erscheint als »unbekannt«. Und selbst wenn eine Nummer da gewesen wäre, bezweifle ich, dass er meinen Anruf annehmen würde. Er hat die Verbindung zu mir gekappt, und nur er kann sie wiederherstellen.

Eine Möglichkeit bietet sich allerdings noch.

Ich stehe auf. »Ich fahre nach Las Vegas«, sage ich zu meiner Mom und will in mein Zimmer, bevor sie sich mit mir streitet.

Doch sie schneidet mir den Weg ab und baut sich vor mir auf. »Nova, wir machen das nicht noch einmal!«

»Das bestimmst du nicht, Mom.« Ich versuche, an ihr vorbeizugehen, doch sie versperrt mir den Weg.

»Nova Reed, ich verbiete es dir«, sagt sie mit erstickter Stimme, sodass ich ein schlechtes Gewissen bekomme. »Du hast schon mal versucht, diesen Jungen zu retten, und bist zusammengebrochen.«

»Ich muss hin. Ich weiß, wo er ist.«

Sie hält mich am Arm fest. »Wir rufen seinen Vater an und sagen ihm, wo Quinton ist.«

»Er wüsste nicht, wohin er soll, und ich weiß es«, sage ich und ziehe meinen Arm weg. »Außerdem muss Quinton mit Tristan und seinem Dad reden – er braucht eine Intervention von Leuten, denen an ihm liegt, was mich mit einschließt.«

»Nova, er muss in einen Entzug! Und sein Vater kann ihn da reinbringen.«

»Das weiß ich, aber er wird sich auf keinen Entzug einlassen, solange wir ihm keinen Grund dafür liefern. Er braucht einen Grund weiterzuleben, genau wie Landon den brauchte, und ich konnte ihn ihm nicht geben! Wenn ich aber – wenn wir alle mit Quinton reden und ihm sagen, wie viel uns an ihm liegt und wie sehr er uns verletzt, dann denkt er vielleicht darüber nach! Und überlegt sich, sich für das Leben zu entscheiden!« Am Ende schreie ich, während es in der Küche vollkommen still geworden ist.

Daniel starrt mich vom Tisch aus an, und meine Mom ist den Tränen nahe. Ich vermassle dies hier, obwohl ich niemanden verletzen will.

»Denkst du das?«, fragt meine Mom leise. »Dass Landon … dass er sich das Leben genommen hat, weil du ihm keinen überzeugenden Grund liefern konntest zu leben?«

Ich schüttle den Kopf, obwohl es stimmt. »Nein, ich habe das nur gesagt, weil ich wütend war.«

»Nova.« Meine Mom schlägt einen warnenden Tonfall an, der mir sagt, dass ich lieber ehrlich sein soll.

»Na gut«, gebe ich nach. »Manchmal denke ich das, aber nicht mehr so oft wie früher.«

Sie sieht mich mitleidig an. »Schatz, was mit ihm passiert ist, ist nicht deine Schuld.«

»Weiß ich«, sage ich, denn sie wird nie verstehen, wie es ist, jemanden in eine Depression abgleiten zu sehen, immer tiefer, bis er weg ist. Genauso wie sie nie verstehen wird, wie es war wegzurennen, um Hilfe für meinen Vater zu holen, um bei meiner Rückkehr festzustellen, dass er schon tot ist. »Und ich weiß auch, dass das, was mit Quinton los ist, nicht meine Schuld ist.« Ich drehe mich zur Tür. »Aber es heißt nicht, dass ich nicht hinfahre und ihm helfe. Das muss ich. Nicht nur für ihn, sondern für mich selbst.«

Wieder legen sich ihre Finger um meinen Arm, bevor ich aus der Küche bin, und sie hält mich zurück. Ich stehe mit dem Rücken zu ihr und frage mich, wie sehr ich noch kämpfen muss, damit sie mich loslässt.

»Na gut, du darfst hinfahren«, sagt sie so leise,

dass ich nicht sicher bin, ob ich richtig gehört habe. »Aber ich komme mit dir, und ich werde seinen Vater anrufen, damit er so schnell wie möglich nachkommt.«

Ich sehe mich zu ihr um. »Das würdest du für mich tun?«

»Ich würde alles tun, um dir zu helfen, über all das hinwegzukommen, Nova ... über all die schlimmen Sachen, die dir zugestoßen sind.«

Ich schlucke, drehe mich um und drücke sie fest. »Danke, Mom. Ich habe dich lieb.«

»Ich dich auch, und ich tue es gern«, sagt sie, drückt mich ebenfalls, und ein paar Tränen von ihr tropfen auf mein T-Shirt. »Bedingung ist, dass wir rechtzeitig zum College-Beginn zurück sind. Du wirst dir dein Leben nicht verbauen. Das erlaube ich nicht.«

»Danke«, wiederhole ich. »Und ich verbaue mir mein Leben nicht. Versprochen.« Wir lösen uns schon voneinander, als ich frage: »Warte mal, was ist mit eurem Camping?«

»Das können wir später nachholen«, antwortet Daniel vom Tresen aus, als meine Mom zu ihm sieht. »Du solltest mit Nova fahren.«

»Danke«, sagt sie zu ihm, und ich nicke, bevor ich mich umdrehe und zu meinem Zimmer gehe. Ich hoffe, dass Tristan noch genauso bereit ist, Quinton zu vergeben, wie vor drei Wochen. Es kommt mir komisch vor, ihn zu fragen, doch das muss ich. Nachdem ich ihm erzählt habe, was geschehen ist, sitzt er ewig stumm da und dreht sich auf meinem Computerstuhl hin und her.

»Er lebt jetzt auf dem Dach?«, fragt er, während ich einige Kleidungsstücke in einen Rucksack packe. »Auf dem Dach von diesem beschissenen Motel?«

»Ja. Er hat mich mal da mit raufgenommen«, erzähle ich ihm, gehe zu meiner Kommode und hole meine Bürste. »Und eben am Telefon hat er mir erzählt, dass er dort wohnt – es sogar beschrieben, als würde er gerade da oben stehen.«

Tristan zieht eine angewiderte Grimasse. »Das ist schlimmer als die Wohnung.«

»So weit würde ich nicht gehen«, sage ich und werfe die Bürste in die Tasche. »Und ich weiß nicht, ob er da oben dasselbe macht wie in der Wohnung.«

»Ja, wahrscheinlich hast du recht.«

Ich mache meine Tasche zu und schlüpfe mit den Armen durch die Träger. »Meinst du, dass du mitkommen und mit ihm reden kannst? Ihm sagen, wie es dir ging, als du ... die Überdosis genommen hast?«

»Du willst, dass ich nach Las Vegas fahre?«, fragt er entgeistert. »Ich weiß nicht ... meine Eltern würden ausrasten, und ... mir ist selbst nicht wohl dabei.«

»Weil du den Drogen zu nah bist und denkst, dass du rückfällig wirst?«

Er schüttelt den Kopf. »Nein, denen bin ich hier genauso nah wie in Las Vegas. Ich wüsste auf Anhieb drei Stellen, an denen ich leicht alles kriegen könnte, was ich will. Außerdem wäre deine Mom bei uns, und so wie ich sie hier erlebe, wie sie mit dir redet und so, weiß ich, dass sie uns keine Sekunde aus den Augen lassen würde.« Er sieht zu mir. »Ich habe nur Angst, mit ihm über alles zu reden. Womöglich ziehe ich ihn damit erst recht runter und mache alles schlimmer. Es darf nichts, aber auch gar nichts schiefgehen, sonst ist er weg.«

Ich sinke aufs Bett und denke an die wenigen Folgen von *Intervention*, in denen Leute keine Hilfe bekamen und alles hinwarfen. »Das verstehe ich, nur wie können wir ihm helfen, wenn wir es nicht versuchen?« Meine Stimmung sinkt, denn ich habe ja schon so vieles ausprobiert und hoffe einfach, dass es diesmal klappt. Ich schätze, Tristan sieht es mir an, denn er steht vom Computer auf, setzt sich neben mich und legt seinen Arm um meine Schultern.

»Wir versuchen es«, sagt er. »Aber mach dir keine zu großen Hoffnungen, okay? Du weißt, dass nicht immer alles nach unserem Plan läuft.«

»Ja, ist mir klar.« Doch ehrlich gesagt setze ich große Hoffnungen auf diese Fahrt. Ich hoffe, dass es Vergebung ist, die Quinton braucht; dass er noch da ist, wenn wir ankommen, und dass ihm bis dahin nichts passiert.

22. August, Tag 99 der Sommerferien

Quinton

Ich erinnere mich vage, etwas Blödes gemacht zu haben, bin mir jedoch nicht ganz sicher, was es war. Allerdings möchte ich schwören, dass ich unter den üblen Entzugserscheinungen, die mich seit Stunden quälen, mit Nova geredet habe. Nancy hat mich schon vor einer ganzen Weile im Stich gelassen. Sie ist seit Stunden, vielleicht sogar seit Tagen weg. Jedenfalls hatte ich schon länger keinen Schuss mehr, und ich glaube, ich entgifte bereits heftig. Es fühlt sich an, als würde meine Haut wie Kerzenwachs schmelzen, und mein Gehirn droht, in lauter Fetzen zu explodieren. Ich habe kein Geld und nur zwei Möglichkeiten: jemand anderem Drogen zu klauen oder es zu beenden. Mich vom Dach stürzen und mit allem Schluss machen. Nun hocke ich auf der Kante, wiege mich vor und zurück und sage mir im Stillen, dass ich einfach nachgeben soll, stürzen, verschwinden. Es wird Zeit. Ich bin allein, habe nichts, bin zu einem Nichts geworden, das den Verstand verliert. Die Person, die niemand will, die nicht hier sein sollte.

Niemand.

»Quinton.« Beim Klang ihrer Stimme frage ich mich unweigerlich, ob ich schon vom Dach gefallen bin, ohne es zu merken, träume oder tot bin und sie höre, weil ich sie hören möchte. Trotzdem drehe ich mich um, ziehe die Knie an die Brust, blinzle mehrmals und erkenne, dass ich eindeutig tot sein muss. Endlich habe ich es durchgezogen.

Doch egal, wie oft ich blinzle, Nova kommt weiter über das Dach auf mich zu, mit vorsichtigen Schritten, als hätte sie Angst vor mir. Ich sehe ihr in die Augen und möchte nichts lieber als den Arm ausstrecken und sie berühren, aber das kann ich nicht. Sie ist ja nicht real, gar nicht wirklich hier.

»Nova, sei vorsichtig. Das Dach fühlt sich an, als würde es gleich einstürzen.« Tristan kommt durch die Tür, und er sieht auch nicht real aus – so gesund und viel kräftiger als das letzte Mal, als ich ihn sah. Besser.

»Ist schon gut«, sagt Nova, die mich mit ihrem Blick fixiert. Sie hält mir ihre Hand hin, als sie ein Stück vor mir stehen bleibt, und ich bin nicht sicher, was sie von mir will. Soll ich ihre Hand nehmen? »Wir sind hier, um dir zu helfen«, sagt sie. Ich bemerke, wie sie mich mustert und schluckt. Ihre Finger beginnen zu zittern. Ich nehme an, dass sie sich vor mir fürchtet, dennoch ist dieselbe Wärme in ihren Augen wie früher immer. »Quinton, komm mit mir ... wir besorgen dir Hilfe.«

Und dann, als wäre alles noch nicht schlimm genug, sehe ich jemanden auf das Dach treten, den ich schon lange nicht mehr gesehen habe: einen Mann mit denselben honigbraunen Augen und demselben dunkelbraunen Haar wie ich, nur älter und weniger belastet vom Tod.

Mein Dad wirkt hier total fehl am Platz, blickt sich zu den großen Schildern um und schließlich mit großen Augen zu mir. »Junge«, sagt er mit wackliger Stimme, »wir sind hier, um dir zu helfen.«

Das reißt mich jäh aus meiner Trance. »Seid ruhig! Alle! Ihr könnt mir nicht helfen!« Ich steige von der Dachkante und laufe zur anderen Seite des Dachs, um Abstand zu ihnen zu gewinnen. Doch obwohl ich so weit weggehe, wie ich kann, ist es nicht weit genug. Novas Wärme und Freundlichkeit erdrücken mich selbst auf diese Distanz noch.

Sie lässt ihren Arm heruntersinken, sieht sich auf dem Dach um und dann zu Tristan, der ihren Blick mit einem Stirnrunzeln erwidert. Nova flüstert ihm etwas zu, und auch mein Dad sagt etwas zu ihm. Dann nickt Tristan zögernd, bevor er zu Nova tritt und sie beide langsam in meine Richtung kommen. Zusammen. Ich hasse es, dass sie zusammen sind.

»Was ist denn verdammt noch mal los?«, frage ich und gehe rückwärts näher an die Dachkante. Sie sollen aufhören, mir meinen Raum wegzunehmen! »Wieso zur Hölle seid ihr hier?«

Nova bleibt früher stehen als Tristan, und mein Dad macht nur wenige Schritte, ehe er neben einem kleineren Schild verharrt. Es scheint, als fiele ihm bei meinem Anblick das Atmen schwer. Wenigstens kommen sie jetzt nicht näher, und ich kann wieder Luft holen, bis Tristan sich erneut bewegt und mir vorsichtig immer näher kommt. Es macht mich irre, dass er hier ist, so gesund aussieht und mir offensichtlich auch helfen will, wo er doch selbst mal genauso war wie ich jetzt.

»Wieso bist du hier?«, rufe ich wieder und balle die Fäuste. Ich weiß nicht, was ich tun soll. Ihn zusammenschlagen. Nova schlagen. Alle niederprügeln und zur Tür fliehen, oder schlicht rückwärtsgehen und vom Dach springen.

Tristan zuckt, weil ich so laut werde, geht aber weiter und bleibt ein Stück vor mir stehen. »Ich bin hergekommen, um dir etwas zu sagen.« Seine Stimme bebt, als wäre er nervös, was ich nicht verstehe. Er war mir gegenüber noch nie nervös oder unsicher. Ich war es eher, wegen dem, was ich ihm angetan habe – was ich ihm nahm. Er hebt eine Hand, und eine Sekunde lang denke ich, er will mich vom Dach schubsen. Stattdessen wischt er sich den Schweiß von der Stirn. »Ich bin hergekommen, um dir zu danken, dass du an dem Tag mein Leben gerettet hast. Dass du mich nicht am Straßenrand krepieren lassen hast. Du hast mich beatmet und den Krankenwagen gerufen. Und ich danke dir, dass du mir bei diesem ganzen Mist mit Trace geholfen hast, an dem ich schuld war.«

Seine Worte sind wie ein Hieb vor die Brust, brennend schmerzhaft, als würde meine Narbe aufgerissen, und ich habe nichts, um das zu betäuben. »Ich habe gar nichts gemacht ... und du warst nur meinetwegen hier! Weil ich deine Schwester umgebracht habe!«

»Das stimmt nicht, Alter«, sagt er und macht noch einen Schritt auf mich zu. »Nichts an meinem Leben ist deine Schuld, genauso wenig wie Ryders Tod deine Schuld war. Oder Lexis.«

Ich stolpere rückwärts. »Halt den Mund, du verdammtes Arschloch!«

»Warum? Es ist wahr. Was passiert ist ... der Unfall ... war exakt das: ein Unfall.«

»Ja, ein Unfall!« Meine Stimme ist schneidend, denn ich weiß, dass er es nicht so meint. Das kann er unmöglich. Niemand kann mir je vergeben. »Und er war meine Schuld. Das weißt du genauso gut wie deine Eltern.«

»Meine Eltern sind fertig und brauchen jemanden, dem sie die Schuld geben können«, sagt er, während seine Schritte und seine Stimme sicherer werden. »In Wahrheit ist auch ihnen klar, dass Unfälle passieren. Ihr wart alle nur zur falschen Zeit am falschen Ort.«

»Hör auf, das zu sagen! Es ist meine Schuld. Alles ist meine Schuld!« Ich trete weiter zurück, und mein Fuß stößt gegen die Dachkante. Meine Beine knicken ein bisschen ein, und Nova muss denken, dass ich falle, denn sie will auf mich zulaufen, doch Tristan streckt einen Arm aus, um sie zurückzuhalten.

»Nein, war es nicht. Nichts von dem war deine Schuld. Ryder nicht, und was mit mir war auch nicht. Wärst du nicht gewesen, würde ich heute nicht mehr leben«, sagt er, und diesmal klingt er ruhig, sicher und überzeugend.

Dann kommt mein Dad näher. Seine Stimme ist nicht so fest, doch er sagt etwas, von dem ich mir schon so lange wünsche, es mal von ihm zu hören: »Komm nach Hause, Junge. Ich möchte dir Hilfe besorgen. Ich möchte meinen Sohn zurück.«

»Du hattest nie einen!«, brülle ich ihn an. »Du mochtest mich von dem Tag an nicht, an dem ich geboren wurde.«

Er sieht perplex aus. »Was redest du denn? Selbstverständlich liebe ich dich.«

»Nein, tust du nicht«, widerspreche ich, aber meine Stimme schwächelt zusammen mit meiner Willenskraft. »Du gibst mir die Schuld an Moms Tod, so wie an Lexis und Ryders.«

Er wird sehr blass und kommt schneller auf mich zu. »Das stimmt nicht. Quinton, ich ...«

Ich strecke eine Hand aus und stelle mich so dicht an den Rand, wie ich kann. »Keinen Schritt näher oder, ich schwöre, ich springe!«

Kaum habe ich es ausgesprochen, beginnt Nova zu weinen. Nein, sie schluchzt hysterisch. Zuerst begreife ich nicht, was ich getan habe, aber dann kann ich klar denken, und mir fällt ihre Geschichte wieder ein. Und die Tatsache, dass ich kurz davor bin, sie den Albtraum noch einmal durchleben zu lassen.

»Bitte, hört auf«, sagt sie und wischt sich die Tränen weg, obwohl immer wieder neue kommen. Sie weint weiter, und Tristan sieht aus, als wollte er sie trösten, ist aber unsicher, wie. Schließlich hört sie auf, die Tränen abwischen zu wollen, und lässt sie einfach laufen. »Wenn dir irgendwas an mir liegt, dann komm von der verdammten Dachkante weg!«, schreit sie, und ihre plötzliche Wut erschreckt mich. »Ich halte das nicht mehr aus ...« Ihre Schultern heben und senken sich. »Ehrlich, wenn ich noch einen Menschen verliere, den ich liebe, bringe ich mich um!« Noch mehr Schluchzen und Tränen. »Bitte, komm weg von der Kante und lass dir helfen!«

Ihre Worte und ihre Tränen setzen mir zu. Ich bin nicht sicher, was es ist – das, was Tristan oder mein Dad gesagt haben, Novas Tränen, ihre Wut und ihr Flehen, oder dass sie von Liebe spricht –, jedenfalls trete ich weg von der Dachkante. Vielleicht ist es auch eine Kombination aus allem. Oder ich bin bloß so verflucht müde und fertig, dass ich nicht die Kraft zu etwas anderem aufbringe. Als ich gerade einen Schritt gemacht habe, geben meine Beine nach und knicken ein. Ich sinke auf die Knie, weiß nicht, was ich tun, sagen, denken oder fühlen soll. Wie ich auf all dies hier reagieren soll. Ein Teil von mir denkt, dass es nicht real ist. Dass ich tot bin oder auf einem heftigen Trip. Dass nichts hiervon wirklich geschieht.

Ich schlinge die Arme um meinen Kopf, will mich ganz klein zusammenrollen und verschwinden. Ich kann nicht atmen, nicht denken, nur fühlen. Und das ist viel zu viel. Ja, ich ertrinke in Gefühlen: Reue, Kummer, Schuld, Schmerz, Wut, Angst. Ich habe solche Angst vor dem, was mich erwartet, vor der ungewissen Zukunft, für die ich mich entschieden habe, indem ich von der Dachkante wegtrat.

Sosehr ich auch dagegen kämpfe, fange ich an zu weinen, lautlos, und ich zittere am ganzen Leib. Ich weiß nicht mal, woher die Tränen kommen. Vielleicht hatten sie sich über Jahre in mir aufgestaut.

Sekunden später legen sich Arme um mich. Sobald ich ihren Duft und ihre Wärme wahrnehme, weiß ich, dass es Nova ist. Meine erste Reaktion ist zurückzuweichen, aber ich bin zu müde, also lehne ich mich an sie und weine, während sie mich hält.

Nova

Ich halte ihn fest, als würde nichts anderes auf der Welt zählen, weigere mich sogar, ihn auf dem Weg nach unten und zu meinem Wagen loszulassen. Auf dem Rücksitz halte ich ihn weiter in den Armen, streichle seinen Rücken, während er das Gesicht in meiner Halsbeuge vergräbt und sich an meinem Shirt festkrallt. Meine Mom fährt uns zum Hotel. Bis wir dort sind, hat er aufgehört zu weinen, und ich merke, dass er halb ohnmächtig ist vor Erschöpfung. Tristan sagt mir, dass er von den Entzugserscheinungen ausgezehrt ist und wahrscheinlich noch auf dem Weg zum Flughafen einschlafen wird. Das dürfte es für seinen Dad ein wenig einfacher machen, ihn in ein Flugzeug und in die Entzugsklinik in Seattle zu bringen. Falls nicht, könnte es sehr unangenehm werden, sagt Tristan, und eventuell müssten wir ihm dann etwas geben, um ihn ruhigzustellen, damit er nicht ausflippt.

Mir geht so vieles durch den Kopf, als wir hinauf ins Hotelzimmer fahren. Tristan und sein Dad stützen Quinton, hängen sich seine Arme über die Schultern. Es ist schwer zu sagen, wie lange er schon nicht mehr gegessen oder getrunken hat, doch er ist in ziemlich schlechter Verfassung, dehydriert mit vertrockneter Haut, rissigen Lippen und von schorfigen Stellen übersät.

Nachdem meine Mom das Zimmer aufgeschlossen hat, bringen sie ihn hinein, und ich lege mich drinnen mit ihm auf das Bett. Ich denke schon, dass er eingeschlafen ist, da rückt er näher zu mir, hakt seine Beine hinter meine und presst seinen Kopf an meine Brust. Ich lege die Arme um seinen Kopf.

»Ich gehe die Taschen holen«, sagt meine Mom und nimmt die Schlüssel und ihre Handtasche. »Wollen Sie vielleicht nach unten zu dem Bistro gehen und ein bisschen Essen und Wasser besorgen?«, fragt sie Quintons Dad, der mit seiner Rolle etwas überfordert scheint, im Gegensatz zu meiner Mutter. Sie nickt zu Quinton. »Er sieht aus, als könnte er etwas zu essen und Wasser vertragen.«

Quintons Dad bejaht stumm und geht zur Tür. »Aber kommen die hier alleine klar?«

Meine Mom sieht zu mir. »Ist es okay, wenn wir ganz kurz weg sind?«

Ich nicke. Dann verlässt sie das Zimmer, gefolgt von Quintons Dad. Dabei wirkt sie besorgter denn je, was ich ihr nicht verdenken kann. Quinton sieht wahrlich schlimm aus, als hätte er den Punkt erreicht, an dem er eigentlich schon tot sein müsste. Er ist schmutzig, hat Unmengen abgenommen, trägt weder Schuhe noch ein Hemd, und seine Augen sind tief in ihre Höhlen gesunken. Aber das Gute ist, dass er hier ist, dass er noch atmet und wir ihm Hilfe beschaffen werden.

»Ich rauche draußen mal eine«, sagt Tristan und geht auf die Glasschiebetüren zu, die auf den Balkon führen. Er sieht geschafft aus, und ich glaube nicht, dass er auf der langen Fahrt her geschlafen hat. Außerdem war das auf dem Dach sicherlich sehr hart für ihn – Quinton so zu sehen, in dieser

Gegend zu sein, das zu fühlen. Für mich zumindest war es hart.

»Alles okay?«, frage ich ihn, lehne mein Kinn auf Quintons Kopf und ziehe ihn dichter zu mir.

Tristan nickt, nimmt eine Zigarette aus der Schachtel und öffnet die Glastür. »Ja, es ist bloß ein bisschen heftig, wieder hier zu sein ... zu viele Erinnerungen.« Er steckt sich die Zigarette in den Mund, während er nach draußen geht. »Ich bin echt froh, dass wir morgen wieder verschwinden.« Er holt ein Feuerzeug aus seiner Tasche. »Und dass wir ihn schon mal so weit haben.«

Ich male eine Linie auf Quintons nacktem Rücken. »Die Stellen auf seinen Armen ... was bedeuten die? Ich meine, ich weiß, was sie sind, aber ... wie viel schlimmer machen sie den Entzug für ihn?«

Tristan sieht mich traurig an und zündet seine Zigarette an. »Ehrlich?«, fragt er. »Er hat einen höllischen Kampf vor sich, vor allem, bis er richtig runter von dem Zeug ist. Das könnte das Übelste sein, was er je machen musste. Er wird das Gefühl haben, dass er den Verstand verliert. Und sein Körper flippt beim Entzug völlig aus. Aber das kann man überstehen.« Er zeigt auf sich. Dann schiebt er die Glastür zu, damit kein Qualm ins Zimmer zieht.

»Tristan!«, rufe ich.

Er lässt die Tür einen Spaltbreit offen. »Ja?«

»Danke«, sage ich leise.

»Wofür?«

»Dass du mit hergekommen bist und ihm hilfst. Das war sicher nicht leicht für dich.«

Er sieht mich fragend an, die Zigarette zwischen den Fingern. Dann entspannen sich seine Züge. »Danke.« Nun schließt er die Tür richtig, tritt an die Balkonbrüstung und blickt zu den hell erleuchteten Kasinos um uns herum.

Ich liege mit Quinton auf dem Bett, wage nicht, mich zu rühren, traue mich kaum zu atmen, weil ich fürchte, den Moment zu zerstören. Und den möchte ich unbedingt festhalten – Quinton halten und nie mehr loslassen. Zu gerne hätte ich die Gewissheit, dass er es schaffen wird, wieder alles okay wird. Und ich könnte heulen, weil er hier ist. Anders als bei Landon habe ich diesmal etwas unternommen, anstatt tatenlos zuzusehen. Sosehr ich mich auch bemühe, sie zurückzuhalten, kommen mir letztlich doch die Tränen. Ich weiß nicht genau, ob er wach ist oder sich im Schlaf bewegt, jedenfalls umklammert Quinton mich fester.

Und ich lasse meine Tränen laufen, während ich mich ein winziges bisschen freier fühle, als könnte ich wieder atmen.

Epilog

23. August, Tag 100 der Sommerferien

Quinton

Ich glaube, ich sterbe. Mir ist, als wäre ich lebendig begraben, und doch schlägt mein Herz weiter und atme ich. Mein Dad sagt dauernd Mist zu mir, dass ich Hilfe bekomme, aber ich denke nicht, dass das möglich ist. Es fühlte sich beinahe so an, als Nova mich in ihren Armen hielt, doch jetzt scheint mir alles so unmöglich. Ich bin völlig leer. In meinem Körper ist so gut wie kein Heroin mehr, sodass ich alles fühle, vom Brennen der Sonne bis hin zu dem Stechen des Winds auf meiner Haut. Es tut weh, als würde ich langsam in Stücke gerissen, und mir ist speiübel. Zudem bibbere ich, obwohl ich das Gefühl habe, ich würde verbrennen.

»Wir sorgen dafür, dass es dir wieder besser geht, Junge«, sagt mein Dad, als wir durch eine von Bäumen gesäumte Straße fahren. Ich weiß, dass ich in

Seattle bin, dass ich mit ihm hierhergeflogen bin, aber die letzten vierundzwanzig Stunden sind verschwommen, und ich erinnere mich kaum an etwas, nicht einmal daran, mich von Nova verabschiedet zu haben. Vielleicht hatten sie mir etwas gegeben, um mich ruhigzustellen. Falls ja, wirkt es nun nicht mehr, und ich will dringend zurück und mir einen Schuss besorgen. Ich will wieder high sein, etwas anderes als das fühlen, was ich jetzt fühle – als diesen nagenden Schmerz tief in meiner Brust, unter der Narbe.

Nach einer halben Ewigkeit hält mein Dad endlich vor einem Gebäude mit wenigen Fenstern und nur einer Tür an. Bäume rahmen den kleinen eingezäunten Garten ein, und darüber hängt ein blauer Himmel.

»Wo sind wir?«, frage ich müde und hebe den Kopf, den ich ans Fenster gelehnt hatte. Vor Übelkeit brennt mir die Kehle.

Er stellt den Motor aus, zieht den Zündschlüssel ab und steigt wortlos aus. Dann kommt er um die Kühlerhaube herum zu meiner Seite und öffnet die Tür. Gerade noch rechtzeitig. Schnell beuge ich mich raus und kotze den Boden voll. Bei jedem Würgekrampf tut mir der Bauch weh, und mir ist, als würde es nie aufhören. Tut es letztlich doch, auch wenn ich mich danach um nichts besser fühle.

»Steig aus, Junge«, sagt mein Dad und hält mir die Tür weit auf. »Hier bekommen wir Hilfe für dich.«

»Wie?«, knurre ich beinahe und wische mir das Kinn ab. Ich verstehe gar nichts, außer dass meine Adern in Flammen stehen und ich eingehe. »Was ist los?«

Er antwortet nicht, sondern tritt zurück und bedeutet mir, aus dem Wagen zu kommen. »Steig einfach aus.«

Ich vermute, dass er mich hier abgibt, also steige ich aus und torkle ein wenig, als mir die kalte Luft entgegenschlägt. Ich habe mich so an sengende Hitze gewöhnt, und jetzt ist mir immer kalt.

»Wo sind wir?«, frage ich und verschränke die Arme gegen die Kälte. Zwar trage ich eine Jacke, aber es ist trotzdem zu kalt.

Mitleidig sieht er mich an und schließt die Beifahrertür. »Das habe ich dir doch schon gesagt. Wir besorgen dir Hilfe.«

Ich weiß nicht, warum er das dauernd sagt, doch dann bemerke ich das Schild an dem Gebäude. »Ich gehe nicht in eine Entzugsklinik«, sage ich und greife wieder zur Tür. »Fahr mich weg von hier!«

Er schüttelt den Kopf und legt eine Hand an die Autotür. »Nein, kommt nicht infrage.«

»Wieso nicht, verdammt?« Als ich an der Tür zerre, fange ich an, unkontrolliert zu zittern.

Er drückt gegen die Tür und knallt sie wieder zu. »Weil ich nicht zulasse, dass du dein Leben weiter ruinierst.«

Fast lache ich ihn aus. »Ach nein? Woher der Sinneswandel? Nach all den Jahren?«

»Weil es deine Mutter so gewollt hätte«, sagt er mit zitternder Stimme, allerdings wirkt es, als würde er etwas zurückhalten, mir nicht alles sagen. »Und das hätte ich schon vor langer Zeit begreifen müssen.«

In den einundzwanzig Jahren, die ich ihn kenne, hat er kaum jemals von meiner Mom gesprochen, und jetzt auf einmal tut er es. Noch mehr Gefühle überwältigen mich, und ich bin nicht high, weshalb ich sie empfinden muss. Ich war schon so lange nicht mehr nüchtern, dass ich mich völlig verloren und orientierungslos fühle. Mir ist schlecht, und ich bin fertig. Vielleicht gehe ich deshalb mit hinein. Oder auch bloß, weil die Straße, die von hier wegführt, unendlich lang aussieht. Ich gehe mit null Erwartungen in die Klinik, denn ich kann gar nicht vorausdenken. Vielmehr bewege ich mich von einem halben Schritt zum nächsten, und manchmal kommt es mir vor, als würde ich rückwärtsgehen. Aber ich schaffe es, mich aufnehmen zu lassen. Sie nehmen mir alles weg, was sowieso nicht viel ist. Dann geben sie mir etwas, das mir angeblich beim Entzug helfen soll, doch das ist natürlich Quatsch, solange es kein Schuss ist. Der würde diese ganze Sache als Einziges weniger schmerzhaft machen.

Ich werde in ein kleines Zimmer mit einem Bett

und einer Kommode gebracht. Dort sinke ich sofort auf die Matratze, fühle viel zu viel. Es macht mich wahnsinnig, dass das Feuer in meinen Adern immer heißer wird. Ich will mir die Haut herunterreißen, den Kopf gegen die Wand rammen, irgendwas, um das aus mir herauszuholen. Bald fange ich an, verzweifelt die Zimmerdecke, die Tür anzubetteln, in der Hoffnung, dass jemand mich hört und mir hilft, doch ich habe nur die vier Wände um mich herum. Keiner hilft mir hier raus. Keiner wird mich so verletzen, wie ich mich selbst verletzen will.

Und so bleibt mir nichts, als mich von einem Atemzug zum nächsten zu quälen.

Die Erfolgsserien der Bestsellerautorin Jessica Sorensen

Ella und Micha

Das Geheimnis von Ella und Micha
978-3-453-41772-4

Für immer Ella und Micha
978-3-453-41773-1

Verführt. Lila und Ethan
978-3-453-41771-7

Callie und Kayden

Die Sache mit Callie und Kayden
978-3-453-41770-0

Die Liebe von Callie und Kayden
978-3-453-53457-5

Füreinander bestimmt. Violet und Luke
978-3-453-53458-2

Leseproben unter **www.heyne.de**

HEYNE ‹